GOLKONDA

MAREN LASSANDER

Kreuzschmerzen

Kriminalroman

GOLKONDA

Der Umwelt zuliebe
- produzieren wir zu über 90 %
  in Deutschland
- achten wir auf kurze Transportwege
- drucken wir auf Papier aus
  verantwortungsvollen Quellen

MIX
Papier aus verantwor-
tungsvollen Quellen
FSC® C014889

© 2023 Golkonda in der Europa Verlage GmbH, München
Umschlaggestaltung: Hauptmann & Kompanie Werbeagentur, Zürich
Lektorat: Silwen Randebrock, Berlin
Layout & Satz: Margarita Maiseyeva
Druck & Bindung: Pustet, Regensburg
ISBN 978-3-96509-069-9
Alle Rechte vorbehalten.

Golkonda-Newsletter: Mehr zu unseren Büchern und Autoren
kostenlos per E-Mail!
www.golkonda-verlag.com

Inhaltsverzeichnis

Prolog ‹ 6 ›

1. Eine nicht unbedenkliche Neigung zum Bösen ‹ 19 ›

2. Superfinster ‹ 157 ›

3. Die Meineidgenossen ‹ 251 ›

Epilog: Gottesteilchen ‹ 362 ›

Prolog

»Verzeihen Sie, ich müsste Sie eben mal sprechen.«

E s war ein heißer Tag auf dem Zermatter Bergsteigerfriedhof, ein normaler Augusttag im Wallis, wenn man 28 Grad Celsius auf einer Höhe von sechzehnhundert Metern normal nennen will.

Jorne Serrano setzte die mit verwelkten Blumen beladene Schubkarre ab: In der prallen Sonne stehend, die warme, gestampfte Erde unter den Füßen, wischte er sich den Schweiß von der Stirn. Langsam hob er den Blick – *weiße, milchweiße Knie, Bachstelzenbeine, schlanke Fesseln … Spitzensöckchen, rot gelackte Ballerinas …*

»Sie sind doch der Jorne, nicht wahr?«

Der schwarze Wickelrock und die gebügelte weiße Bluse erinnerten an die Aufmachung einer Internatsschülerin, der Gretchenzöpfe und ein knallrotes Bandana eine leicht frivole Note verliehen.

»Wer will das wissen?

»Eine Friedhofspaziergängerin … mit regem Interesse an Ihren – wie soll ich sagen – Fachkenntnissen.«

Das hoch aufgeschossene Mädchen streckte die Hand aus, so von oben herab, obwohl es fast noch eine Kinderhand war, und löste bei Jorne nicht nur Misstrauen, sondern auch Verlegenheit aus. Er begann, sich linkisch die Hände zu wischen.

»Ist schon gut«, sagte das Mädchen. »Ein bisschen Dreck macht mir nichts aus. Kann ich Sie mal kurz sprechen?«

Jorne nickte, selbst wenn er sich nicht danach fühlte. *Wer war diese Frau?*

Ihm fiel auf, dass sie vor einer Gedenkstätte standen – dem »Grab des unbekannten Bergsteigers«. Der Stein hatte Ähnlichkeit mit dem schrecklich-schönen Berg, den er nur allzu gut kannte. Vom Friedhof aus war der weiße, selbst im Sommer von Lawinen berieselte Dreikant deutlich zu sehen. Als junger Kletterer hielt Jorne den Berg noch für ein Zeichen Gottes, weil der Mensch nie in der Lage sein würde, etwas ähnlich Imposantes zu erschaffen. Inzwischen wusste er, dass der steinerne Tempel ein Pandämonium war, und einige dieser Dämonen hausten in seiner Seele.

»Worum geht's?«

»Eine Zweierpartie.« Sie nahm den Rucksack nicht ab – eher glitt er ihr von der Schulter; aus dem Laptopfach zog sie einen Collegeblock. In dem Hauptfach waren noch ein braunes Kuvert, Tablettenblister eines Multivitaminpräparats und eine Tüte mit Studentenfutter zu sehen.

»Dann hat Sie der Chef von der Bergsteigerschule geschickt?«

»Hm hm.« Ihr Lächeln war zuckersüß, doch da war etwas in ihrem Blick, das einem Angst machen konnte. Vielleicht lag es auch nur am sonderbaren Blau ihrer Augen. »Er scheint Sie nicht besonders zu mögen, aber ohne seine Beschreibung hätte ich Sie bestimmt nicht erkannt.«

Quatsch nicht, dachte Jorne bei sich. Niemand in diesem Talkessel, auf dessen Grund die Häuser wie im vergletscherten Kiefer eines Untiers dalagen, hatte eine dermaßen verfilzte Mähne, die übrigens noch verdächtiger wirkte, wenn er sie mittig gescheitelt zurückgekämmt trug. Im McDonald's in Gamsen hatten sie ihn deshalb mal als Vokuhila beschimpft. Es war nicht das erste Mal gewesen, dass er sich im Anschluss an die Schlägerei fragte, warum sich manche Menschen an seinem Aussehen störten. Vielleicht hatten sie Angst. Unter einer scharf geschnittenen Nase saß ihm der Mund wie ein Spatenhieb im Gesicht. Seine Augen lagen dagegen in schattigen Höhlen – und da lagen sie gut.

»Tut mir leid«, sagte Jorne, »aber ich führe nicht mehr.«

»Das weiß ich doch«, sagte das Mädchen. »Sie hatten vor Jahren einen schlimmen Unfall am Berg.« Und mit einem Blick auf ihre Notizen: »Fünf Tote. Eine der Verunglückten war Ihr Mündel. Die kleine Schizo-Vreni – so wurde sie doch in Ihrer Dorfgemeinschaft genannt. Ein richtiger Wildfang, nicht wahr? – Oh, an dieser Stelle, mein aufrichtiges Beileid … Die Versicherung forderte damals im Auftrag der Genossenschaft ein Gutachten an. Ein Kollege nannte Sie öffentlich einen Halunken. Wie ist es Ihnen seitdem ergangen?«

»Wie meinen Sie das?«

»Nun, haben Sie sich daran gewöhnt, in der Scheiße zu leben?«

Der Satz traf Jorne wie ein Schlag in den Magen. »Ach, wissen Sie, man muss ja nicht reinfassen, sag ich immer … äh, wie war Ihr Name noch mal?«

»L.«

»Na schön, Elle …« Jorne glaubte tatsächlich, den französischen Namen Elle zu verstehen, und probte ein versöhnliches Lächeln. »Sie wollen wissen, wie es mir geht? – Ich habe Kreuzschmerzen, jeden Tag, und das nicht zu knapp.«

»Kreuzschmerzen? Ach, Sie Ärmster.« Sie kicherte wie über einen unanständigen Witz. »Sie dachten, der liebe Gott hält seine schützende Hand über Sie, Sie dachten, Sie gingen an seinem Seil, als Sie die Flachländer auf das Horu rauflotsten. Aber so war es nicht, nicht wahr, und jetzt – wo Sie auf die Nase gefallen sind – liegen Sie mit Ihrem Schöpfer … über Kreuz. Sie fragen sich, warum hat er Ihren Sturz nicht verhindert. Hab ich recht?«

Statt zu antworten, fuhr sich Jorne mit der Hand über das stopplige Kinn: Der Unfall hatte ihn zum Invaliden gemacht, zum Friedhofsgärtner, dem die Gemeinde seitdem das Gnadenbrot gab. *Wärst wohl besser gestorben, Jorne … Ein guter Führer kehrt niemals ohne seine Gäste zurück.*

»Ich glaube, Sie sollten jetzt besser gehen«, sagte Jorne.

»Meinen Sie?« Das Mädchen verzog spöttisch die Lippen. »Darf ich Ihnen einen Rat geben? Gegen die Kreuzschmerzen? Stehen Sie wieder auf.«

»Dazu ist es zu spät«, sagte Jorne. »Der alte Esel ist reif für die Schlachtbank. Sie werden schon einen anderen Bergneger finden.«

Diesmal verzog sie die Lippen, als hätte sie auf etwas Saures gebissen. »Um ehrlich zu sein, ich suche eher einen Reisebegleiter – ein Mann von bedingungsloser Treue, robust, unkompliziert, tapfer bis todesmutig … und nicht allzu clever.«

»Das nenne ich mal ein Kompliment!« Noch empfand Jorne die Frechheit des Mädchens erfrischend. »Worum geht's?«

»Um ein aufregendes, lukratives Geschäft.«

»Geht es vielleicht etwas genauer?«

»Seltene Antiquitäten, christliche Devotionalien …«

»Wo ist der Haken?«

Das Mädchen wiegte den Kopf hin und her. »Sie wollen, dass ich mit der Tür ins Haus falle, ja? Nun, der Job wird nicht einfach sein, aber er lohnt sich …«

»Davon bin ich überzeugt.« Jorne versuchte, locker zu bleiben, doch die Nägel in seinem steifen Knie begannen zu jucken. »Und deshalb schnüffeln Sie in meiner Vergangenheit rum?«

»Was hätten Sie zu verbergen?« Das Mädchen begann wieder zu blättern. »Jeder hier weiß, dass Ihr Leben ein Trümmerfeld ist …« Sie stockte, als hätte sie etwas Falsches gesagt. »Na schön, sagen wir mal, dass es in leichter Unordnung ist. Wo waren wir – ach ja, als Sie die Reha verließen, gingen Sie nicht gleich nach Zermatt. Das Patent waren Sie los, Sie mussten umsatteln – so war es doch, oder? Ein Natursteinzentrum in Domodossola stellte Sie kurzfristig ein. Sie arbeiteten in einem Steinmetzbetrieb … schliffen Inschriften von Grabsteinen ab. Das war sicher ungemein interessant. Wie lange dauerte es, bis die Handschellen klickten? Zwei Monate? Drei?« Sie hatte offenbar Mühe, nicht wieder zu kichern. »Jetzt spielen Sie nicht das Unschuldslamm ... Ihr ehemaliger Chef, den ich letzte Woche im Luganer Gefängnis La Stampa besuchte, hat mir alles erzählt.«

»Wie? Sie haben den Padrone besucht?«

»Ja, den Ehrenhobel persönlich. So wird er doch in seinen Kreisen genannt. Wussten Sie wirklich nicht, dass der Weiterverkauf von gestohlenen Grabsteinen zum Kerngeschäft der Tessiner Mafia gehört?«

»Was soll das?« Jorne hatte allmählich genug. »Ich sagte schon, es ist besser, wenn Sie jetzt gehen.«

»Wenn ich das täte ...« – sie packte ihre Kladde zusammen – »hätten Sie sich um ein fünfstelliges Sümmchen gebracht.« Und da er sie nur anstarrte: »Na sehen Sie, so dumm sind Sie auch wieder nicht.«

»Jetzt mach mal halblang.« Jorne schoss das Blut ins Gesicht. »Wenn du keine Rotznase wärst, dann ...«

»Was dann?«, fiel sie dazwischen. »Unabhängig davon, ob es mit uns klappen wird, sollten Sie wissen, ich habe keine Angst vor dem Tod. Ich weiß nämlich, dass es Schlimmeres gibt.«

Huskyaugen, dachte Jorne bei sich, sie ist auf der Jagd. Nur nach was?

»Sind Sie immer so impulsiv?«, fragte er, um die Situation zu entschärfen. »War doch nur Spaß.«

Ihr Blick wurde wärmer – die Maske der Püppie fatale war zurück.

»Ich bin nicht impulsiv«, stellte sie klar, »Sie sollen nur wissen, woran Sie sind. Kommen Sie, gehen wir mal ein Stück.«

Er ließ die alte Kompostkarre stehen, folgte seiner mysteriösen Besucherin jetzt wie in Trance. Irgendwie wusste er längst, dass er nicht zu seiner Karre zurückkehren würde. Das Mädchen schien sich ihrer Sache sehr sicher. Während sie vor sich hinschlenderten, erzählte sie ihm, früher habe sie Gutachten für eine Antiquitätenbörse geschrieben. Nun arbeite sie für einen Mann in Davos.

»Schön haben Sie's hier«, sagte sie nach einiger Zeit, »irgendwie dachte ich immer, der Friedhof von Zermatt sei nur was für Touristen.«

»Na ja, das ist er ja auch. Rund fünfzig verirrte Seelen, die sich der Berg geholt hat, meistens Ausländer. Dahinten gibt es noch die Reihengräber der Einheimischen, aber der Anblick ist deprimierend.«

»Waren Sie jemals auf dem Friedhof Kensal Green, Jorne?«

»Ich glaube nicht.«

»Sie glauben nicht …?« Es klang, als hätte das Tauwetter zwischen ihnen begonnen. »Wären Sie dort gewesen, würden Sie sich erinnern: Es ist der älteste Londoner Friedhof, und er galt einmal als größte Nekropole der westlichen Welt. Die Urnentürme sollten Sie sehen, ein Gedicht! Schade nur, die meisten Kolumbarien sind inzwischen verfallen.«

»So schlimm ist es?«, fragte Jorne zum Schein.

»Im Vergleich zur Herzgrüftl-Kapelle? – Oh ja. Die Bausubstanz von Kensal Green hat enorm unter dem sauren Regen gelitten.«

Und in diesem Ton, der eher einem Selbstgespräch glich, fuhr sie fort. Die Wiener Herzgrüftl-Kapelle sei so etwas wie »die letzte Bastion schwindender europäischer Bestattungskultur. Nicht, dass Sie denken, ich würde vor Frömmigkeit platzen, aber es ist nur eine Frage der Zeit, und irgendein Nützlichkeitsdenker wird die Gräber mit Solaranlagen bestücken.«

»Und das fänden Sie unerträglich?«, fragte Jorne behutsam.

»Dass man auf dieser übervölkerten Erde aus Gräbern etwas Nützliches macht?«

»Nein.« Das Mädchen wirkte nachdenklich. »Was ich sagen will … Europa hat sich zu einem Kehrichthaufen entwickelt. Niemand hat das die letzten zwanzig Jahre bemerkt.« Sie nickte unbestimmt in die Gegend. »Am schlimmsten ist die allgemeine Geistesverwirrung. In Schweden soll es Menschen geben, die das Gefriertrocknen von Leichen als Alternative zum Begräbnis empfehlen. Sie wollen ihre zerbröselten Körper als Düngemittel nach Afrika schicken. In Plastiksäcken … Was sagt uns das über das Selbstwertgefühl dieser Menschen?« Eher beiläufig verwies sie auf eine Reihe von Stelen zwischen bemoosten Christussen und verwitterten Engeln. »Vor dreihundert Jahren waren die Grabplatten noch größer als die Gebeine, die sie bedeckten. Die Leute glaubten an die Auferstehung, das war der Grund. Wir Modernen sind – seien wir ehrlich – auf den Aschenbecher gekommen. Und es dürfte erst der Anfang einer Entwicklung sein, die unsere europäische Grabmalkultur mit ihren stillen Hainen und österlichen Glockenblumen hinwegfegen wird.«

Jorne nickte, doch im Grunde hörte er gar nicht zu. Wie der Wolf, der in Grimms Märchen mit Rotkäppchen anbändelt, fragte er sich zu diesem Zeitpunkt, ob er sie gleich fressen solle oder erst später. Dabei schien dieses *Edelmeitji* gar nicht so zartbesaitet zu sein. Längst hatte er die weißen Narben an ihren Unterarmen bemerkt – wie Schlittschuhspuren auf der Kunsteisbahn …

»Gehört das Ritzen auch zu Ihrer Grabmalkultur?«

Sie saßen inzwischen auf einer Bank, die Füße in einer kühlen Efeuwucherung.

»Sie haben gute Augen.« Das Mädchen betrachtete ihren rechten Arm in diesem Moment, als ob er ein Fremdkörper wäre. »Nur ein Andenken an die Schulzeit. Wenn man raushat, wie fest man aufdrücken muss, ist es wie Fingernägelkauen.«

»Kein autoaggressives Verhalten?«

Sie wirkte für einen Moment überrascht. »Woher … ich meine … das ist der Fachausdruck, oder?«

»Ja.« Jorne bemerkte ein welkes Rosenblatt, das auf der Stahlkappe seines Arbeitsschuhs klebte. »Vreni, meine Nichte, hatte so Arme wie Sie. Das heißt, diese weißen Linien waren bei ihr mit roten Punkten markiert. Sie hat gedrückt, kam vom Heroin nicht mehr los. Machte immer so weiter. Wir suchten eine Erklärung, aber ihr Therapeut meinte, sie durchlebe eine melancholische Phase, demnach kein

Grund zur Besorgnis. Dass ich mich jetzt daran erinnere, hängt vielleicht damit zusammen, dass dieser Arm das Letzte war, was ich von ihr sah. Schon merkwürdig, so ein tiefgefrorener Arm, der wie ein Ast aus dem Schnee ragt.« Sein Hals fühlte sich plötzlich wie zugeschnürt an, und er japste nach Luft. »Herrgott, den Rest von ihr haben sie später von den Felsen gekratzt!«

Hinter der Friedhofsmauer fuhren in diesem Moment ein paar Mountainbiker vorbei. Ihre Aufmachung hatte Jorne immer an die Rüstungen römischer Gladiatoren erinnert. Auch das Mädchen hatte die Bande bemerkt.

»Sehen Sie die?«, fragte das Mädchen. »Die sind autoaggressiv. Ich bin nur ein bisschen verstimmt … Na gut, im *Beck'schen Depressionsinventar* habe ich mal 20 von 32 Punkten erreicht, aber da hatte ich vorher auch eine Menge Valiumtabletten geschluckt.«

»Demnach waren Sie auch in Behandlung – wegen der Ritzerei, meine ich?«

»Sie nerven«, sagte das Mädchen. »Na schön, aber Sie werden es doch nicht verstehen. Im Buch Mose[1] werden den Frauen Tätowierungen am Körper verboten. Ich lasse mir aber von Gott nichts verbieten.«

»Sicher nicht«, pflichtete Jorne ihr bei. »Ich bin erleichtert, dass es nicht anderes ist.«

»Sie meinen einen Selbstmordversuch?«, fragte das Mädchen. »Den Versorgungsvertrag mit der Erde kann man nur aufkündigen, wenn man was Besseres hat. Das hab ich nicht. Ich bin nur ein Tier und werde wie ein Tier sterben. Was ist mit Ihnen?«

»Ich bin schon gestorben«, sagte Jorne. »Ich hoffe trotzdem, dass es noch etwas anderes gibt. Und deshalb glaube ich noch immer an Gott. Damit hat sich die Zweierpartie dann wohl erledigt.«

»Nicht für mich.« Das merkwürdige Mädchen hatte den College-

---

1   Buch Mose 19, 28

block weggepackt und trank einen Schluck Wasser. Die Hitze flimmerte zwischen den Gräbern. Jorne senkte den Blick auf die blauschwarzen Schatten, die zwischen den Platten des Pflasterwegs in der Erde versickerten.

Tut mir leid, Vreni, du kannst nichts dafür …

»Sie tun mir unrecht«, sagte sie plötzlich, »wenn Sie denken, dass ich mit Ihrem Glauben nichts anfangen kann. Im Gegenteil, ich weiß die christlichen Werte durchaus zu schätzen.« Es folgte ein kurzes, etwas zu vertraulich wirkendes Zwinkern. »Da wären beispielsweise kostbare Sakralgegenstände, die in so einen Rucksack passen … Verstehen Sie, wie ich das meine?«

Bei Jorne war endlich der Groschen gefallen.

»Kirchenraub? Ist es das?«

»Ein hässliches Wort, aber es stimmt.« Sie sah ihn abschätzend an. »Hätten Sie damit ein Problem? Glauben Sie, Gott, der Herrgott wird Sie dafür zur Rechenschaft ziehen, Sie braver Katholik?«

»Die Kirche ist nicht Gott«, sagte Jorne, »sie ist seiner nicht würdig.«

»Vielleicht doch.« Ihre Augen blitzten kurz auf. »Selbst die Bibel schildert Gott als rachsüchtiges, blutrünstiges Monster … Aber lassen wir das. In meinem Fach geht es nur um ein paar Antiquitäten, für die die Kirche sowieso keine Verwendung mehr hat. Sie erinnern sich vielleicht, die deutschen Bischöfe legten kürzlich bei einem Besuch in Palästina aus Rücksicht ihre Brustkreuze ab. Mein Auftraggeber dagegen kann diese Kleinodien – wenn auch in einem unorthodoxen Rahmen – noch gut gebrauchen.«

»Dann klauen Sie …« – Jornes Entscheidung stand noch auf der Kippe – »auf Bestellung?«

»Ja, es gibt eine Abnahmegarantie wie bei jeder archäologischen Expedition.« Das Mädchen warf einen Blick auf die Uhr, im Aufstehen strich sie sich die Rockfalten glatt. »Sie werden mitmachen, nicht wahr?«

Jorne sah sie an, schüttelte den Kopf, sah sie länger an, nickte, schüttelte dann wieder den Kopf.

»Ich brauche Sie, Jorne, und das hat einen einfachen Grund.« Sie spreizte die Finger der rechten Hand nach Art einer balinesischen Tempeltänzerin – sehr biegsam diese Finger, sehr beweglich und fast so durchsichtig wie die Leimtentakel der fleischfressenden Sonnentaupflanze. »Sehen diese Finger so aus, als könnten sie eine Brechstange halten?«

»Wenn Sie so direkt fragen – eigentlich nicht.«

»Dann muss ich Ihnen nicht sagen, wie es ausgehen wird, sollte ich jemals versuchen, ein Schloss zu knacken oder ein Loch in eine Panzerglasscheibe zu hämmern.«

»Verstehe«, sagte Jorne, »Sie suchen eigentlich keinen Reisebegleiter, sondern ein Werkzeug fürs Grobe.«

»Trifft den Nagel genau auf den Kopf«, sagte das Mädchen. »Solche Werkzeuge haben natürlich ihren Preis, und ich bin bereit, ihn zu zahlen.« Aus dem Innenfach ihres Rucksacks zog sie das braune Kuvert. Der Falz war gewellt, was vielleicht auch an dem kreuz und quer verlaufenden Klebeband lag. – »Ach, hätten Sie vielleicht zufällig … etwas Scharfes dabei?«, kommentierte sie ihren Versuch, die Klappe des Umschlags mit den Fingernägeln zu öffnen.

»Einen Brieföffner?«, fragte er spöttisch zurück. »Aber ja, ich laufe zufällig den ganzen Tag mit so einem Teil durch die Gegend.«

Es war allerdings kein Brieföffner, den er zückte, sondern ein Stichel – ein echtes *Caela Sculptoris* – mit einer angeschliffenen Spitze.

Sie zögerte einen Moment. »Ich bin beeindruckt. Sie sind tatsächlich bewaffnet.«

»Nur ein Andenken«, sagte Jorne, »an Domodossola, Sie wissen ja.«

»Ja, ich weiß.« Das Kuvert war inzwischen geöffnet, der Inhalt deutlich zu sehen. »Nennen Sie es einen Vertrauensvorschuss. Ich bezahle Sie hier und jetzt – vorausgesetzt, Sie kommen mit.«

Jorne sah sich um. Vor lauter Nervosität leckte er sich über die nach Erde schmeckenden Lippen. »Ihnen ist klar, wir reden hier nicht von Ladendiebstahl, sondern von … qualifiziertem Raub.«

»Sehr qualifiziertem sogar!« Sie versuchte wie Bambi zu blinzeln. »Die Schweiz hat es in dieser Epoche auf allen möglichen Gebieten zu Höchstleistungen gebracht, nur in der Kriminalität hinkt sie dem Rest der Welt hinterher. Ich habe vor, das zu ändern.«

»Das nenne ich mal eine Ansage«, sagte Jorne.

»Wirklich? Ich glaube, Sie nehmen mich noch immer nicht ernst.« Und als er nur in sich hineinlächelte: »Ich bin eine Frau mit einem IQ, der das Hirn der meisten Menschen wie eine Erbse aussehen lässt. Und – was auch nicht unwichtig ist – ich zahle Ihnen Ihren alten Führertarif, plus ein Schmerzensgeld obendrauf – macht zweitausendfünfhundert Franken.« Mit flinken Fingern begann sie die Scheine zu zählen. »Und dafür erwarte ich keine Quittung oder dergleichen, aber Ihr Einverständnis, dass Sie *an meinem Seil gehen*. Verstehen Sie mich?«

»Solange es keine Hundeleine ist … kein Problem.« Jorne steckte das Geld ein und quittierte den Handel mit einem Nicken. Die Sonne war in diesem Moment hinter den Bergen verschwunden. Von einem Augenblick zum nächsten schien es eine andere Welt.

»Wollen Sie mir nicht endlich Ihren richtigen Namen sagen?«

»Ich heiße L. Das sagte ich doch.«

»Wie der Buchstabe? Dann ist es eine Abkürzung. Nur für was?«

»Eines Tages werde ich es Ihnen verraten.« Wieder dieses Lächeln. »Sie brauchen übrigens auch noch einen Decknamen. Sollten wir telefonieren, wollen wir uns ja nicht aus Versehen belasten.«

Sie hatten den Ausgang des Friedhofs inzwischen erreicht.

»Sie heißen mit Nachnamen Serrano … Haben Sie spanische Wurzeln?«

»Soweit ich weiß, aber bei uns in der Familie hat keiner Ahnenforschung betrieben. Der Name bedeutet übrigens *Hochländer* oder *Montagnard*, wie die Welschen unsereins nennen.«

»Ich hab's«, sagte das Mädchen, »ich werde Sie am Telefon Herr Sonnenschein nennen. Wie finden Sie das?«

»Herr Sonnenschein?« Jorne hatte einen anderen Sinn für Humor – nämlich keinen. »Wieso?«

»Na hör'n Sie mal, Sie sind der Frohsinn in Person. Bei Ihrem sonnigen Gemüt müssen Sie sicher nie die Heizung anstellen!«

Die umliegenden Berge hatten schon einen orange-violetten Anstrich bekommen. »Eine letzte Frage. Warum glauben Sie, dass ich der Richtige bin?«

Er hatte sie offenbar in Verlegenheit gebracht, denn ihr Blick irrte über die steinernen Platten am Boden. »Wir haben eine ähnliche Vita«, sagte sie. »Das Leben hat uns übel mitgespielt, aber wir sind nicht zerbrochen.«

»Das sieht nur so aus«, sagte er lächelnd. »Ich bin ein Verlierer.«

»Ja, ja … und am Ende landen wir alle in einer Kiste, und alles ist gut!« Sie zuckte gleichgültig mit den Schultern. »Sehen Sie, in diesem Leben kommt es darauf an, ein möglichst schlechter Verlierer zu sein. Ich für meinen Teil werde nicht die linke Wange hinhalten und auch nicht den Arsch oder was diese Menschengemeinschaft von mir erwartet … Ich hole Sie hier am Friedhofstor um Mitternacht ab, alles klar? Ach ja, und bringen Sie ein paar Werkzeuge mit – ein Brecheisen wäre für den Anfang nicht schlecht. Bis dann, Herr Sonnenschein, es geht los!«

Zehn Jahre später

1. Eine nicht unbedenkliche Neigung zum Bösen

*Die Finsternis mancher Seelen ist
Schatten göttlichen Lichts.*

NICOLÁS GÓMEZ DÁVILA

Nach einem sintflutartigen Regen, der auf der Fahrbahn für Hochwasser sorgte, stand die Sonne so tief, dass der Verdacht begründet erschien, nicht das Klima, sondern die Erdachse habe sich in den letzten Jahren verändert.

Na wenn schon, dachte L. und kniff die Augen zusammen, ein krummes Ding mehr auf der Welt.

Mit einer Handbewegung – wie man eine Fliege verscheucht – zog sie die vergilbte Blende nach unten. Sie war lange Überlandfahrten gewohnt, doch meistens in stockfinsterer Nacht und ohne kosmisches Gegenlicht. Offenbar hatte sie die denkbar ungünstigste Uhrzeit für ihre Reise gewählt.

Mutters »Sterbeheim« lag am Zürisee, L. fuhr die Strecke jetzt, wo es auf das Ende zuging, mehrmals im Monat. Es war der einzige mehrstöckige Neubau in einem Ort mit holzverkleideten Qualitätskäseschachteln, deren Architekten womöglich am Zeichenbrett von Atomschutzbunkern oder Futtersilos geträumt hatten. Die behaglichen Wohnmaschinen reihten sich am Ufer entlang, und hier – zwischen zenbuddhistisch anmutenden Schottergärten, monolithischen Gabionen, Betonpflanzen und beleuchteten Badezubern – hausten die bessergestellten Helvetier, die im Grunde nie wussten, was ein tief empfundenes Tischgebet war. L. fühlte sich ihnen auf schlimme Weise verbunden. Es war nicht nur die dezente Formensprache der Villen, die die Bewohner ideologisch als eingefleischte Realisten verriet, es war mehr: Wie alternde, aber rüstige Titanen im heidnischen Reservat, so lebten diese Raffer ihren perfekt gestalteten Alltag. Die Habgier trieb sie unermüdlich voran, und viele von ihnen hatten es nicht nur zu tresorartigen Eigenheimen, Rasenmährobotern und Maybach-Limousinen gebracht, sondern auch zu einem wasserlosen, mit blauen Glassteinen aufgeschütteten Infinitypool, der die körperliche Mühsal des Schwimmens ersparte. Das hatte L. immer schon imponiert. Tja, reich müsste man sein ... Ein Stardust-Remix im Radio machte L. richtig munter, das Zählwerk des Tachos spulte die Kilometer ins Nichts.

Das ländliche Ungefüge der Landschaft war dagegen nicht sonderlich interessant. Außer sumpfigen, abgeernteten Äckern gab es wenig zu sehen. Ein paar Bahnbauruinen – Sichtbeton, verdreckt oder schon halb vom Frost erodiert, hier und da mit Folien abgedeckte Felder, die im Sommer vielleicht reflektierten, Schrottcontainer, die hier jemand abgestellt hatte, um sie kaltschnäuzig zu vergessen. Ab und zu tauchte die obligatorische, von Coop gekaperte Tankstelle auf, die dann eher einem Minimarkt glich. Insgesamt hatte der Verlauf der Straße aber etwas ebenso Eintöniges wie Beunruhigendes: Mit jeder Überwindung einer Steigung lief die Fahrbahn gleich einer Schlossallee auf die nächste, von säulenartigen Bäumen begrenzte Lichtscharte zu. Um diese Uhrzeit fielen die Schlagschatten tiefschwarz auf den schlaglochvernarbten Asphalt, was aus dem Inneren eines sich fortbewegenden Fahrzeugs immer so aussah, als würde sich die Straße in einem Flimmern auflösen. Das war der Grund, warum L. selbst große Schlaglöcher übersah. Die Tropfenhaut auf der Windschutzscheibe zuckte nach jedem Rums wie ein lebendes Wesen zusammen.

Ein gerader Mensch gleicht einer geraden Allee, die nur halb so lang erscheint wie jene, die krumm verläuft ... Moment mal, L., wie kommst du jetzt auf Jean Paul? Spukt da nicht schon genug Belesenheit in deinem Oberstübchen herum?

Ein Thuner Schleicher mit Pferdeanhänger zwang sie zu überholen, wobei sie einen kurzen Blick in den Rückspiegel warf. Hm, vielleicht ein bisschen zu schrill, aber die steckbrieflich gesuchte Kriminelle hast du abgehängt ... Keine Ähnlichkeit, nicht die geringste.

Es war ihr nicht leichtgefallen, sich von ihren blonden Flechten zu trennen, aber es musste sein. So wie das Piercing und die dunkel geschminkten Lippen. Die Porzellanschminke aus dem Gruftishop hätte sicherlich einer Geisha alle Ehre gemacht. L. mochte diesen Teil der Maskerade tatsächlich – sie empfand die kalkige Blässe als schön, vielleicht weil sie gut mit dem blau gefärbten Irokesenschnitt harmonierte. Dessen mit Lack gefestigte Stacheln erinnerten an den Anfang einer kniffligen Mikadopartie. Der blaue Lorbeerkranz, der sich um ihre Schläfen ringelte, ließ ahnen, dass die Farbe wohl nicht wasserfest war, denn ein Platzregen hatte sie vor ein paar Stunden erwischt. Ein Taschentuch musste her – etwas, um die Tinte zu löschen. Beiläufig begann sie, in dem offenen Bäuchlein eines Stofftiers zu kramen, das als Beifahrer neben ihr saß: Der Dinorucksack war so neu wie die Eisenstecker in ihrem Gesicht. Der Flokatimantel gehörte ebenfalls zur Verkleidung. L. hatte wirklich alle Register gezogen, um genügend Abstand zwischen sich und das Fahndungsfoto zu bringen. Während ihre Finger Tampons, ein Teppichmesser, ein Zigarettenetui und ein halbes Dutzend Nagellackfläschchen abtasteten, sah sie den Plüschdinosaurier unverwandt an.

Was denn? Ich hab halt gern ein paar Extrafarben dabei ... Und das Messer? Sagen wir mal, Vorsicht ist die Mutter des Kerzenständers ...

L. blies sich eine aufsässige, gelegentlich tropfende Haarsträhne aus der Stirn. Der heutige Tag ließ sich lakonisch als »Tag der Dusche« bezeichnen. Andererseits hatte er auch zu einer glücklichen Begegnung geführt: Vom Regen überrascht und auf der Suche nach einem Unterstand, war sie auf dem Gebrauchtwagenmarkt von Leuk-Susten gelandet, und da – ohne dass sie danach Ausschau gehalten hatte – war ihr der schwarze Ford Transit ins Auge gefallen. Laut Fahrzeugschein hatte die Karre einem Bestatter gehört, keine siebzigtausend Kilometer auf dem Tacho. Auch nicht unwichtig für eine professionelle Einbrecherin: Bei einem unterdurchschnittlichen Leergewicht blieb viel Spielraum für Fracht. Der Vorbesitzer hatte offenbar Särge oder Ähnliches transportiert. Zwei Bretter und Spanngurte lagen noch auf der Ladefläche herum. Schon deshalb war der Transit,

Baujahr '88, nach L.s Geschmack. Dennoch – trotz Allwetterreifen und einem Satz Schneeketten – hatte sie im strömenden Regen versucht, den Preis um dreihundert Franken zu drücken, was den Verkäufer – ein ebenholzfarbenes, silbensäuselndes Nussknackergesicht – ungemein irritierte. Auch er hatte das Schiffen stoisch ertragen und dabei ab und zu in den Donner gefurzt. Ja, Raclette verbindet fast immer ... Vielleicht wollte er auch nur sehen, wie der Haaraufstand auf ihrem Kopf kollabierte.

»Na schön, ich komm dir noch mal fünfzig Franken entgegen.«

»Warum nicht fünfundfünfzig?«

»Putana la madonna, so eine ist mir im Leben noch nicht untergekommen!«

Erst als ihr Kamm um neunzig Grad abgeknickt war, hatte er nachgegeben und es krachen lassen, als hätte er eine Zirkuspeitsche im Arsch. Den Zündschlüssel drückte er ihr natürlich nicht in die Hand, er ließ ihn unter sich in eine Schlammpfütze fallen. Raue Sitten – doch daran war L. gewöhnt.

L. stammte aus einem Dorf im Bezirk Östlich Raron, wobei es vielleicht nur eine andere nach Abricotine riechende Trostlosigkeit war, in der es durchaus vorkommen konnte, dass der Bruder die eigene Schwester mit Mutter ansprach. Unter dem Firnis der Wohlanständigkeit ging es drunter und drüber. Stinknormal waren dagegen die Wochenenden im *Rothis Western-Club* in der Nähe von Gampel-Steg. Viele Einheimische kreuzten hier auf, um sich an Spareribs und gegrillten Hühnern zu laben. Es hieß, manche kamen auch nur, um die »Inalboner« vom Treibstofflager unter die Tische zu saufen. L.s Mutter – geborene Invalidin, aber noch weit davon entfernt, Sozialhilfe zu beziehen – konnte ein Lied davon singen. Schon als Schülerin hatte sie hier nebenberuflich als Serviertochter gejobbt. Später saß sie dann bei *Denner* hinter der Kasse, und L.s Vater Hubertus – Stammgast des *Western*, der sich vollmundig zu den christlichen Fernfahrern zählte – hatte sie dort dann wohl eines Abends nach Ladenschluss »missioniert«. Ihr kleines Gebrechen – ein fehlender Unterarm – spielte für ihn ebenso wenig eine Rolle wie die Mär vom Treppensturz oder vom Tritt eines wild gewordenen Kalbs, der angeblich den Bauch der schwangeren Großmama traf.

Im nächsten Jahr kam L. auf die Welt – als Siebenmonatskind in einem Brutkasten, was der Mutter als böses Omen erschien. Der Vater hatte dagegen von einem »Gotteschindli« gesprochen. Von Anfang an nahm er L. auf seine Predigten mit. Eine zwischen vier Pflöcken gespannte Blache[2] auf freiem Feld gab dabei das windige Kirchenschiff ab. Zwei Dutzend Plastikstühle, selbst gebackene Oblaten und ein ausrangierter Fußballpokal, der als Messkelch diente – mehr brauchte es nicht, damit der Säufer in eine Rage verfiel, die durchaus mit der eines Derwischs am zehnten Tag des Muharrem mithalten konnte. Dabei ging es stets um die allgegenwärtige Versuchung des Bösen, das der Katechismus in vier Kapiteln beschreibt. Es war immer dasselbe und die Moral einer bösen Geschichte: »Wer nicht zum Herrn betet, dient dem Teufel!« Auch dass er danach kollabierte, gehörte dazu und diente den sparstrumpfreligiösen Frauen als Wink, ihre in der Hand angeschwitzten fünf Franken zu spenden. »Vergelt's Gott!«, rief dann Vaterkerls kleine, den Klingelbeutel schwenkende Maus, »vergelt's Gott, ihr guten Seelen!« Ja, Gottes Reich war bekanntlich auf harten Devisen gegründet. Während sie ihr herzallerliebstes Gesichtchen aufsetzte, war L. sich durchaus bewusst, dass sie schwindelte – doch die Erwachsenen logen noch mehr. Wie freute sich L. darauf, eines Tages erwachsen zu sein!

Der Vaterkerl sah das natürlich anders. Wenn er sie beim Lügen erwischte, gab es Schläge mit einem Plastiklineal aufs blanke Gesäß – oder er steckte seinen »Satansbraten« in eine wassergefüllte Tonne, die er dann mit einem Deckel verschloss. Da saß sie dann und schlotterte vor sich hin.

---

2 Schweizerisch: Plane

Als L. dann zwölf war, dachte sie sich: Es sind die Lügen, die man den Kindern beibringt und die sie dann auswendig kennen, wenn sie längst wissen, dass sie nicht wahr sein können, nicht in dieser oder irgendeiner anderen Welt. Nur das Unglück ist echt und wird mit jedem Tag größer. Merke: Je zermürbender die Menschwerdung, umso leichter fallen die Kinder den Pfaffen zum Opfer. L. war anders, die Jammersaat wollte nicht fruchten. Vielleicht war sie einfach zu intelligent. Ihren Drang nach Erkenntnis empfand sie als etwas genauso Naturgesetzliches wie das Wachsen der Wurzeln gegen den Erdmittelpunkt oder die unter dem Mikroskop sichtbare Drift der Mikroben zum sauerstoffreichen Rand des Objektträgers. Sie war mit ihren Rationalforderungen zu diesem Zeitpunkt in etwa so weit wie der große Dichter Jean Paul. Hatte der nicht geschrieben, Jesus habe im Jenseits »die Augen des Vaters« gesucht und stattdessen nur die »leeren, bodenlosen Augenhöhlen des Kosmos« gesehen, das Monstrum, das sein Zeitgenosse William Blake mit dem Namen Nobodaddy – Niemandsvater – bedachte. Wenn es ihn gab, dachte L., so war er nichts weiter als ein hartherziger Bastard. Mit vierzehn hatte sie dann bereits mit der *Verunklärung* der biblischen Wunder begonnen. Die Augenwischerei der Bibel bestünde in einer quasi-logischen Verkettung von Trugschlüssen, die auf der Behauptung beruhten: Gott sei eben nur Gott, weil sich seine Existenz niemals nachweisen ließe. Dies sei in einer aufgeklärten Zeit nicht nur unredlich, sondern unethisch. Niemand könne sich mehr ein »Credo quia absurdum«[3] erlauben. Im günstigsten Licht betrachtet handele es sich also bei der Kirche um eine Verwertungsgesellschaft von Wahnvorstellungen. Andererseits, wenn es stimmte, dass Maria vom Heiligen Geist empfangen habe, dann hätte Gott wohl Josephs Verlobte hinter dessen Rücken gevögelt … Nicht unbedingt nett. Folgerichtig erschien L. der Katholizismus wie ein Freibrief, aus Leibeskräften Böses zu tun. Jeder

---

3 Lat.: Ich glaube, weil es gegen den Verstand ist.

religiöse Mensch zählte von vornherein zu den Betrogenen. Der Pfaffe dagegen, dessen einziges Geheimnis es war, dass er jedem die Tür zum Himmelreich wies, doch niemals den Fehler machte, selbst durch diese Pforte zu gehen, wurde schon zu Lebzeiten für seine Schliche belohnt. Sie nannte den Klerus daher nicht nur hinter vorgehaltener Hand Hütchenspieler und clevere Parasiten.

Solche barschen Urteile sprachen sich schnell in der Gemeinde herum, und ihr Beichtvater lud L.s Mutter daraufhin zu einem Vier-Augen-Gespräch. Er habe bei der Tochter »eine nicht unbedenkliche Neigung zum Bösen« feststellen müssen, eine res dura, was in etwa einer »harten Sache« entspricht: »Es ist ja nicht nur, dass sie ihren Willen gegen die Zehn Gebote durchsetzen will, nein, das Mädchen sucht regelrecht nach dem Widerspruch im Wort Gottes, eine schlimme Absicht für ein so zartes Geschöpf.« Und dann, als müsse er noch deutlicher werden: »Ihre Tochter führt Krieg gegen Gott, gute Frau. Dabei ist sie, wie Eva vor dem Sündenfall, von anmaßendem Selbstbewusstsein erfüllt. Sie leugnet die Urprämisse unseres Glaubens, die bekanntlich besagt, Gott gesteht es den Menschen zu, aus freien Stücken zwischen Gut und Böse zu wählen.« L. dagegen glaube wie Einstein, »dass Gott würfelt, allerdings mit gezinkten, mindestens zwölfseitigen Würfeln. Mit dieser Einstellung gerät sie mit Sicherheit auf jene Bahn, die in ewige Verdammnis und Finsternis führt.«

Von der entsetzten Mutter als Heidin beschimpft, hatte L. nur mit den Achseln gezuckt: »Na und, ich habe die Erlösungsbotschaft vernommen und mich scheckiggelacht. Ist das verboten?«

Schon die Heilige Schrift – das kirchliche Betriebssystem – hinke aus ihrer Sicht hinten und vorn, ein einziger Schwindel aus Hirten-, Huren- und Sippengeschichten, Halbwahrheiten und abgekupfertem Kitsch. Selbst die Engel wären nur ein Abklatsch der altbabylonischen Flügelwesen. Mit Jesus machte L. kurzen Prozess: »Aus dem Leben eines Scharlatans, der seine Bauernfängerei mit dem Leben bezahlte, mehr fällt mir dazu nicht ein.« Schon der für seine Weisheit bekannte Stauferkaiser Friedrich der Zweite habe in Jesus einen Schwindler gesehen. Die Chuzpe, sich als Messias aufzuspielen, nannte sie: »Freizeitbeschäftigung für kiffende Penner im römisch besetzten Palästina.«

Das entsprach tatsächlich den Fakten: Allein in Nazareth tummelten sich unter römischer Besatzung mehr als zwanzig Erlöser, doch keiner war so dreist wie der Zimmermannssohn, den sie Jeschua nannten. Nicht genug, dass er unter dem Einfluss von Haschisch stundenlang Volksreden hielt, nein, er behauptete nicht nur, der Erretter, sondern der fleischgewordene Sohn Gottes zu sein, eine Prämisse, die den Stand der Priester natürlich bedrohte. Anfangs ging alles gut, die Plebs vergöttern bekanntlich den Aufmüpfigen, der die Obrigkeit provoziert. Bald standen nicht nur bußfertige Dirnen Schlange, auch reiche Nichtstuer biederten sich an: »Sag, Joshua, wer ist bei dir heute zu Gast?« – »Du wirst es nicht glauben, Schmuel, aber es ist Gottes Sohn, ja, Gottes leibhaftiger Sohn.« Die Masche sprach sich dann schnell in Galiläa herum. Es fanden sich immer mehr kleine Gauner, um dem stets höher stapelnden Meister zu folgen. Die, welche nicht nur einen hungrigen Bauch, sondern auch ein narzisstisch gekränktes Ego mitbrachten, ernannten sich kurzerhand zu Aposteln. Mal versteckten sie einen Haufen Brot in der Wüste, mal stellte sich einer von ihnen tot und ließ sich von Jesus »erwecken«. Oder sie lotsten ihren Messias zu einer vorher ausgekundschafteten Furt, was von Weitem so aussah, als latsche er über das Meer. In einem Schulaufsatz bezeichnete L. die biblischen Wunder als »Schaustückchen, die jedem Varietékünstler die Schamröte ins Gesicht treiben würden«.

Noch peinlicher empfand sie die überlieferte Dramaturgie: Aus Langeweile oder Neugierde hatte der römische Statthalter Pontius Pilatus den Nazarener ans Kreuz schlagen lassen. Er verschied so, wie jeder gewöhnliche Mensch das Zeitliche segnet – ziemlich unspektakulär: Gaffer sahen ihm dabei zu, Streuner pinkelten an sein Kreuz, eine sentimental veranlagte Dirne beweinte den Verlust ihres Kunden. Und das war's dann für den selbst ernannten Messias gewesen. Die Scharlatane, die sich später als seine Apostel aufspielten, fantasierten daher noch etwas Schaubudenzauber – wie das Zerreißen eines Tempelvorhangs – dazu. Doch das war erst der Anfang eines Bubenstücks, auf das eines Tages zwei Milliarden Menschen hereinfallen würden: Paulus, ein verkrachter Jurist, diente sich an, um allzu grobe Schnitzer im Narrativ der Bibel zu kitten. Doch erst der echte Wahnsinn des Christentums – die schlimmsten Feinde zu lieben – legte das Fundament der bis heute einzigartigen Sklavenreligion: Wer sich zu ihr bekannte, streckte die Waffen, er schied aus dem natürlichen Wettbewerb aus. Einmal christianisiert, wurden aus freien Menschen erbärmliche Schlucker, die das einzige Leben, das sie hatten, für ein fadenscheiniges Quasidabeisein im Jenseits verwirkten. Das passte vielen Despoten gut in den Kram: Wo sie früher ganze Völker mitleidlos ausmerzen ließen, wurden diese von nun an christianisiert. Auch Karl der Große, ein wahrlich erfahrener Schlächter, gestattete seinen besiegten Feinden die Wahl – Kopf ab oder lebe weiter als Christ. War damit nicht alles gesagt? Mit der Mär vom angeblich gottgegebenen Joch der Leibeigenschaft hatte die deutsche Kirche die Bauern mehr als dreihundert Jahre daran gehindert, das Raubritterpack zum Teufel zu jagen.

Zum Befolgen der Zehn Gebote verdammt würde kein Christ jemals eine Revolution anzetteln können. Die sogenannte christliche Ethik war demnach nichts anderes als eine Vorstufe der Pawlowschen Konditionierung. Nicht umsonst entpuppt sich das Jenseits als Spiegelbild der menschlichen Unrechtsgesellschaft: Es gibt oben und unten, es wird gestraft und belohnt, mit dem Unterschied, dass es diesmal der im Diesseits Benachteiligte ist, der den Stab brechen darf. Der ewige Letzte, der um sein Leben Betrogene ist endlich Primus geworden. Hier zeigt sich, was man den Ursprung aller Religion nennen mag – die Umkehrung der realen Machtverhältnisse. Alles, was sich die Gläubigen durch religiöse Zwänge verwehrten, erwartete sie nun in der höheren Welt.

L. jedoch war weder jenseitskrank noch bereit, auf die irdische Welt zu verzichten. Die Unsterblichkeit, die das Christentum garantierte, machte ihr fast so viel Angst wie die ersten Liebesverstrickungen. Ihre Arme waren zu diesem Zeitpunkt bereits ein einziger, von Narben durchzogener Flickenteppich.

Na, kleine Primel, hast du dich wieder geritzt? Traurig, wie schnell du vergehst … Aber denk mal gut nach: Das Dumme an der Unsterblichkeit ist, dass man sie auch anderen zugestehen muss – den politischen Fuselbrennern zum Beispiel oder den Heinzen der »Hochpfuinanz«. Und ja, natürlich auch den Kundinnen von Zalando! Mal ehrlich – wäre es nicht die Hölle, sollten sich diese Seelchen als unsterblich erweisen und dann in alle Ewigkeit von Pumps und nietenbehämmerten Handtaschen schwatzen? Schlimmer vielleicht nur die Möglichkeit eines männlichen Gegenstücks – die ewige Vereinsmeierei von Rennsport bis Fußball. Knallköppe, die Tabellen bejammern – Zahlenverhängnisse also, die nur einer als tragisch empfindet, der gerade mal bis zehn zählen kann. Wie tröstlich war da die Einsicht, dass all die großen Emotionen des Menschen, seine hehren Gefühle und Erinnerungen, nur aus einer Reihe von biochemischen Bausteinen bestehen – Saft, den die limbische Hirnrinde panschte, um es dem von der Natur weitgehend abgekoppelten Affen zu ermöglichen, sich die künstlich verlängerte Lebenszeit zu vertreiben …

»Da sieht man's mal wieder«, sagte L. zu sich selbst, »Hauptsache sterblich, mein Mädchen, Hauptsache sterblich …«

Die Preziose in ihrer Unterlippe begann gerade wohlig zu jucken, da machte sich ihr Handy bemerkbar, und sie warf einen Blick auf das Display. Den Namen hatte sie lange nicht mehr gelesen.

»Was wollen Sie, Mann?«

»L.? – Was ist denn los? Ich habe mindestens zehn Nachrichten auf Ihrem AB hinterlassen.«

Es war ihr ehemaliger Auftraggeber, der Antiquitätenhändler aus Davos, und er hatte nie einen anderen Namen gehabt als »der Mann«.

»Sind Sie mir gram oder warum rufen Sie nicht einmal zurück?«

»Das wissen Sie doch, die Tschugger[4] sind immer noch an mir interessiert. Ich denke, ich werde mir eine tropische Exilinsel suchen und da überwintern.«

»Wie schade, denn ich hätte etwas sehr Lukratives für Sie.« Der Anrufer machte eine Kunstpause. »Der Kassenwart der Société anonyme bat mich persönlich, Sie mit dem Fall zu betrauen. Sind Sie interessiert?«

Sie drosselte etwas das Tempo, denn sie hatte eine Dornenkrone auf der Fahrbahn entdeckt.

»Würden Sie mir vorher eine Frage beantworten? Für wie wahrscheinlich halten Sie es, dass Jesus seinen Dornenkranz auf einer Autostraße verlor?«

»Ziemlich unwahrscheinlich«, erwiderte der Mann, ohne seinen Tonfall zu ändern. »Ich würde sagen, es ist ein überfahrener Igel. Hab ich recht?« Die Stimme klang sonderbar dumpf, was wahrscheinlich an einem digitalen Sprachverschleierer lag. »Das Interessante an solchen Dornenkronen sind die dazugehörigen Reifenspuren«, meinte er noch. »Früher wichen die Fahrer aus, heute wollen sie die Tiere erwischen.«

»Ist das so?«, fragte L., die sich insgeheim wünschte, das Thema nicht angeschnitten zu haben.

»Ja, das ist so«, sagte der Mann. »Nebenbei bemerkt – es geht um eine Viertelmillion für jeden der Partner.«

Es mochte nebenbei bemerkt sein, doch war das mal eine Zahl, die L. aufhorchen ließ. Mutters Pflegekosten hatten sich im letzten Monat verdoppelt, L.s Kriegskasse musste dringend aufgestockt werden.

---

4   Schweizer Rotwelsch: Polizisten

»Und worum handelt es sich? Der Summe nach muss es etwas Größeres sein – die Bundeslade oder nur die Glocke vom Münsterturm?«

»Im Gegenteil«, sagte der Mann, »es geht um etwas sehr Handliches. Alles Weitere erfahren Sie, wenn wir uns sehen.« Er machte eine noch längere Pause. »Rufen Sie *ihn* an? Ich meine, Sie werden doch nicht ohne Begleitschutz losziehen …«

L. kniff die Augen zusammen, denn der alte Fixstern flammte gerade mit aller Macht auf.

»Herr Sonnenschein und ich haben uns letztes Jahr einvernehmlich getrennt – nachdem er mich als unzuverlässig, unglaubwürdig und schlampig tituliert hatte.« Sie klappte die Blende herunter, der letzte Aufzug des Lichtspektakels namens claire lumière hatte begonnen. »Ich lege keinen Wert auf eine Fortsetzung der … Zusammenarbeit.«

»Meine Frage war nur rhetorisch gemeint«, sagte der Mann. »Sie wissen ja, ich stelle nur Fragen, die ich auch selber beantworten kann.«

»Und?«, seufzte L. »Was ist aus ihm geworden? Kümmert er sich wieder um den Friedhof der verreckten Bergsteiger? Oder schleift er für den Padrone Grabsteine ab?«

»Weder noch.« Der Mann räusperte sich. »Es dürfte Sie überraschen, aber Ihr Kompagnon ist in der Nähe von Stuttgart im Tiefbau gelandet … Wenn unsere Informationen stimmen, setzen die Schwaben Ihren Freund in einem Versuchsstollen ein. Tja, vom Hochgebirgstiger zum Erdferkel – das klingt nicht gut.«

»Ach was.« Obwohl sie die Nachricht aufwühlte, hielt sie sich noch immer bedeckt. »Herr Sonnenschein hatte immer schon eine masochistische Ader.«

»Ich weiß nicht recht«, sagte der Mann. »Für mich klingt das eher so, als hätte er sich endlich selbst unter die Erde gebracht. Vom grimmigen, schwarzen Maul der Erde verschlungen … Wenn es jemanden gibt, der ihn aus diesem Loch herauslocken kann, dann sind Sie es.«

»Hm, was Sie nicht sagen.« Das Bild eines gewaltigen Tunnels schob sich vor L.s geistiges Auge: Jorne – er stand mit dem Rücken zu ihr vor einer schwarz gestrichenen Tür, in deren Rahmen ein Bildhauer die Fratzen von Lemuren gemeißelt hatte. Urplötzlich drehte Jorne den Kopf, sah sie an, sein Mund öffnete sich, als wolle er etwas sagen – da kam auch schon die Ausfahrt in Sicht.

»Nun kommen Sie, L., wir beide wissen doch, dass Sie eine Viertelmille nicht in den Wind schlagen werden.«

»Wollen Sie damit andeuten, dass ich piepengeil bin?«

»Das haben Sie gesagt, nicht ich.« Der Mann lachte auf. »Doch wer sich absetzen will, tut gut daran, etwas auf der hohen Kante zu haben. In Thailand könnten Sie mit einer Viertelmillion in Frührente gehen.«

»Dann kennen Sie meine Lebensplanung besser als ich.« L. hatte fast das Pflegeheim ihrer Mutter erreicht. »Na schön, ich erledige die Besorgung. Und …« – sie zögerte einen Moment – »mailen Sie mir Herrn Sonnenscheins Nummer. Ich kann nichts versprechen, aber ich versuche, ihn aus seinem Erdloch zu locken.«

2

»Was hat das heute geregnet, als ob der liebe Gott die Arche
Noah wieder flottmachen wollte!« Das Klappergestell, das
L. einst zur Welt gebracht hatte, erwartete sie schon vor ihrer Woh-
nung, auf dem Geschosspodest zur fünften Etage. »Du, hör mal,
Kindchen, mein Abserbeln⁵ geht jetzt wirklich zügig voran …«

»Pst! Nicht so laut!« L. zog die Mutter sanft hinter sich her durch
die offen stehende Tür. »Wie oft habe ich dir gesagt, du sollst nicht im
Treppenhaus schwatzen? Und den Schlüssel hast du auch wieder von
innen stecken lassen. Eines Tages wirst du dich noch aussperren. Und
dann?«

»Ist mir doch egal.« Die opiathaltigen Schmerzmittel hatten Mutters Gesicht aufgeschwemmt, aus ihren grauen, kurzsichtigen Augen
fiel ein glasiger Blick. »Wenn es vorbei ist, möchte ich, dass du meine
Asche in der Rhone verstreust. Versprichst du mir das?«

Wie ein welkes Blatt trieb sie quer durch den Raum, über den
taubenblauen Teppichboden zum Bett. Die Einrichtung hatte etwas
von einem Kubrick-Set, der Sterbebühne aus *2001*. Doch anstelle des
Monolithen gab es im Wohnzimmer ein Unterhaltungsmöbel ähnli-
cher Größe. Davor stand jetzt auf einer Styroporbox eine schlichte,
anthrazitfarbene Urne.

»Hat sechzig Franken gekostet«, sagte die Einarmige. »Alles andere
hätte ich schäbig gefunden, auch Gott gegenüber. Schließlich beißt
man nur einmal ins Gras.«

Das ist wohl wahr, dachte L. Hör einer Katholikin beim Sterben
zu, und du wirst die Macht des Glaubens erkennen. Wir dagegen
werden im Moment des Verendens wie jener verrückte Polarforscher
sein, von dem es hieß, er habe sich all seiner Kleider entledigt, bevor

---

5 Schweizerisch: langsames Sterben

er nackt hinausrannte in die arktische Nacht und in einem Whiteout verschwand …

Mutter schien sich dagegen aufs Sterben zu freuen, sie schwebte förmlich aus dem Leben hinaus, die Ärzte hatten das gefräßige Etwas in ihrem Körper weitgehend narkotisiert. Der Patientin präsentierten sie nur noch die Einwilligungsformulare.

»Jesus, wie siehst du denn aus!« Mutter hatte den Irokesen endlich bemerkt.

»Ist das dein neuer Look oder was?«

»Ja, klar.« L. hängte Rucksack und Mantel an die Garderobe. Der Ständer war leer, denn Mutter ging schon lange nicht mehr aus dem Haus. »Gefällt er dir?«

»Sicher, du siehst aus wie Draculas Tochter. Wenn dir das wirklich gefällt, würde ich mal zum Arzt gehen und mich gut durchchecken lassen.« Bevor sie die Bettdecke erwischte, griff die verbliebene Hand der Mutter ein paarmal ins Leere. Die Bewegung war nicht mehr Folge des Willens, selbst ihr Kieferknacken war kaum mehr als ein Reflex. Eine Pflegerin fuhr sie einmal am Tag auf den Balkon mit unverbautem Blick auf den See. Dort saß sie dann – dick eingepackt – und starrte in das sich auffächernde Kielwasser der ab- und anlegenden Fähren und erfreute den Besuch mit ihren Lebensweisheiten: »Also, wenn man etwas besitzt – einen Korkenzieher zum Beispiel –, das Teil aber nicht findet, dann besitzt man es nicht, weil es sich der Nutzung entzieht. Also leg das Teil so, dass du erst gar nicht anfangen musst, danach zu suchen … Dasselbe gilt auch für Gebrauchsanweisungen und Beipackzettel von Medikamenten.«

Bis zum Ausbruch der Krankheit hatte Mutter im *Simplon-Center* geputzt, genauer gesagt, sie hatte den Nasswischwagen geschoben, vom Schrubben wurde ihr schwindlig im Kopf. Irgendwann schmiss sie hin und verschwand. Sie tauchte einfach ab, trieb sich für Monate am Ufer der Rhone herum. Als man sie endlich unterhalb von Baltschieder fand, war sie mit dem Ausbuddeln von Regenwürmern beschäftigt, die sie den Anglern verkaufte. In den Sommermonaten gab es an den ausgedehnten Uferböschungen ein Kommen und Gehen, Mutter hatte an den Fischern täglich zwischen fünf und zehn Franken verdient. Davon konnte sie existieren. Nur mit viel gutem Zureden hatte L. es geschafft, ihre Mutter zu überzeugen, sich wenigstens hin und wieder im Sozialmedizinischen Zentrum zu melden und untersuchen zu lassen. Ein halbes Jahr ging das gut, dann lebte sie wieder das Leben einer Landstreicherin. Erst die Aussicht »würdevoll, gut versorgt in einer richtigen Wohnung mit vier Wänden« zu sterben, sollte die Mutter dazu bewegen, nach Küssnacht zu ziehen. Seitdem wartete sie hier auf den Tod.

Wenn die Tage einander ohne Notwendigkeit folgen, dann dauert es nicht mehr lang. Die alten Römer glaubten noch, man würde dann in die Sphäre der »Mehrzahl« gelangen, ins Totenreich. Eine neue Studie der Regierung hatte gezeigt, dass die Toten inzwischen in der Minderheit waren. Zum ersten Mal in der Menschheitsgeschichte waren die Lebenden den Verstorbenen zahlenmäßig voraus.

»Na, Arm-Seelchen, grübelst du mal wieder so vor dich hin? Oder warum ziehst du so eine Schnurre?« In Mutters Stimme raschelte es. »Nein, Kind, ich werde dir nichts hinterlassen. Nur den alten Wohnwagen. Falls er noch da steht, wo ich ihn abgestellt habe.« Sie kroch unter die Decke, knackte einmal laut mit den Knöcheln und angelte sich die Fernbedienung aus einem Bastkörbchen neben dem Bett. Sie brauchte ein paar Sekunden, um den Lautstärkeregler zu finden.

»Oh, jetzt fällt's mir ein …« Mutter hob ihr spitzes, haariges Kinn. »Im Fernseher kam was über eine Firma im Aargau, die aus Asche Diamanten herstellen kann. Dann könntest du mich am Finger tragen – wie wäre das?«

»Können wir nicht mal über was anderes reden?« Die Situation war wie auf einem Bahnsteig: Nur einer hat eine Fahrkarte, der andere bleibt wohl oder übel zurück.

»Da bleibt nicht mehr viel«, fuhr die Mutter fort. »Aber was soll's, ist doch eh alles egal. Unsere Himmelsbürokraten in Rom haben versagt. Das Reich Gottes ist ihnen abhandengekommen, und jetzt wimmelt es da nur so von Kommunisten, Weibsmännern und Ministrantenvernaschern!«

»Mutter, du solltest …« Der Vibrationsalarm ihres Handys lenkte L. ab. Tatsächlich … »der Mann« hatte ihr Jornes Nummer gemailt.

»Was denn? Heute geht die Kirche mit schlechtem Beispiel voran. Was glaubst du hätte Jesus zu dieser Schande gesagt? Aber wenn du mich fragst, dann hält der seit zweitausend Jahren die Schnauze und lässt uns in unserm Erdensaft schmoren!«

Erdensaft? L. stand am offenen Fenster und schöpfte Luft, um dem Geruch von Bettpfannensud zu entkommen. Der Ausblick war an diesem Abend von Nebelschwaden getrübt. Ein Himmel war nicht zu sehen, an seiner Stelle hing ein grauschwarzes Nichts über dem See.

»Was für ein Nebel!«, rief die Mutter. »Wenn du mich fragst, ist das die letzte Verdunstung vom Heiligen Geist. Treibst du dich eigentlich immer noch mit diesem Jorne herum?« Sie begann hektisch an ihrer Perücke zu zupfen. »In der Presse stand mal, dass er« – sie bekreuzigte sich – »ein Grabräuber war, ein räudiger Tombaroli![6] Mit so einem rechnet Gitt – ich meine, Gott – so was von gnadenlos ab.«

Gitt, dachte L., da hast du was Wahres gesagt, Mutter … Schon komisch, dass es dem alten Gitt in seiner Rachsucht nie langweilig wird. Geht es wirklich immer nur um die Abrechnerei mit der eigenen Schöpfung, der er Fallen stellt, um sie straucheln zu sehen? L. drückte Mutters Kissen zu einem Nackenhörnchen zusammen und lächelte lieb. Alter Niemandsvater, hast dir nie groß was aus deinen

---

6 Ital.: Grabräuber

Kreaturen gemacht, so ist es doch, oder? Selbst dann nicht, als sie dich poststrukturalistisch sezierten. Der kosmische Metzger weiß es ohnehin besser als seine hilflosen Kälber, er wird niemals Rechenschaft ablegen müssen, denn ob es Gott gibt oder nicht – für die Sterblichen ist es gleich. Oder eben nicht wichtiger als dieses gottverdammte Teilchen, das sie kürzlich im CERN, in diesem Umlaufbeschleuniger am Rande des französischen Jura, entdeckten. Es war alles ein Witz, eine üble Scharade.

In der neonbeleuchteten Küche, wo sich in der Mikrowelle ein Fertiggericht drehte, fiel L.s Blick auf den Wandkalender des Bistums. Das Oktoberblatt zeigte die Cathédrale Notre-Dame de Lausanne. Oktober, natürlich, vor einem Jahr, als sich die Bäume wie ihre Geldbörsen goldgelb verfärbten – in jenem Annus horribilis der römisch-katholischen Ökumene, als das Klubhaus des Limburger Bischofs selbst in der Schweiz Schlagzeilen machte –, hatten sie sich getrennt. Da saß ihnen die Polizei bereits auf den Fersen. Erste, in Bahnhofbuffets ausgehängte Steckbriefe machten die Runde, der Phantombildzeichner hatte ganze Arbeit geleistet. Angesichts der brenzligen Situation hatte sie, L., beschlossen, erstmals das Gespenst von Mutter zu hüten. Sie mietete diese Suite im Pflegeheim an, organisierte den Umzug von Gampel nach Zürich. Die ersten Wochen schlief sie in einem Abstellraum neben der Tür. Schlaf war gut, Schlaf und Essen. Während man schläft oder isst, quält man sich nicht mit Dingen herum, an denen sich ohnehin nichts mehr ändert. Und überhaupt – alles war besser als die Matratzengruft im Studentenhaus *Tscharnergut*, eine Bleibe, in der man nur wohnt, wenn man nichts anderes hat und wo man mit dem »Tross der Verklemmten« klarkommen muss, der nachts die Etagen nach Frauen durchkämmt. Manche hatten sie um drei Uhr morgens aus den Federn geklingelt, um sie wegen einer angeblich anstehenden Prüfung über »sakrale Eisenkunst« zu befragen. Ausreden gibt's!

Das Glöckli der Mikrowelle riss sie aus ihren Gedanken. Wie immer stellte sie die Schale auf ein Tablett und legte den Esslöffel rechts an den Rand. Die Einarmige hatte nie gelernt, mit Messer und Gabel zu essen.

»Bin froh, dass ich das nicht mehr mitmachen muss, wirklich froh.« Während sie vor sich hin löffelte, verfiel die Mutter in selbsthypnotisches Nicken. »Es dauert nicht mehr lange, und die Beduinischen stecken auch hier die Kirchen in Brand. In Züri, stell dir vor, gibt es bereits in jedem zweiten Viertel eine versteckte Kellermoschee. Wo bleibt da die Una Sancta Ecclesia, frage ich dich? Doch dazu müssten wir uns erst mal von den Hirndämpfen der Lutheraner befreien!« In einem bösen Traum habe sie die Liebfrauen-Kirche bereits brennen gesehen. »Weißt du, warum wir den zerstörerischen Lauf des Vaters aller Lügen nicht aufhalten können?« Die Mutter spuckte etwas neben den Teller. »Weil es heute an Blutzeugen fehlt – Christen, die bereit sind, für den Glauben zu sterben! So wie die heilige Jungfrau Johanna. Für die war der Scheiterhaufen einfach das Höchste. – Wo bleibt jetzt mein Nachtisch?«

Es hatte nie etwas gebracht, ernsthaft mit Mutter zu sprechen. Aus dem, was sie Wirklichkeit nannte, war sie schon früher immer nur beunruhigt erwacht: Das manische Gerede, ihr Leben von Grund auf umzukrempeln und »alles anders zu machen«, endete dann jedes Mal mit der beklemmend euphorischen Einsicht, dass sie es geschafft habe, auf ihrem Lebensweg »immer falsch abzubiegen« und dass deshalb alles seine Richtigkeit habe. Ein paar Wochen später trieb sie dann bereits wieder bewusstlos im Strom des alltäglichen Lebens dahin und wollte sich an nichts mehr erinnern.

Entsprach dieser Seelenzustand nicht der ursprünglichen Stufe des Menschen? Dessen Vernunft, so sah es zumindest der Philosoph Ortega y Gasset, sei »nicht ausreichend, um ihm zu gestatten, den Bereich der tierischen Existenz zu überschreiten; er ist ein Tier mit gelegentlichen Lichtblicken, ein Tier, in dessen Inneren von Zeit zu Zeit die Einsicht aufkeimt«.

Von Zeit zu Zeit: Die meisten verenden zwischendrin – warum sollte die Einarmige eine Ausnahme sein?

»Sag mal, Tochter, wie zahlst du das eigentlich?« Als L. den Nachtisch servierte, legte sich eine gesprenkelte Klaue auf ihren Arm.

»Ich hab neulich den Verwalter gefragt, und der hat mir gesagt, was du hier monatlich löhnst. Hast du im Lotto gewonnen? Oder gehst du anschaffen, oder was? ›Magersüchtiges Strichelchen macht Hausbesuche im Goms‹ – stand neulich so in der Zeitung. Und auch der Stundentarif.«

Statt zu antworten, richtete L. ihren geistigen Röntgenblick auf die Mutter: Welcher Mangel bestimmter Neurotransmitter in Mutters Gehirn mochte für diese Frage verantwortlich sein? Wahrscheinlich fehlte es ihr einfach an Vasopressin, dem Hormon, dem nachgesagt wurde, es habe schon Rattenmütter in Glucken verwandelt.

Ja, wenn es ums Geld ging, war Mutter auch zu Gemeinheiten fähig. Insgeheim hatte L. nur darauf gewartet, dass sie die alte Seelenpeitsche auspacken würde. »Du wärst nicht die erste Studentin, die sich so ein Zubrot verdient.«

»Du hörst mir einfach nie zu«, erwiderte L., die schon lange das war, was man selbst im Wallis eine »entschiedene Lügnerin« nennt. »Wie oft habe ich dir gesagt, dass ich bei einem Auktionshaus untergekommen bin?« Sie sagte es betont gleichgültig, um die Aversion zu verbergen, die sie nicht erst seit gestern gegen dieses taktlos fragende, organische Uhrwerk empfand. »Ich erstelle Schätzungsinventare und werde für meine Expertisen bezahlt.«

»He, gib acht!« Die Mutter hatte einen Ring aus Schokoladenmousse um den Mund. »Ich merk noch, wenn mich jemand *verschattet* …«

»Du meinst verschaukelt.«

»Nein, verschattet! Du lügst Menschen an und bringst sie so in den Schatten. Das hast du immer getan!«

»Ging es nicht gerade um meine Arbeit?«

»Welche Arbeit? Mit altem Krempel verdient man kein Geld!«

»Den Seinen gibt's der Herr im Schlaf«, giftete L.

»Ja. Und den anderen – zu denen du gehörst – gibt er's weder im schlafenden noch im wachen Zustand!« Ein Hustenanfall veranlasste die Alte, nach einem Spucktuch zu suchen.

»Lass gut sein, Muttchen, reg dich nicht auf.«

»Das verbitte ich mir!« In ihrer Wut fegte die Einarmige das Tablett vom Bett. »Du redest mit mir, als hätte ich Gehirnhämorrhoiden! Falsche Kröte! Warst halt schon immer ein verrotteter Mensch! Dein Vater wollte dich in ein Heim stecken …«

»Hätte er's nur getan«, fiel L. dazwischen, »dann wäre er nicht in Versuchung gekommen, mich nachts zu beehren.«

Jetzt war es raus, und die Einarmige war wie gelähmt.

»Ich geh dann mal«, sagte L. In Gedanken war sie schon unterwegs, die nachtschwarze Windschutzscheibe mit den hart schlagenden Wischern vor Augen.

»Wie – du gehst schon, Arm-Seelchen?« Die in der Verachtung ihrer Tochter stets auflebende Mutter klang fast enttäuscht. »Geh lieber nicht«, sagte sie dann in einem süßlich-giftenden Ton. »Lange wandeln die Gottlosen auf bequemen Pfaden, doch das Ende ist der Hölle Abgrund.«

Sie lachte auf, vielleicht weil im Fernseher ebenfalls losgelacht wurde. »Du kannst nicht ewig wie eine Rasierklinge durch die Welt laufen und andere mutwillig schneiden. Werd erwachsen! In deinem Alter hatte ich schon zwei Kinder!«

L. war in ihren Mantel geschlüpft und stand abmarschbereit an der Tür. »Wieso eigentlich, wenn das Band der Liebe zwischen Mutter und Kind nicht länger ist als die Nabelschnur?«

Den Blick auf den Fernseher gerichtet, verfiel die Mutter in ihr selbsthypnotisches Nicken. »Ich hätte nicht gedacht, dass es so in dir aussieht.« Das Rascheln in ihrer Stimme fächerte Nacht in L.s sich windende Seele.

»Wie sieht es denn in mir aus?«

»Superfinster.« Mutters Hand, die abwinkte, knackte wie eine Kastagnette. »Und jetzt raus, Teufelin, fahr zur Hölle!«

Lange Treppe. Stufe um Stufe. Tür auf, Tür zu: Erst als L. vor das beleuchtete Säulenportal trat – gleich neben Briefkästen aus gebürstetem Edelstahl, einem Fahnenmast ohne Flagge und einem hölzernen, von Algen befallenen Blumenkarren, in dem nichts mehr blühte –, war sie bereit, Rotz und Wasser zu heulen.

Wenn die Welt meint, du bist schlecht, dann tu ihr doch den Gefallen. Und von diesem Moment an folgst du einem sicheren Kurs, der das Gute in dir immer nur herabkorrigiert, abwertet, vernichtet. Arm-Seelchen – da hatte Mutter schon recht. Statt sich weiter in Selbstmitleid zu ertränken, sprang sie in ihren Wagen und fuhr los.

3

Etwas knallte ihm an den Schädel und schickte Jorne wie einen angeschlagenen Boxer zu Boden: Die Geldkassette in seinen Händen wurde leicht, federleicht. Während er fiel, stieg sie auf, flog davon, fast hinauf bis zur Decke und dort drehte sie sich einmal wie schwerelos um die eigene Achse, bevor sie den Sinkflug antrat, um irgendwo zwischen Schreibtisch und Bürostuhl zu landen.

Auch Jorne fiel – das merkte er allerdings erst, als seine Nase den staubgesättigten Teppichboden berührte: *The Eagle has landed ...* Touchdown. Trotz der Benommenheit hatte er nur einen Gedanken im Kopf: Steh auf, solange du kannst.

Keine Chance, er war wie gelähmt, nur die Schritte konnte er hören – schwere, bedrohlich klingende Schritte. Jemand drehte ihn auf den Rücken, ein grelles Licht fiel ins Innere seines Schädels, in dem zeitgleich ein Tempelgong dröhnte.

»Hab ich dich, Füchsle!« Pralle Wurstfinger quetschten Jornes Kehle zusammen. Von dem Wachmann, dem diese Finger gehörten, war nur ein Schemen zu sehen. »Ich hab doch gleich gewusst, dass du kein echter Tiefbauer bist! Bevor du hinter Gitter wanderst, versohlt dir Päppi noch mal so richtig den Oarsch!«

Während es Tritte und Schläge hagelte, hechelte der nach Bier riechende Atem des Wachmanns über Jorne hinweg. Die Schlägermühle hörte erst auf, als plötzlich – wie aus dem Nichts – ein Casio-Synthesizer *Highway to Hell* spielte. Der Klingelton gehörte zu Jornes ukrainischem Handy, blacklisted und gerade mal drei Wochen alt. Bisher hatte er es nicht einmal benutzt.

»Geh schon ran«, schnaubte der Wachmann. »Is bestimmt Muttern. Ich will nicht, dass sie sich Sorgen macht wegen 'nem Drecksack wie dir.«

Er ließ von Jorne ab und begann die Schöße seiner Uniformjacke zu straffen.

»Danke, Päppi.« Jorne streifte die Wollmütze bis zu den Brauen zurück. Er warf einen Blick auf das Display: Null, null, vier, eins … der Anruf kam aus der Schweiz.

»Herr Sonnenschein?«

Während Jorne sich aufrappelte, schielte er beiläufig nach der uniformierten Fleischmasse. Der Typ erinnerte ihn an seinen Alten – ein aufgeschwemmter, grobschlächtiger Bär, der sich in seiner körperlichen Überlegenheit sonnte.

»Bist du das, Ella?« Schon früher hatte Jorne L. auch mal Ella genannt, und sie hatte nie protestiert.

»Wer ist Ella?«, schnappte sie diesmal zurück.

»Verstehe.« Er rappelte sich auf. »Hör zu, es passt gerade ganz schlecht …«

»Stimmt.« Der Wachmann ließ Jorne die Handschellen sehen. »Du gibst Päppi jetzt Pfödche' und dann geht's zur Bollizei.«

Sein Geschwäbel, dessen Silben wie Klumpen aus einer sich im Dunkel drehenden Mischtrommel tropften, gab Jorne Zeit, sich zu sammeln.

»Entschuldige, ich glaube, mein Typ ist gefragt.« Jorne legte das Telefon aus der Hand – und verpasste dem Koloss eine Links-rechts-Kombination, die er mit einem Leberhaken abrundete. Noch im Taumeln antwortete der Wachmann mit einem Schwinger, wahrscheinlich war er in irgendeinem Amateurboxverein. Seine Faust erwischte Jorne am Kinn und fegte ihn in ein mit Bürokram verstopftes Billy-Regal. Zwischen den fliegenden Leitz-Ordnern segelte ein Locher an Jorne vorbei – Typ Museumsstück, aus Zinnguss mit Anschlagschiene und einem federnden Griff –, der plötzlich in Jornes Hand landete und sich dort in einen Streitkolben verwandelte. Ein Schlag genügte, um dem Wachwicht den Scheitel zu mauern.

»Da hast du dein Füchsle«, murmelte Jorne. Aber King Kong hatte ihn nicht mehr gehört, sondern fiel mit der Grazie eines Wackelpuddings in sich zusammen.

»Herr Sonnenschein? Was ist denn los?«

»Nichts.« Jorne riss sich die Mütze vom Kopf. »Wir Sklaven von der Tiefbau AG feiern heute ein Fest … und mancher trinkt da einen über den Durst, tri tra trullala.«

»Oh! Ich wusste gar nicht, dass diese Plackerei ein Anlass zu Fröhlichkeit ist?«

»Na ja, das kleine Fest soll so was wie mein Abschiedsfest sein. Morgen wollte ich Richtung Norden, so weit es nur geht, und auf einem Krabbenkutter anheuern. Vielleicht fall ich da eines Nachts über Bord. Wäre nicht die schlimmste Art, einen Schlusspunkt zu setzen.«

Das Aufstöhnen des Wachmanns ermahnte Jorne, es nicht auf eine zweite Runde ankommen zu lassen, er sah sich deshalb nach den Handschellen um.

»Wie hast du eigentlich meine Nummer in Erfahrung gebracht, ich meine …?« Er stockte, denn es gab nur eine Erklärung. »Ah ja, der Mann von der Société anonyme! Offenbar gibt es nichts, was dieser Gangster nicht herausfinden kann.«

»Nun, der Mann hat etwas bestellt.«

»Ach was, das ist ein Witz, oder?« Jorne hatte die Handschellen endlich entdeckt. »Hast du die Fahndung vergessen?«, flüsterte er. »Zwei Leute, die wir kennen, werden beide polizeilich gesucht.«

»Mit Phantombildern – mach dir also nicht in die Hose. Außerdem hab ich mir gestern die Haare gefärbt.«

»Tipptopp«, spottete Jorne, »wusste gar nicht, dass gefärbtes Haar wie 'ne Tarnkappe wirkt!« Päppis Pranken lagen inzwischen in Eisen. »Mal ehrlich, findest du wirklich keinen andern, der mit dir auf Zigeunerfahrt geht?«

»Du lässt mich hängen? Wieso?«

»Da fragst du noch? Ich weiß genau, was die Wildstreicherei bringt – jede Menge unnötigen Ärger!« Er schnappte sich die Stabtaschenlampe und leuchtete unter den Schreibtisch. »Im Übrigen, bild dir nicht ein, du pfeifst, und ich springe, so läuft das nicht mehr.«

»Nun stell dich nicht so an. Wenn du ehrlich bist, wirst du zugeben, in all den Jahren gab es zwischen uns nie mehr Meinungsverschiedenheiten als in jeder anderen Ehe. Wobei wir natürlich kein Ehepaar waren.«

»Was immer wir waren, es ist vorbei.« Der Lichtstrahl stocherte in den Ecken herum. »Außerdem habe ich keinen fahrbaren Untersatz mehr. Den Volvo hab ich verschrottet.«

»Passt doch, ich hab mir heute einen schnucklingen Wagen gekauft.«

»Na, gratuliere.« Er hatte die Kassette entdeckt und rammte seinen Schraubenzieher in das Schloss. »Wenn du mich fragst …«

»Dich fragt aber keiner.«

»… dann solltest du endlich die akademische Laufbahn einschlagen. Man studiert schließlich nicht, um als Knastologin zu enden!«

»Ja, wieder mal typisch, ich rede von Schneemännern, du von Eisbergen. Kannst du das Ganze nicht mal positiv sehen? Eine Arbeit, die man liebt, ist wie ein ständiger Urlaub.«

»Dann bon voyage! Schreib mir 'ne Postkarte, denn ich komme nicht mit.«

Die Kassette gab knarzend auf. Die große Bescherung fiel mager aus – ein paar Zwanziger und Essensmarken der Tiefbau AG.

»Tausend Tonnen Pech.« Jorne durchwühlte die Schreibtischschublade – der schweißnasse Rücken des am Boden kauernden Wachmanns war bald von Kulis, farbigen Büroklammern und Streichholzbriefchen bedeckt.

»Jorne … bist du noch da?«

»Ja! Leider Gottes bin ich noch da!« Jornes lädiertes Bein fühlte sich in diesem Moment gefühllos an wie ein Stück Holz, wahrscheinlich klemmte irgendwo in seiner zusammengenagelten Hüfte ein Nerv. »Und hast du mich gerade Jorne genannt? Nenn mich noch einmal Jorne, und ich lege auf.« Er stemmte sich vom Boden ab und lehnte sich an die Kante des Schreibtischs. »Nicht, dass es mich interessiert, aber was will er denn diesmal, der Mann?«

»Wieso fragst du, wenn du doch nicht mitkommen willst?«

»Na ja, es interessiert mich schon, wofür du diesmal deine Freiheit riskierst.«

»Meine Freiheit?« L. holte einmal tief Luft. »Es geht nicht um meine Freiheit, sondern um eine Viertelmillion. Mehr hat der Mann nicht gesagt – eine Viertelmillion Franken, für jeden von uns.«

Jorne fuhr sich mit der Hand übers Gesicht. »Im Ernst jetzt – für jeden von uns?« Seine Hand wanderte weiter, begann seine Haare zu raufen. Wie ein Spieler am Ende einer Pechsträhne weigerte er sich zu glauben, dass er doch noch gewinnt.

Denk nach, Jorne. Selbst wenn es nicht zu dir passt, von einem Moment auf den nächsten eine Lebensentscheidung zu treffen, aber mit der Knete wärst du aus dem Schneider. Denk jetzt einmal gut nach …

Er hatte doch ohnehin vorgehabt zu verschwinden, die Tiefbaufirma stand kurz vor dem Aus. Sie schuldeten ihm noch zwei Monatsgehälter – was man einen triftigen Grund nennen könnte, einen nächtlichen Kassensturz zu begehen.

Und die lichtlose, nach Acrygel stinkende Hölle? In Gedanken lief er noch einmal die Tunnelröhre entlang. Sie hatten ihn dort eingesetzt, wo ein Einsturz am wahrscheinlichsten war. Unterschwellig hatte er vielleicht immer darauf gehofft, denn Tag für Tag sah er statt tropfnassem Anhydrit nur eine tiefschwarze Tür, die sonst niemand außer ihm sah. Er hatte nie den Nerv gehabt, die Hand auf die Klinke zu legen. Jetzt hatte er das Gefühl, er war an einem Scheideweg angelangt: Entweder verharrte er weiterhin zwischen Baum und Borke und würde sich so durch sein restliches Leben lavieren oder aber er sah zu, dass dieses eine Leben, das er hatte, von nun an wie eine Geschossbahn verlief.

4

Sie hatte Jorne einen Friedhof im Zürcher Weinland genannt, einen Totenacker aus der napoleonischen Zeit, von dem nicht einmal Alteingesessene wussten, dass es ihn gab. So wie sich Touristen an den Sehenswürdigkeiten einer Stadt orientieren, orientierte sich L. an lokaler Grabmalkultur, in ihrem Kopf existierte eine etwas andere Topografie. Zürich? – Sihlfeld. Basel? – Friedhof am Hörnli. Bern? – Bremgartner Friedhof. Und so weiter und so weiter.

Der neue Treffpunkt war eher mit einer Unterführung im Niemandsland zu vergleichen. Die teils zu Schüttgut geborstenen Steine waren nicht weit von einer Bushaltestelle entfernt, doch von rebenbestandenen Hängen verborgen.

Ganz in der Nähe, in einer ehemaligen Wallfahrtskapelle, hatte L. einmal eine potthässliche Vase entdeckt, und da dieser Fund – später bei Christie's als echte Pugin-Keramik versteigert – eine Stange Geld eingebracht hatte, kehrte sie gern hierher zurück. Ausgerechnet der Mann aus Davos hatte ihnen zu ihrem »spatenwissenschaftlichen Triumph« auf seine unnachahmliche Weise gratuliert: »Der Endzeitprediger und der Kirchenräuber sind beides prekäre Existenzen, und beide treibt die Not, ein nomadisches Dasein zu führen. War der Weltuntergangsapostel mit seinem Warnschild eine Prothese des sterbenden Christentums, so bediente sich der Kirchenräuber einfach an einem halb erkalteten, nach Weihrauch duftenden Leichnam.«

Erfüllt nicht jede Ausgrabung den Tatbestand der Raubgräberei?, dachte L. Sie war inzwischen Richtung Adlikon unterwegs. Alle gefeierten Altertumsforscher – Schliemann, Belzoni, Koldewey, Tempel und der Pompeji-Entdecker – hatten aus juristischer Sicht Grabmäler geplündert und die Heiligtümer fremder Kulturen verhökert. Im Vergleich zu diesen Routiniers nahmen sich L. und Jorne wie Heilige aus. Sie hielten sich strikt an das ungeschriebene Gesetz des Schweizer

Alteisensammlers: Nimm nur Loses. Eine Friedhofskapelle zum Brockenhaus[7] zu erklären, war trotzdem nicht jedermanns Sache.

Die Sonne flackerte bereits wie ein verlöschendes Streichholz, als sie den Treffpunkt erreichte. Jorne war schon von Weitem zu sehen. Er saß vor einem schlammzerfressenen Bauzaun und spielte mit sich selbst Messersteck. Wobei es sein alter Grabstichel war, der ihm das Messer ersetzte. Mit den seitlich aufliegenden Mantelschößen ähnelte er einem Flughund, der gerade eine unfreiwillige Bauchlandung hingelegt hatte.

»Du bist spät dran.« Jorne stand auf, ließ den Stichel unter seinem Mantel verschwinden und ging einmal um den Wagen herum.

»Diese Schüttelpritsche nennst du einen schnucklichen Wagen?« Bekanntlich lebt der Bergler von genuin männlichen Tugenden, er kann nicht anders als rational-utilitaristisch zu mosern. »Eine Radkappe fehlt, und der Auspufftopf sieht aus wie ein Sieb!«

»Komm runter«, klang es rotzfrech zurück. »Auf hundert Kilometer schluckt der Motor mal grade so sieben Liter. Außerdem hat er Vierradantrieb – was willst du mehr?«

»Weiß nicht, wo ich anfangen soll.« Jorne hatte den Kopf durch das Seitenfenster gesteckt und betrachtete den Kunststoffhimmel des Innenraums wie der Tropenforscher das Netz einer besonders grässlichen Spinne. »Auch das noch, ein Raucherfahrzeug …«

»Stimmt«, erwiderte L. »Dir zuliebe werde ich aber nur halb so viel rauchen. Steigst du jetzt ein oder willst du noch mehr passive Aggressionen austauschen?«

Als er endlich neben ihr saß, hauchte sie ihm einen Kuss auf die Schläfe. »Und? Gefällt dir mein Haar?«

Jorne rollte seine Lippen ein, bis er die Stoppeln in den Mundwinkeln fühlte. »Na ja, du siehst wie ein Wiedehopf aus …«

»Ein Wiedewas?« L. hatte wirklich keine Ahnung von einheimi-

7   Schweizerisch: Trödelladen

schen Vögeln. »Ich meine, wenn du mich mit dem Fahndungsfoto vergleichst?«

»Keine Ähnlichkeit«, seufzte Jorne. »Ein Wunder, dass du dich selbst noch erkennst.«

»Na dann, hoffen wir mal, dass es kein Sonntagsspaziergang wird.« Sie befanden sich inzwischen auf der Zubringerstraße, und L. machte ihre üblichen Anspielungen. »Eine letzte Tour ohne Spannung wäre kein krönender Abschluss, findest du nicht?«

Jorne schaffte es, wie ein Buddha edel und leidend zu lächeln: Dass es spannend werden würde, hatte nie zur Debatte gestanden. Fast *zu* spannend war es einmal auf dem Friedhof von St. Gallen geworden. Das Gewann grenzte an ein Bahnwärterhäuschen, und der betrunkene, unter dem Einfluss von Vampirschmökern stehende Wärter hatte versucht, Jorne mit einem abgebrochenen Skistock zu pfählen.

»Und – wie geht's?«

»Man lebt«, sagte Jorne, um dann das Thema zu wechseln. »Und der Mann hat wirklich nicht gesagt, worum es hier geht? Keine Andeutungen?«

»Nur dass es etwas Handliches ist.«

»Du weißt, dass er gerne mal untertreibt«, murrte Jorne. »Erinnerst du dich noch an die Taufschale, die er unbedingt wollte? Leider ließ sich die Schale nicht aus dem steinernen Taufbecken lösen. Die Schlepperei werd ich mein Lebtag nicht vergessen …«

»Lag das vielleicht an dem gefrorenen Wasser in der Schale?«

»Nein, es lag daran, dass der Fonduekocher, den du zur Abschmelze einsetzen wolltest, wieder mal am Abnippeln war. Aber mach dir nichts draus, kann jedem passieren, der nicht weiß, was er tut.«

»He, das wollte ich eben sagen …«

»Hast du aber nicht.« Beiläufig begann Jorne in seinem Seesack zu kramen. Die bloße Berührung mit Werkzeugen hatte ihm immer geholfen, seine Gedanken zu erden. »Warum nimmst du diesen Halsabschneider eigentlich immer in Schutz? Du weißt, der Ratte ist nicht zu vertrauen ...« Er stockte, als er den Dinorucksack im Reserverad sah. »Geht es noch unauffälliger?«

»Das ist gerade der Trick«, konterte L. »In Gegenwart eines alten, weißen Mannes wirke ich mit dem Kleinen mindestens zehn Jahre jünger.«

»Natürlich! Du siehst die Dinge immer nur aus deiner Sicht ...«

»Jeder sieht die Dinge immer nur aus seiner Sicht, es sei denn, er – sie – es ist ein verhaltensauffälliges Schneeflöckchen, das sich einbildet, für alle Welt mitdenken zu müssen.«

Dem war nichts hinzuzufügen, und Jorne konzentrierte sich auf seine »Unterwegsschlosserei« – Hammer, Brecheisen, Schraubenzieher, Eisensäge, Karabiner, Mauerhaken und ein auf Unterarmlänge gestutzter Bolzenschneider, was in den Alpenregionen mit ihren Heerscharen von umherziehenden Bauarbeitern nicht so ungewöhnlich ist, wie es klingt. Die Dosen mit Rostlösemittel ließen dagegen ahnen, dass ihr Besitzer vielleicht doch eher eine Art Schlüsseldienst war. Das Caela Sculptoris war dagegen ein etwas kurioses Erinnerungsstück. Der Padrone hatte ihm den Stichel nach einem Mittagessen im *Restaurant La Tomba* zu Beginn seiner Laufbahn als Reinigungssteinmetz geschenkt. Ein Verwandter des Padrone hatte gerade »eine Menge Schüttgut zum Recyceln« gekauft, herrenlose Grabsteine aus der Gegend von Ugovizza. (»Was soll ich sagen? Nach dem Hochwasser lagen da Dutzende in der Pampa herum. Prächtige Stücke aus Marmor! Eine Schande, sie verrotten zu lassen.«) Stolz hatte er Jorne im Anschluss an das Gespräch zur Steinschleifmaschine geführt. Das Entfernen von Inschriften sei kinderleicht, das Tragen einer Atemschutzmaske leider Vorschrift und die Arbeit »harmlos« – das hatte der Staatsanwalt dann später doch anders gesehen.

»Wo geht's eigentlich hin?«

»Finstertennen. Eine Beiz in der Nähe von Spiez.«

»Das heißt, wir fahren zum Thunersee?« Jorne rümpfte hörbar die Nase. »Von Davos aus fährt man da gute dreieinhalb Stunden.«

»Wenn er es so will.« L. manövrierte den Ford über einen Zubringer Richtung Interlaken. Menschliche Ansiedlungen wurden seltener – hier noch ein dunkles Gehöft, dort eine Scheune, die sich ein pfiffiges Kerlchen zu einer Bauernburg ausgebaut hatte.

»Er sagte mal, die Treffpunkte würden vom Computer des Weltwirtschaftsforums bestimmt. Wahrscheinlich stimmt das sogar.«

»Wahrscheinlich.« Jornes Blick schweifte hinauf zu den Bergen. Ein wie mit Rost gesprenkelter Zirrus schwebte über den Gipfeln. »Dann verdanken wir unseren kommenden Reichtum also dem allmächtigen Zufall.«

»Du sagst das so, als würden wir zu einer Versteigerung fahren.« L. bedachte Jorne mit einem spöttischen Blick, doch sein Gesicht belehrte sie eines Besseren. »Es ist immer noch wegen Vreni, nicht wahr?« Der Absturz am Matterhorn war bekanntlich Jornes neuralgischer Punkt. »Da frag ich mich schon, ob du jemals darüber hinwegkommen wirst.«

»Keine Ahnung, aber es schnürt mir noch immer das Herz ab. Ich meine, ich habe damals nachgedacht, so sehr ich konnte, bis mir das Hirn wehtat, aber ich wurde einfach nicht schlau aus der Sache. Heute weiß ich nur eins: Etwas kreuzte meinen Weg, und seitdem wird der von Dunkelheit überschattet.«

»Oh, geht's noch drastischer?« L. hatte noch die Sprüche ihrer Mutter vom Verschatten im Ohr. »Na, immerhin besser, als wenn es ein übervoller Zug wäre, und jemand leuchtet dir mit 'ner Taschenlampe ins Gesicht.«

»Ja, mach du nur Witze! Als ich sie fallen sah, da wusste ich, Gott hat mich vergessen. Mit Sicherheit! Er hat uns alle vergessen. Aber wechseln wir lieber das Thema.« Wie jedes Mal, wenn er an Vreni dachte, fühlte Jorne, was der menschliche Schädel im Endeffekt war – eine Urne mit der Asche verbrannten Lebens. Jedes Fitzelchen einer Erinnerung, die einen quälte, ging auf Stoffwechsel- und Oxidationsprozesse in der grauen Masse zurück. Und je älter man wurde, umso leichter fiel es einem, in der Asche zu leben.

Eine Zeit lang schwiegen sie vor sich hin. Der Anblick der sterbenden Sonne ließ ihnen keine andere Wahl.

»Was für ein Rot … siehst du das auch?«

»Ja, was für ein Rot«, pflichtete Jorne seiner Fahrerin bei. »Als ich das letzte Mal so ein Rot sah, hockten Vreni und ich vor einer Beiz in Zermatt. Am nächsten Tag war sie …«

»Hattest du nicht was von Themawechsel gesagt?«

»Die Frage ist doch nur, ob es nicht doch einen Zusammenhang gab.«

»Du meinst so etwas wie ein Zeichen von Gott?« L. schielte unter der Sonnenblende hinauf zu den Wolken. »Lass mich dir einmal helfen, deine persönliche Krise zu bewältigen. Sie beginnt mit der Frage: Ist Gott wirklich tot oder tut er nur so? Die Antwort ist: Gott hat nie existiert.« Sie zögerte einen Moment. »Dir ist schon klar, dass jede transzendente Erfahrung auf einem neuralen Kurzschluss beruht? Das religiöse Empfinden ist eine Macke, weiter nichts.«

»Du weißt ja nicht, was du sagst«, murmelte Jorne.

»In diesem Fall schon.« L. hatte noch immer nicht den Dreh mit der Kupplung raus und verhaspelte sich mit den Gängen. »Zwei Radiologen der Universität Philadelphia scannten die Gehirne von betenden Mönchen. Dabei lokalisierten sie eine kleine Region im zerebralen Neokortex, die sich im Moment des Transzendierens abschaltet. Mit anderen Worten« – das Lächeln in ihrer Stimme machte alles noch schlimmer – »wer glaubt, Gott zu schauen, hat nur eine geistige Störung.«

»Selbst wenn das stimmt«, erwiderte Jorne, »erklärt es nicht, was ich beim Anblick eines solchen Himmels empfinde.«

»Vielleicht kann ich helfen?«, säuselte L. »In der Regel gilt, je primitiver ein Menschenschlag, umso eher ist er bereit, in Naturerscheinungen den Ausdruck der Schöpfung zu sehen. Das Volk der Papua erkennt in Zirrus, Stratus und Kumulus die Zeichnungen von jenen Dämonen, die einst den Planeten erschufen. Unsere Zivilisation ging bekanntlich einen anderen Weg: In der Renaissance galt die Wolkenjagd bereits als Zeitvertreib der Höflinge und Mätressen. Verständlich, denn das Kino existierte noch nicht, der Himmel war das einzige Lichtspieltheater.« Wieder zögerte sie einen Moment. »Tut mir leid, aber für Menschen des 21. Jahrhunderts gibt es da oben nur atmosphärische Gase. Wir haben bis heute keinen liebenden Schöpfer entdeckt, sondern nur einen evolutionären Treiber, der aus unerfindlichen Gründen organische Lebensformen prozessiert und sie dann wieder zerlegt. Das ist das Leben auf Gottes schöner Erde, und auch du weißt, dass es so ist.«

Es hat sich nichts geändert, dachte Jorne bei sich. Ihre Stimme hat immer noch denselben merkwürdigen Klang – wie Eisbrocken, die im Frühjahr von den Dachrinnen fallen und auf dem gefrorenen Boden zerschellen. Ihr Verstand weiß immer noch mehr als ihre Seele …

»Was ist mit den Bergen?«

»Muss ich darauf wirklich antworten?«

»Na klar, du bist doch die Frau, die verhindert, dass ich abergläubischer Tropf in Sentimentalitäten versinke.«

Sie schluckte erst, als würde sie nach Ausflüchten suchen. »Ich will es mal so sagen: Wenn die Grundform der Stadt ein Viereck ist, dann ist die Grundform des Berges ein Tausendeck. Dergleichen übersteigt unser Fassungsvermögen, so wie Permutationen, algorithmische Perioden, sich verkehrende Massenverhältnisse. Wir sind in einer nicht ganz offensichtlichen Zahlenwelt unterwegs, mein guter Jorne, sie mag anders aussehen als die Zahlenwelt von Zürich, Bern oder Genf, aber aus mathematischer Sicht macht es keinen Unterschied. Die echten Helvetier wissen das und deshalb lassen sie sich höchstens zur Wintersaison mal aus ihrem Finanzdistrikt locken.«

»Ich weiß nur eines«, sagte Jorne. »Die Straße, auf der wir fahren, weiß nichts von den steinernen Tempeln der Götter. Und umgekehrt wissen die Berge nichts von der menschlichen Zivilisation. Wenn es die Menschheit nicht mehr gibt, werden sie immer noch sein. Das ist der Unterschied, werte Elle, und damit ist alles gesagt.«

5

An der Wand eine hölzerne Bergsilhouette aus geflammtem Ahorn, darauf mit Kreide geschrieben: »Welcome, Mountain Truckers, Montana, Makoshika State Park«. Das Schild stammte offenbar aus den Staaten und passte trotzdem gut zum Rest der Spelunke, in der sie saßen. L.s Blick schweifte zum x-ten Mal in die Runde. Ein wie geräuchert wirkender Tresen aus industrieller Holzmanufaktur, dahinter eine verspiegelte, mit Likörflaschen und Rehbockgeweihen verstopfte Bar; zwei Reihen festgeschraubter Tische und Lederimitatbänke, beleuchtet von schummrigen Tiffany-Lampen, auf den Fensterbänken, die den Gästen oft als Ablage dienten, verstaubte Fettpflanzen; ganz hinten an der Wand zwei verbeulte, mit Backsteinen abgestützte Lohntütenschlucker, und natürlich ein Billardtisch mit geflicktem Tuch sowie eine Jukebox mit hörbarem Wackelkontakt, was aber niemanden störte, weil das irgendwie zu einer Fernfahrerkneipe gehört. Dementsprechend waren auch die wenigen Gäste Cowboy-Trucker, Waldarbeiter und ein fetter Rocker, offenbar Road Captain der United Tribuns. Auch die Luft war mit den üblichen sozialen Problemen geladen, die immer wieder zu Gebrüll und Stoßseufzern führten.

L.s Augen wanderten zu einem hellen Umriss auf der von Rauch gebräunten Tapete. Von der Wand hatten sie kürzlich ein Kreuz abgehängt; vielleicht waren sie und Jorne nicht die einzigen Kunstsachverständigen in geheimer Mission.

»Und so saßen sie am nebelverhangenen Arsch der Welt und warteten auf den Mann«, knurrte Jorne. Zwei Stunden hockten sie jetzt schon auf glühenden Kohlen, denn normalerweise war der Mann die Pünktlichkeit in Person. »Glaubst du, der Wicht hat uns verseckelt?«

»Ach was.« L. hatte inzwischen drei Miniraclettes in einem Kaffeebesäufnis ertränkt. Ihre Pupillen – groß wie schwarze Frisbeescheiben – zeugten vom Slalom der Alkaloide in ihrem Blut. »Ich schätze mal, er hat sich verfahren. Wäre kein Wunder bei diesem Wetter.«

Sie warf wieder einen Blick durch das Guckloch, das sie auf die beschlagene Fensterscheibe gewischt hatte. Der Nebel draußen war noch dichter geworden; inzwischen wirkten die vier beleuchteten Tanksäulen wie Besucher aus einer anderen Welt.

»Sagte er nicht mal, bei Nebel fährt er nicht schneller als dreißig?«

»Ja, das sagte er mal.« Mit einer glasharten Fritte kritzelte L. in dem Ketchupklecks auf ihrem Teller herum. »Und trotzdem – hatte der Wetterfrosch nicht was von einer klaren Herbstnacht gequakt?«

»Das war in Zürich«, erwiderte Jorne.

»Entschuldigen Sie …« Der Mann stand plötzlich an ihrem Tisch. »Liebe L., was für eine aparte Frisur, Sie scheinen keinen Tag älter geworden zu sein.«

»Das sieht nur so aus«, erwiderte L. »Meine Falten zeigen sich innen.«

»Ich bitte Sie …« Ihre entgegengestreckte Hand nahm er mit rechts, um sie zu küssen. »Und da ist auch Herr Sonnenschein, ein bisschen blass um die Nasenspitze, aber ansonsten ganz der alte Griesgram.«

Obwohl er sichtlich bemüht war, einen seriösen Eindruck zu machen, erinnerte er – wegen seiner quadratischen Rotzbremse, dem ausgefransten Seitenscheitel und einer senfgelben Strickweste – an den gestörten Zwillingsbruder der *Sparks*[8].

»Sie sind spät«, eröffnete L. die Partie.

Der Hehler antwortete mit einem Augenaufschlag und schob sich dann in die Bank. »Besser spät, als etwas zu überstürzen … Hauptsache, Sie sind hier und haben Ihren Afrikaner dabei.«

Der Holzsplint, der die ganze Zeit über wie ein Korkschwimmer in Jornes Mundwinkel gekreist hatte, blieb stehen.

---

8 Ron Mael, Keyboarder der *Sparks*

»Wie … wie hast du Bünzli⁹ mich eben genannt?«

»Nichts für ungut, mon ami, aber das Wallis gehört aus geologischer Sicht zur afrikanischen Platte.«

»Wie bitte?«

»Aber ja, mein Bester. Selbst euer Matterhorn trägt eine gezinkte, afrikanische Krone. Ein Erosionsrelikt, alles klar?«

Wie bei den meisten Leuten aus Davos hatte die Stimme des Mannes einen leicht überkandidelten Tonfall. Dass er Jorne »mon ami« nannte, war dagegen als Retourkutsche zu verstehen – er mochte es nicht, wenn man ihn duzte.

»Ich hab dich nicht reinkommen sehen«, konterte Jorne. »Gibt's hier 'ne Hintertür, oder bist du wieder auf Filzsohlen unterwegs?«

»So etwas sagt nur jemand, der zu tief ins Glas geschaut hat.« Der Mann stellte seine Aktentasche ab und machte eine Andeutung mit der Hand. »Um ehrlich zu sein, ich war schon vor Ihnen hier. Sehen Sie die Ecke da neben der Schwingtür zur Küche? Da hatte ich mich hinter einem Käseblättchen versteckt. Ideal, um die Lage in Ruhe zu sondieren und mögliche Schnüffler zu identifizieren.«

»Frechheit«, knurrte Jorne, »du bist gerade in deinen letzten Fettnapf getrampelt …« Er ballte die Faust, aber L. tätschelte ihm die Anspannung noch rechtzeitig aus dem Arm.

»Tja, der Laden brummt. Wer hätte das vor zehn Jahren gedacht?«

Vor jeder Auftragsvergabe hatte der Mann schon immer gerne mit L. beratschlagt. »Ich habe so viele Bestellungen, dass ich kaum mehr nachkommen kann. Von Bischofsstäben über vergoldete Lichtputzscheren bis hin zu einer Schutzmantelschmerzensmadonna. Die Liste liest sich fast wie ein konkretes Gedicht …« Dem letzten Satz folgten so viele Schulterzuckungen, dass Jorne glaubte, sein Gegenüber habe einen epileptischen Anfall.

»Wahnsinn, aber jeder spiritistische Klüngel braucht neuerdings

---

9 Schweizerdeutsch: Spießer

ein Dutzend Apostelfiguren, ein Gnadenbild mit Glorie und mindestens drei gusseiserne Kreuze – freilich nichts unter eins zwanzig!« Er schnippte nach der Bedienung. »Der Kirchenraub ist in diesem Land zu einem soliden Erwerbszweig geworden, anders ist meine Auftragslage kaum zu erklären. Meine Lagerbestände sollten Sie sehen!« Und als Jorne nur den Kopf schüttelte: »Was denn, mon ami? Ich bin einfach ein Geschäftsmann, der sich dem Zeitgeist angepasst hat. Mit etwas Glück erleben wir noch das Ende des Pfaffentheaters, das wäre es wert.«

Da er wusste, dass L. die Tochter eines Laienpredigers war, klang das, als wolle er sie provozieren. »Sind Sie eigentlich wirklich getauft, schöne Freundin?« Als sie nicht gleich antwortete, zückte er einen mit Leder ummantelten Flachmann. »Na kommen Sie, raus mit der Wahrheit.«

»Ich konnte es nicht verhindern.«

Der Mann füllte die Kappe mit etwas auf, das nach Hustensaft roch.

»Dann sind auch Sie ein Opfer der Kirche. Die Kindestaufe ist und bleibt ein verfassungswidriger Akt. Jedes Neugeborene wird im Zustand seiner kreatürlichen Ohnmacht zum Opfer einer kultischen Handlung. Dergleichen grenzt an Kindesmissbrauch.« Sein Blick wanderte von L. zu Jorne und wieder zurück. »Sehen Sie, der Augsburger Religionsfrieden war nur ein Vorwand – cuius regio, eius religio –, die Kirche verfährt immer noch nach dem Grundsatz der Leibeigenschaft. Darum ein Hoch auf die Freiheit. Prost!«

Was immer es war, der Mann trank es auf ex.

»Komm endlich zur Sache«, knurrte Jorne. »Noch ein paar Stunden, und der Lötschbergtunnel macht dicht!« Er spuckte den Zahnstocher in die auf der Fensterbank angesiedelte Hydrokultur. »Erst mal das Sackgeld – oder bist du mit leeren Händen gekommen?«

»Was sind Sie doch für ein ungehobelter Klotz«, sagte der Strickjackenträger. »Na ja gut, wir sind schließlich miteinander befreundet und wir wissen, was wir voneinander zu halten haben, nicht wahr? Jeder entsprechend seiner Herkunft.« Und an L.s Adresse gerichtet: »Gnädigste, Sie sehen so nachdenklich aus?«

»Na ja.« L. schien einmal mehr in Gedanken versunken zu sein. »Es wäre interessant zu erfahren, was nach dem Ende der Ökumene aus dieser … dieser …«

»… volkskirchlichen Wüste hervorgehen wird?« Der Mann trank noch einen Schluck und wischte sich dann mit dem Handrücken über den Mund. »Der Satanismus natürlich.«

»Mein lieber Mann, Sie sind ja völlig meschugge …«

»Ich bitte Sie, es wäre nur die logische Fortsetzung des Materialismus! Wie lange wissen wir schon von der allgemeinen Gottlosigkeit? Hm? Die Sogwirkung des großen, nihilistischen Integrals hat das möglich gemacht. Geht man einmal davon aus, dass sich geistige Strömungen auch ohne menschliches Zutun halten, ist das Internet mit seinen Millionen pornografischer Quellen vielleicht nicht ganz unschuldig an Satans Comeback. Ist die pornografische Imago vielleicht ein verborgener Logos der paganen Naturreligion? Deren Riten wurden bekanntlich von den römischen Geschichtsschreibern als Orgien beschrieben. Da silberne Objekte – Spiegel zum Beispiel – zum Einsatz kamen, gibt es sogar eine Nähe zum Film.« Der Mann vergewisserte sich, dass L. aufmerksam nickte. »Noch würde ich von der Inkubationsphase sprechen, aber es ist kein Geheimnis, dass die schöpferische Zerstörung Satans den gegenwärtigen Wandel Europas beflügelt. Das Böse kann nicht wertwidrig sein, wenn es andererseits die Wertschöpfung auf Erden zu verantworten hat. Der Pfaffen wird man eines Tages wie ausgestorbener Tiere gedenken – verflixt noch mal …« Leicht genervt schnipste der Mann erneut nach der Bedienung. »Auch der heute so populäre One-World-Gedanke ist eine okkulte Idee: Reinheit in jeder Form ist den Anhängern verhasst, das deckt sich mit Luzifers Zielen. Der Kassenwart der Société wies mich kürzlich wieder mal darauf hin.«

»Reden wir von den Meineidgenossen in Davos?«, unkte Jorne. »Dem spiritistischen Klub aus anerkannten Wirtschaftsverbrechern? Für mich sind das noch größere Spinner als die Hobbydruiden aus Bern!«

»Nicht so laut, mon ami.« Als Hoflieferant der Société anonyme achtete der Mann auf Diskretion. »Die Davos-Kongressler sind alles andere als Hobbydruiden. Mein Bruder behauptet, es sind nicht mal Menschen.«

»Dein Bruder?«, murmelte Jorne. »Die Vorstellung, dass es zwei deiner Sorte gibt, ist erschreckend.«

»Das finde ich auch.« Der Mann verzog kurz das Gesicht. »Luzifers Handlanger sitzen bereits in den höchsten Ämtern des Landes, sie bestimmen den Kurs der Politik, kontrollieren die Börse – in obscuro, versteht sich. Sollten sich die Christkatholen und der muslimische Abschaum in absehbarer Zeit gegenseitig zerfleischen, dann hat die goldene Elite auf ganzer Linie gesiegt. Es ist nicht allzu bekannt, dass es im Deutschland der 1940er-Jahre schon einmal heidnisch genannte Bestrebungen gab, die Kirchen zu schleifen und an ihrer Stelle Sternwarten zu bauen: Die Nachfrage nach einer neuen Sinngebung, ja, neuen Begründungen des menschlichen Seins war damals schon groß. Ich meine, was sind alle Kirchenfenster der Welt, verglichen mit der farbenprächtigen Weite des Kosmos?«

»Seniorenteller?«, fragte plötzlich eine heisere Stimme. Mit ihrer verschorften Hand balancierte die Küchenmamsell einen tiefen, mit Salat beladenen Teller durch den Raum. Die Tomaten hatten bereits kräftig gesuppt. »Ah, Burschi«, sagte sie mit einem strafenden Blick auf den Mann, »du hast deinen Sitzplatz gewechselt!«

»Stimmt. Nur hatte ich den Avanti-Teller bestellt – mit separatem Dressing!«

»Sonst noch Wünsche?«, lautete die giftige Antwort. »Einmal den großen Avanti!«, bellte sie dann in Richtung Küche. »Mit Sauce aufm Extratellerchen für den Herrn!«

»Du alter Falter«, charakterisierte der Mann die Situation, nachdem sich die Bedienung davongemacht hatte. »Haben Sie schon mal so eine Kellerhebe[10] gesehen?« Umständlich öffnete er seine Tasche und legte ein randlädiertes Buch auf den Tisch. Dem Klebeschild nach stammte der Band aus einer Leihbücherei.

»Ich mache es kurz.« Der Mann reichte L. eine Briefmarkenlupe, blätterte etwas und wies dann auf eine der knickspurigen Abbildungen. »Was Sie hier sehen, ist kein gewöhnliches Kreuz. Eine Heerschar von Archäologen hat bisher vergebens danach gesucht. Manche vermuteten es im Heiligen Land, andere im ehemaligen Konstantinopel oder auf der Ostseeinsel Saaremaa, in der Bischofsburg, um genau zu sein.« Er hielt kurz die Luft an. »Das Kreuz, das Sie hier sehen, ist das thebäische Kreuz.«

»Unmöglich«, erwiderte L.

»Wieso?«

»Dann wäre es ja das Urchristenrelikt, das erste Kreuz überhaupt. Der Legende nach wurde es aus den Silberlingen des Judas gegossen …«

»… weshalb der Vatikan es auch das Judaskreuz nennt. Das ist korrekt.« Der Mann nickte anerkennend, bevor er erneut resümierte: »Das Pektorale[11] wird erstmals in einem Brief des Bischofs von Lyon im vierten Jahrhundert erwähnt. Demnach wurde es von einem römischen Legionär ins Wallis gebracht.«

»Ins Wallis?«

»Um genau zu sein – ins Unterwallis.« Der Mann begann sich die Hände zu reiben, als wäre ihm kalt. »Es befindet sich keine hundert Kilometer von hier – am hinteren Ende des Val d'Anniviers.«

»Das heißt bei uns Eifischtal«, sagte Jorne.

»Da verstehe ich immer Haifischtal«, sagte der Mann und zog eine

---

10 Gr.: Hebe, weibl. Mundschenk der Götter
11 Pektorale (Lat. pectorale, zur Brust gehörig), also Brustkreuz

übertrieben ängstliche Miene. »Na, lassen wir das. In alten Büchern ist sogar von einem verwunschenen Hochtal die Rede. Ein Geistervogel namens Zirizui soll dort oben hausen, Ziegen und kleine Kinder greifen, doch wie dem auch sei …« – er tippte keck auf die Abbildung – »ich würde mich freuen, wenn Sie dieses Kleinod für mich in den nächsten Tagen einsammeln würden. D'accord?«

L. beugte sich erneut über das Buch.

»An den Strahlenkranzornamenten gibt es Verfärbungen, die nur bei extremer Hitze entstehen. Dieses Kreuz ist durchs Feuer gegangen.«

»Und ob es das ist«, sagte der Mann. Er zögerte einen Moment, doch dann blätterte er ein paar Seiten weiter. »Was sagt Ihnen diese Radierung von Jacques de Molay, mon ami?«

Der winkte nur ärgerlich ab. »Ich kenne nur Jacques vom Wein-Depot.«

L. griff erneut nach der Lupe. »Jacques de Molay war der letzte Großmeister des Templerordens. Wir sehen ihn hier auf dem Scheiterhaufen … das war 1314, wenn ich nicht irre. Auf dieser Abbildung hält er ein Kruzifix in den Händen.«

»Das hat sie alles nur gelernt, damit ich dumm dastehe«, witzelte Jorne.

»Unsinn«, sagte der Mann jovial, »das bekommen Sie auch ohne L. hin.«

Die blätterte hin und her, doch die aufkeimende Erkenntnis lähmte ihr schließlich den Arm. »Sie meinen, es könnte sich um dasselbe Kreuz handeln?«

»Exactement. Zumindest nimmt der Kunde das an.«

Der Mann wollte nach dem Buch greifen, doch L.s Hand kam ihm zuvor. »Was wissen Sie noch?«

»Ich?« Diesmal machte der Mann eine Geste, als würde er um sein Eigentum bitten, doch L.s Hand rührte sich nicht. »Na schön, ich habe etwas Recherche betrieben. Lange Zeit gehörte das Pektorale zu den Kunstschätzen der Abtei Saint-Maurice, dem ältesten Kloster des Wallis – was es auch zum ältesten Kloster des christlichen Abendlandes macht. Jacques de Molay könnte es bei einem Besuch – wie sagt man so schön – akquiriert haben. Angesichts seiner früheren Macht hätte ihm kein Abt, kein Bischof, ja nicht einmal der Papst das Tragen verwehrt. Wollten Sie das von mir hören?«

»Nein, ich hatte eher gehofft, Sie wüssten, was es mit dieser Gravur auf sich hat.« L. nahm die Abbildung noch einmal unter die Lupe. »Tem Ohp Ab…«

Der Hehler versuchte schalkhaft zu lächeln. »Das wissen Sie doch: Es heißt ›Templi omnium … hominum pacis abbas‹ – Abt des Tempels des Friedens aller Menschen.«

»Es hat noch eine Bedeutung.« L. drehte das Buch und fokussierte erneut mit der Lupe. »Liest man die Worte von rechts nach links …« – um die grob gerasterten Buchstaben erschienen jetzt winzige Prismen – »… dann steht da etwas anderes, nämlich ›Ba Pho Met‹. Die Spiegelschrift offenbart das Ananym eines Dämons. Was im Fall des Urchristenrelikts unsinnig ist. Es sei denn …«

»Es sei denn«, führte Mann L.s Gedanken zu Ende, »die Urchristenmesse war mit der schwarzen Messe identisch. Und das war sie.«

L.s Hand zog sich wie in Zeitlupe zurück. »Wie bitte?«

»Nun tun Sie doch nicht so, als würde Sie das überraschen.« Der Hehler nickte L. verschwörerisch zu. »Ich meine, angesichts der fleischlichen Verfehlungen, die nun ans Tageslicht kamen … Für das Böse gab und gibt es kein besseres Versteck als eine von Sakramenten geleitete Welt.«

»Seid ihr endlich fertig mit der Klugscheißerei?«, meldet sich Jorne zu Wort. »Was passiert eigentlich bei so einer Messe?«

Der Mann begann diabolisch zu grinsen. Da seine Lieblingsbesorgerin keine Einwände hatte, legte er im Flüsterton los. »So sehr die schwarze Messe dem Gottesdienst ähnelt, so unterschiedlich fallen die zeremoniellen Handlungen aus.«

»Inwiefern?«

»Nun ja, die Frauen, die Satan dienen, schiffen zunächst auf den christlichen Fetisch. Da man das Kreuz vorher erhitzt, soll es wohl aussehen, als würde der Heilige Geist zum Himmel auffahren. Ich meine, Wasser verdampft …«

Der Mann ließ ein komisch klingendes Zischen vernehmen. »Andere missbrauchen die Blätter von Tauf- und Sterbematriken[12] als … als Ersatz für Hygienepapier.«

»Ach du heiliger Strohsack, Sie meinen, die machen Wischi-Wischi damit?«

»Ja, ich weiß, ein wenig albern, aber die schwarze Messe ist und bleibt nun mal die ältere Schwester der Kellerrevue.« Der Mann zupfte sich die Hosenträger zurecht. »Wo waren wir stehen geblieben? – Ach ja, bei der Goldregentaufe. Je nach Sekte kommt es danach auch zur Verunreinigung frisch entwendeter Hostien. Nicht ohne Grund empfahl der Kardinal Francis Arinze kürzlich, die Hostie ausschließlich auf die Zunge der Gläubigen – und nicht in deren Hände – zu legen. Jede Wette, der Satanist hat mehr Spaß als der Christ oder der Musel, der erst ins Gras beißen muss, um an ein paar willige *Huris*[13] zu kommen!«

Der Spielautomat spuckte in diesem Moment Münzen, und der Road Captain mit dem Bluthochdruckgesicht erging sich in einem fast authentisch klingenden Werwolfgeheul.

Jorne hatte andere Sorgen – draußen vor der Scheibe begannen sich seit geraumer Zeit Nebelschwaden zu stapeln. Wo kamen die plötzlich her? Die Scheinwerfer eines Kühltrucks zottelten am Fenster vorbei. Es schien Jorne, als drehe der Fahrer für eine halbe Sekunde den Kopf. Dass der Mann eine Sonnenbrille trug, wirkte bei diesem Wetter ziemlich befremdend.

---

12 Kirchenbücher, in denen Geburts- und Todesdaten beurkundet sind
13 Arab.: Paradiesjungfrauen

»Was ist los, Jorne?« L. begann ihrerseits, an der beschlagenen Scheibe zu wischen.

»Ach nichts.« Das Heck des Trucks war im Nebel verschwunden, und das nervöse Räuspern des Auftraggebers ging Jorne ohnehin auf den Geist.

»Also, wo genau befindet sich dieses Kreuz?«

»In einem Kloster ganz in der Nähe von Sombrechamp.«

»Und wo soll das sein?«

»Im schönen Val d'Anniviers. Es gibt dort ein Kloster, genannt Monastère de Moiry. Es heißt, der damalige Bischof von Sitten hätte dort seine abgelegten Mätressen versteckt. Soweit wir wissen, ist das Kloster noch immer ganzjährig von einer Kohorte Vinzentinerinnen bewohnt.« Der Mann packte sein Buch sorgsam ein. »Urkomisch, da sitzen die Haubenlerchen auf einem Schatz und wissen von nichts!«

»Ja, urkomisch. – Gibt es einen Haken an der Sache?«

»Nun, Sie werden da oben nicht einfach vorfahren können. Das Kloster wurde im 17. Jahrhundert in eine vergletscherte Felswand gebaut. Ich nehme an, Sie werden ein gutes Stück zu Fuß gehen müssen.«

»Klar, ich komm mir schon jetzt wie ein Leihpilger vor«, knurrte Jorne. »Ist euch eigentlich klar, was das bei diesem Hundewetter bedeutet?«

»Einen kleinen Schnupfen vielleicht?«, fragte der Mann.

Jorne langte in diesem Moment über den Tisch, doch der Ringkämpferarm der Serviererin fuhr dazwischen. »Bitte – da haben Sie Ihren großen Avanti!«

Der Mann nickte erleichtert. »Sie werden es nicht glauben, Gnädigste, aber Sie haben mir gerade das Leben gerettet.«

»Siehste mal.« Und schon bekam der Mann seinen Salat vorgesetzt. »Än guete!«

»Das will ich hoffen.« Der Mann schüttelte eine Papierserviette umständlich auf. »Moment mal«, sagte er plötzlich.

»Was?« Die Arme in die Seiten gestemmt, kam die Servierkraft noch einmal zurück.

»Das Putenfleisch fehlt!« Sichtlich brüskiert wies der Mann auf seinen Teller.

»Stimmt. Statt Pute gibt's heute Bohnen. Hat denselben Nährwert. Glaub's oder lass es sein.« Sie wünschte dem Mann einen gesegneten Appetit und raunte L. beiläufig etwas ins Ohr: »He, Kindchen, ich hab auch ein paar Eisenstecker im Leib. Nur kann ich sie dir leider nicht zeigen – Intimpiercing, du verstehst?« Kumpelhaft zog sie dann noch Jorne am Ohr. »He, Großer, was willst'n mit dem jungen Gemüse? Auf alten Rädern lernt man fahren …« Sie bemerkte in diesem Moment, dass der Mann ein schwarzes Klümpchen aus seinem Salat herausgepickt hatte und es unter der Briefmarkenlupe hin- und herwendete. Das letzte bisschen Farbe wich aus seinem Gesicht.

»Das glaub ich jetzt nicht«, flüsterte er.

»Ich würde es glauben«, sagte die robuste Bedienung. »In der Not frisst der Teufel Fliegen. Weiß jedes Kind!«

6

Die grün schimmernde Armaturenuhr zeigte einen Tick nach halb drei, und Jorne gähnte einmal mehr in die Nacht. Er schien in jener Art Endlosschleife gefangen, die man aus David-Lynch-Filmen kennt – schwarzkörnig mit weißen, mittigen Wischern, rechts und links davon schwammige Dunkelheit oder blasse Lichthöfe, die wohl zu Gewerbegebieten oder hingekauerten Monsterkäffern gehörten. Die restliche Zivilisation hatte sich auf die Reflektoren entlang der Leitpfosten reduziert.

L. schlief, ihr Stofftier im Arm, der Motor brummte gedämpft vor sich hin, und auf Oldieradio säuselte Freddy Quinn heimwehgeplagt über seiner Gitarre:

»… und diese Fahrt ins Abenteuer wird meine letzte große Chance sein!«

Die Stimmlage ging Jorne langsam, aber bestimmt auf den Geist. Schließlich suchte er einen Verkehrssender, blieb jedoch in einer Talkrunde hängen: Irgendein bigotter Exkicker, ein nuschelnder Volksschauspieler und eine geläuterte RAF-Terroristin schwadronierten ausgerechnet über die »Entchristianisierung Europas« und den bereits tobenden »Kampf der Kulturen«, der in Wahrheit – da waren sich alle einig – doch etwas ganz Wunderbares war. Angesichts neuester Meldungen über die Flüchtlingslager auf einer griechischen Insel begann der Fußballspieler zu greinen. Er fühle sich des Elends wegen so richtig schlecht – »wie auf Nikotinentzug oder so ähnlich«. Was dem Schauspieler die frivole Bemerkung entlockte, das klinge, als sei der Glaube »verraucht«. Tatsächlich war Europas christliche Glaubensgemeinschaft seit den Fünfzigerjahren um ein Drittel geschrumpft. Anstelle »einer christlichen Seele Europas« hofften die meisten – einer Umfrage zufolge – auf »mehr Toleranz«. Vierzig Prozent sahen in Allah eine Alternative, wenn nur »das Morden aufhören würde.« Die Exterroristin warf ein, ohne die Berichterstattung der Medien würde das Morden niemanden interessieren. Das Christentum sei nur noch eine Scheinreligion, ein Vorwand, um zu besteuern. Nach den Coming-outs von Gläubigen, die als Kinder von Priestern missbraucht worden waren, hätte eine wirklich freie Gesellschaft die »Altlast namens Ökumene« eigentlich wie einen Sumpf austrocknen müssen. Der Moderator erinnerte zuletzt an ein Lutherzitat aus dem schicksalhaften Jahr 1517, in dem dazu aufgerufen wurde, »des Spiels der Römlinge ein Ende zu machen, mit Waffen, nicht mit Worten«. Und weiter – so der Sprecher: »Warum greifen wir nicht an diese schädlichen Lehrer, so als Päpste, Kardinäle, Bischöfe und das ganze Geschwärm der römischen Sodoma und waschen unsere Hände mit ihrem Blut?« Er ließ ein paar Sekunden verstreichen, um dann die Gretchenfrage zu stellen: »Könnte es vielleicht stimmen, dass die muslimischen Einwanderer in Wahrheit Gottes Willen vollziehen?«

Was für ein lebensmüdes Gequake, dachte Jorne bei sich. Dann lieber der Blinde, der aus dem Fenster pisst, als der Witzbold, der ihm weismacht, dass er in der Toilette steht.

L.s Vitamindragees, zwanglos garniert mit einer Prise Benzedrin, hielten ihn nicht nur wach, sie machten ihn auch leicht aggressiv.

Nicht, dass er jemals vom Glauben abfallen würde, aber er wusste, wer die Witzbolde waren – all die Priester, die immer weggesehen hatten, einen Daumen im Mund, einen im Arsch und so den Himmel anflehten, dass alles so bleiben möge.

Während sich der Fußballphilosoph auf den Zankapfel stürzte, kontrollierte Jorne die Verbindung seines Glieds zum biegsamen Einfüllstutzen eines Kanisters: Etwas Tesakrepp um den Kasper, und die Abwasserleitung war verlegt. Dieser aus Osteuropa stammende Fernfahrertrick hatte es ihm schon auf anderen Exkursionen erlaubt, ohne Pinkelpause zu fahren.

Ein Hinweisschild glitt im Nebel vorbei – er konnte die Worte nicht lesen, aber laut Routenplaner war die Südrampe oberhalb Gampel erreicht.

Rilkes Grab lag irgendwo unten im Tal, doch Dichtergebeine waren selbst für Hobbydruiden uninteressant. Ihm fiel auf, dass der frostige Schimmer am Horizont, wie er sich nachts oft über dem Rhonetal zeigte, gänzlich verschwunden war. Fast schien es, als sei die Atmosphäre verdampft, und der Deep Space würde über den gletschergepanzerten Himmelsversuchern beginnen. Und selbst wenn dem nicht so war, über der Sonnenuhr jener fernen, vom Mondlicht versilberten Gipfel hatte die kosmische Uhr zum Geschäftsschluss geschlagen. Der Furkapass, den der alte Goethe vor etlichen hundert Jahren im Schneegestöber passierte, hatte mal wieder den Anfang gemacht. Grimsel, Nufenen, Susten und auch der Simplonpass wären bis spätestens zu den Raunächten unter ihren weißen Abdeckplanen verschwunden.

Zwei Rücklichter tauchten in diesem Moment vor ihm auf. Wie lange sie dort schon in der Ferne vor sich hin zitterten, konnte er nicht mehr sagen. Aus unerfindlichen Gründen beschloss Jorne, sich an die Leuchtspur zu hängen, doch entweder fuhr er zu schnell oder der Wagen vor ihm verlangsamte unmerklich das Tempo. Über den Rückleuchten war inzwischen der vergitterte Auflieger eines Transporters zu erkennen – »Krakauer Ferkelhalle« stand auf der schmutzfleckigen Plane.

Es heißt nicht umsonst arme Sau, hatte Vreni immer gesagt. Wenn Jorne an die Zeit mit ihr dachte, dann begannen die Nägel in seinen Knochen zu jucken …

»Was soll das heißen, sie lebt mit einem Schwinggi[14] am oberen Ende des Baltschiedertals? Soweit ich weiß, lebt Vreni in Zürich … in der … der …«

14 Walliserdeutsch: Schweinchen

»... Suchtfachklinik«, hilft die Sozialarbeiterin nach, »von da ist sie vor drei Wochen – wie sagt man so schön – ausgebüxt. Sie, Herr Serrano, wurden darüber von den Behörden schriftlich informiert.«

»Ja, da war so ein Brief«, sagt Jorne. Er steht – zwei Gäste am Seil – im Ewigeisfirn unter dem Sphinx-Observatorium, vor einer recht breiten Spalte – die denkbar ungünstigste Situation, um sich Versäumnisse einzugestehen.

»Könnte es sein, dass das was Amtliches war?«

»Ja, das war's.« Die Sozialarbeiterin seufzt. »Herr Serrano, Sie sind der Vormund ...«

»Ich weiß, ich weiß.« Die Gäste scharren mit den Steigeisen, sie sind ungeduldig, aber Jorne hebt jetzt die Hand, ballt sie zur Faust: STOPP!

»Was erwarten Sie? Soll ich hier alles stehen und liegen lassen, weil zwei Jäger glauben, sie hätten meine Nichte in der Nähe der Klause gesehen?«

»Herr Serrano, jetzt hören Sie mir einmal gut zu.« Nichts scheint diese im Dienste der Wohlfahrt stehende Frau aus der Ruhe zu bringen. »Ihre Nichte scheint da oben wild zu campieren. Das Ferkel, das sie sich hält, ist eine Sache, aber dass sie nachts Riesenlagerfeuer entfacht, kann die Forstbehörde nicht dulden.«

»Da oben gibt's keine Bäume«, schnaubt Jorne, »das Mädchen ist von hier und weiß, was es tut.«

»Wir wissen auch, was wir tun, und deshalb frage ich Sie: Wollen Sie, dass Vreni Schwierigkeiten bekommt?« Und als Jorne nur mit der Zunge schnalzt: »Führen Sie Ihre Nichte runter vom Berg und bringen Sie sie zurück in die Klinik. Wenn Sie warten, bis der erste Schnee fällt, ist es zu spät.«

Am vierten Sonntag nach Trinitatis geht Jorne los. Ein schöner Tag – der Seidenhimmel über dem Bietschhorn glänzt wie reines Ultramarin, in der Ferne kann er das Jägihorn sehen. Er folgt erst den Suonen, den mittelalterlichen Wasserleitungen, dann dem Bach, an saftgrünen Matten vorbei. Hier irgendwo fand angeblich der erste Oberwalliser Freiheitskampf statt.

Nach einer Brücke geht es eine mit Lärchen bestandene Flanke hinauf. Ein neuer Bachlauf führt zu einer verlassenen Siedlung, Eiiltini – »inneres Senntum«, ein Dutzend Hütten und noch mehr leere Ställe. Dass es hier einen vollen Mülleimer gibt, hat nichts zu sagen. Um diese Jahreszeit kommen fast täglich Ausflügler vorbei.

Jorne geht weiter. Der breite, sich in Wasseradern auflösende Strom führt ihn – über loses Geröll hinweg – mitten in eine Schwemmsandebene hinein. Der »Üßre Baltschiedergletscher« ist jetzt deutlich zu sehen. Vreni, wo steckst du? Er hat die Hoffnung fast aufgegeben, dann aber – nicht weit von der Weggabelung, wo es zu einem stillgelegten Bergwerk geht, sieht er ihr Zelt. Zumindest nimmt er das an. Es ist ein rundes, orange leuchtendes Zelt, sogar mit Vorbau – eine Wäscheleine, Wasserkanister, ein Feuer. Hier hat sich jemand häuslich einzurichten versucht. Die Planen sind mit Indianerzeichen bemalt. Nerven, denkt Jorne, hat sie immer gehabt. Er ruft: Hallo. Jemand zu Hause? Aber es bleibt so still wie zwischen den Hütten der Senner. Zum Teufel, wer braucht schon ein Dach über dem Kopf? denkt Jorne, während er das Zelt inspiziert. Ein heißer Sommer macht den Übergang in die höhenlose Existenz leicht. Fallen die ersten Blätter, hat man sich an die Temperaturen gewöhnt, packt sich schlimmstenfalls noch ein paar Zeitungen unters Hemd. Aber hier ist nicht Züri, sondern das Baltschiedertal, und wenn der Winter kommt, dann bringt er fünf, sechs Meter Schnee. Wer Ende Oktober hier oben campiert, der könnte für immer unter den weißen Blachen verschwinden. Der alpine Herbst kann so verdammt trügerisch sein. Nicht, dass er einfach so aus Lust und Tollerei schnüffelt, aber da er den Grund kennt, warum sie das letzte halbe Jahr in der Suchtklinik war, hat er so einen Verdacht – und tatsächlich findet er ihr »Besteck«, einen verrußten Löffel und ein paar Einwegspritzen, wie sie jede Apotheke verkauft. Den Stoff findet er nicht, wahrscheinlich hat sie ihn irgendwo zwischen den Felsen versteckt.

Er beschließt, auf sie zu warten, und streckt sich aus. Der Stein in seinem Rücken ist glatt und warm, eine stille Einladung, sich gehen zu lassen und an nichts mehr zu denken – für alle Ewigkeit.

Als er die Augen wieder öffnet, sieht er ein Ferkel. Es beschnuppert ihn, ein feuchter Rüssel wandert ihm quer durchs Gesicht.

»Was machen Sie hier?«, fragt eine Stimme.

Er setzt sich auf, legt die Hand über die Augen. Vreni! Sie trägt Sandalen und eine Art Hippiegewand, das abgetragen wirkt, ein verknoteter Fahrradschlauch hält den geblümten Stoff um ihre kaum entwickelten Hüften zusammen. Vor dem hellgrünen 100-Liter-Rucksack, der sie um einen ganzen Kopf überragt, fällt ihm noch etwas auf: Ihr Haar ist grau geworden. Anders grau als das graue Haar alter Leute, aber immer noch grau genug.

»Onkel!«, sagt sie dann, während sie den Rucksack absetzt, »Was machst du denn hier? Und woher weißt du …?« Sie braucht nicht lange zu überlegen. »Die beiden Jäger also. Hätte die beiden nicht für so geschwätzig gehalten. Ganz freundlich haben die mich gegrüßt!«

»Keine Sorge, es ist alles in Ordnung.« Jorne rappelt sich auf, macht einen Schritt in ihre Richtung, um sie zu umarmen – und hat plötzlich das Ferkel am Bein. Wie ein Straßenköter zerrt es an seinem Hosenaufschlag. »Würdest du das Kampfschwein bitte zurückpfeifen?«

Sie muss lachen – herzhaft, erdig und rau genug, um Baustahl damit zu entrosten. »Du meinst Max.« Sie spricht es so wie die Engländer aus.

»Mir ist gleich, wie er heißt, sag ihm einfach, ich habe nur diese eine Hose dabei … Vielleicht lässt er mich dann in Ruhe.«

»Wenn du mich so nett darum bittest.« Sie schmunzelt, ihre Vorderzähne sind braun. Aber das ändert nichts daran, dass ihr Lächeln das Glanzpapier des Himmels noch überstrahlt. »Max, sitz!«, sagt sie. Und das Ferkel sitzt.

»Sag mal …« Er lässt sie sehen, was er aus dem Tal heraufgeschleppt hat: Dosensuppen, Roggenbrot, Kartoffeln, Speck und ein paar Süßig-

keiten. »Legst du das Vieh wenigstens nachts an die Leine? – Ich frage nur wegen der Wölfe. Es wurden hier schon welche gesehen.«

»Und wenn?« Sie lacht, Angst machen lässt sie sich nicht. »Die Wölfe sind nur an Pulloverschweinen interessiert.« Sie blökt einmal kurz wie ein Schaf. »Du, soll ich uns einen Sherpatee machen?«, fragt sie, nachdem sie das Ferkel angeleint hat. »Ich war oben bei der Klausenwirtin, und die hat mir etwas Butter spendiert.«

Er kann nicht anders, er schließt sie fest in seine Arme. »Es tut mir leid, hättest du mir nur früher … Ich dachte immer, das hier ist nicht deine Welt.«

»Das war auch so«, sagt sie sanft. »Du hast mich in Ruhe gelassen, mehr wollte ich nicht.« Das Ferkel hat unbändige Energie und schnüffelt nach wie vor an seinen Kleidern herum. »Max mag dich«, sagt Vreni, »er hat einen Riecher für gute Menschen. Warum bist du eigentlich hier?« Und plötzlich, als fiele es ihr wie Schuppen von den Augen: »Du bringst mich doch nicht zurück in die Klinik? Haben die dich geschickt?«

Jorne schüttelt entschieden den Kopf.

»Und Max?«

»Max?« Jorne starrt auf das Ferkel, das zur Abwechslung die Ferse seines Stiefels beknabbert. »Um ehrlich zu sein, ich hab's nicht so mit den Viechern …«

»Das meinst du nicht im Ernst.« Ein innerer Schmerz tritt plötzlich auf ihr Gesicht. »Was, wenn es in der Nahrungskette eine andere Spezies über uns gäbe?«

»Keine Ahnung. Welche Spezies sollte das sein?«

»Darum geht es nicht, Onkel. Stell dir nur vor, diese Spezies hätte jede Achtung vor uns verloren und würde uns – uns Menschen – einfach massenhaft töten. Max und seine Artgenossen sind genau in dieser Situation.«

»Ist ja gut«, sagt Jorne, der verstehen will, was sie sagt. »Ich begreife zwar nicht, wie du das meinst, aber ich bin auf eurer Seite.«

Als Jorne die Augen öffnete, klebte er fast am Heck des Transporters.

Statt zu bremsen, zog er in letzter Sekunde nach links und trat das Gaspedal durch. Der vergitterte Frachtraum glitt wie der Bug eines Geisterschiffs am Seitenfenster vorbei. Jorne sah eher zufällig hinüber – er war auf vieles gefasst, aber nicht auf dieses traurige, fast menschliche Lächeln eines Schweins. Vergiss es, dachte er, niemand wird einer armen Sau helfen.

Von nun an konzentrierte er sich auf den weißen, mittigen Streifen und versuchte, an nichts mehr zu denken. Das ging so lange gut, bis es zu schneien begann. Der dichte, aschgraue Nebel über dem Hochwald senkte sich großflockig auf die Fahrbahn herab. Schon bald war die Windschutzscheibe mit einem Schmierfilm bedeckt, den die knirschend schlagenden Wischer zu einem Eisbrei verrührten. Schlimmer noch – als Jorne in einer Kurve abbremsen musste, fingen die Reifen zum ersten Mal an zu rutschen. Am Ende der Schlitterpartie meldete sich L. aus dem Halbschaf zurück.

»Was denn – sind wir schon da?« Sie begann ihre weißen Arme zu strecken.

»Gopfridstutz[15], wo kommt der Schnee plötzlich her?«

Jorne kniff die Augen zusammen: Irgendein Vollpfosten kam ihm mit Fernlicht entgegen. Die Windschutzscheibe schien jetzt aus krakeliertem Glas zu bestehen. Dass der linke Scheibenwischer schwächelte, machte alles noch schlimmer.

»Wenn es weiter so schneit, ist die Kantonsstraße in ein paar Stunden gesperrt. «

»Was sagt das Navi?«, gab L. schnippisch zurück.

»Du wirst es nicht glauben«, sagte Jorne, »aber dein Navi kennt kein Monastère de Moiry. Ebenso wenig kennt es einen Ort namens Sombrechamp. Ich schlage vor, wir fahren erst mal nach Zinal und von da fragen wir uns irgendwie durch.«

---

15 Schweizerisch: gottverdammt

Er versuchte sich auf die Fahrbahn zu konzentrieren, was nicht leicht war, denn L. verrenkte sich gerade auf dem Beifahrersitz, um ihre Unterwäsche zu wechseln. Dass sie ihren Schlüpfer einfach an den Rückspiegel hängte, grenzte an Tierquälerei. Unauffällig zog er seinen Halbsteifen aus dem Stutzen, bevor sich eine ernste Rückkopplung zwischen Kopf und Unterleib einstellen konnte.

L., die das Navi neu programmierte, schien von all dem nichts zu bemerken. Als Fernfahrertochter kannte sie sämtliche Tricks of the Trade, die Kanisternummer war ihr nicht neu.

»Es liegt vielleicht daran, dass es da oben keine offiziellen Fahrwege gibt.«

»Klingt nicht gut«, sagte Jorne.

»Aufregend«, sagte L.

»Aufregend?« Jorne glaubte erst, er hätte sich verhört. »Weißt du was? Wir rufen den Mann morgen an und sagen ihm, wir müssen die Sache neu planen.«

»Ach was, damit der einen Rückzieher machen kann? Kommt nicht infrage.« L. wirkte gereizt. »Im Übrigen habe ich noch ein paar gute alte Papiernavis dabei.« Sie wedelte plötzlich mit einem halben Dutzend Wanderkarten vor seiner Nase herum. »Vielleicht helfen die?«

»Klar, vor allem die von St. Moritz«, stichelte Jorne. »Was willst du damit?«

»Tarnung«, erwiderte sie. »Im Falle einer Kontrolle wissen die nicht gleich, für welches kartografierte Gebiet wir uns interessieren.«

»Du bist und bleibst ein Genie«, murmelte Jorne.

Auf der Fahrbahn schimmerte inzwischen überfrorene Nässe, die Spurmarkierungen waren längst unter Schneematsch, Graupel und der diffusen Spiegelung des Scheinwerferlichts verschwunden. Das Flirren im Rückspiegel wirkte besonders gespenstisch.

»Weißt du«, begann er wieder, »ich habe ein verdammt ungutes Gefühl …«

»Du hast vor jeder Tour ein verdammt ungutes Gefühl!« L. schob ihre bloßen Füße auf die Ablage über dem Handschuhfach. »So ein Sauwetter haben wir doch schon öfters gehabt.«

Sauwetter? – Es war eher eine matschige Sintflut. Selbst das Heck des Wagens glich im Seitenspiegel dem Gischt aufwühlenden Rumpf einer Arche, und vielleicht waren sie ohne es zu wissen verunglückt und überquerten gerade den Styx, der ins Totenreich führt.

»Es ist nicht nur das«, brach es jetzt aus ihm heraus. »Es kann doch nur böse enden, merkst du das nicht?«

»Ja, wenn du dich nicht auf die Fahrbahn konzentrierst, dann halte ich das für wahrscheinlich.«

»Du hörst mir doch gar nicht zu!« Jorne kniff die Augen zusammen. »Stört es dich eigentlich nicht, dass wir für Leute arbeiten, die Satan anbeten? Wenn diese Meineidgenossen nicht gerade neue Pläne aushecken, wie sich die arbeitende Menschheit noch weiter auspressen lässt, dann feiern sie schwarze Messen.«

»Und wenn?«, sagte L. »Alle Welt arbeitet heutzutage für Satanisten! Jeder, der Zinsen zahlt, arbeitet für Satanisten! Selbst die vermaledeite Vatikanbank!« Sie begann, sich ungeniert zwischen den Zehen zu puhlen. »Diese Welt, mein Freund, geriet schon vor langer Zeit aus den Fugen, und jeder von uns zerbrach auf eine andere Weise. Früher war es vielleicht etwas Besonderes, abartig oder sonst was zu sein, aber heute? – Heute ist jeder gestört. Warum sollte die Weltelite eine Ausnahme sein?«

Die Fahrt ging an vom Nebel geknebelten Ortschaften vorbei – nichts als hingeduckte Schindeldächer, Staketenzäune, Lagerhallen und halb fertige Häuser, die irgendwo im Nirgendwo standen.

»Das war's«, schnaubte Jorne, nachdem auch der zweite Wischer seinen Dienst eingestellt hatte. »Sichtweite null!«

Bei heruntergekurbeltem Seitenfenster hängte er den Kopf in den eisigen Regen.

»Können wir nicht irgendwo anhalten?«, fragte L.

»Geht nicht. Wir müssen warten, bis eine Parkbucht oder Raststätte kommt.«

Die zeigte sich allerdings nicht, stattdessen kam ihnen ein Schneepflug entgegen. Seine Nebelleuchten schweißten sich förmlich durch die Wasserschleier hindurch in den nassen Asphalt.

»Da sind sie wieder, die Zuhälter des ewigen Schnees[16]«, knurrte Jorne, »jedes Mal, wenn es schneit, drehen die auf!«

Wie schnell der Räumdienst war, merkte Jorne erst, als eine Badewanne voll Eiswasser über die Leitplanke klatschte und sich wie eine Springflut in die Fahrerkabine ergoss. Im selben Moment leuchteten vor Jorne glutrote Bremslichter auf. Er stampfte mit aller Kraft in die Eisen, und der schlingernde Kleinbus verwandelte sich in ein bockendes Pferd.

»Tipptopp, die Bremsen!«, rief Jorne. Da hatten die umgekehrten Schubkräfte L. schon in den Fußraum katapultiert. »Äh, na wie soll ich sagen, die Karre ist doch gar nicht so übel … Richtig schnucklig, genau wie du sagtest.«

---

16 Maurice Chappaz

7

Die Ausfahrt kam völlig unerwartet, und als sie sich zeigte, dann nicht etwa durch ein Schild, sondern durch das Flackern eines offenen Feuers, das jemand auf einem Lkw-Stellplatz entfacht hatte.

»Wie ein Pfadilager[17] sieht das nicht aus«, murmelte Jorne.

Unter einem triefenden Sonnenschirm, der dem Aufdruck nach einem Prager Biergarten entstammte, hockten ein paar abgewrackte Gestalten. Trotz des Feuers war der Viehtransporter im Schneetreiben zunächst so unsichtbar wie ein Tarnkappenbomber. Das Bratferkel leuchtete dagegen wie ein rotgoldener Lampion vor einem nächtlichen Himmel.

»Tausend Tonnen Pech.« Jorne ließ den Wagen ausrollen und schlug mit der Faust auf den Lenker. »Das rollende Schweine-KZ …«

»Das ist ein Barbecue.« Wie entrückt starrte L. in die rot aufflatternde Seide des Feuers. »Höchste Zeit, dass wir mal 'ne Naschpause machen.«

»Was, wie kommst du denn auf das schmale Brett? Die Kerle haben eins von den Tieren geschlachtet!«

»Na und?« Als Tochter eines Fernfahrers kannte L. die Lebensgewohnheiten osteuropäischer Trucker; man ernährt sich von dem, was von der Lebendfracht krepiert, und spart so Geld für Verpflegung.

Jorne war bereits aus dem Kleinbus gesprungen und machte sich an den überfrorenen Wischern zu schaffen. Die Blätter steckten in einer wulstigen Eismasse fest. Nach mehreren ungestümen Versuchen brach der Griff des Eiskratzers ab. Nun gehört das Aufpinkeln zugefrorener Autoschlösser zum Überlebenstraining der Zermatter Jugend, doch die Gegenwart einer Frau brachte Jorne auf eine andere Idee.

---

17 Walliserdeutsch: Pfadfinderlager

»Was ist los?«, fragte L., als er die Tür erneut öffnete und in den Fußraum vor dem Fahrersitz griff.

»Nichts, ich meine, der Urin im Kanister hat noch Körpertemperatur ...«

»Okay. Geht es vielleicht noch kryptischer?«

Den Kanister wie eine Geheimwaffe schwenkend, spazierte er gerade am linken Seitenspiegel vorbei, als er am Rande des Gesichtsfelds ein paar Silhouetten bemerkte – zwei Gestalten mit schaukelndem Bärengang, die sich deutlich in seine Richtung bewegten. Trotz der Kälte waren die Männer luftig gekleidet: Das kleine Muskelpaket steckte in Hochwasserhosen und einem lila Lederblouson. Der Kübelgeselle mit der Latzhose und dem Ruderleibchen hatte sogar auf eine Jacke verzichtet. Da er Gummistiefel trug, stapfte er absichtlich in den matschigen Schnee.

»Hallo«, rief er mit heiserer Stimme, »kam eben Radio! Straßen alle gesperrt!«

Statt zu antworten, griff Jorne nach seinem Zweispitz. Er trug den Hammer im Innenfutter des Mantels verborgen – ein äußerst handliches Gerät mit unterschiedlichen Spitzen, von denen die längere dem Zahn eines Säbelzahntigers glich.

»He, ganz ruhig!« Der zweite Mann, der abwehrend die Hände hob, schien unter Krätze zu leiden. Sein rechtes Auge wirkte wie eine salzverkrustete Auster. Vielleicht trug er deshalb einen Glasbrillanten im Ohr.

»Wir machen ein kleines Fest und dachten, wir laden dich ein.«

»Hm. Nur schade, dass ich kein Schweinefleisch esse.«

»Du auch Muslim?« Der Muskelzwerg hatte einen rosigen Teint und eine tatarische Hordenlocke, streng über der Fontanelle gescheitelt. »Trifft sich gut. Wir alle Muslime.«

»Aber wir sind auch Albaner«, korrigierte der mit dem Brilli im Ohr. Er ließ Jorne seine Bierflasche sehen. »Eigentlich dürften wir keinen Alkohol trinken, aber wenn es nichts anderes gibt – Wallah!«

Und als der Muskelzwerg nur vorwurfsvoll mit dem Kopf schüttelte: »Der Kleine hier ist – wie sagt man – frisch konvertiert, stör dich nicht an dem, was er sagt ...«

»Dass er vertiert ist, kann ich sehen«, sagte Jorne, »so wie er aussieht, hat er den Knigge sicher an hundert Stellen geknickt. Warum ich kein Schweinefleisch esse, hat – sagen mir mal – persönliche Gründe.«

»Gentlemen ... Könnte es sein, dass hier eine Grillparty steigt?«

Mit der graziösen Haltung einer Aristokratin, die unverschuldet auf einem Misthaufen in der Walliser Pampa gelandet war, öffnete L. die Beifahrertür. Vielleicht war ihr Mantel abgewetzt und etwas verstaubt, doch in den Augen der Trucker entsprach er dem verführerischen Nachtmantel einer irdischen Venus.

»Was soll das werden?«, fragte Jorne.

Sie ignorierte seine Bemerkung und blieb einfach so stehen.

»Gibt es jetzt was zu essen, ja oder nein?«

»Ja, ja – und ob! Bestes Essen!« Der Muskelzwerg hatte sich halbwegs gefasst. Unter seiner Locke saß offensichtlich auch ein gut entwickeltes Reptiliengehirn, das seinem Besitzer eine Paarungsmöglichkeit suggerierte. Tatsächlich kennen die meisten Fernfahrer kein Pardon, wenn es darum geht, einer gut aussehenden Frau zu imponieren. L. bekam es mit echten Charmeuren zu tun. Statt sie weiterhin anzuglotzen, starrten die beiden Männern nun konzentriert an ihren Beinen vorbei, und ihre Stimmen pegelten sich fast auf Normallautstärke ein.

»Nennen Sie mich Toli, gnädige Frau. Ihr ergebenster Diener ...« Beiläufig bot er L. seine Bierdose an, zog sie dann aber wieder blitzschnell zurück, als hätte er sich seiner guten Kinderstube besonnen. »Mögen Sie überhaupt albanisches Bier?«

»Ich liebe es!«, rief L. »Jorne, mein Alpenkalb, hast du gehört, es gibt albanisches Bier!«

Jorne holte einmal tief Luft, doch zuletzt griente er wie ein übelgelaunter Gnom und schlenderte den dreien hinterher.

Während die Fraternisierungsarie zwischen L. und den Möchtegernkavalieren nicht abflauen wollte, hatten sie das lodernde Feuer erreicht. Der Schweinebraten verströmte einen fast vorweihnachtlichen Geruch. Jorne fiel erst jetzt auf, dass er den Pinkelkanister mitgeschleppt hatte.

»Wie sagt man doch, je später die Gäste …«

Vor ihm erhob sich ein älterer Mann von einem Bierkastenhocker. Er machte einen dauerverkaterten Eindruck und verströmte den Geruch einer uringetränkten Matratze. Das Besondere an seinem pockenvernarbten Gesicht lag nicht unbedingt an den vielen Kratern auf seiner Haut, sondern an der Tatsache, dass er sich die Brauen abrasiert und mit einem Kohlestrich nachgezeichnet hatte. Der eingewachste Bart unter seiner verknorpelten Nase erinnerte dagegen an die Hörner eines malaysischen Büffels.

»Slobo Panofsky«, sagte er mit einer breiigen Stimme.

»L.«

»Elle? – Sehr erfreut.« Er ließ es sich nicht nehmen, seine Schibermütze zu lüften und einen Bückling zu machen. Dass er der Doyen unter diesen Fernfahrern war, dafür sprachen nicht nur die Ringe an seinen Händen, sondern auch ein goldknopfbesetztes Sakko und cognacfarbene Stulpenstiefel, die er über einer hellblauen Bundfaltenhose trug.

»Haben Sie ein Proppläm, liebe Elle?« Ein leichter Wind presste den funkensprühenden Rauch immer wieder zu Boden, doch Qualm und Ruß konnten dem Alten scheinbar nichts anhaben.

»Und ob wir das haben. Unsere Scheibenwischer sind hin.«

»Nix kaputt.« Der Sakkomann schob einen Bierkasten in den Lichtkreis des Feuers. Es war die einzige Sitzgelegenheit, die er ihr anbieten konnte. »Kaputt ist erst, wenn man aufhört zu reparieren. Kosche kann sicher was basteln.«

»Vielleicht«, meinte die Latzhose. »Ja, ja, ich schau mal nach.«

»Tu das.« Der Doyen hatte eine volle Flasche im Leergut entdeckt.

»Vorausgesetzt, ihr Mann gibt dir seine Erlaubnis.« Er hielt Jorne die Hand hin, doch der starrte nur auf den Kadaver am Spieß.

»Sie entschuldigen uns für einen Moment …« Mit einem maliziösen Lächeln zog L. ihren Komplizen beiseite. »Seh ich das falsch oder hast du gerade diesen Tierbefreiungsfront-Blick drauf?«

»Bist du blind? Das sind Wölfe – und du hast ihnen den Mund wässrig gemacht! Lass uns einfach verschwinden.«

»Nach dem Essen«, seufzte L. »Hör zu, Jorne, das sind Südländer. Die werden ihre Sorgen los, wenn sie feiern und sich besaufen.« Sie starrte einen Moment vor sich hin, als ob sie einen geistigen Aussetzer hätte. »Sie lassen es nicht drinnen, bis es verrottet … bis es dich frisst. Sie sind nicht wie wir.«

Jorne hatte die Anspielung schon verstanden. »Verstehe. Das Leben ist hart, doch du bist härter.«

»Nein«, sagte L. »Das Leben ist weich wie Brei. Nur wenn jemand jahrelang drin herumrührt, wird es hart wie Beton.« Sie steuerten wieder in den Lichtkreis des Feuers. »Außerdem wird sich dieser nette, hormonal gesteuerte Primitivling in der Zwischenzeit etwas ausdenken, um unsere Scheibenwischer zu flicken. Dann fahren wir weiter.«

»Hier, bitte …«

Als wäre es Teil des Beschnüfflungsrituals, drückte der Sakkomann Jorne ein Tirana-Bier in die Hand. »Was treibst du so, mein schweigsamer Freund?«

Jorne zögerte einen Moment, dann reichte er das Bier an L. weiter. »Ich bin der Fahrer.«

»Sie hat einen Chauffeur? Hört, hört.« Der Sakkomann zog ein gewichtiges Karpfengesicht. »Hab gleich gesehen, diese Elle ist eine vornehme Dame.« Er hob sein Tirana und prostete in die Gegend. »Du trinkst wirklich nicht?«, fragte er Jorne.

Der hob nur seinen Kanister.

»Was ist das? Lass mich raten – ein guter Syrah?« Sein Zechgenosse kannte sich offenbar aus.

L. schüttelte in weiser Voraussicht den Kopf, doch da hatte Jorne schon den Verschluss abgeschraubt.

»Darf ich?« Der Sakkomann näherte seinen verknorpelten Zinken der Öffnung und zuckte augenblicklich zurück.

»Aber das ist doch …«

»Ganz genau«, bestätigte Jorne. »Willst du 'nen Schluck?« In der Stille wirkte das Knistern der Scheite wie fernes Maschinengewehrfeuer.

»Wohl nicht ganz richtig im Kopf«, meinte das Krätzegesicht. Sein Unterschichtgespür für Respektlosigkeit war gereizt.

»Verzeihung«, mischte L. sich ein, »aber mein Fahrer hat einen abwegigen Sinn für Humor. Außerdem habt ihr doch bestimmt schon mal so einen Für-kleine-Jungs-Kanister gesehen? Oder seid ihr gar keine richtigen Trucker?«

»Ein Hauptspaß, verstehe!« Wie ausgewechselt drehte der Sakkomann jetzt den Schraubverschluss zu. »Hier, mein Freund, tut mir leid, zu dieser späten Stunde bin ich manchmal etwas schwer von Begriff.«

Er reichte Jorne den Kanister, klopfte ihm auf die Schulter und zog dann L. unter den Schirm. Während seine Jungs eine Europalette zerstampften, säbelte er ein knuspriges Stück aus dem Braten, richtete es auf einem Pappteller mit allerlei Beilagen an und servierte es seiner Tischdame, indem er ihr einen gesegneten Appetit wünschte.

»Oh, die kirchliche Segnung lassen wir lieber sein«, meinte L. »Wie sagte doch der Bauer so schön: Wenn du das Fleisch vom Knochen pflückst, dann ist das ein Fest, und du musst so sehr darauf brennen … wie ein Liebhaber, der seinem Mädchen zum ersten Mal aus dem Mantel hilft.«

»Was für ein wunderschöner Vergleich.« Schmunzelnd legte der Sakkomann das Messer beiseite. »Ich kann nur sagen, jeder hier würde Ihnen gerne aus dem Mantel helfen, glauben Sie mir.«

8

In den allerfrühesten Morgenstunden – als sich der Schneefall zu einem eisigen Nieseln verflüchtigte und faserige Qualmarabesken zwischen Feuerstelle und Schweinetransporter in der Luft hingen – saß L. leicht angesäuselt unter dem tropfnassen Schirm, inmitten von leeren, aber immerhin noch stehenden Flaschen. Das versammelte Leergut sah von Weitem verdächtig nach einer Freiluftkegelbahn aus, und Toli, das liebenswürdige Muskelpaket, sorgte stets wieder für Nachschub, während er gleichzeitig darüber wachte, dass der aufgeweichte Regenschutz keine Schlagseite bekam.

»Muss mal austreten«, sagte Jorne.

»Wie? Du hast doch gar nichts getrunken?«

»Wer sagt denn, dass ich pissen muss? Ich geh mir die Füße vertreten.«

»Verlauf dich nicht …«

»Und du pass auf, was du sagst! Idiotisches Weibsstück.«

In Gedanken versunken schlich Jorne den vollgejauchten Transporter entlang. Die tierischen Insassen schliefen, zwischen spärlichem Heu waren hier und da ein paar zartgliedrige Füße zu sehen.

Fleisch ist wie Gras. Irgendein Hippiedichter hatte das mal behauptet, nur Jorne wusste inzwischen, der Vergleich war gut gemeint, aber falsch: Kein Fleisch ist wie Gras. Wäre es Gras, wäre ja alles in Ordnung. Aber Fleisch ist Fleisch, es ist daher in der Lage, Schmerz zu empfinden. Ganz zu schweigen von dem Schmerz, der auch Tierseelen heimsucht. Wären wir Gras, dann würden wir die Sense des Schnitters nicht spüren, sondern einfach vergehen und wieder nachwachsen. Fleisch dagegen, insbesondere Fleisch, das ein Bewusstsein besitzt, erkennt im Verenden die Schmach, sterblich gewesen zu sein.

Er wollte gerade kehrtmachen, als er ein bekanntes Gesicht in der Dunkelheit sah – kein menschliches Gesicht, obwohl in seinem Blick etwas fürchterlich Menschliches lag. Am schlimmsten war der Ausdruck von Resignation: Du stehst auf der richtigen Seite des Gatters …

»Ja, Max, es ist schlimm«, flüsterte Jorne, »aber ich kann dir nicht helfen. Sag Vreni, sag ihr einfach, es tut mir … leid …« Es klang so, als wolle er das letzte Wort in der Magengrube – oder noch tiefer in seinen Eingeweiden – begraben.

»Ach, du bist's!« Dank der Gummisohlen von Kosches knallgelben Stinkern hatte Jorne den Trucker nicht kommen gehört. »Dachte schon … na, egal.«

»Was dachtest du?«, fragte Jorne.

»Keine Ahnung. Hier schleicht einer rum.«

»Ein Planenschlitzer? – Dass ich nicht lache.«

»Wieso nicht?«

»Weil eure Fracht aus lebenden Viechern besteht. Planenschlitzer haben es auf Postpakete, Kippen oder Elektrozeugs abgesehen, nicht auf Schweine.«

Die Latzhose peilte misstrauisch ins Dunkel. »Slobo meinte, er hätte einen Wurdalak gesehen – einen Untoten. Wollte nur mal schnell pullern geh'n ins Gebüsch, und da stand plötzlich dieser Mann … ganz weiß im Gesicht.«

»Das war nur ein Spanner, du Trifüess … ein Gebüschbürster, der auf Parkplatzsex steht. Es gibt keine Untoten hier im Wallis, nur arme Seelen, die gelegentlich auf Wanderschaft gehen, aber nicht hier unten im Tal.«

»Was weißt du denn? Slobo meinte, dieser Mann sei einfach im Nebel verschwunden. Löste sich auf … – He, wo willst du hin?«

Statt zu antworten, schlenderte Jorne zum Heck des Transporters. Die Klappe war durch eine Kabelplombe gesichert. Eine Zeit lang stand er nur unschlüssig da, während der Albaner auf ihn einredete. Trotz der Kälte begann er in den Handinnenflächen zu schwitzen.

»Geht's dir nicht gut?« Kosche spürte wohl, dass etwas nicht stimmte.

»Mir schon«, sagte Jorne, »aber die armen Viecher in eurem fahrenden Zwinger, ich denke, die wissen, was ihnen blüht.«

Der Trucker zuckte die Achseln. »Sind Tiere. Ist normal, oder nicht?«

»Nein, das ist es nicht«, murmelte Jorne. »Ich werd dir jetzt mal ein Licht aufstecken, und nimm das nicht persönlich, aber in dem, was ihr tut, sehe ich keine Ehrfurcht vor Gottes Geschöpfen.«

»Ehrfurcht?« Kosche rollte seinen Kopf in den Nacken, drehte ihn mal nach rechts, dann nach links. »Wallah, ich bin ein Mensch und habe Ehrfurcht vor anderen Menschen. Diese Tiere hier werden von Tieren gefressen ... von euch Ungläubigen! Jedes Jahr werden in der Schweiz eine Viertelmillion Schweine geschlachtet.«

»Klar, damit ist alles entschuldigt.« Jorne hatte das Heck des Aufliegers erreicht. »Weiß deine Mutter, dass ihr Schnudergoof[18] von einem Sohn sein Geld mit dem Quälen von Tieren verdient?«

Im Dunkeln sah es so aus, als würde Kosche an seinem Lippengrind nagen.

»Ja, jetzt stehst du stumm da und dumm da ...« Jorne hatte bereits mehrfach am Gitter gerüttelt. »Merkst du eigentlich nicht, dass es zwischen denen und uns keinen Unterschied gibt?« Und als der Trucker noch immer nichts sagte: »Ich geb dir mal ein Beispiel und kann nur hoffen, dass du verstehst: Also, ein Kalb verliert seine Mutter, hat's schon gegeben, gibt's überall. Auf dem Bauernhof gibt es keine anderen Kühe, die es stillen könnten, aber es gibt Schweine. Und – frag die Bauern – eine Sau lässt so ein kleines Kalb ran ... Das nennt sich Barmherzigkeit, oder?«

»Scheiß drauf.« Kosches Mund formte ein mitleidiges Lächeln. »Wenn ein Kalb von einem Schwein gesäugt wird, beweist das nicht, dass Schweine Menschen sind.«

»Aber fast.«

---

18 Walliserdeutsch: Bengel, Rotznase

»Es beweist gar nichts!«

»Wie du willst … Krakauer Ferkelhölle sollte auf eurem Auflieger stehen! Aber damit ist Schluss!« Jorne legte Hand an die Plombe, drehte das Kabel zwischen Daumen und Zeigefinger hin und her. Ein Ruck, und das Siegel war gebrochen.

Kosches Gesichtszüge entglitten dermaßen gründlich, dass sie eine Ewigkeit brauchten, um ihre ursprünglichen Linien wiederzufinden.

»Slobo«, brüllte er jetzt, »es gibt Ärger!« In seiner Stimme rasselte der Choleriker bereits mit dem Säbel.

»Tut mir leid«, sagte Jorne, während er die Tür aufsperrte. »Aber dafür wirst du heute Nacht zum ersten Mal sorgenfrei schlafen.«

»Cfare?« Der Sakkomann torkelte aus dem Gebüsch auf sie zu. Entweder hatte er sich gerade erleichtert oder er suchte noch immer im Unterholz nach seinem Vampir. Tapsig wie ein als Gigolo verkleideter Tanzbär kam er auf die Latzhose zu. Erst jetzt sah er die aufgebrochene Plombe und schob sich die Schiebermütze zurück.

»Schnupf die Asche von einem toten Hund!« Er stieß Jorne zurück und verriegelte die Tür des Aufliegers. Jorne fiel auf, dass die Schweine nicht einmal versucht hatten zu fliehen.

»Hast du vielleicht eine Erklärung für mich?« Mit dem Rücken an der Heckklappe lehnend, sah der Sakkomann aus, als ob er eine Art große Offenbarung erwarte. »Hast du …?«

»Eigentlich nicht«, sagte Jorne. Er wollte gehen, doch die Latzhose packte ihn kräftig am Arm und sah ihn mit einem regelrechten Kartoffelbreiblick an.

»Was seid ihr? Drogensüchtige? Kriminelle?«

Das Krätzegesicht begann leise zu kichern.

»Wer ist diese Elle – ist sie deine Zosche[19]?«

»Schön wär's«, sagte Jorne.

---

19 Truckerjargon: feste Freundin

»Was tut sie dann? Ist sie haram[20]?«

»Nein, freischaffende Archäologin.«

Der Sakkomann begann langsam zu nicken. »Sie beschäftigt sich also mit alten Sachen. – Auch mit alten Männern?« Ein Grinsen zeigte sich plötzlich auf seinem von Spirituosen erhitzten Gesicht. »Hör zu, ich will ihr nichts Böses, aber ich würde sie gerne einmal von dir leihen ...«

Die Latzhose versetzte Jorne einen Stoß in die Rippen. »Was sagst du, Tierfreund, 'ne halbe Stunde ist nicht zu viel.«

Der Sakkomann griff in seine Gesäßtasche und förderte eine Geldklammer zutage. »Was hältst du von zweihundert Franken?« Und als Jorne nicht reagierte: »Und noch mal zweihundert für meine Kollegen ... Und noch mal hundert für dich, damit du dir die Beine vertrittst. Zufrieden?«

Jorne griff nach dem Geld und ließ es in der Tasche verschwinden.

»Das ist klug von dir«, meinte sein Gegenüber. »Normalerweise würde ich nicht so viel zahlen, aber ich habe sofort gesehen, dass diese Kafira[21] etwas Besonderes ist.«

Jorne machte einen Schritt seitwärts, denn die Latzhose war ihm zu dicht auf die Pelle gerückt. »Da wäre nur ein Problem, Freunde – und bitte wertet das jetzt nicht als Respektlosigkeit –, aber sie steht meines Wissens weder auf alte Knacker in Bundfaltenhosen noch auf verkrätzte Typen mit Glasbrilli im Ohr. Sie wird also nicht mitmachen. Trotzdem vielen Dank für das Geld.« Er hielt inne, denn auf der Stirn des Alten begann eine Zornader plastisch zu pochen. »Ach ja, eine Frage hätte ich noch, was machen wir jetzt mit den Schweinen?«

Tiefe Verständnislosigkeit sprach aus den Gesichtern der Trucker.

»Was ist los, Slobo Panofsky, oder wie immer du heißt? Lasst uns doch einmal so tun, als wären wir gute Menschen, als ob wir ein Herz

---

20 Arab. nach der Scharia: sündenhaft
21 Arab.: weibliche Ungläubige

hätten, wir drei …« Er nahm den Sakkomann in den Arm. »Wir holen jetzt die armen Schweinchen da raus und lassen sie laufen. Seid ihr dabei? Ist das nicht besser, als ein kaputtes Mädchen noch kaputter zu machen?«

»Ich weiß was Besseres, Slobo.« Die Muskeln an Kosches Armen otterten bereits unter der Haut hin und her. »Wir sperren den Spinner zu den Schweinen und dann holen wir uns die Stiene²².«

»Schäm dich, Kosche!« Der Sakkomann hatte sich losgemacht, war aber immer noch die Höflichkeit in Person. »So behandelt man keine Gäste.«

Jorne hatte schon etwas geahnt, denn als der Alte die 38er zog, machte er einen Hechtsprung in dessen Magengrube hinein. Die weit aufgerissenen Augen des obersten Truckers passten zu seinem Trapezmaul, das nach Luft schnappte und keine bekam. Als er den Revolver dabei fallen ließ, beförderte Jorne die Waffe mit einem Tritt seines tauben Beins ins Gebüsch.

»Bastard!« Kosche handelte, ohne zu zögern. In Sekundenschnelle hatte er Jornes Gesicht mit Schlägen bepflastert. Hielt er inne, dann nur, um zu täuschen. Oder er schob einen aufwärts geschlagenen Haken unter Jornes Deckung hindurch.

»Hast du genug?« Die Faust kam wieder, ein roter Vorhang senkte sich über Jornes Auge herab. Der stolperte vorwärts, in seinen Gegner hinein, bekam die Latzhose an den Trägern zu fassen und knallte seinen Widersacher gegen das Gitter. Der Auflieger wankte wie von einer Sturmbö getroffen – aus dem Inneren war ein ängstliches Quieken zu hören.

»Bist du jetzt zufrieden, du albanischer Brathahn?«, zischte Jorne. »Nun hast du die Nachtruhe dieser empfindsamen Tiere gestört! Sie hassen Gewalt. Nur wegen dir müssen sie das jetzt mit ansehen! Nur wegen dir!«

---

22 Jargon: Mädchen

Kosche bäumte sich noch einmal mit aller Kraft auf. Während er Jornes Klammergriff allmählich brach, bemerkte er, wie dessen freie Hand abwärtswanderte – ganz weit nach unten –, jedenfalls brüllte er bereits wie am Spieß, bevor sich der Stichel in seinen Gluteus maximus bohrte. Im selben Moment hämmerte ihm Jorne die Stirn zwischen die Lichter. Es knackte wie ein trockener Ast, als Kosches Nasenbein brach und sein Bewusstsein verlosch.

»Ach, Jorne – wie siehst du denn aus?«

Am prasselnden Lagerfeuer wohlig in Decken gehüllt, hatte L. den Tumult nicht gehört. Einen Riesenknust Brot in der Hand, den ihr Toli liebevoll mit Braten und Gürkchen belegt hatte, knusperte sie vor sich hin.

»Wo ist Slobo?« Toli merkte sofort, dass etwas nicht stimmte. »Habt ihr den Schleicher gefunden? He, du Alpenkalb …«

»Was? Wie hat der Knirps mich eben genannt?«

»Bitte, ich hab ihm gesagt, dass du so heißt«, kicherte L. »Was machst du für ein Gesicht?«

»Wir müssen weg! – Sofort! Komm schon!« Jorne zerrte L. hinter sich her. »Ich erklär's dir später! Lass uns verschwinden, avanti!«

Da hatte der Muskelzwerg sie bereits überholt und verstellte ihnen den Weg. Vergebens rief er ein paarmal nach seinen Kollegen.

»Was hast du mit Kosche gemacht? Und mit dem Chef?« Sein dunkelrot angelaufener Kopf ähnelte in diesem Moment der Schnitzvorlage eines Kürbisgesichts. Schlimmer noch, er hatte plötzlich eine funkelnagelneue Feuerwehraxt in der Hand.

»Was soll das?«, säuselte L. »Toli, mein Süßer, wir sind doch Freunde …«

Einen Kriegsschrei ausstoßend schwang der Muskelzwerg die Axt und schlug zu.

»Elle, pass auf!« Jornes Worte folgten dem Windzug der Axt. Der rote Keil zischte haarscharf zwischen ihnen hindurch und brachte

L.s Ohrring zum Klirren. Jorne wartete nicht, bis der Berserker noch einmal ausholen konnte. Er katapultierte sich in ihn hinein. Der krachte rückwärts der Länge nach hin. Jorne hockte über ihm, sein steifes Knie erfuhr dabei eine unbarmherzige Streckung. Es war reines Glück, dass er die Axt zu fassen bekam. Der Tobsüchtige ruckte wie wild hin und her, denn der Stiel unter seinem Kinn drückte ihm die Luftröhre ab. In seiner Panik ließ er die Axt einfach los. Mehr brauchte Jorne nicht, um den Kampf zu beenden. Der stumpfe Stiel war kein Gewehrkolben, aber er war ebenso hart und traf den Rasenden vor die Stirn. Die Platzwunde, die dort entstand, füllte sich allmählich mit Blut.

Jorne ließ die Axt fallen und rappelte sich wieder auf. Von irgendwoher hörte er in diesem Moment ein Motorengeräusch. Als er den Kopf drehte, rasten zwei Scheinwerfer auf ihn zu.

Verdammt, dachte er noch, da war der Transit schon zum Stehen gekommen. L. saß hinter dem Steuer.

»Was ist los, Montagnard, brauchst du 'ne Extraeinladung?«

9

Vielleicht war es die Sorte Kaschemme, die sich nur im mittleren Teil des Rhonetals findet – eine nach Weißweinraclette miefende Bude mit betagten Serviertöchtern, die so aussahen, als würden sie auch mal unter sich bieseln, um die an den Tischen schlafenden Säufer nicht zu wecken.

Kurz nach Sonnenaufgang traten L. und Jorne in eine solche gastronomische Grabstätte ein. *Filou* stand in roter Pinselschrift über der Tür. Angesichts der Neigung des Fußbodens war die Kaschemme von irgendeinem Strolch ohne Wasserwaage in den Kies gesetzt worden. Überhaupt erinnerte das Gebäude an einen windschiefen Hangar mit Anliegerschuppen. Selbst die Dachpappe hatte verschiedene Farben, die mit den Plastikcontainern vor der Tür harmonierten. Immerhin, Mülltrennung war den Betreibern nicht fremd.

»Riechst du das auch?«

Schon am Eingang schlug ihnen ein penetranter Geruch wie von abgestandenem Blut und Schlachthausinnereien entgegen.

»Warum riecht es in solchen Läden eigentlich immer so, als hätten die hier irgendwo eine Leiche verscheißert?«

Während Jorne – grün im Gesicht – schnurstracks in Richtung Toilette stiefelte, rutschte L. in die erste Sitzbank an einem halbwegs durchsichtigen Fenster. Außer einem Trio komatös wirkender Säufer, die hier noch vom Vorabend in einer Sitzecke hingen, waren sie wohl die einzigen Gäste.

Eines ärgerte L. noch immer: Nach ihrem Abgang aus dem Dunstkreis der Schweinetrucker hatte sie Jorne beschimpft – er sei nicht mehr zurechnungsfähig –, »wegen ein paar Gaschis[23]« die Tour zu gefährden, er solle sich am besten einweisen lassen: »Tierbefreiungs-

---

23 Walliserdeutsch: Schweine

frontler, verdammter! Hast du wirklich keine Grütze im Kopf? Oder ging es wieder um Vreni?«

Zuletzt klang es nach der sprichwörtlichen alten Leier, und er hatte das salomonisch klingende Schlusswort gesprochen: »Ich habe dir einen Gangbang erspart. Wenn du willst, fahr ich dich aber auf der Stelle zurück.«

Als Jorne wieder erschien, wurde gerade das Frühstück – Kaffee, Rührei und Papptoasts – serviert. Sie hatten es nicht bestellt, doch es kam ihnen im Grunde ganz recht.

»Schnupf die Asche von einem toten Hund, ich krieg Zustände, wenn ich das sehe.« Jorne machte den Eindruck, als ob er unter Schock stehen würde.

»Wenn du was siehst?«

»Na, das Barackenheim hier. Dachte immer, dass ich mal als alter Mann in genau so einem Drecksloch verende. Dahinten in so einer Ecke, zwischen ein paar lebenden Toten.«

»Gut möglich, wenn man zu viel Asche vom toten Hund geschnupft hat.« Sie musste grinsen. »Tu mir einen Gefallen und gewöhn dir diese Redensart erst gar nicht an.«

»Wieso? Ich finde den Spruch nicht schlecht. Der passt doch zu allem.« Mürrisch schaufelte er sich die Eimasse auf den Toast, der so hoch war wie der Teller breit. »Meine Fresse, das sieht echt aus, als hätte es schon mal einer gegessen ... Aber was soll's.«

Als er nach dem Salzstreuer griff, kam ihm ihre Hand in die Quere: »Danke.«

»Keine Ursache. Dafür hast du mich engagiert.« An Jornes Kinnspitze zuckte ein Nerv. »Du bist also nicht mehr sauer auf mich?«

»Natürlich nicht.« L. nippte an dem lauwarmen Kaffee. »Du warst übernächtigt, extrem gestresst, und manchmal hast du zu viel Empathie auf der Pfanne. Da kommt es vor, dass das Gehirn einen Aussetzer hat – eine kleine geistige Störung.«

»Ich bin nicht gestört.« Jorne betrachtete das trockene Rührei auf seinem Teller. »Nur manchmal, da kommt es mir wieder hoch, und ich weiß, dass alles auch anders hätte ablaufen können.«

»Aber so lief es nicht.« Sie gab ihm fünf Sekunden Bedenkzeit. »Vreni ist tot, und du lebst dein Posttrauma an mir aus. So war es doch schon bei unserem ersten Gespräch in Zermatt.«

»Du meinst das Einstellungsgespräch?« Er zögerte einen Moment. »Wie kommt es eigentlich, dass du dich noch daran erinnerst?«

»Du doch auch …« Sie ließ seine Hand endlich los. »Versprich mir einfach, dass du nie wieder versuchst, einen Viehtransporter zu kapern.«

Jorne schaffte es, reumütig zu nicken. Eine gute Minute ließ er danach verstreichen.

»Nur noch eine Frage – glaubst du, der kleine Radarsch ist tot?«

»Wie tot?«, fragte L. »Halbtot, mausetot oder scheintot?«

»Kannst du nicht einmal eine normale Antwort auf eine normale Frage geben?«

»Was macht das für einen Unterschied? Ein verseuchter, wandelnder Hundehaufen weniger auf der Welt.«

»Mag sein, mag sein … Nur, wenn es einen Toten gab, wird die Schmiere[24] mit Sicherheit nach uns fahnden.«

»Unsinn.« L. hatte ein verkrumpeltes Päckchen Zigaretten in ihrem Rucksack gefunden. Sie zündete sich eine an, nahm einen Zug und betrachtete dann die Glut, die sich langsam nach unten fraß, so wie der Funke an einer Lunte. »Wenn es einen Toten gab, werden diese Typen die Leiche ihren Schweinen vorsetzen. Von denen wird keiner singen.«

»Die Schweine vielleicht nicht, aber die Typen.«

»Und wenn? Du hast in Notwehr gehandelt, ich kann das bezeugen.«

»Wie schön. Nur welcher Richter würde dir glauben – einer

---

24 Schweizerisch: Polizei

polizeilich gesuchten Einbrecherin?« Jornes Kiefer malmten mit halber Kraft. »Mal im Ernst, wann weiß man mit Sicherheit, dass einer tot ist?«

L. betrachtete Jorne, als wäre er ein störrisches Kind. »Ich würde sagen, wenn du den Obduktionsbericht liest. Oder wenn einer vor dir liegt mit so 'nem Kärtchen am großen Zeh … Noch besser, man versetzt dem Leichnam einen Tritt in die Rippen. Wenn er dann nicht zuckt, ist er wohl hinüber. Vernünftige Menschen ziehen es freilich vor, nicht mehr daran zu denken: Wer tot ist, kommt nicht mehr zurück. Die Lebenden sind das Problem.«

Jorne wischte sich mit dem Handrücken über den Mund.

»Du bist schon eine verdammt kaltblütige Frau.«

»Dein Blut hat dieselbe Temperatur.« Sie blies einen Rauchring über den Tisch. »In Wirklichkeit ist es dir gleich, ob dieser Toli-Trottel noch lebt. Und das ist gut so, mein Freund, denn wir beide wissen: Das Spiel, das die Menschen spielen, heißt nun mal, jeder gegen jeden und Gott gegen alle, ob das nun in deinen Schädel reingeht oder nicht. Jeder von uns hat denselben niederträchtigen Vertrag mit der Erde. Hast du dich nie gefragt, warum man mit einem scharf geschliffenen Stück Stahl jemanden abstechen kann?« Und da sie mit keiner Antwort rechnete: »Weil die Welt so ist.«

»Ist das nicht etwas zu hart, junge Dame?«

»Ach was. Jeder tut dem andern so viel an, wie er kann. Wenn es nicht so wäre, bräuchten wir keine Gesetze.«

»Ich war mal anders«, sagte Jorne. »Bevor das mit Vreni passierte … war ich normal.«

»Wie schön für dich.«

»Nein, im Ernst. Ich dachte immer, ich krieg das hin – das mit dem Leben im Guten. Ich wollte so ein richtig normales Leben … Frau, Kinder, das ganze Tritratrullala. Stattdessen schlage ich mich nachts auf irgendeinem Rastplatz mit drei gestörten Hinterhofgorillas herum.«

Er verstummte, denn zwei Streifenhörnchen der Kantonspolizei betraten in diesem Moment das Lokal. Sie grüßten beiläufig in die Runde und marschierten dann schnurstracks zu den Toiletten.

»Na schön, genau der richtige Moment für eine kleine Lagebesprechung.« L. schob die Tassen und Teller beiseite und legte eine Landkarte auf den Tisch.

»Wir wissen, das Kloster ist irgendwo zuhinterst im Val d'Anniviers …«

»Da, wo es eigentlich Vallon de Moiry heißt«, murmelte Jorne. »Hoffen wir mal, die Straße ist noch nicht gesperrt.«

Jorne riskierte einen Blick hinauf in die Hochnebelsuppe. Eine fahle Tünche lag über den Bergen, das Wetter war grau und regungslos, als sei es in Nachdenken über sein launisches Wesen versunken. Vielleicht war es auch nur eine Art meteorologische Starre, denn es hatte bereits in den höheren Lagen geschneit.

»Der Mann geht wohl davon aus, dass wir uns irgendwie durchfragen werden«, sagte L. »Sombrechamps … Verdammt, ich kann es nicht finden. Vielleicht ist es ja nur ein Weiler.« Der schwarze Nagel ihres kleinen Fingers fuhr der Straßenlinie bis Sierre nach und bog dann ab, Richtung Saint-Luc. »Dann bleibt uns nichts anderes übrig, als der Postbusstrecke bis Grimentz zu folgen.«

»Pardon, vielleicht können wir helfen?«

L. und Jorne blickten gleichzeitig auf – die beiden Beamten standen an ihrem Tisch. Während Jorne nicht blasser werden konnte, als er schon war, merkte man L. die Spannung nicht an.

»Sie kommen wie gerufen, Herr Feldweibel!« Sie deutete mit dem Finger auf das kartografierte Val d'Anniviers. »Wir sind auf der Suche nach einem Kloster namens Monastère de Moiry in der Nähe von … Sombrechamps.«

»Immer der Reihe nach, Mademoiselle.« Der Jüngere beugte sich über die Karte. Er hatte eine gegelte Igelfrisur, vielleicht war das seine geheime Verbindung zu L. »Sombrechamps *ist* kein Ortsname. Die alten Anniviarden nennen den bewaldeten Hang unterhalb des Garde de Bordon[25] *sombre champs* ... also dunkles Feld, weil der Hang so gut wie nie Sonne bekommt. Selbst die Felsen sind das ganze Jahr über grau – keine Flechten, nichts ... Es heißt auch, Adler und Habichte, die dort oben nisten, bringen nur tote Jungen zur Welt. Eine fürwahr merkwürdige Gegend.« Er zeigte Lachzähne, obwohl es eigentlich nicht lustig war, was er sagte. »Und mit dem Kloster können Sie nur den alten Wallfahrtsort meinen.«

»Wallfahrtsort?«

»Ja. Es gibt da oben ein uraltes Gemäuer, nicht weit entfernt von der Cabane de Moiry. Ob dort allerdings jemand wohnt, wage ich zu bezweifeln.« Er beugte sich über die Karte. »Hier ist schon mal der Lac de Moiry ... Da geht's zum Lac de Châteaupré. Und das Kloster – wie Sie es nennen – ist hier irgendwo ... Man kann es von unten nicht sehen, aber wenn man die Schwemmebene der Gougra einmal hinter sich hat, dann steht man davor. In der Vertikalen wohlgemerkt.«

»Wie kann ich Ihnen bloß danken, Monsieur?« L.s Lächeln war zuckersüß.

»Danken Sie nicht zu früh.« Der zweite Beamte, ein drahtiger Grauschopf, der seine Augen hinter einer Sonnenbrille verbarg, räusperte sich. »Im Sommer können Sie bis zu einem Parkplatz fahren, doch jetzt – bei diesem Wetter – ist die Straße bis zum Staudamm gesperrt. Zudem befindet sich dieses Gemäuer in einem Felsschrund, in unmittelbarer Nähe des Moiry-Gletschers. Ein Treppchen führte da früher mal über die Schrofen hinauf, doch ob das noch immer noch so ist?«

Der Jüngere schien von L.s Schminke wie hypnotisiert. »Sagen Sie, es geht mich nichts an, aber sind Sie sicher, das Kloster ist noch bewohnt?«

---

25 Berg östlich von Zinal, 3310 m ü. M.

»Und ob ich das bin«, flötete L. zurück. »Barmherzige Schwestern halten dort wacker die Stellung. Wir haben mehrfach korrespondiert.«

»Verstehe.« Gewisse Restzweifel sprachen dennoch aus der Stimme des Igels.

»Und Sie meinen ganz sicher nicht die alte Kapuzinerkapelle in Vissoie?«

»Auf keinen Fall.«

»Dann vielleicht Notre-Dame de Compassion – schon mal gehört?«

»Reto, lass die Dame zufrieden.« Der Ältere zog seine Handschuhe an. »Eine Frage noch – weshalb müssen Sie so spät im Jahr da hinauf?«

»Nun, es geht um ein Fresko, das dringend restauriert werden muss.«

»Ha! Und ich hatte mit dem Kollegen gewettet, dass Sie Künstlerin sind!«

»Nicht ganz.« L. zog eine gefälschte Visitenkarte aus ihrem Rucksack. »Ich bin Kunstsachverständige. Institut für Klassische Altertumsforschung, Bern.«

»Ah so.« Auch der Kollege warf einen kurzen Blick auf die Karte. »Und der Herr?«

»… ist mein Assistent.«

»Sie sind Altertumsforscher?« Der Jüngere lachte hell auf. »Ehrlich, ich habe vorhin beim Reinkommen zum Kollegen gesagt, der Herr da sieht aus wie Indiana Jones, Sie wissen schon …«

»Könnte an seinem Hut liegen«, witzelte L.

»Nichts gegen den Hut.« Der ältere Polizist gab L. die Visitenkarte zurück. »Wissen Sie was? – Wir fahren Ihnen voraus. Die Straße ist zwar gesperrt, doch wir könnten für Sie eine Ausnahme machen, was meinst du, Reto?«

»Du nimmst mir das Wort aus dem Mund.« Es schien, als würde der Igel sogar erröten. »Normalerweise braucht es dafür eine Sondergenehmigung, aber wir sind ja die Polizei – wir dürfen alles.«

»Ja, das hab ich schon öfters gehört!« L.s Begeisterung war echt. »Und trotzdem, ich wusste gar nicht, dass es bei der Polizei so fabelhafte Leute gibt.« Sie stand auf und schenkte dem älteren Tschugger einen fast schon schmachtenden Blick. »Und da heißt es doch immer, Polizisten hätten auch alle Anlagen zum Verbrecher. Was ja nur menschlich wäre, wenn man so will, aber Sie beide müssen die große Ausnahme sein.«

Jorne war in seinem ganzen Leben noch keiner Streife gefolgt. Schon während des Ausparkens hatte er L. daher nach dem Sicherheitsabstand gefragt und über mögliche Konsequenzen vor sich hin spekuliert.

»Findest du das nicht auch etwas verdächtig, wenn sich die Dinge schon frühmorgens so dynamisch entwickeln?« Und als L. nur den Kopf schüttelte: »He, der eine Pflock hängt am Funkgerät, siehst du das auch?«

»Bleib locker«, seufzte L. »Ist doch nett, dass sie uns bis zur Staumauer bringen, oder?«

Jorne nickte nur halbwegs freundlich zurück. Er war zu sehr damit beschäftigt, Abstand zu ihrer Eskorte zu halten, und was den Wert von Nettigkeiten betrifft, gehen die Meinungen von jeher auseinander.

L. schien sich ohnehin keine Sorgen zu machen. Während der Fahrt in Richtung Sierre widmete sie sich ungeniert der Pediküre, was Jorne ungemein irritierte. Nicht, dass er ein Fußfetischist war, aber ihre kalkweißen, beringten Füße schienen eher zu der gemalten Odaliske[26] eines französischen Orientalisten zu passen.

Um sich abzulenken, sah er ab und zu nach einem Habicht, der bewegungslos über einer ausgedörrten Bergwiese schwebte.

»Sagtest du nicht mal, du kämst hier aus der Gegend?«

L. blickte kurz auf. »Das heißt nicht, dass ich hier jeden Steinhaufen kenne.«

---

26 Haremsdienerin

»Und das Val d'Anniviers?«

»Bin nie dort gewesen, wenn du das meinst. Ich kannte mal einen, der da wohnte. Hat sich aber nach der neunten Klasse erhängt.«

Jorne beschloss, es dabei zu belassen. Im Rückspiegel sah er noch, wie der Raubvogel niederstieß und dann – etwas Zappelndes in den Klauen – im dunstigen Himmel verschwand.

Bald hatten sie den Bezirk Susten passiert und sahen in der Ferne die schwarzen Buckel des Pfynwalds auftauchen.

L. hatte stets eine Abneigung gegen diese Gegend gehabt. Was nicht nur an den dunklen Föhren lag, die sich bis an die Nationalstraße drängten. Der Legende nach hatte es hier einst einen mittelalterlichen Richtplatz gegeben. Der »Galgenwald« war zwar abgeholzt, doch der vage Aberglaube der Einheimischen hielt die Hexen und Wiedergänger am Leben. Der »Mörderstein« hingegen, an dem ein Räuber der Sage nach den Kopf eines Kindes zerschellte, stand immer noch als Mahnmal an der Kantonalstraße.

Der Himmel über dem Rhonetal riss allmählich auf, nur die Berge schienen noch immer in schneeschwangeren Wolkenkratern zu schwimmen.

Es war Jornes verlorene Welt, und er hatte für einen Moment mit den Tränen zu kämpfen. Er erinnerte sich an eine Nacht im Schalijochbiwak und an die feierliche Stille, die dort oben herrschte, bis die ersten Sonnenstrahlen die Welt neu erschufen. Bilder einer fast vergeistigten Blöße dieser in sich ruhenden, unberührbaren Landschaft, die sich den Lärm der Menschheit verbat.

Aus Sicht der Naturwissenschaftler ist das Gebiet des Val d'Anniviers nichts weiter als ein »geologisches Sandwich«, dessen Belag zu nicht unbeträchtlichem Teil aus den robusten, triadischen Gneisen der sogenannten Bernhard-Decke besteht. Auch der Felskessel des Eifischtals mit seiner steil ansteigenden, bewaldeten Zugangsschlucht ist einst durch Bewegungen im Erdinneren aus dem alpinen Urmeer hochgekeilt worden. Das helle Gestein, das sich hier auf Lichtungen zeigt, weicht erst oberhalb eines namenlosen Feriendorfs dunklen Trassen, auf denen grob blockiger Schutt aus der Eisenzeit liegt. Von hier geht es noch weiter hinauf in eine von Lawinen und Wildwetter geprägte Bergeinsamkeit – stummer Schrei einer versteinerten Leere, die im Rund der gletschergepanzerten Nester und himmelragenden Felszähne wie ferner Donner verhallt: Illhorn, Bella Tola, Besso, Obergabelhorn, Dent Blanche … Einmal gefallener Schnee hat es in diesen Höhen schwer, jemals wieder zu schmelzen, was nicht zuletzt den Namen dieser von der Navizence herausgebissenen Zerklüftung – Tal des Winters – erklärt.

Die Fahrt ging gemächlich hinauf, zunächst durch einen hochstämmigen, nebelverhangenen Wald, dann an zerfurchten Geröllterrassen vorbei, die ihre Narben vielleicht dem Kahlschlag des weißen Todes – den Lawinen – verdankten. Wie gewaltig doch der Schnee dieser steinernen Wüste seinen Stempel aufdrückte. Mal schraubte sich die schlaglochvernarbte Straße in sanft geschwungenen Kurven, dann wieder im Zickzack steil in die Höhe. An den Hängen zwischen kralliger Vegetation und kugelig gewachsenen Tannen zeigten sich letzte Weiler, doch nahm man sie eigentlich nicht als sonnenverbrannte Behausungen wahr, sondern als filigrane, von Menschenhand geschaffene Eingriffe in einen zerknitterten Naturhintergrund.

»Das kann ja heiter werden«, murmelte Jorne.

Wo die Straße abgetaut war, glitzerte tückisch gefrorene Nässe, selbst der Streifenwagen glitt in den Kehren ab. Nicht weit von St.-Jean machte die Eskorte das erste Mal halt, um eine mit »Fermé jusqu'à nouvel avis« beschriftete Sperre beiseitezuräumen. Es waren leichte Gitter aus schlagzähem Kunststoff, und da das Wetter inzwischen ganz annehmbar war, ergab es sich irgendwie, dass die Beamten Jorne beim Aufziehen der Schneeketten halfen.

Weiter ging die Fahrt. In ihrem Verlauf schienen sich die letzten Nebelfahnen zu lichten, und wo die Sonne durch den Dunst tauchte, zauberte sie einen flirrenden Regenbogen über die Schlucht. In der nächsten Kurve kam – völlig unerwartet – der Spitzhelm eines weißen, klotzigen Kirchturms in Sicht.

»Das nenne ich mal ein Zeichen«, sagte L.

»Die Kirche von Grimentz?«

»Nein, den Nebelbogen … Das, werter Herr Sonnenschein, ist endlich mal ein unerklärtes Naturphänomen.«

L. erinnerte sich an ihren Erdkundelehrer und dessen etwas bemühten Versuch, »Pubertieren« die Erscheinung des Nebelbogens auf die coole Tour beizubringen:

»Wie's ausschaut, Leute, hat der liebe Gott, als er die Welt erschuf, die Sorte Drogen geschluckt, die ihr als Menschenkinder besser nicht einwerfen solltet!«

Diese Erklärung – dass Gott nur ein Drögeler sei – erschien ihr inzwischen plausibler als die einst von Hippieprofessoren gehypte Urknalltheorie, für die sich heute die Wissenschaft schämt.

Das Polizeiauto hatte plötzlich den rechten Blinker gesetzt und steuerte auf den Straßenrand zu. Ein aus dem Seitenfenster gestreckter Arm signalisierte ihnen zu halten.

»Schnupf die Asche von einem toten Hund«, murmelte Jorne, während er die Weisung des Beamten befolgte. »Ich glaub', die wissen Bescheid …«

»Mach das Fenster auf«, sagte L., »und ich sag es zum letzten Mal, gewöhn' dir bitte diese Redensart ab. – Hallöchen«, empfing sie dann den jüngeren der beiden Tschugger, »gibt es ein Problem, Herr Oberkriminalkommissar?«

»Tja, leider wurden wir soeben zu einem Einsatz abkommandiert.«

»Oh.« L. begann mit den Wimpern zu klimpern. »Soll das heißen, dass wir von nun an ohne Ihren Geleitschutz auskommen müssen?«

»Leider ja. Aber wir sind hier am Ortseingang von Grimentz, und der Winterdienst war schon da. Wenn Sie allerdings weiterwollen – zu diesem Kloster –, dann geht das nur noch zu Fuß.«

»Und wenn Sie uns eine besondere Fahrerlaubnis erteilen?«

»Das ist unmöglich«, kam der Sonnenbrillenmann seinem Kollegen zuvor, »eine Sondergenehmigung kann Ihnen nur die kantonale Behörde ausstellen. Und das geht nicht von heute auf morgen.«

»Tja, Ordnung muss sein«, bekräftigte Jorne. »Und wie weit haben wir es?«

»Etwa sechs Kilometer.«

»Ich wusste es«, seufzte Jorne.

»Die Zentrale meinte, ein Schneepflug sei unterwegs. Ich an Ihrer Stelle würde warten, bis die den Weg zum Damm gemacht haben. Natürlich bleibt es ein Fußmarsch von mehreren Stunden.«

»Hätten Sie vielleicht eine Wegbeschreibung für uns?«

»Nicht wirklich«, sagte der mit der Igelfrisur. »Vom Parkplatz an der Staumauer sehen Sie erst mal den Lac de Moiry. Folgen Sie einfach der Piste. Irgendwann erreichen Sie einen weiteren Parkplatz. Von da an folgen Sie einfach der Uferstraße des Lac de Châteaupré. Na ja, Straße ist zu viel gesagt. Hinter dem Sumpfgebiet führt dann eine Staffel etwa hundert Meter hinauf.«

»Und wie muss ich mir das vorstellen?«

»Na, wie eine Art Weinbergtreppe, lose verlegte Steinplatten.« Der Grauschopf mit der Sonnenbrille begann spöttisch zu grinsen. »Wie der Rebweg zwischen Sierre und Salgesch. Unter der weißen Pracht wahrscheinlich nicht leicht zu erkennen. Achten Sie auf Steinmännchen.«

»Was bleibt uns auch anderes übrig?« Jorne zeigte das seiner Meinung nach passende angesäuerte Grinsen. »In diesem Sinne – eine schönen Rückrutsch, meine Herren!«

Die Beamten verabschiedeten sich mit einem freundlichen Nicken.

»Ach ja …« Der Jüngere kam noch einmal zurück. »Wir haben vorhin mit der Zentrale gesprochen, und die hatte tatsächlich noch eine Nummer von Ihrem Kloster. Die Kollegen haben es ein paarmal

probiert, aber es nahm keiner ab. Hoffen wir mal, dass diese Einsied-
lerinnen Sie freundlich empfangen. Von vielen Klöstern im Wallis
heißt es, die Insassinnen lebten dort noch wie zu Stockalpers Zeiten.
Im schlimmsten Fall stehen Sie vor verschlossenen Türen und müssen
den ganzen Weg wieder zurück. Sie haben die Nummer?«

»Die haben wir«, flötete L. »Und machen Sie sich keine Sorge. Die
guten Seelen haben, so mitten im ernsten Zwiegespräch mit dem
Herrn, den Ruf der Zivilisation bestimmt überhört.«

»Bestimmt«, meinte ihr Gegenüber. »Ich wünsche Ihnen eine gute
Zeit.«

»Die wünsch ich mir auch«, murmelte Jorne.

Er verspürte eine tiefe Erleichterung, als der Streifenwagen drehte
und in der nächsten Kehre verschwand.

10

»Das war's dann wohl«, sagte Jorne, »ich schlage vor, wir trinken noch was im *Café des Alpes* und fahren dann in aller Ruhe nach Hause.«

»Dieser Wagen ist mein Zuhause«, entgegnete L. Sie hatte den Transit am Ortseingang hinter einem mit Planen verhangenen Schichtholzstapel geparkt und verriegelte gerade die Tür. »Im Übrigen bestimme ich, wann und wo Endstation ist.«

»Und ich schleppe auf keinen Fall mein Werkzeug da rauf!«

»Aber deshalb bist du hier.«

»Bist du taub? Der Tschugger hat was von hundert Höhenmetern gesagt.«

»Mehr oder weniger.« Äußerlich unbeeindruckt zog sie ihre Wollmütze tief in die Stirn. »Ich sag dir jetzt, was wir tun: Wir warten den Schneepflug ab. Und wenn es da oben eine weitere Sperre gibt, dann räumen wir die einfach beiseite. Es wäre nicht das erste Mal, oder?«

»Du willst rauffahren? Ist dir klar, wie riskant das ist?«

»Ein Verkehrsdelikt auf einer Diebestour – das nennst du riskant? Das ist ungefähr so, wie wenn ein schwer bewaffneter Bankräuber nachts ohne Licht zur UBS radelt und dann die ganze Zeit über an den Strafzettel denkt, den er riskiert. Im Übrigen«, L. breitete ihre Arme aus, als erwarte sie Manna vom Himmel, »es ist Nachsaison, hier ist alles verwaist. Wer um alles in der Welt sollte uns sehen?«

Zehn Minuten schlenderten sie jetzt eine wie leer gefegte Gasse entlang, ohne auf ein Anzeichen menschlichen Lebens zu stoßen. Kein Fußgänger, nichts. Auch die bleierne Stille schien endgültig zu sein; nicht einmal das Plätschern eines leise vor sich hin quellenden Baches war zu hören.

Wie die meisten Bergdörfer hatte auch Grimentz im November etwas von einem Freilichtmuseum. Die uralten, meist peinlich gepflegten Häuser mit ihren verschnörkelten Balustraden schienen im Grunde zu schade für noch lebende Bewohner zu sein. Die Schindelmützen fast bis auf die Fenster gezogen, ging von diesen Fassaden etwas Lauerndes aus. Umfunktionierte Speicher und Bretterverschläge, Satellitenschüsseln, Gasflaschen und Briefkästen waren dagegen ein Hinweis auf intaktes dörfliches Leben.

»Die Provinz ist schon grausam«, meinte L. ohne erkennbaren Anlass. Sie dachte wohl an ihre eigene Kindheit. »All diese kleinen Winkel, aus denen es kein Entkommen gibt.«

Vielleicht waren es auch nur die verwaschenen, mit Kreide aufs Pflaster gemalten Hüpffelder, die sie als deprimierend empfand. Oder die winzigen, aber liebevoll dekorierten Vorgärten, die leeren Rankgitter, Schmetterlinge aus Edelrost und versammelten Dekofiguren, die die Menschenleere noch spürbarer machten. »Kannst du dir vorstellen, hier zu leben – im Ausgestorbenen?«

Jorne gab keine Antwort, er ahnte, sie hätte es doch nicht begriffen; diese gepflasterten, grasbewachsenen Straßen, auf denen sich nicht das Geringste bewegte, ließen ihn nicht an Verlassenheit denken, sondern an eine gut verborgene, nachhaltige Résistance, etwas verschanztes Militärisches, das sich hinter den schlichten Fassaden verbarg. Kein Zufluchtsort also, sondern ein Widerstandsnest von Untergrundkämpfern, die ihre edle und herbe Tätigkeit geschickt zu tarnen verstanden – genau das war dieser Ort. Ein Hochsitz des Widerstands gegen das ungenießbare Leben der modernen Zivilisation, der Auflehnung gegen den Fluch der Moderne, der Revolte gegen das Hässliche und Vulgäre einer von entwurzelten und gestörten Menschen zugerichteten Welt. Diesem geheimen Zweck diente zweifellos auch die spalierartige Bebauung des Orts. Jeder offene Platz führte in eine von vielen herbeiströmenden Gassen und von da aus gegen die nächste adrett verputzte, fensterlose Wand: kein Durchkommen für die Gesandten der neuen Weltordnung, nirgends, heute und für alle Zeit. Das war vielleicht der Grund, warum man selbst in den abgelegensten Dörfern des Wallis den Eindruck hatte, die Einheimischen wären jederzeit in der Lage, sich und ihren natürlichen Rang zu behaupten.

Sie hatten inzwischen die gleichfalls menschenleere Hauptstraße erreicht und wandelten an randvoll mit welken Geranien gefüllten Abfalltonnen vorbei. Immerhin, um einen entwässerten Brunnen spazierten ein paar abgemagerte Hennen schleppfüßig herum. Halb kahl wie sie waren, wirkten sie wie die letzten Überlebenden eines Neutronenbombenangriffs.

Jorne stockte – nicht nur wegen des Anblicks der Vögel, sondern wegen eines grob gezimmerten Schaukastens, der an einer Postbushalte aufgestellt worden war. Eine mit Wasserfarben gemalte Heilige wies mit verlaufenem Finger nach oben: »Chapelle du Monastère de Moiry, 6 kilomètres. Ouvert tous les jours.« Das Miniplakat schien das Werk beseelter Amateure zu sein, denn der Heiligenschein ähnelte eher dem Feuerreif eines Löwenbändigers.

»Nun wissen wir es mit Sicherheit«, sagte L., »das Kloster heischt nach Besuch.«

»Das ändert nichts an der Tatsache, dass ich mein Zeug da nicht raufschleppen werde.«

»Jorne, Jorne …«

»Wieso? Weißt du, was die Schlosserei wiegt?«

»Sei mal still«, sagte L. »Hörst du das auch?«

»Jetzt, wo du es sagst.« Jorne drehte den Kopf nach allen Seiten. »Klingt für mich wie ein Haufen rolliger Büsis. Sieh mal da drüben …« Obwohl er sich farblich gut integrierte, war der Reisebus selbst aus dieser Entfernung nicht zu übersehen. Vor seiner geöffneten Falttür standen etwa zwei Dutzend Japaner. Während sie die verspannten Arme himmelwärts streckten und gleichzeitig Kniebeugen machten, schnatterten sie angeregt durcheinander.

»Kein Wunder«, sagte Jorne, »dass sich die Einheimischen in ihren Häusern verstecken. Wo meinst du wollen die hin?«

»Fragen kostet nichts«, sagte L., »wo doch hier sowieso Endstation ist.«

Sie schlenderte auf eine nervös vor sich hin paffende Frau in Uniform zu, offenbar die Reiseleiterin.

»Entschuldigen Sie, Madame, Sie fahren nicht zufällig zum Monastère de Moiry?«

»Was geht Sie das an?«, entgegnete die Frau mit einem französisch gefärbten Akzent. »Die Straße ist seit gestern gesperrt.«

»Aber Sie … Sie haben doch eine Sondergenehmigung oder nicht?«

Volltreffer, denn L.s Gegenüber wurde schlagartig rot im Gesicht.

»Woher … woher wissen Sie das?«

»Oh, bekanntlich gibt es hier jedes Jahr Sondergenehmigungen für den Pilgerverkehr.« L. versuchte, so harmlos wie möglich zu wirken. »Ein barmherziger Polizist, der uns beide bis zum Ortseingang brachte, nannte es so. Sie sehen mir wie eine Reiseleiterin aus, da dachte ich mir …«

Es war ein Bluff, doch der Hinweis auf die Polizei hatte das Interesse der Dame geweckt. Sichtlich angeekelt betrachtete sie die Eisenstecker in L.s Gesicht.

»Stimmt, aber Sie sehen mir nicht wie eine Pilgerin aus.«

»So kann man sich irren«, erwiderte L. Und nach einem Moment vorgetäuschter Besinnung: »Ich habe Lungenkrebs – terminal, doch will ich nicht klagen. In Sion sagte man mir, dass die Klosterkrypta von Moiry ein Wallfahrtsort sei. Ein Kraftort der Heilung und Gnade. Da dachten wir uns – mein Pfleger und ich –, zum Beten ist's niemals zu spät. Ich fürchte allerdings, meine Kräfte reichen bei diesem Wetter für den Fußmarsch nicht aus. Dieses letzte, steile Wegstück schaffe ich nicht.«

Die Frau warf einen zutiefst betroffenen Blick auf den Glimmstängel in ihrer Hand, um ihn dann – leicht hüstelnd – über eine Hecke zu schnippen.

»Ich kann Sie mitnehmen«, sagte sie in versöhnlichem Tonfall. »Falls das hilft.«

»Das würden Sie tun?«

»Warum nicht? Im Bus ist noch Platz. Und ja, wir haben trotz dieses berauschenden Wetters eine autorisation spéciale. Für meine Pilger aus Osaka, die gerade auf einer etwas verspäteten Rundreise sind, drückt der Kanton beide Augen zu. Stellen Sie sich nur vor, ein Räumfahrzeug – oder wie man das nennt – fährt uns voraus.«

»Das ist wunderbar«, seufzte L. wie verzückt. »Gesegnet sei der Herr, Amen.«

»Ja, wo ein Glaube ist, ist auch ein Weg«, säuselte die Reiseleiterin. »Ich wünsche Ihnen von Herzen, dass da oben ein kleines Wunder geschieht.«

Sie geleitete L. und Jorne zum Bus. Kaum eingestiegen, bellte sie ein paar englische Phrasen ins Panorama und lotste die neuen Passagiere zu ihren Plätzen. Der Bus war gut mit dezent gekleideten Japanern besetzt. Statt L.s Gruß zu erwidern, blitzten nur unzählige Handykameras auf.

»Heidschi, Heidschi![27]«, rief ein älterer Herr mit Seeotterbart. Frauen betatschten ungeniert ihren Dino, L. glaubte gar, »Heidschi Godzilla« zu hören.

»Entweder liegt es an deinem Beuteltier oder die halten uns für Bergneger, die man gegen Geld anfassen darf«, maulte Jorne.

»Wie anfassen?«

»Na, so wie betatschen. Ich kannte mal einen alten Führer aus Saas-Almagell. Der hat sich sommers seine Tracht angezogen und ist dann von einem Autobus zum nächsten spaziert, damit die Ostasiaten ihn anfassen und ablichten konnten. Für ein Selfie hat er zehn

---

27 Jap.: Heidi

Franken kassiert. Hat bestens von der Nummer gelebt, sogar 'ne Familie ernährt.«

Zu diesem Zeitpunkt saßen sie schon in dem voll klimatisierten Bus und staunten, mit welchem Schwung der Fahrer die Kurven nahm. Ein roter Schneepflug fuhr im Abstand von etwa fünfzig Metern voraus.

»Das nenne ich mal eine moderne Spielart vom Trojanischen Pferd«, witzelte L. »Erst eskortiert uns die Polizei bis nach Grimentz, und jetzt wird auch noch die Straße für uns geräumt.«

»Und dann?«

»Ich würde es die einmalige Gelegenheit nennen, unseren Einsatzort auszubaldowern. Und es war alles meine Idee.«

»Na schön«, brummte Jorne. Er hatte begriffen, dass in Grimentz doch nicht Endstation war. »Sag mal, was bin ich nun eigentlich – dein Fahrer, dein wissenschaftlicher Assistent – oder dein Pfleger?«

Er hatte es eigentlich ironisch gemeint, doch sie sah ihn nur nachdenklich an. »Wenn du ein Schäferhund wärst, würde ich sagen, du bist mein E.S.A.«

»Dein was?«

»Mein Emotional Support Animal. So nennen das jedenfalls manche Fluggesellschaften: ein Tier für den seelischen Beistand.« L.s eiskalte Finger begannen Jorne im Nacken zu kraulen. »Du bist aber kein Tier, obwohl du – und das gebe ich zu – die Arbeit von zwei Mauleseln leistest.«

»Nett, dass du das sagst«, seufzte Jorne, »ist für meinen Geschmack aber zu nah an der Wahrheit.« Er schüttelte ihre Finger aus seinem Haar und warf einen Blick über die Schulter. »Hast du das eigentlich mitbekommen? Die haben zig Fotos von uns gemacht. Sollte die Polizei später nachforschen – und nach einem Kirchenraub gehe ich schwer davon aus –, dann haben sie uns.«

»Gar nichts haben sie«, erwiderte L. »Ein besseres Alibi als eine Wallfahrt kann es nicht geben. Außerdem werden diese netten Menschen hier schon bald wieder ein Flugzeug besteigen und dürften für Ermittler schwer auffindbar sein.«

»Ja, ja, bei dir läuft immer alles nach Plan«, konterte Jorne, »und trotzdem werden wir steckbrieflich gesucht!«

»Da sprichst du nur für dich, Partner.« Sie grinste verschmitzt. »Du müsstest dich mal wieder rasieren, dann wärst du auch ein anderer Mensch.«

Jorne wusste, die Sache war damit für L. erledigt, und so beschloss er, wie ein Touri in die Gegend zu gaffen. Die dunklen Wandgipfel der Berge wirkten von hier aus wie Klippen in einem Schneemeer. In die gleiche Dimension schien auch die Mauer des Stausees zu ragen: Immer wieder tauchte sie auf, mal mit der Wucht und Strenge eines überdimensionalen Wehrpfeilers, mal mit dem Schwung und der eisigen Eleganz eines Bauwerks aus ferner Zukunft. Schließlich kam der steil aufragende Bogen vollständig ins Bild, und angesichts dessen begannen die Kameras ringsum zu klicken.

Jorne zählte dann noch ein halbes Dutzend Kehren, bevor der Bus auf einem wie leer gefegten Parkplatz an der Staumauer hielt.

Die Falttüren öffneten sich mit einem asthmatisch klingenden Schnaufen und gaben den Blick auf einen langen Uferdamm frei. Der Höhenunterschied von sechshundert Metern machte um diese Jahreszeit so einiges aus, und eine Eiseskälte blies augenblicklich unter den Sitzen hindurch.

»Wir können leider nicht weiter, Mademoiselle!«, rief die Reiseleiterin. Sie wies auf einige Sicherheitsbaken, die die Durchfahrt versperrten. »Warum der Schneepflug die Uferstraße nicht geräumt hat, entzieht sich meiner Vorstellungskraft. Aber gehen Sie ruhig schon voraus, zum nächsten Parkplatz sind es etwa dreißig Minuten zu Fuß. Und ein stilles Örtchen gibt es dort auch, nur falls Sie sich vor dem Aufstieg etwas frisch machen wollen.« Sie klang jubilierend – wie jemand, der ein gutes Werk getan hat. »Folgen Sie einfach …«

»Wir kennen den Weg!«, rief L. über die Köpfe der Touristen hinweg.

»Man könnte sogar sagen, wir sind schon unterwegs …« Das war leichter gesagt als getan, denn auch die Ostasiaten arbeiteten sich aus ihren Sitzen in den Mittelgang vor. Wobei manche ihre Schuhe vor sich hertrugen, was wahrscheinlich ihrer kulturellen Prägung entsprach.

»So sind sie nun mal, meine Sushis!«, rief die Reiseleiterin. »Die Hälfte ihres Lebens verbringen sie mit dem An- und Ausziehen von Schuhen. Oh dear …«

Sie beugte sich zu einer älteren Dame herab, um ihr beim Binden der Senkel zu helfen. »Let me help you, Madame!«

Irgendwie hatten es L. und Jorne durch das Gedränge zum Ausstieg geschafft. »Sagen Sie …«, L. zögerte einen Moment, »wieso haben Sie das Kloster gerade das vergessene Kloster genannt?«

»Hab ich das?« Die auf Knien herumrutschende Polyglotte verzog das Gesicht. »Wahrscheinlich, weil mein Chef es immer so nennt.«

»Also nur eine Redensart?«

»Nicht ganz.« Der gute Geist rappelte sich wieselflink auf. »Vielleicht ist es nur ein Gerücht, aber die weißen Schwestern des Ordens … wurden in den Neunzigerjahren exkommuniziert.«

»Sie belieben zu scherzen?«

»Aber nein.« Das Thema schien der Reiseleiterin ziemlich peinlich zu sein. »Man sagte mir nur, die Klosterleitung hätte unklugerweise die Piusbruderschaft unterstützt. Trotz guten Zuredens weigerten sie sich, die Reformen des Zweiten Vatikanischen Konzils in die Tat umzusetzen. Stattdessen bestanden sie darauf, die sogenannte Alte Messe zu lesen, was immer man darunter versteht. Infolgedessen sah sich Rom gezwungen, ihnen die kirchenrechtliche Zulassung zu entziehen, und ja, stellen Sie sich vor, von einem Tag zum anderen war dieses Kloster – mit seiner einzigartigen Krypta – kein Wallfahrtsort mehr. Glücklicherweise sind die Nonnen nicht nur starrköpfig, sondern auch äußerst geschäftstüchtig. Sie trafen mit unserem Unternehmen eine privatwirtschaftliche Abmachung. Die ostasiatischen Gäste müssen das natürlich nicht wissen …«

»Natürlich nicht«, sagte L. »Ich werde ohnehin wie ein Grab schweigen.«

Die Reiseleiterin hatte den Unterton nicht überhört.

»Damit will ich nicht sagen, dass wir etwas Unrechtes tun. In der Liste helvetischer Wallfahrtsorte war das Kloster jedenfalls schon zu Benedikts Zeiten nicht mehr zu finden. Dass Sie es überhaupt kennen, spricht für Ihre Frömmigkeit, Mademoiselle.«

11

»Du kannst es einfach nicht lassen.«
»Ich habe die Frau nur ausgehorcht, weiter nichts!«

Sie waren an den Baken vorbei und folgten bereits eine halbe Stunde dem Verlauf des von Nebel belagerten Ufers. Der Schnee war nicht sonderlich tief und größtenteils zu einer Piste gefroren.

»Nein, du hast die Frau hellhörig gemacht mit deinem verdammten Zynismus!«

»Tu mir einen Gefallen und dreh jetzt nicht durch.« L. warf im Gehen einen Blick auf die Karte. Vielleicht wollte sie sich eine Fortsetzung des deutschen Heimkehrerdramas à la Frontschwein Clemens Forell ersparen. Den Ausbruch aus einem bolschewistischen Gulag, den ewigen Watschelgang, die Dunstwolke vor der frostzerbissenen Schnauze und die mit Lumpen bandagierten, halb erfrorenen Füße. Auch in dieser ansonsten eher lieblichen Wildnis aus Eis und Fels war es möglich, auf den sibirischen Horror zu kommen. »Weißt du, was ich gerade denke? Was die können, können wir auch.«

»Wie?«

»Na, wenn ein vollbesetztes Car hier rauffahren kann …«

Jorne war nicht überzeugt. »Ich weiß nicht. Lieber eine kleine Nachtwanderung als riskieren, dass jemand die Karre entdeckt. Vielleicht hat das Streifenhörnchen Sehnsucht nach dir …«

»Ach was,« schnarrte L. »Wenn wir losfahren, liegen die Landteckel[28] schon seit Stunden im Bett!« Sie faltete die alte Wanderkarte zusammen. »Außerdem haben sie Regen angesagt, und die Schneefallgrenze soll wieder sinken.«

Sie stockte, denn über ihnen war erstmals die Firnflanke des Moiry-Gletschers mit seinem Bruchwerk aus Randklüften und Moränen

---

28 Rotwelsch: Landpolizisten

zu sehen. Ein dräuendes Gewitter aus Eis und Geröll – wie eine Mischung aus Zigarrenasche und frisch geschorener Wolle – schien dort oben zu schweben.

Darüber – weit entfernt und in luftiger Höhe – ragten die Gipfel des Grand Cornier und des Dent Blanche wie steinerne Fäuste aus dem aufdampfenden Blaugrau des Himmels. Eine schreckliche Wildnis hatte sich schlagartig manifestiert – überall zeigten sich jetzt festgerammte Bollwerke und glimmende Gipfeleisdächer; steile, verschneite Schutthänge, an denen Lawinen zu den umliegenden Mulden abrutschten, unterstrichen den abwehrenden, ja feindseligen Eindruck. Eine Handreichung zwischen Mensch und Natur war in diesem Planspiel der Schöpfung nicht vorgesehen.

»Es ist nicht gerade die Eiger-Nordwand, aber da müssen wir rauf?« Jorne brauchte einen Moment, um den Anblick der Felswände zu verdauen.

»Und wieder runter. Also, wenn die Sushis das schaffen …«

»Ja, ja, schon kapiert. Die haben allerdings auch keine Schlosserei von dreißig Kah-Geh auf dem Buckel.« Jorne warf einen Blick über die Schulter, die gewaltige Staumauer wirkte aus dieser Entfernung und im Vergleich zu den kolossalen Gesteinsmassen fast schon niedlich. »Was mich noch mehr beunruhigt, ist die Tatsache, dass es nur eine einzige Straße gibt, die zum Parkplatz führt. Wenn etwas schieflaufen sollte, sitzen wir in der Falle.«

»Unsinn, dann türmen wir eben zu Fuß. Du hast vielleicht bemerkt, dass wir uns auf einem Rundweg befinden, und zur Not laufen wir einfach querfeldein.«

»Und mein Werkzeug?«

»Blödi, das lässt du einfach zurück und kaufst dir von der Viertelmillion zwanzig neue!«

Sie brauchten nicht lange, um im verschneiten Geröll die erste verwitterte Treppenstufe zu finden – ein kindlich bemalter Steinkegel wies ihnen von nun an den Weg.

»Na sauber, wenn wir Pech haben, wird das heute Nacht eine Rutschpartie werden!«

Jorne blickte immer wieder den Aufschwung der ersten Felsenrippe hinauf. Auch hier glänzten Firnlichter von ziegelartig geschichteten, eisigen Trümmern herab. »Endlich hab ich den Haken an der Sache erkannt. Wer in den Nonnenkäfig will, muss erst mal 'ne mörderische Kletterfahrt machen.«

»Könntest du bitte aufhören zu jammern?«, witzelte L. »Wer von uns beiden ist denn der Hochgebirgstiger?«

Natürlich wusste sie, er hatte recht: Die Treppe führte fast senkrecht empor. Man brauchte zweifellos eine gehörige Portion Trittsicherheit und gute Augen, um die Pfadspur nicht zu verlieren – was auch schon tagsüber eine Herausforderung war.

»Ganz ehrlich«, murmelte Jorne, »so was Stotziges[29] hab ich nur einmal gesehen. Gott, wie heißt diese Kapelle noch mal? In der Nähe von Saint-Maurice? Erinnerst du dich?«

»Keine Ahnung. Gab's da was zu holen?« L. legte einen Zahn zu, denn unter ihnen waren bereits die Stimmen der ostasiatischen Pilger zu hören. Wahrscheinlich waren sie die Strecke gejoggt.

»Ist dir eigentlich schon mal der Gedanke gekommen, dass dieser Pfad ...« Jorne hob den Blick und erschrak, denn wie immer er sich das Kloster vorgestellt hatte, diesen riesigen, aus Bruchstein gemauerten Quader, der auf einer Felsnase zu balancieren schien, hatte er nicht erwartet. Unter Zinnen, wie man sie an Burgmauern findet, zeigten sich schmale Schießscharten, die man grob mit Mörtel zugeschmiert hatte. Wenn dieser Klotz mit etwas Ähnlichkeit hatte, dann mit Überbleibseln der megalithischen Welt.

»Sieht aus wie 'n Bunkerhotel«, schmunzelte L. »Oder anders gesagt – eine weitere erkaltete Raucherinsel des christlichen Opiats. Was

---

29 Walliserdeutsch: steil

mich eher beschäftigt, es sind nirgends Pinguine[30] zu sehen. Ob die Winterschlaf halten?«

»He, sieh mal da drüben. Könnte das unser Empfangskomitee sein?«

Sie waren tatsächlich nicht leicht zu erkennen; vor dem Rundbogentor kauerten – wohlig in Militärschlafsäcke verpackt – zwei uralte Schwestern und schwenkten die ausgeleierten Klingelbeutel des Ordens. Frei herumlaufende Schwarzhalsziegen und Maultiere ließen ahnen, wie sich die abtrünnigen Nonnen versorgten.

»Dieu vous le rendra!« Der erste Mumienkopf hob das faltenzerfurchte Kinn. Jorne blickte tief in zwei halb erblindete Augen. »Eine Münze, Monsieur?«

»Aber sicher, Schwester.« Während Jorne noch in seiner Manteltasche nach einer Schraube, einer Unterlegscheibe oder Ähnlichem suchte, hatte L. bereits einen Zehn-Franken-Schein in dem Bettelbeutel versenkt.

»Das hab ich gesehen«, unkte Jorne. »Mir hast du in all den Jahren nicht mal einen Käfi bezahlt!«

»Weil sich das für eine Dame nicht ziemt! Außerdem«, ihre Stimme hatte sich zu einem Flüstern gesenkt, »bekomme ich mein Geld heute Nacht mit Zins und Zinseszinsen von den Moosjungfern zurück. Nun denn, Signore, ist das Portal ein Problem?«

Jorne blieb unter dem Torbogen stehen – massives Eichenholz, fünfzehn Zentimeter dick und mit gusseisernen Bändern und Scharnieren beschlagen. Das Tor hatte wahrscheinlich schon die sarazenischen Reiter gesehen, deren Raubzüge – vom Großen Sankt Bernhard aus – bis ins Rhonetal führten.

»Ich glaube, wir sollten es besser woanders versuchen. Erinnerst du dich noch, wie wir diese Kapuzinerbutze aufrollten? Wo war das noch mal? Sankt Gallen? Da sind wir am Blitzableiter hoch …«

---

30 Nonnen

»Stimmt, ich hab den Vorstieg gemacht.«

»Dieses eine Mal …«

»Ein sehr erfolgreiches Mal!«

Entspannt über ihre vergangenen Schandtaten plaudernd, verweilten sie im Innenhof, der es an Charme mit jedem schlecht gefegten Exerzierboden aufnehmen konnte. Wenig später tauchten dann die ersten Bustouris auf. Der Klostergang wurde bereits von einer Vorhut erkundet. Fast sah es nach einem Fotowettbewerb aus: Jeder sichtbare Winkel der Bögen, jeder Riss im Gebälk schien es wert zu sein, abgeknipst auf irgendeiner Speicherkarte zu landen. Selbst eine Putte, die so aussah, als hätte sie ein Jahrhundert vor einem Sandstrahlgebläse verbracht, erntete ein kleines Blitzlichtgewitter.

»Das sind Beweisfotos, dass sie wirklich in Heidi-Land waren«, stichelte L. »Und jetzt lass uns mal einen Blick ins Oratorium werfen – den Hotspot des Glaubens.«

Nur wenig später ergab es sich, dass sie plötzlich Seite an Seite vor dem Hochalter standen, fast wie ein Brautpaar, das beschlossen hatte, den großen Moment im Stillen zu proben. Jorne sah einmal schüchtern nach L., aber ihre Augen waren geschlossen. Falls sie betete, hatte er nicht vor, sie zu stören.

»Ja«, sagte sie plötzlich und sah ihn an.

»Wie – ja?«

»Ich hab nichts gesagt.«

»Doch, hast du.« Jorne drehte den Kopf – und schon hatte ihm ein versprengter Nikonianer aus der Ferne durch die Augen hindurch in die Hirnschale geblitzt. Er krakeelte etwas, das sich nach Bedauern anhörte, und schlurfte davon.

»Ja, du mich auch«, rief Jorne, »Fudschijama, du Geige!«

»Kein Aufsehen bitte.« L. zog Jorne hinter sich her. Der muffige Geruch, der aus den Teppichen stieg, trieb sie weiter. »Hast du die Wasserschäden gesehen?«, flüsterte sie. »Ehrlich, in all den Jahren hab ich noch nie so eine heruntergerockte Katholenbutze gesehen.«

»Kein Wunder«, meinte Jorne, »du hast ja gehört, das Kloster liegt mit dem Vatikan über Kreuz.«

Ein in Stuck modellierter Akanthusrahmen hing lose unter der Decke und erweckte den Eindruck, dass dieses Gemäuer bei der geringsten Erschütterung einstürzen würde. Dasselbe galt für das Gerippe einer Orgelempore. Selbst die Farbe der schiefen Pilaster zeugte mehr von irdischer Oxidation als von der unvergänglichen Herrlichkeit Gottes.

Sie hatten inzwischen den Chorumgang erreicht und betrachteten ein von Schimmel zerfressenes Fresko, das das Ende der thebäischen Legion zeigte – niedergemetzelt in Acaunus, dem heutigen welschen Agaune.

Einer der Märtyrer – ein Schwarzer, wahrscheinlich der heilige Sankt Mauritius höchstpersönlich – hielt ein Kreuz in die Höhe. Seine Darstellung war zwar stilisiert, doch es sah dem Kreuz auf dem Foto, das ihnen der Mann in der Beiz am Thunersee gezeigt hatte, sehr ähnlich.

»Sieh mal, da!« Mit aufgerissenen Augen tippelte L. den Chorumgang hinab. An dessen Ende markierten zwei profane Postkartenständer den Eingang zur Krypta.

»Die scheinen die Knete wirklich zu brauchen«, murmelte Jorne.

L. war vor eine Informationstafel getreten. »Wer hat auf Erden je etwas anderes gebraucht? «, erwiderte sie, während sie den Staub von der Tafel abwischte. »Hier steht, die Krypta sei auf einer keltischen Druidengrotte aufgebaut. Nicht ungewöhnlich für die ersten Kirchen und Klöster im Wallis. Und hier steht noch mehr: Der Bischof … überführte … einen Teil seiner … hebräischen Reliquien Ende des 4. Jahrhunderts von der Abtei Saint-Maurice in diese Krypta. Die Ursache war … ein Brand. Erst im 17. Jahrhundert forderte ein Nachfolger Theodors die Kunstschätze vollumfänglich zurück. Die damalige Priorin, eine Nonne aus Holländisch-Brabant, verweigerte jedoch die Rückgabe der Reliquien aufs Entschiedenste.«

»Na, da haben wir noch mal Glück gehabt. Und weiter?«

»Nicht so schnell.« Die Tafel war von einer Staubschicht bedeckt. L. musste immer wieder wischen, um die Schrift zu entziffern. »Die unbeugsame Nonne hatte auch Templern Zuflucht gewährt. Vielleicht liegt hier der Zusammenhang mit Jacques de Molay ... und der wahre Grund für die Exkommunizierung.«

Sie wurde plötzlich von einer Kutte gestreift und drehte sich um.

Der Riesenhaube nach – und weil die Nonne ein saures Teiggesicht zog – handelte es sich wohl um die Priorin des Klosters.

»Wer sind Sie und was machen Sie hier?«

»Aber das wissen Sie doch«, sagte L. »Wir kamen gerade mit dem Reisebus an.«

Die Obernonne musterte L. von oben bis unten. Wenn sie die Metallstecker in L.s Gesicht womöglich als Spielart des Nagelgürtels – einer unter Schwestern beliebten Art von lustvoller Selbstkasteiung – verstand, so hatte der Dinorucksack wohl zweifelsohne ihren Argwohn erweckt.

»Sie gehören zu den Buddhisten?«

»Nein, Mutter Superior, wir passen nur auf sie auf.«

»Das nennen Sie aufpassen?« Mit spitzen Fingern präsentierte die Nonne einen abgesplitterten Stein. »Gerade eben habe ich einen von denen erwischt, wie er das hier aus einer Fensterbank brach.«

»Wie bedauerlich«, sagte L. »Haben Sie es schon mit Sekundenkleber versucht?«

»Sekundenkleber?« Auf der kalkweisen Stirn der Priorin erschienen drei Falten wie auf einem ungebügelten Laken. »Wo steckt Madame Lallemonde?«

»Wenn Sie die Reiseleiterin meinen, die ist im Bus und ruht sich aus.« L.s Antwort ließ viel Raum für Spekulation. »Die Anfahrt war ziemlich anstrengend.«

»Dann sind Sie eine Kollegin?« Ein falsches Lächeln trat plötzlich auf das Gesicht der Vorsteherin. »Was genau tun Sie hier?«

»Ich bin Dolmetscherin«, erwiderte L. »Unsere Gäste sind Nordjapaner, und ich spreche nun mal den eher seltenen Tsugaru-Dialekt.«

»Was es nicht alles gibt.« Es klang immer noch skeptisch. »Und dieser Monsieur?« Jorne schien ihr wohl besonders verdächtig.

»Er ist der Gango.« L. fiel nichts Besseres ein. »Das ist Japanisch und bedeutet so viel wie Kuli.« Sie schmunzelte, wie nur ausgebuffte Ordensschwestern zu schmunzeln verstehen. »Seitdem der Euro schwächelt, kaufen die Sushis ja alles, was nicht niet- und nagelfest ist, und einer muss es dann schleppen. Deshalb hat unser Bus neuerdings immer einen Gango dabei.«

»Und der freut sich schon aufs Gebet«, sagte Jorne. »Ich armer Gango kann's kaum erwarten, diese weltberühmte Krypta zu sehen: Sein ist das Himmelreich, in Ewigkeit …«

»Amen!« Mit dem selbstherrlich wiegenden, unnachahmlichen Gang ihrer Zunft schwebte die Priorin endlich davon.

12

Über die ausgetretenen Stufen einer Spiraltreppe stiegen sie zur Krypta hinab. Mineralkalte Luft schlug ihnen von unten entgegen, der Fels war nicht feucht, sondern nass – was vielleicht die Ursache dafür war, dass es nirgends Schilder mit Brandschutzvorschriften gab.

»Nur mal so unter uns«, fragte Jorne. »Wie schaffst du das eigentlich, so aus dem Stegreif zu lügen?«

»Es ist ganz leicht«, sagte L. »Halte dich an die goldene Regel: Lüge nur, wenn du musst, und sage die Wahrheit, wenn du kannst.«

Sie stockte, denn sie hatten das Ende der Treppe erreicht. Unter einem eingesunkenen Gewölbe herrschte von Weihrauch vernebeltes, dürftiges Licht, dessen Quelle ein enger Luftschacht zu sein schien. Ohne die brennenden Kerzenstümpfe – Hunderte an der Zahl – wären sie wahrscheinlich im Dunkeln gestanden. Eine schnappschussfreudige, japanische Delegation sorgte natürlich auch hier ab und zu für Erleuchtung.

»Das ist keine Krypta, sondern eine Gruft«, meinte Jorne.

Rundherum waren nur unbehauene, von Salzausblühungen gefleckte Felsen zu sehen. Hier und dort zeigten sich auch die Hohlkehlen eines primitiven Belüftungssystems und schmale Alkoven. In diesen Nischen lauerten nicht nur die steinernen Fratzen vergessener Heiliger, sondern auch eine Anzahl echter Reliquien, deren Herkunft die Votivtafeln zeigten.

»Qui pro … nobis passus est.« Wahrscheinlich um sich selbst zu beweisen, was für eine Expertin sie war, übersetzte L. einen halbwegs lesbaren Satz.

»Der für uns gelitten hat. – Komisch, wer sollte das sein?«

Auch eine Kanontafel über die unbefleckte Empfängnis regte sie noch einmal zum Widerspruch an: »Friede, Freude, Eierkuchen …

Gut, dass die wenigsten Pfaffen wissen, was eine Wahrscheinlichkeitsrechnung ist.«

»Soll heißen?«

»Na ja, wäre der Galiläer mit seiner Tour durchgekommen, hätte es nirgends in den letzten zweitausend Jahren Kriege gegeben, hätten sich alle immer nur geliebt und begattet – unter klerikaler Aufsicht, versteht sich –, und es säßen heute zehn Milliarden mehr auf diesem schönen Planeten.«

»Du, da ist etwas!« fiel Jorne dazwischen.

Der dämmrige, von Touristen verstopfte Gang war vom Altarplatz durch ein schmiedeeisernes Gitter getrennt.

»Wo?«

»Da, in dem Käfig. Ich könnte schwören …«

»Auf jedem Altar steht in der Regel ein Kreuz«, sagte L. »Es dürfte wohl das unsere sein.«

»Das denk ich auch.« Jorne schob den Kopf hin und her, als bemühe er sich, eine Verspannung zu lockern. »Die Schwestern mögen zwar nie was von Brandschutz gehört haben, aber ansonsten gehen sie kein Risiko ein.«

Ob das Gitter in die Gewölbedecke eingefasst war, ließ sich bei diesen Lichtverhältnissen nicht einschätzen. An seiner Massivität bestand hingegen kein Zweifel.

»Nun, mein bester Sonnenschein?« L., die sich in Jornes Lichtschatten hielt, konnte noch weniger sehen. »Irgendwelche sinnvollen Assoziationen, die uns den nächtlichen Zugriff erleichtern?«

»Ja«, sagte Jorne, »so zum Anfang – tausend Tonnen Pech.«

Er brach ab, denn eine wahre Kindsfrau des Ordens schlich an ihnen vorbei, um zwei große, aber schwächelnde Votivkerzen zu ersetzen.

»Nun sieh dir das an!«

Schon der erste hell aufflackernde Docht hatte ein bisher kaum sichtbares Gemälde der Ordensmutter enthüllt – wie sie auf ihrem harten, einsamen Sterbebett lag, die grässlich durchbohrten Hände und Füße fein gepinselt in Essig und Öl. Ihr vom nahenden Tod verklärtes Gesicht erstrahlte wie rosiger Marzipanbrei. Vielleicht war es auch nur flutschig zusammengekleckst.

»Eine Schönheit war sie jedenfalls nicht.« Ein Besucherstau erlaubte L. eine genauere Betrachtung. »Andererseits scheint das bei den Pinguinen die Regel zu sein.«

Erst jetzt bemerkte sie das Reliquienaltärchen und mehrere orangebraune Klumpen, die wohl Überbleibsel der Heiligen waren. Ähnliche Reste hatte L. einmal auf einem Totenacker in der Lausitz gesehen, ein sicheres Anzeichen, dass es im Boden Wachsleichen gab. Interessanter waren jedoch drei krumme rostbraune Nägel und eine Phiole mit bernsteinfarbenem Öl.

»Was sagt man dazu!« L. hatte es geschafft, ein vergilbtes Schild zu entziffern. »Diese Nägel wurden aus ihrer Gallenblase geborgen.«

»Und wenn«, schnaubte Jorne. »In toten Fakiren wurden schon ganz andere Dinge entdeckt. Aber ich weiß ja, es geht dir nur um einen Vorwand, gegen den Herrgott zu lästern.«

»Man kann gegen Gott nicht lästern, sondern nur gegen seine Kirche.« L. wartete, bis die Ordensschwester verschwunden war. »Das Schönste kommt noch, mein treuer Gango. Nach ihrem Tod verwandelte sich die Klosterzicke in Öl, um ihren Schwesterherzen zu leuchten.« Und als er nur die Achseln zuckte. »Verstehst du nicht? Die Phiole vor dir – sie enthält … Leichenfett.«

»War's das jetzt?« Jorne trat dichter an das Gitter heran. »Jesus, wenn man nur was sehen könnte.«

Der Japaner neben ihm blitzte in diesem Moment in den Altarraum hinein, und für den Bruchteil einer Sekunde sahen sie es, zumindest seine Konturen. Und als ob der hilfreiche Heckenschütze nur eine Art Vorblitzer gewesen war, blitzte es plötzlich aus allen Ecken.

»Das Judaskreuz«, flüsterte L., die schlangengleich an Jorne vorbeigeschlüpft war. »Um ehrlich zu sein, ich hatte es mir irgendwie imposanter vorgestellt.« Sie trat näher an das Gitter heran. Abgesehen von einer Altardecke gab es keine weitere Garnitur. Das Pektorale schien auf einem Sockel zu stehen, wie er eigentlich zu Sterbekreuzen gehörte.

»Die Größe stimmt – dreißig Silberlinge, mehr landeten nicht in der Schmelze. Ansonsten sieht es genauso aus wie auf dem Foto, das uns der Mann gezeigt hat. Aparte Knorpelelemente, das muss ich sagen.«

»Mir fällt noch etwas auf«, sagte Jorne. »Unser Schätzchen hier steht nicht nur auf einem Podest, sondern in einer Fassung.«

»Und?«

»Könnte bedeuten, dass es festgemacht ist.«

»Wir nehmen es so, wie es ist. Sonst noch was?«

»Ja, dieser Knochenmann hat kleine, verkniffene Schlitzaugen …«

»Das sieht nur so aus.«

»Schon gut, dann liegt's wohl an dem Japsengewimmel, ich werde schon ganz kirre im Kopf.« Jorne begann unvermittelt an den Gitterstäben zu rütteln, was einigen Touristen sofort exotische Warn- und Kriegsschreie entlockte.

»Alles tipptopp, ihr Kirschblütenschnüffler! Security! Ich überprüfe nur, dass hier alles seine Richtigkeit hat!« Er hob die Hände, als habe er nichts zu verbergen, und trat an L. heran. »Sieht wirklich nicht gut aus, Prinzessin, es sei denn, du hast in deinem Rucksack eine Panzerfaust oder dergleichen versteckt.«

»Beim nächsten Mal«, sagte L. Das Gesicht an die eisernen Stäbe gepresst, hoffte sie auf einen weiteren Kamerablitz.

»Du scheinst nicht zu kapieren«, sagte Jorne, »dieses Kloster ist ein zweites Fort Knox!«

»Klingt nach Rückzieher. Der Grund ist mir übrigens klar: Du hast nicht das richtige Werkzeug dabei.«

»Jetzt warte mal …« Jorne schleppte L. in den dunstigen Lichtkreis des Luftschachts. »Das Gitter ist solide Schmiedearbeit. Ganz zu schweigen von dem Eingangstor. Wir werden Stunden brauchen, um diese Butze zu knacken. Und selbst wenn ich eine Flex, ein Schweißgerät oder Semtex[31] mitgebracht hätte, wäre ein Einsatz nicht möglich. Schließlich darf uns keiner hören, so ist das nun mal bei Einbrechern.«

»Jesses, wie gefruscht[32] muss einer sein!«, zischte L. »Dann ruf doch den Schlüsseldienst an! Sag denen mal, worum es hier geht, und du wirst sehen, dass die sich was einfallen lassen! Jeder halbwegs vernünftige Mensch wäre bereit, eine Lösung zu finden, nur du pfeifst auf eine Viertelmillion.«

»Das hab ich doch gar nicht gesagt!«

»Genau.« L. schulterte ihren Rucksack, als wäre damit alles geklärt.

»Das mit dem Gitter kriegst du schon hin. Was den Einstieg anbelangt, würde ich sagen, die Idee mit dem Blitzableiter ist gar nicht so schlecht. Falls wir so ein Ding an der Außenmauer entdecken.«

Als sie etwas später den Klostergang durchquerten, bemerkten sie wieder die Riesenhaube der unangenehmen Nonnengestalt. Obwohl sie gerade mit einer Japanerin quatschte, hob die Priorin ruckartig den Kopf.

»Nicht hinsehen.« L. senkte den Blick. »Hilft bei Grizzlybären und angeblich auch bei giftigen Schlangen.«

»Hallo, Sie da …« Mit Riesenschritten eilte die Nonne über den Hof, um ihnen den Weg abzuschneiden. Dem harten Tritt nach zu urteilen, musste sie unter ihrer Robe Stilettos oder Hufeisen tragen.

»Ah, Generaloberin … Danke für die Besichtigung, aber ich werde die Wohnung auf keinen Fall nehmen.«

»Was unterstehen Sie sich!« Der Kuttengeier spitzte den Schnabel, als ob er Gift speien wolle. »Mademoiselle Lallemonde, die Reiselei-

---

31 Plastiksprengstoff
32 frustriert

terin, weiß von keiner Dolmetscherin, geschweige denn von einem … Gango!«

»Ich auch nicht«, entgegnete L., ohne mit der Wimper zu zucken.

»Nun, um ehrlich zu sein, wir arbeiten für ein Reisemagazin.«

»Pardon?«

»Wir sind Journalisten, Mutter Oberin – ich schreibe, er fotografiert.« L. war die gespielte Verlegenheit selbst. »Es tut mir ja so leid, aber um einen möglichst authentischen Eindruck zu bekommen, reisen wir inkognito durch die Welt. Sie wissen schon, so wie die Prüfer von Michelin.«

»Hat Ihr Medium auch einen Namen?«

»Ja doch, Swiss Holiday Magazine.«

»Das ist Unsinn.«

»Stimmt, es heißt Swiss … International Magazine.«

»Schluss! Cessez ces idioties!«

»Genau. Hör auf zu fragen, dann hörst du auch keine Lügen.«

»Was erlauben Sie sich?«

»Nichts. Aber Sie haben mich noch gar nicht nach unserer Story gefragt. Wie wäre es mit dem Aufmacher: Exkommuniziert und geschäftstüchtig – wie ein Kloster, das keines mehr ist, noch immer gutgläubige Pilger aus dem Fernen Osten abzockt.«

»Sehen Sie mich an!« Die Stirn der Nonne hatte sich erneut in drei tiefe, konstant bleibende Falten gelegt. »Ich erkenne am Timbre der Stimme, ob ein Mensch lügt oder nicht, und Sie klingen wie eine Satanstochter.«

»Das hat meine Mutter auch kürzlich gesagt«, kicherte L. »Sie dagegen klingen wie die Oberhenne in Revenge of the Chicken.«

»Hinweg!«, donnerte die Oberin. »Und lasst euch hier nie wieder sehen!«

»Wir haben zwar nicht zusammen die Schäfchen gehütet, aber wenn du's so willst!« Wenngleich schon im Rückwärtsgang, konnte es L. nicht lassen, die Maske gänzlich fallen zu lassen.

»Bitch, nur dass du's weißt – ich habe selten so eine Gruselhütte wie dein Kloster gesehen! Du solltest mal wieder eine Schwester mit dem Staubwedel über den Hochaltar jagen! Oder schaff dir einen Putzteufel an! So einen Nacktputzer oder wie man die nennt! Sind billig und schrecken auch nicht vor ausgetrockneten Eierstöcken zurück.«

»Hast du noch alle Nadeln an der Tanne? – Einer ungevögelten Frau den Tag zu verderben …«

Auf der Suche nach Blitzableitern waren sie inzwischen auf der Stirnseite des Klosters gelandet und begutachteten eine Metallstange, die nach einem »Erder« aussah. Der verwitterte Eisenstab zog sich – von Haken gehalten – bis zu den bröckligen Zinnen der Mauer hinauf.

»Elle, was sollte das eben?«

»Du begreifst das nicht.« L. rüttelte an der Konstruktion, bis es Mörtel zu rieseln begann. »Jede echte Bitch, die Bitch genannt wird, versteht das als Kompliment.«

Innerlich war sie längst mit dem »Einschätzen der Gefährdungslage« beschäftigt und wischte prüfend mit der Hand übers Gestein: Die Mauer fühlte sich an wie ein löchriger Schwamm, überwachsen mit der Sorte graublauer Flechten, die zusammen mit feuchtem Mörtel eine richtig fiese Schmiere ergeben.

»Ja, das könnte 'ne Rutschpartie werden«, murmelte Jorne. »Schön, aber nehmen wir an, wir hätten den Einstieg gefunden – bei der Höhe der Mauer werde ich ein extralanges Seil mitschleppen müssen.«

»Du wirst gar nichts schleppen.« L. hatte plötzlich ihr Papiernavi gezückt.

»Ich frage mich die ganze Zeit, ob es klug ist, auf Schusters Rappen zum Kloster zu gehen. Sollte was schieflaufen, wäre es von Vorteil, wenn ein fahrbarer Untersatz in Reichweite ist.« Mit dem Nagel ihres kleinen Fingers zog sie die Linie der Autostraße in die Berge nach, bis zu den regelmäßig durchbrochenen Linien, von denen eine – mit Buntstift eingekreist – zu einem P führte. »Der Parkplatz an der Staumauer, wo wir heute Vormittag waren, ist ideal. Keine zehn Minuten vom Kloster entfernt.«

»Und wenn jemand die Karre entdeckt?« Jorne war nicht überzeugt.

»Und wer sollte das sein? Hast du vergessen, die Straße ist ab Grimentz gesperrt.«

»Nicht für die Streife«, entgegnete Jorne. »Vielleicht haben die Sehnsucht nach uns.«

»Mitten in der Nacht?«, ätzte L. »Wenn unsere Arbeit beginnt, liegen die Landteckel schon lange im Bett! Außerdem haben sie in den Nachrichten was von Schneeregen gesagt, und ich mache mir Sorgen wegen meiner Frisur.«

»Jammerschade«, murrte Jorne, »dann hättest du mal anstatt Daffy Duck einen Regenschirm mitnehmen sollen!«

Sie zeigte ihm nur den Stinkefinger und drehte sich um.

13

Von allen menschenmöglichen Wegen zu Gott ist das Inserat vielleicht der einfachste. »Suche Gott«, las L. in der Sie-sucht-ihn-Rubrik einer Zeitung, obwohl sie sich sonst nie für die Bleiwüsten des Kleingedruckten interessierte. »Und wieder ein Gottesteilchen, das seinesgleichen sucht.«

Während Jorne sein Werkzeug putzte, schmunzelte L. über einem Plastikbecher mit Wein.

Nach dem mehrstündigen Rückweg hatten sie in einem Mini-Mart ihren Proviant aufgestockt: zwei Güggeli[33], Trockenfleisch, Hobelkäse und knusprige Roggenchips, die schon nach einer Handvoll abhängig machten. Die Ladenbesitzerin blickte ihnen lange und ungeniert nach. Sie wirkte wie eine typische Einheimische, wohlgemerkt eines jener Urgesteine, die ihr Ableben ebenso undramatisch empfinden wie das Ende der letzten Saison.

»Was'n so komisch?«, fragte Jorne, nachdem L. beim Lesen schon wieder aufgelacht hatte.

»Ach nichts. Hier sucht jemand Gott.«

»Hm.« Jorne träufelte etwas Öl auf das Gelenk seiner alten Rohrzange. »Soll Schlimmeres geben.«

Schlimmeres schon, dachte L., aber kaum etwas, das nutzloser wäre.

Die Erfindung einer irrationalen Größe – nennen wir sie ruhig Gott – hatte allerdings einen fundamentalen Nutzen gehabt: Gott war die große Ausrede der Versager, das Eingeständnis der eigenen Unfähigkeit, denn was auch geschah, es war zuletzt Gottes Wille. Es war nichts weiter als ein Fluchtweg vor der eigenen Verantwortung, doch das behielten die schwarz berockten Schwindler seit zweitausend Jahren für sich.

---

33 Hähnchen

Später lagen sie mit rumorenden Bäuchen auf der Ladefläche und lauschten selten vorbeifahrenden Autos. Trotz der Kälte, die zu einem abgestellten Fahrzeug gehörte, war es in den Schlafsäcken einigermaßen erträglich. Etwas Ruhe konnte vor einer körperlich anstrengenden Straftat nicht schaden.

Jorne machte L. dafür verantwortlich, dass er es einfach nicht schaffte, die Augen zu schließen. Hin und wieder hob er den Kopf und betrachtete ihre schneeweißen Schultern. Er begann, die Leberflecke zu zählen, und obwohl er nur bescheidene astronomische Kenntnisse besaß, glaubte er, in ihrer Anordnung das Sternbild des Schwans zu erkennen.

Schwanengöttin … Er hatte schon früher Sternbilder an ihrem Körper entdeckt: Andromeda, die Wasserschlange und den fliegenden Fisch. Der Bärenhüter – auch Bootes genannt, ein Bild des Frühjahrshimmels – thronte über dem Gummizug ihres ewig verrutschten, ausgeleierten Schlüpfers. Notgedrungen wusste er auch von ihrem Tattoo, dem kricklig tätowierten »God is a Girl«, und als er es das erste Mal sah, hatte er es für eine Krampfader gehalten.

»Schläfst du schon?«

»Was ist den los? Hast du wieder Kreuzschmerzen – oder was?«

»Nein, das nicht …« Er hatte nicht vorgehabt, ihr was zu erzählen von Liebe und so, er hatte nie wirklich etwas Wichtiges zu erzählen gehabt; alles, was er in diesem Augenblick wollte, war, sie in seinen Armen zu halten. Nicht für die ganze Nacht, nur für ein paar Minuten. Ohne Hintergedanken, wenn das möglich war, auf Gottes schöner Erde.

»Ich dachte nur, ich hätte da was gehört.«

Draußen brummelte tatsächlich ein Wagen vorbei. Und weil er solche untertourigen Motorgeräusche nicht mochte, stand Jorne auf und warf einen Blick nach draußen: nichts zu sehen, falscher Alarm. Danach war er hellwach, und es blieb ihm nichts anderes übrig, als sein Werkzeug noch einmal zu ordnen. Wie beim Bergsteigen konnte ein einziges fehlendes Utensil zum Misserfolg führen.

»Was soll das, zum Kuckuck? Hat das nicht Zeit?« Das leise Klirren, welches das Sortieren der Werkzeuge begleitet, hinderte L. am Einschlafen. »Was ist denn los?«

»Tja, wenn du's unbedingt wissen willst –«, er begutachtete einen leicht verbogenen Dietrich, »ich hab mir gerade gedacht, was, wenn das nun mein letzter Herbst wäre? Der große Abschied – du weißt schon, von Mutter Erde –, er fiele mir irgendwie leicht. Es gibt kein besseres Wetter, um die Kurve zu kratzen. So ein Walliser Sommer dagegen – die Matten unter dem kornblumenblauen Himmel, der ferne Klang einer Kuhglocke und der Duft von frischem Heu …«

»Dein Schwinggi hast du vergessen«, sagte sie schläfrig.

»Es war nicht mein Schwinggi!« Seine Hände begannen plötzlich zu zittern. »Max war Vrenis Schwein! Ich hatte nie was mit diesen Borstenviechern am Hut. Dann lieber zehn Kühe!«

»Du tust ihnen unrecht.« L. wühlte sich aus ihrer Decke. »So wie die Beduinischen, die aus unerfindlichen Gründen kein Schweinefleisch essen. War Vreni eigentlich gläubig?«

»Wieso?«

»Tja, ich weiß nicht genau, ob es stimmt – und es ist auch schon ein paar Jahre her –, aber seit der Geburt von drei phosphoreszierenden Schweinen[34] behaupten die buddhistischen Priester der Insel Taiwan, Gott sei wohl auch nur ein unreines Tier. Diese Möglichkeit ging ihnen vorher nicht auf.«

Jorne wiegte den Kopf hin und her. »Das heißt dann wohl, sie hielten die Geburt der leuchtenden Ferkel für ein göttliches Zeichen.«

»Oder für den Wachtraum eines bösartigen Universums.« Sie drehte ihm wieder ihre Kehrseite zu. »Und jetzt schlaf. Die Nacht ist in anderthalb Stunden vorbei.«

Mit dem Mond kam der Nebel zurück. Aus den kahlen, vom Wet-

---

34 Quelle: 12.1.2006, BBC News, Hongkong: »Taiwan breeds green-glowing pigs«

ter geschroteten Lärchen am Waldrand webte er sich zu den Häusern herab und kroch dann Meter um Meter an den Wagen heran.

»Der kommt ja wie auf Bestellung«, sagte L., während sie sich die Stiefel zuschnürte. Zuvor hatten sie noch Plan B diskutiert: Falls sie überrascht und auf der Flucht getrennt werden sollten, galt die vergammelte Beiz in der Nähe von Turtmann als Treffpunkt. Die Serviertöchter des *Filou* machten nicht den Eindruck, als hätten sie's mit den Polypen. Kurz und gut: Wer zuerst eintreffen würde, hatte die Pflicht, genau zwölf Stunden zu warten. Nach deren Verstreichen wäre jeder auf sich gestellt und verpflichtet, eine Zeit lang von der Bildfläche zu verschwinden.

14

Als sie losfuhren, wirkte Grimentz noch eine Spur verlassener als am Tag. Die aneinandergereihten Dächer hatten etwas vom Schildpanzer einer Legion oder Kohorte, über die sich der schwere Schatten des Bergmassivs wölbte.

So – in aller Nachteinsamkeit – zottelten sie die gesperrte Straße zum Stausee hinauf. An steileren Stellen war es unmöglich, schneller als zwanzig zu fahren, und jedes Mal, wenn L. den Fuß vom Gaspedal nahm, hörten sie ein beängstigendes, zart krachendes Mahlen, als ob das Getriebe jede Sekunde abnibbeln würde.

»Das macht die Stille«, flüsterte L. Selbst das Rumpeln, das man in jedem Laderaum eines leeren Frachtwagens hört – und das dem Schlag der Räder auf Unebenheiten entspringt –, hatte plötzlich einen Donnerhall drauf. Ein aus der Dunkelheit anrollender Murgang hörte sich vielleicht nicht unähnlich an.

Offenbar hatten Frostaufbrüche und -sprengungen die Straße wie einen Schweizer Käse durchlöchert. Im Grunde fuhren sie gar nicht über Asphalt, sondern über ein Flickwerk eisverkrusteter Risse und Löcher, das um diese Jahreszeit der Raufrost zusammenhielt. Tagsüber, im vollgefederten Bus der Ostasiaten, hatten sie den Zustand der Straße gar nicht bemerkt. Trotzdem hatte der Schneepflug ganze Arbeit geleistet, und sie kamen problemlos voran.

Es vergingen fast zwanzig Minuten, bis sie das beleuchtete Halbrund des Staudamms erblickten, und noch einmal so viele, bis sie seine Krone erreichten. Die umliegenden Felswände wirkten in der Dunkelheit wie die Verteidigungswälle einer von Riesen erbauten monolithischen Festung.

»Da wären wir.« L. wendete den immer wieder leicht rutschenden Wagen und schlug die Räder so ein, dass sie später sofort durchstarten konnten.

»Keine Sorge«, sagte sie noch, »niemand sieht einem Wagen an, ob er ein Fluchtfahrzeug ist oder nicht. Dann mal los.«

* * *

Der Fahrweg am Ufer des Lac de Moiry sah noch immer so aus wie am Vormittag, die Fußspuren der Touristen hatten ihn in ein Art Trampelpfad verwandelt, der ihnen das Stapfen durch Schnee weitgehend ersparte. Sie schritten zügig voran, sehr zügig sogar, und obwohl sie weder nach rechts noch links blickten, hatte ihr Weg – wegen des Mondes – doch Ähnlichkeit mit einem horizontalen Schattentheater. Je nachdem eilten ihnen zwei lang gezogenen Schatten voraus oder sie schienen wie Schleppen zu folgen. Sie hatten den Schwemmfächer des Lac de Châteaupré endlich passiert und arbeiteten sich den Steilaufschwung der Staffel hinauf. Auch hier wiesen ihnen die Fußspuren der Pilger den Weg. Nur Jornes »Schlosserei« – eng verschnürt und geschultert – schien inzwischen Tonnen zu wiegen.

»Nicht schwächeln«, stichelte L., die ein Seil nach Lassoart trug und ein ziemliches Tempo vorlegte.

Das Klostergemäuer war endlich erreicht. Zu ihrer Erleichterung wurden sie nicht von Packziegen oder Mulis begrüßt. Angesichts der Wölfe, die von Italien einwanderten, war es wohl auch zu gefährlich, die Tiere im Freien zu lassen. Diesmal ließen sie den offiziellen Eingang links liegen und folgten stattdessen einem von Rinnsalen gefurchten Fußpfad, der zur Südseite führte. Alles hier war lehmig, nass und ratzekahl.

»Wart mal einen Moment.« Jorne brauchte eine Pause, um zu verschnaufen.

Aus dieser Höhe betrachtet, hatte der tintenschwarze See zu seinen Füßen plötzlich einen atmosphärischen Deckel in gleicher Farbe und Größe – den Himmel. Aus dessen Tiefe sanken jetzt schöne, große Schneeflocken herab, das heißt, irgendwie blieben sie in der Schwebe, als hätten sie es nicht eilig, den Grund zu berühren.

»Das ist nur Griesel[35]«, kam L. ihrem Führer zuvor. »Kein Grund zur Panik.«

Der Blitzableiter, den sie am Mittag oberflächlich begutachtet hatten, stellte sich nun als kaum fingerdicke, frostbeleckte Eisenstange heraus. Ihr rostiges Stützkorsett drängte bereits kräftig aus dem Verputz.

»Ladies first.« L. machte eine tiefe Verbeugung und reichte Jorne das Seil. Unter Druck entwickelte sie immer diese Art spitzbübischer Finesse, die sie sich als Avengers-Fan von Emma Peel abgeguckt hatte. »Was ist los? Stell dir einfach vor, du wärst Industriekletterer und müsstest beim Bau einer Windkraftanlage mithelfen.«

»Genau deshalb hatte ich mich für den Job als Friedhofsgärtner entschieden.«

Jorne hangelte sich an den knirschenden Eisendübeln empor. Trotz seines steifen Knies geschah alles schnell und routiniert, als hätte er sein Brot schon immer mit Fassadenklettern verdient. Nur einmal wurde es brenzlig, als der Metallstab aus seiner Verankerung platzte, doch Jorne schaffte es, sich am Mauerwerk festzukrallen. Oben angekommen, warf er das Seil in die Tiefe.

»Ich hab's.« L. hakte den Karabiner in eine Schlaufe des Seesacks, klemmte sich den Tampen zwischen die Beine und ließ sich von Jorne in die Höhe ziehen.

Er empfing sie mit einer leisen Mahnung zur Vorsicht, die Nonnen hätten hier und da Flaschenscherben in die Mauerkrone gepflanzt. »Wenn man nicht aufpasst, kann man sich richtig fies schneiden.«

Der nach innen abfallende Klosterdachstuhl aus losem, moosbewachsenem Schiefer knackte, als ginge man über Eis.

»Jetzt weißt du, was eine Gebetsabschussrampe ist«, witzelte L.

Sie bemerkte, dass Jorne schon am Abseilen war, und setzte ihm nach.

---

35 Schweizerdeutsch: Graupel

Die Fensterläden zum Innenhof des Klosters waren geschlossen. Nirgends brannte noch Licht, nur eine fast blinde Außenlaterne erhellte den Eingang zur Krypta. Eine ähnliche Funzel brannte über dem verriegelten Tor. Ihr Licht sorgte dafür, dass den nächtlichen Besuchern diesmal zwei lange Schatten nachstellten. Ihre Blässe hatte etwas Beunruhigendes.

Sie hatten inzwischen den Eingang zur Krypta erreicht, und L. leuchtete in Jornes Seesack hinein, damit ihr Partner ein Brecheisen auswählen konnte. Er entschied sich für den klassischen Kuhfuß.

»Gute Wahl«, frotzelte L. »Ich staune, was du alles angeschafft hast.«

Damit war die mit Kreppband umwickelte Stabtaschenlampe gemeint.

»Wie man's nimmt«, flüsterte Jorne, »der dicke Päppi aus Bottrop hat mir das Ding zum Abschied geschenkt.« Er hatte den Spalt zwischen Rahmen und Schloss längst begutachtet und eine günstige Stelle entdeckt. Entgegen seiner Gewohnheit drückte er die Klinke doch einmal nach unten und staunte, denn die schwere Tür wich mit einem Knarzen vor ihm zurück.

»Das ist ja ein ganz dicker Hund. Hast du dafür eine Erklärung?«

»Nein, aber offenbar haben die weißen Hennen heute Nacht der offenen Tür.«

L. wollte an ihm vorbeischlüpfen, aber Jorne hielt sie zurück.

»Kommt dir das nicht ein kleines bisschen merkwürdig vor?«

»Krieg dich wieder ein!« L. machte sich los und leuchtete in den Vorraum zur Krypta. »Vielleicht lässt sich das Schloss nicht mehr schließen, könnte doch sein.«

»Wenn du meinst.« Leicht verunsichert folgte Jorne seiner Chefin die steile Schneckentreppe hinab. »Merkst du das? Zieht kalt wie Hechtsuppe hier.«

Die Gänsehaut wich erst von ihm, als sie das niedrige Kuppelgewölbe durchquerten. »Alles verdammt merkwürdig.«

»Was denn jetzt schon wieder?« Der Lichtschein von L.s Lampe scheuchte gespenstische Schatten aus den Gebetsbänken über die Decke der Grotte.

»Eine der Votivkerzen ist verschwunden.«

»Echt jetzt?« Sie waren inzwischen vor dem vergitterten Altarraum angekommen. »Auf was du nicht alles achtest!«

»Ich sehe noch etwas«, flüsterte Jorne. »Sag mir, es ist eine optische Täuschung …«

L. musste es ebenfalls gesehen haben, schließlich war sie nicht blind – die schmiedeeiserne Gittertür vor dem Altar war nur angelehnt.

»Erklär mir das mal«, flüsterte Jorne, während er das Gatter öffnete. »Am Vormittag war der Stall noch verrammelt. Und jetzt, alles offen. Ich glaub nicht an so viel Glück.«

»Dann wird es wohl Zeit.« Auf der Suche nach einer plausiblen Erklärung unterwarf L. das Schloss einer näheren Untersuchung. Es machte einen soliden, unverwüstlichen Eindruck. »Du hast heute Mittag an dem Gatter kräftig gerüttelt. Vielleicht hast du das Schloss dabei aus dem Tiefschlaf erweckt.«

»Vielleicht auch nicht!« Jornes Bedenken krallten sich hartnäckig fest. »Ich meine, ich sag nicht, dass du falschliegst, aber ob du richtigliegst, weiß ich auch nicht.«

»Hm. Soll das heißen …« – L. holte kurz Luft – »… du weißt nicht, ob du meiner Meinung bist oder nicht?«

»Nein, es soll heißen, hier stimmt etwas nicht.«

»Krieg dich wieder ein!« L. trat vor den Altar und machte einen spöttischen Knicks. »Na, dann wollen wir mal.« Sie wischte die Altardecke achtlos beiseite und griff nach dem Objekt ihrer Begierde. »Jorne …«

»Was?«

»Entweder habe ich gerade einen Schwächeanfall oder wir haben ein ernstes Problem. Das Teil sitzt irgendwie fest. Chumm und lüeg![36]«

---

36 Walliserdeutsch: Komm und sieh selbst

Eigentlich war es zu erwarten gewesen, denn der natürliche Platz eines Pektorale war die Brust des Gläubigen. Es war nicht geschmiedet worden, um als Standkreuz zu dienen.

Obwohl Jorne beidhändig und mit voller Kraft am Kreuz rüttelte, hatte er ebenso wenig Erfolg. Der Sockel verband es auf eine ihm unbekannte Weise mit dem Altar.

L. gemahnte ihn schließlich auf ihre unvergleichliche Art, nicht die Contenance zu verlieren.

»Lass gut sein, sonst biegst du dem Mann am Kreuz noch einen Knick in die Windel …«

15

»Und jetzt? Was sagt dein männlicher Intellekt zu dieser Situation?« Zehn Minuten waren inzwischen vergangen. L. hatte den Altar feierlich mit brennenden Kerzen bestückt. Die Krypta war taghell erleuchtet. »Hat der Eisenverbieger vielleicht eine Idee?«

Jorne, der sich die Ränder des Sockels besah, gab zunächst keine Antwort.

»Es ist doch immer dasselbe«, sagte er dann. »Du glaubst in einen saftigen Apfel zu beißen, und plötzlich steckt dir ein Stück vom Gehäuse zwischen den Zähnen. Also probierst du es mit einem Zahnstocher, und was passiert? Das Ding bricht ab.«

»Großartiger Moment für einen Besinnungsanfall.« Auch L. untersuchte das Kreuz aus der Nähe. »Das sieht nach einer Schweißnaht aus, oder nicht?« Ihr Fingernagel hatte einen Wulst zwischen Kreuzbalken und Sockel entdeckt.

»Ja, es ist 'ne Schweißnaht«, bestätigte Jorne, »aber die ist keine Garantie, dass es nicht auch noch eine Schraube im Inneren gibt.«

»Eine Schraube – bei so einem wertvollen Kreuz?«

»Du vergisst, dass die Pinguine nicht wissen, wie wertvoll es ist.« Jorne entledigte sich seines Mantels, was nur heißen konnte, es würde für ihn schweißtreibend werden. »Um das Kreuz unbeschädigt zu bergen, werde ich den ganzen fünf Zentimeter dicken Sockel absägen müssen.«

L. nickte bedächtig. »Schön, dann heißt es jetzt knorzen[37]! Worauf wartest du noch?«

Bei der ersten Berührung hatte das Titansägeblatt noch geknirscht, jetzt quietschte es schrill vor sich hin. Bald stand Jorne der Schweiß auf der Stirn. Unvermittelt setzte er die Säge ab. »Das geht

---

37 Schweizerisch: sich mit Kraft abmühen

so nicht! Dieses Quietschen wird noch den Hühnerstall über uns wecken.«

»Nicht schwätzen, sägen!« L. versetzte Jorne einen leichten Klaps in den Nacken. Und als er sich immer noch nicht rührte: »Schön, dann werde ich eben sägen. Es dauert bestimmt dreimal so lang, aber ich krieg das hin. Na los, Tierfreund, vertret dir die Füße.«

»Ich weiß was Besseres.« Jorne begann in seinem Seesack zu wühlen.

»Auch das noch, ich hab das Fett im Wagen gelassen. Die Rostlösungsmittel sind nicht geeignet.«

»Wie wär's hiermit?« L. griff nach der bernsteinfarbenen Phiole und schüttelte sie. Die verflüssigten Überreste der Heiligen begannen wie Schaumwein zu perlen.

»Bist du verrückt?«

»Wieso?« Vielleicht war das Ganze nur eine weitere Demonstration ihrer Kaltblütigkeit. »Du wolltest Schmiermittel? Hier hast du es.« L. köpfte das Glasgefäß am Rand des Altars. »Wenn sie wirklich eine Heilige war, dann wird ihr das zu einer neuen Ekstase verhelfen.« Vorsichtig begann sie, das Sägeblatt zu beträufeln.

»Mädchen, Mädchen«, murmelte Jorne, »du weißt immer, was du willst, aber selten, was du tust.«

»Jetzt stell dich nicht so an!« L. wischte sich die Finger an der Altardecke ab. »Im Übrigen wüsste ich nicht, was besser geeignet wäre, um liturgische Gerätschaften zu schmieren, als das Fett einer Nonne.«

Sie schnappte sich die Stabtaschenlampe und leuchtete in den Chorgang hinein. »Wenn es dir nichts ausmacht, werde ich mich jetzt mal umsehen, vielleicht gibt es ja noch andere Schätze.«

Mit klopfendem Herzen entfernte sie sich vom Altar – weil sie sich insgeheim doch ziemlich schämte.

Nimm dir ein Beispiel an Carter,[38] dachte sie noch. Der hatte auch keine Gewissensbisse, Mumien aus ihren Gräbern zu zerren.

---

38 Howard Carter, Entdecker des Grabs des Tutanchamuns

Sie war froh, dass die Säge jetzt leiser sägte. Zumindest das hohe Quietschen war aus einer gewissen Entfernung kaum noch zu hören. Zu einem ausgedehnten Rundgang kam es allerdings nicht: In der Sakristei entdeckte L. zwischen einem Sicherungskasten und einem gussgekapselten Schalter die wandmontierte Ladestation eines vorsintflutlichen schnurlosen Telefons. Der Hörer des froschgrünen Kastens war allerdings nirgends zu sehen. Der Farbe nach stammte die Station aus den frühen 1980er-Jahren.

Ob das Ding noch funktionierte? Das Kabel steckte jedenfalls in einer passenden Buchse. Hatte der hilfreiche Streifenbeamte vielleicht deshalb kein Glück?

Nicht, dass sie vorgehabt hatte, nach dem fehlenden Hörer zu suchen, sie sah sich eher aus Neugierde um. Zwischen verstaubten Kisten und Kartons mit vermoderten Gebetsbüchern entdeckte sie zwei schlichte Plastikkanister mit Messwein. Ob dies das Spritlager einer Alknonne war? Den Walliser Haubenlerchen sagte man nach, dass sie gerne mal einen über den Durst tranken, zwischen den Gottesdiensten wurden herzhaft gebechert, ja, das Komasaufen wurde angeblich in einem welschen Kloster erfunden. Mysteriöser war dagegen der Inhalt einer Truhe mit päpstlichem Wappen: drei Paar Schlittschuhe, so gut wie neu. Es konnte sich eigentlich nur um das Vermächtnis der legendären Eisheiligen handeln, aus L.s Sicht allerdings nicht mehr als wertloser Plunder. Auch was sie sonst noch entdeckte – gebügelte Chormäntel, Oblaten, Weihrauchschiffchen und ein Myrrhepaket –, fiel in dieselbe Kategorie. Die Inschrift eines Messkelchs ließ sie kurz auflachen: spülmaschinenfest. Die Vorstellung, dass auch liturgische Instrumente profan gespült werden mussten, trug ungemein zu ihrer Erheiterung bei.

Zum Spaß warf sie sich noch eines der Gewänder über und verbarg ihr Haar unter einer überdimensionalen, schlohweißen Cornette[39].

---

39 Spitz zulaufende Flügelhaube

»Wie wär's mit einer Stärkung, Signore?«

Die Wand hinter dem Altar schien plötzlich in den riesenhaften Schatten eines Engels zu tauchen. Jorne erstarrte einen Moment; widerwillig den Kopf drehend, bemerkte er im Licht der Stirnlampe wabernden, zu ihm herüberschwebenden Dunst. Es roch verdächtig nach Tabak.

»Ja, man hat's nicht leicht, aber leicht hat's einen. Bist jetzt ganz durchgedreht? Was, wenn es hier einen Rauchmelder gibt?«

Trotz der in ihrem Mundwinkel klebenden Zigarette war er froh, L. zu sehen, vielleicht war es auch nur die Tatsache, dass jede blütenweiße Cornette auf dem Kopf einer schönen Frau irgendwie an das Leuchtfeuer auf dem Mast einer friedlich dahinsegelnden Fregatte erinnert. Zumindest denjenigen, der noch weiß, was man unter einer Fregatte versteht.

»In dieser Gruft?« L. zuckte die Achseln. »Was sagst du zu meiner Aufmachung?« Und als er nur heftig die Augen zusammenkniff: »Schon gut, ich steh auch nicht auf Männer, die – blass wie Kommunionskerzen – in spitzenverzierten Chorröcken durch die Gegend tippeln und sich gegenseitig die roten Birette[40] befummeln, aber ich bin ja nur eine nichtswürdige Frau …«

»Du bist nicht mehr ganz dicht«, stellte er fest, »das bist du.« Da hatte er den mit Oblaten gefüllten Messkelch, den sie ihm reichte, noch gar nicht bemerkt.

»Mag sein. Eine selig machende Oblate gefällig? Ein kleines Nachtoffizium ist Balsam für die Seele, mein Freund.«

»Kipp aus. Und zwar sofort!« Jorne blies die Späne aus der Schnittfuge am Sockel. »Dieser Laden ist mir sowieso nicht geheuer.«

»Wieso?« Als ob sie ihn nachahmen wollte, blies L. einen Rauchring über das Kreuz. »Hast du die heilige Nonne gesehen?«

»Nein, aber ich dachte vorhin …«

---

40 Kopfbedeckung katholischer Geistlicher

»Was?«

»Na ja, ich dachte, ich hätte eine Stimme gehört.«

Erst jetzt bemerkte L., dass Jornes Hände beim Beträufeln der Schnittstelle zitterten. »Da war so ein Flüstern, ganz dicht neben mir …«

»Mach dich nicht lächerlich«, kicherte L. »Deine abergläubischen Spinnereien, die pack mal wieder in dein Unterbewusstsein, da gehören sie nämlich hin.«

»Hör schon auf! Irgendetwas ist hier … oberfaul.«

»Alles ist hier oberfaul.« L. ließ einen letzten Rauchring in Richtung Kreuz schlingern. »Wie geht's eigentlich dem thebäischen Kreuz?«

»Knackpunkt in zehn Minuten«, erwiderte Jorne. Das Sägeblatt hatte bereits einen tiefen Radius ins Eisen gefressen. »Und jetzt bring diese Kutte zurück! Mit dem Dingsda auf deinem Kopf bist du auf zehn Kilometer Entfernung zu sehen.«

»Nicht immer so übertreiben«, schmollte L. Trotzdem folgte sie seiner Aufforderung. »Und wenn ich nun wirklich eine verhinderte Tochter der Barmherzigkeit wäre?«

»Dann geh später mal auf den Strich, aber spiel jetzt nicht die Verrückte!«

Mit neuem Elan versenkte Jorne das Sägeblatt in der Fuge. »Wenn du dich nützlich machen willst, dann wirf mal 'nen Blick vor die Tür. Wäre vielleicht nicht uninteressant zu wissen, ob der Innenhof in der Zwischenzeit eingeschneit ist.«

»Ich weiß was Besseres.« Es sah so aus, als habe die weiße Riesentaube auf L.s Kopf vor, den Abflug zu machen. »Ich werde das verdammte Telefon suchen.«

»Tipptopp«, knurrte Jorne. »Sag bloß nicht, du hast mal wieder dein Handy verloren. Das dürfte die Ermittler ungemein freuen!«

»Nicht mein Handy«, klang es oblatenknuspernd zurück, »ich rede von der klösterlichen Strippe. In der Sakristei gibt es eine Basisstation. Wenn ich den Hörer gefunden habe, werde ich die Zeitansage von Sydney anrufen und nicht mehr auflegen. Die Rechnung dürfte diese Zicke von einer Oberin sicherlich freuen.«

»Moment mal.« Jorne schien ein Licht aufzugehen. »Heißt das, es gibt hier unten ein Telefon, aber der Hörer ist weg?«

L. nickte.

»Diese Dinger haben eine Reichweite von zehn, fünfzehn Metern. Ist dir klar, oder?«

Sie nickte erneut, und Jorne legte die Säge ab.

»Verflüecht, ich weiß, wo das Telefon ist.«

»Hm?« L. schob sich die Haube ganz aus der Stirn. »Was soll das?«

»Psst!« Jorne hatte den Altar bereits auf Zehenspitzen umrundet. Die Rückseite war mit einem lila Vorhang drapiert.

»Jorne, jetzt hör mal zu …« L. war ihrem Komplizen mit der Taschenlampe gefolgt.

»Ich sagte psst!«

»Psst mich nicht an«, zischte L.

»Hältst du jetzt mal die Klappe?« Er hatte den Satz fast geschrien, allerdings mit geschlossenem Mund, was ziemlich unheimlich klang. Wie in Zeitlupe deutete er dann auf den Vorhang: Der Samt zitterte.

L. griff in diesem Moment nach dem Vorhang und riss ihn zu Boden.

Dass sich im Inneren des Altars eine kauernde Nonne manifestierte, war nicht das Schlimmste, auch nicht, dass sie nur ein Messgewand von Mariä Opferung trug – es war der froschgrüne Hörer in ihrer Hand.

»Tausend Tonnen Pech. Da hab ich die ganze Zeit vor mich hin gesägt, und diese Zwätschge-Lise …« Jorne zerrte die schluchzende Frau aus ihrem Versteck. Das ungelenke Geschöpf mit dem kreidebleichen Jungferngesicht erinnerte eher an einen Engerling als an ein menschliches Wesen.

Seine Hand landete gerade noch rechtzeitig auf ihrem Mund, um einen Schrei abzuwürgen. Etwas fiel dabei zu Boden – die vermisste Votivkerze. Wie der zu Wachs erstarrte Körperteil eines unreinen Geistes lag sie da auf dem Boden.

»Sieh an, das Auslöschen von Kerzen durch Versenkung gehört in diesem Kloster also zur nächtlichen Meditation. Oder bist du nur ein unartiges, dildoldiges Mäuschen?«

Die Novizin ahnte, worum es ging, und reichte L. den Hörer.

»Ja, verstehe … Du hast nur stille Stunde gemacht. Der Ort ist ja auch ideal. Wir müssen uns trotzdem mal unterhalten.« L. zog ihr Teppichmesser und hielt es in den Lichtschein der Lampe. »Hast du so was schon mal gesehen? Nein? Es ist handlich – und ziemlich scharf. Wenn du schreist – ich meine, wenn du auch nur einen Pieps machst –, dann stutze ich dir die Nase zurecht. Hast du kapiert?«

Die Augen der Nonne schienen nach dieser Ansage noch größer zu werden.

»Mit wem hast du telefoniert?« Jornes Hand löste sich langsam von ihrem Mund. »Bist du schwerhörig?«

»Non, non, je n'ai pas appelé la police, Monsieur.« Die Nonne begann am ganzen Körper zu zittern. »Ich habe die Polizei nicht gerufen.«

»Sicher nicht. Was hättest du auch ausquatschen können, du fromme kleine Schleierschwitze, du?« L. hielt das Telefon ins Licht, um das Display besser lesen zu können. »Die letzte Nummer ist hier gespeichert, elf Uhr dreiundzwanzig. Das war vor fünfzehn Minuten. Wenn ich da jetzt anrufe …«

»Kannst du dir sparen«, zischte Jorne. »Ich wättu, di Tschugger sint scho unnerwägs.« Er ließ von der Nonne ab und stürzte zurück zum Altar.

»Typisch für euch Nonnen«, sagte er noch. »Ein Leben lang auf der faulen Haut liegen, aber der arbeitenden Bevölkerung ins Handwerk pfuschen, darin wart ihr schon immer spitze!«

Energisch griff er zur Brechstange, schob das spitze Ende in die Fuge und packte dann seinen Zimmermannshammer.

»Wenn das mal gut geht«, flüsterte L.

»Aber ja«, sagte Jorne, »Gott schafft uns unsere Möglichkeiten, aber wir müssen durchziehen …«

Er holte aus und schlug mit aller Kraft zu. Im Grunde hatte er es selbst nicht erwartet, doch das Judaskreuz verabschiedete sich sprungfreudig von seinem Sockel, es flog hoch, drehte sich im Strahl von L.s Lampe und landete mit der unteren Hälfte des Längsbalkens in ihrer Hand. Das Ganze hatte etwas von einem gut einstudierten Zaubertrick, und L., selbst ziemlich verdutzt, ließ das Kreuz unter ihrer Robe verschwinden. »Und jetzt raus hier!«

16

Es ist wohl nur eine Mär der Gesundheitsapostel, dass es Rauchern an Kondition mangelt. L. war jedenfalls zuerst an der Mauer des Innenhofs. Wie zehn Pferde schnaubend – und immer noch im Nonnenkostüm – hangelte sie sich an dem Seil in die Höhe. Jorne folgte ihr auf dem Fuß, einen Riemen seines Seesacks zwischen den Zähnen. Seine Nackenmuskeln waren zum Zerreißen gespannt. Als L. ihren Fuß auf seinem Schädel absetzte, zeichneten sich die Zinnen nicht nur gegen den Nachthimmel ab, nein, sie glühten regelrecht auf.

Zu allem Ungemach rutschte ihm, als er sich mit Schwung hochziehen wollte, der Grabstichel – sein bewährtes Caela Sculptoris – aus dem Stiefel. »Verreck – tausend Tonnen Pech!«

Das Werkzeug vollführte einen klirrenden Tanz auf dem Boden. Es hüpfte fast wieder zu Jorne empor. Seine Hand grabschte ins Leere. Dabei entglitt ihm die restliche Schlosserei. Heiliger Moses, was die Schwerkraft hat, gibt sie so schnell nicht wieder her. L. hatte ihn einmal damit geneckt, wie es wohl klingen würde, sollte dieser Seesack jemals umfallen. Jetzt wusste sie es – es klang wie ein außer Rand und Band geratenes Schlagzeugorchester.

»Vergiss es!«, rief L. »Ich kauf dir alles brandneu! Ehrenwort.«

»Nicht meinen Stichel. Der hat keinen Preis!«

Sie wollte losfluchen, als plötzlich ein fernes Geräusch wie von Schlüsseln und Ketten ertönte. Es schien aus dem Inneren des Klosters zu kommen.

Jorne war noch am Abseilen, da flog auch schon die schwere Eichentür auf – eine Meute barbusiger Ungeheuer ergoss sich heulend und geifernd in den Hof. Aus braven Haubenlerchen waren Monstren geworden, Furien, die Kriegsgabeln und bäuerliche Dreschflegel schwangen. Aus dem Schlaf gerissen, hatte sich manche Schwester die Kutte achtlos um die Büffelhüften gerafft, um zur Waffenkammer zu eilen. Schlauchförmige, haarige Brüste, die den Namen Affenschaukel wahrlich verdienten, schlackerten diesen kampfeslustigen Amazonen voraus. Einige schwenkten im Ansturm auch grässlich knatternde Ratschen, deren Sinn und Zweck wohl nur der Hexenhammer[41] erklärt.

»Au voleur! – Diebe, Diebe!«, klang der verständliche Teil des Hyänengeheuls. Ecclesia militans, die kämpfende Kirche, war zurück, und jeder halbwegs vernünftige Mensch wäre bei diesem Anblick auf der Stelle getürmt.

Jorne hingegen sprang mitten in das Getümmel hinein. Unten angekommen schnappte er sich Stichel und Seesack, um sofort wieder mit wild ausgreifenden Bewegungen am Seil hochzujagen. Trotzdem schob sich ihm eine der Stangenwaffen ins Kreuz, Widerhaken eines Dreizacks durchbohrten den rechten Schoß seines Mantels.

Es hagelte jetzt Küchengeräte – darunter auch gusseiserne Pfannen. Ein Schnitzelklopfer traf L. am Knie und zwang sie, hinter den Zinnen in Deckung zu gehen. Schließlich hatte es auch Jorne nach oben geschafft.

»Da staunt ihr Furzglocken, was?«, brüllte L. Sie wollte das Seil hinter Jorne einholen, aber ein unerwarteter Ruck riss sie fast von der Mauer.

»Da zieht jemand von unten!«

»Nicht jemand«, flüsterte Jorne, »ein Weibsteufel!« Bevor L. loslassen konnte, packte er sich das Ende des Taus. Was entbrannte, war ein Hin und Her zwischen Jorne und einer stämmigen, etwa zwei Meter großen Megäre, der nichts Besseres eingefallen war, als nach einer Art Schwingerhose zu greifen. Mehr hatte sie nämlich – abgesehen von ihrer Haube – nicht an.

»Und ich dachte, das wäre ein Männersport …«

»Schwätz nicht«, stöhnte Jorne. Das straff gespannte Seil knarzte

---

41 Werk des deutschen Inquisitors Heinrich Kramer, das die Hexenverfolgung legitimierte

hart über den bröckligen Stein, als hätte die Elefantin ihr volles Gewicht eingebracht.

»Jetzt mach schon den Abgang«, herrschte er seine Partnerin an, »ich weiß nämlich nicht, wie lange ich dieses Vieh noch hinhalten kann.«

»Was?«

»Du sollst springen! Der Schnee da unten ist weich.«

»Sagt wer?« Der Schein von L.s Lampe warf zuckende Muster aus Licht und Schatten auf das beschneite Geröll. »Ich sehe jedenfalls Felsen.«

»Herrgott, die Trampelsau hat gewonnen!« Jorne versuchte es noch einmal mit einer Haurucktechnik, aber die kräftige Frau zog ebenso ruckartig zurück. Schlimmer noch, ihre Priorin hangelte sich – ingrimmig lateinische Flüche ausstoßend – bereits am sich scheuernden Seil in die Höhe, was einen seltsamen, stets höher werdenden Ton zu verursachen schien.

»Worauf wartest du, Elle? Kapp endlich das Seil!«

»Sekunde …« L. wollte gerade im ihrem Rucksack nach dem Teppichmesser suchen, als sie ein Blaulicht an der Staumauer sah.

»Ich glaub's nicht! Polente!« Jorne ließ das Seil ruckartig los – es folgten eine Art Peitschenknall und dann ein grässlicher Schrei. Eine nicht unbedingt weibliche Stimme brüllte etwas von zwei gebrochenen Beinen und kündigte an, sich aus Jornes Gemächte einen Tabakbeutel zu machen.

»Irres Nonnenpack«, murmelte Jorne. Ohne noch eine Sekunde zu zögern, schleuderte er seinen Seesack auf die sichere Seite der Mauer.

»Schön, dann springt der Krüppel zuerst.«

»Nicht so schnell, das sind mindestens vier, fünf Meter.«

L. war mit ihrer Einschätzung noch nicht fertig, da flog er schon – mit den Armen rudernd – an ihr vorbei. Sie staunte nicht schlecht, als er sich im Schnee abrollte und im Aufstehen seinen Mantel abklopfte.

»Na los, brauchst du 'ne Extraeinladung?« In Windeseile schulterte er sein Geschirr.

»Erst den Kleinen.« L. drückte ihrem Maskottchen einen Kuss auf die Nase. »Guten Flug!« Sie ließ den Dinorucksack fallen und freute sich über Jornes Geschicklichkeit als Fänger. »Na schön, ich springe, aber nur, wenn du mich ebenso fängst!«

»Vergiss es, ich kenn' meine Grenzen, ein Bandscheibenvorfall wie damals in Adiswil hat mir gereicht.«

»Nicht alles im Leben lässt sich auf die eigene Schmerzgrenze schieben.«

L. starrte hinab in die Tiefe. »Ich sage es ungern, aber dir bleibt nichts anderes übrig, denn ich habe das Kreuz.«

»Wie bitte?« Trotz der Lichtverhältnisse konnte L. sehen, wie Jorne ihren Rucksack durchwühlte. »Muss schon sagen, ich hatte fast vergessen, wie unzuverlässig und verlogen du bist.«

»Schlampig hast du vergessen!«, rief L. »Für wie dumm hältst du mich eigentlich? Ich habe noch nie in meinem Leben irgendeinem Menschen getraut, und so wird es bleiben. Was dich anbelangt – du bringst mich rein und du bringst mich auch wieder raus. Das war immer die Abmachung.«

Nebenbei versuchte L. die Lage zu peilen – und erschrak, als die Haube der Priorin zwischen den Zinnen auftauchte. Und da war noch etwas: Was sie zunächst für eine aus Metall geschmiedete Banderole gehalten hatte, stellte sich auf den zweiten Blick als das schartige Schneideblatt einer Sense heraus.

»Auweia, die Schwester von der strengeren Observanz ist immer noch hinter mir her. Und sie hat eine Art Buschsense dabei …«

Sie schaffte es nicht mehr, den Satz zu Ende zu bringen, denn auf dem Staudamm waren jetzt ganz deutlich Taschenlampen zu sehen. Gleichzeitig flammten im Innenhof Scheinwerfer auf. So taghell, wie es plötzlich war, hatte man fast den Eindruck, in einem Stadion zu sein.

»Herdibullja!«,[42] brüllte Jorne. »Willst du, dass sie dich kaschen? Mitsamt der Beute? Spring endlich!«

»So wie man ins Wasser springt, um zu sehen, ob man schwimmen kann oder absaufen wird?«

»Keine Ahnung. Was ist das überhaupt für ein kranker Vergleich?«

»Dann ist er halt krank! Hast du nicht selbst mal gesagt: Ein falscher Schritt, und du bist ein Leben lang tot?«

»An was du dich alles erinnerst!«

»Bitte, Jorne, es … es geht wirklich nicht ohne Seil!«

»Ich hab kein zweites Seil, begreifst du das nicht? Nimm den Blitzableiter, wenn du was zum Festhalten brauchst! Das Ding hält dich aus.«

»Den Eindruck hatte ich beim Raufklettern nicht!«

»Ich bin geklettert, du hast dich hochziehen lassen.«

»Als ob das jetzt einen Unterschied macht!«

»Verdammt noch mal, wenn ich noch länger warte, werden die mich erwischen!« Und als sie noch immer nicht reagierte: »Hör zu, ich bin zwar ein Christ, aber nicht katholisch genug, um für andere zu büßen. Wenn du jetzt nicht springst, dann wird es eben Plan B. Du wirst schon einen Weg finden. Sieh nur zu, dass du das Teil nicht verlierst, sonst war alles umsonst.«

»Ich glaub's ja nicht«, zischte L. »Deine Fürsorglichkeit bricht mir das Herz.«

»Was hast du erwartet? Soll ich hier rumstehen, bis die Polypen mich kaschen?«

»Na, dann verschwinde!« Mit gespielter Arroganz rief sie noch: »Du bist gefeuert!«

Jorne glitt leise fluchend über den harschen Schnee den Steilhang hinunter. Sekunden später hatte ihn die Finsternis schon verschluckt.

L. war in diesem Moment fast so weit, einfach zu springen, sie

---

42 Walliserdeutsch: Beeil dich!

wollte Anlauf nehmen, die Augen schließen – da traf sie ein wirklich gepfefferter Handkantenschlag. Sie wusste sofort, es war diese Priorin, und wich in der Drehung ein paar Schritte zurück.

»Ah, Schwester Goldig, wie unchristlich vor dir, aber da bist du bei mir genau richtig …«

Sie langte in ihre Tasche, um das Teppichmesser zu ziehen, doch die Waffe steckte natürlich in ihrem Rucksack, und der schaukelte in diesem Moment an Jornes Schulter zu Tal.

»Sieh an … das Lästermäulchen vom Vormittag.« Mit ihren vollfleischigen Armen hatte die Priorin etwas von einer Sumoringerin. »Die Cornette steht dir gar nicht so nicht schlecht.«

L. tippte an die Spitzen der Haube. »Na ja, sie passt jedenfalls gut zu diesem – wie soll ich sagen – rattenscharfen Pluviale[43].«

»Es ist ein Chormantel, chérie. Hast du das nicht gewusst?« Der Oberpinguin begann diabolisch zu grinsen. »Du hast nicht zufällig einen Wetzstein dabei?«

»Wieso?«

»Nun, das Blatt meiner Sense ist stumpf …« Sie hatte sich L. bis auf anderthalb Meter genähert. »Wenn du dich jetzt fragst, weshalb das von Wichtigkeit ist, dann muss ich dir sagen, das unerlaubte Tragen des Nonnenhabits gilt uns als Sakrileg.«

»Na und?«

»Oh, dir scheint nicht klar zu sein, was mit einer falschen Nonne hier im Unterwallis – in einem gottesfürchtigen Kloster – geschieht?« Und als L. die Frage nur mit einem Achselzucken quittierte: »Keine Gnade mit der Unwürdigen – entschuldige, dass ich dazu etwas ausholen muss.« Die Priorin legte ihre Hände fest um die hölzernen Griffe der Sense. »Selbst wenn es für das Protokoll unwesentlich ist – die Kelchwäsche, die du trägst, gehört mir. Ich hole sie mir jetzt einfach zurück – ganz gleich, ob es ein paar Blutflecken gibt oder nicht.«

---

43 Ärmelloses liturgisches Obergewand

Die Art, wie sie die an einem breiten Riemen befestigte Sense jetzt handhabe, hätte einem alteidgenössischen Hellebardenträger alle Ehre gemacht: Ein Hüftschwung, und das Mordwerkzeug war in ihren Händen gelandet. Einem blitzschnellen Hochschwingen folgte ein schräg geführter, alles vernichtender Streich. Obwohl L. rechtzeitig ausweichen konnte, stutzte die Schneide einen Flügel ihrer Haube zurecht.

»Und ich hatte Gott bisher immer für eine Krücke gehalten!«, spottete L., »nun weiß ich, er ist eine Sense!« Rückwärts tippelnd hatte sie schnell den Rand des Dachstuhls erreicht. »Keinen Schritt weiter, oder ich springe!«

Die wutschnaubende Pfäffin stutzte einen Moment. »Nur zu, brich dir das Genick! Deine Beine lässt du aber hier.«

Erneut holte die Sense zum Schwung aus. Da es L. nicht auf ein zweites Mal ankommen lassen wollte, sprang sie wie eine flugunfähige Fledermaus von Zinne zu Zinne. Die Rasende blieb ihr dabei dicht auf den Fersen.

Es war vielleicht nur ein Moment der Unachtsamkeit, aber L.s Fuß hatte sich plötzlich im Kabelsalat einer Satellitenschüssel verheddert. In ihrer Verzweiflung packte sie die Schüssel mit beiden Händen und riss sie samt Standrohr von der brüchigen Zinne. Einen Moment schien die Zeit stillzustehen – sie hatte die Nachtsicht einer Eule und war plötzlich in der Lage, Jorne im Steilhang zu folgen. Das einzige Geräusch, das sie hörte – und es schien wirklich das einzige Geräusch in diesem Felsenkessel zu sein –, war das regelmäßig wiederkehrende, wie schallgedämpfte Poltern losen Gesteins und das Krachen von Schieferschutt unter dem harten Tritt eines Mannes. Vielleicht zeigte es nur, wie verträumt sie war, aber sie wünschte sich in diesem Moment sehnlichst, in ihrem Dinorucksack zu sitzen und Ausschau nach blauen Lichtern und Gesetzesschlümpfen zu halten, während sich Jorne auf seinem halsbrecherischen Pfad in den Bruch stemmte.

Das Keuchen der zum finalen Schnitt ansetzenden Sensenfrau brachte L. zurück in ihre eigene, mehr als vertrackte Situation. Rückwärts gehend war sie am Ende des Dachs angelangt, dabei hielt sie die Satellitenschüssel noch immer wie einen Schild vor sich hoch. Als sie hinter sich in die Tiefe schaute, glaubte sie, unten eine Art Miststock oder Müllhaufen zu erkennen. Das war ihre einzige Chance.

»Hier trennen sich unsere Wege, Mutter Lesbierin«, rief sie noch, damit es nicht nach Kapitulation aussah. »Da hast du dir die Scharte umsonst mit diesem Dingsda gewetzt!«

Sie sprang mit geschlossenen Augen – und landete wie auf einem Trampolin. Beim dritten Ausfedern kippte der zweirädrige Heuwagen um, und L. sauste wie über eine Rutsche zu Boden. Es regnete ein paar Kehrichtsäcke auf sie herab, aber sie hatte sich nichts gebrochen.

»Ich lebe!«, kreischte sie los. »Ich lebe, du Aas!«

Etwas Schweres knallte neben ihr auf das Pflaster, sprang hoch und prallte gegen den Wagen – es klang nach Metall auf Gestein und stellte sich als die Riesensense heraus.

Oben, auf den Zinnen, sah L. die Gestalt der Priorin. Statt zu springen, hatte sie es vorgezogen, ihr Mordwerkzeug nach ihrem flüchtigen Opfer zu schleudern.

»Daneben!«, rief L.

»Ja, und doch wird dich die Strafe Gottes ereilen!«

»Das glaubst auch nur du, du Kuttenbrunze, auf Nimmerwiedersehen!«

Ohne ihren Triumph auszukosten, rannte sie los. Absurd, aber der Nebel gab just in diesem Moment den Blick auf den fernen Parkplatz an der Staumauer frei: Die Scheinwerfer des Transits schienen gerade einen Wendekreis zu vollbringen.

Er wird auf mich warten, dachte sie noch, bis sie die roten Rücklichter sah.

»Verdammt, Jorne, so warte doch mal!« Sie wusste, er konnte sie aus dieser Entfernung nicht hören, und doch tat es ihr gut, aus voller

Kehle zu schreien. Das Licht der Scheinwerfer wischte ein letztes Mal über die Felsen, bevor es von der Nacht verschluckt wurde.

Am Fuß der Treppe stieß sie noch mit einem Nachzügler der Dorfgendarmerie zusammen. Der verneigte sich, weil er L. der Kutte wegen für eine Klosterinsassin hielt.

»Vampire!«, kreischte L. »Vampire!«

Der Beamte machte ein entsetztes Gesicht. »Vraiment? Des vampires?«

Statt zu antworten, rannte sie den Mann einfach über den Haufen. Bald waren seine Rufe verhallt. Das Gefühl hingegen, so viel Lärm wie eine Elefantenhorde zu machen, begleitete sie hartnäckig in die Nacht.

2. Superfinster

Der Inquisitor glaubt nicht an Gott,
das ist sein ganzes Geheimnis.

F. M. DOSTOJEWSKI

1

Als L. über den schneematschglitschigen Fahrweg stapfte, lag der Lac de Moiry gerade unter einem vom Mond beschienenen Nebelmeer, aus dem ein einzelner Nachtvogel krächzte: Zirizi zirizi zizizzi urrr… Ob das der sagenhafte Lämmergreifer aus dem Eifischtal war? Der Zirizui oder wie er früher mal hieß?

Dann schloss sich der Nebel vor ihr, und die Sichtverhältnisse waren gleich null. Trotz der Pinguinkutte über dem Mantel musste sie andauernd frösteln. Daran änderte auch ihr Wissen um die Ursachen nichts: Der feuchte Dunst drang durch die Mikrofasern und bildete auf der Innenseite des Futters einen eisigen Film. Das Gefühl, kaltes Wasser zu atmen, war noch unangenehmer. Aus geophysikalischen Vorlesungen, diesem Sauerteig des Archäologiestudiums, wusste sie, dass Tropfen ab einer Größenordnung von einem fünfundzwanzigstel Millimeter unter null abkühlen können, ohne dabei zu gefrieren. Demnach atmete sie im Moment eine Art flüssige Luft, was ihrer Lunge sehr abträglich war.

Das hast du dir selbst eingebrockt, dachte L. Glücklicherweise drückte ihr das thebäische Kruzifix hart und kalt an die Rippen, da wusste sie wieder, warum. Zweihundertfünfzigtausend Franken – dafür kann man schon mal 'ne kleine Erkältung riskieren … oder 'ne Stirnhöhlenschweinerei. Selbst 'ne Lungenentzündung wäre dafür noch zu verschmerzen.

Der Weg ins Tal zog sich hin, sie war jetzt eine gute Dreiviertelstunde in einem raumlosen, totenstillen Nebelland unterwegs. Ein Irrgarten war nichts im Vergleich zu diesen im diffusen Licht auftauchenden und wieder sich auflösenden Formen. Es konnte einen wahnsinnig machen. Wie steil ging es vor ihr bergab? Der dichte Nebel machte eine Schätzung unmöglich. Immerhin, sie war raus aus der baumfreien Zone, den Geröllhalden mit rutschendem Schotter, doch der Wald am Ende ihrer Schuttreise hatte sich in einen bleichen, pflanzlichen Knochenhaufen verwandelt. Selbst die Stämme schienen vereist. Das Unheimlichste? Dieser verdammte Zirizui schien ihr noch immer zu folgen. Mal klang es wie ein Tschirken, mal wie ein heiseres, fast menschliches Rätschen.

Ganz ruhig bleiben, L. Was soll schon passieren?

Die Landstraße unter ihren Füßen glitzerte wie der Rücken einer frisch gehäuteten Natter, ein schuppiges Band, das sich durch die verschneiten Berge schlängelte. Der Wald hatte sich allerdings in ein diffuses Nichts aufgelöst; nur hie und da lösten sich dick eingepuderte Tannen wie Samthauben aus dem Grau, um gleich darauf wieder – noch tiefer verschleiert – im Nichts zu versinken.

Das Sonderbarste an einer Nebellandschaft ist, dass sie schrumpft. Sie wird zu einem Kokon. Außerhalb kann alles Mögliche sein: ein Panzer, ein Jumbojet, sogar ein Tyrannosaurus Rex. Man kann diese Dinge nicht einmal hören, und wenn, dann im allerletzten Moment. Eine halbe Stunde wandelte sie in stummer Undurchsichtigkeit vor sich hin und hoffte, über einen Wegweiser oder dergleichen zu stolpern. Nichts.

Sie musste irgendwann vom Weg abgekommen sein, denn die Kehre vor ihr sah nicht mehr nach Landstraße aus. Eher wie eine kaum befahrene Forststraße. Dass die leicht abschüssig war, ließ L. aufatmen: Solange sie sich talwärts hielt, würde sie mit Sicherheit auf Grimentz, St.-Jean oder irgendeine andere Ansiedlung stoßen. Sie löschte ihren Durst mit einer Handvoll Schnee und schleppte sich weiter. Was nicht einfach war, denn der Boden war mit den heruntergebrochenen Ästen von Baumleichen bedeckt.

L. musste an Jorne denken, der jetzt in ihrem Auto saß, Kaffee schlürfte und Radio hörte, während sie sich durchs Unterholz schleppte, über mesozoische Meeresablagerungen hinweg, an Fußabdrücken und Knochen von Ungeheuern vorbei, die hier – vor dreihundertfünfzig Millionen Jahren – die Alpen beherrschten.

»Daraus lässt sich schließen«, murmelte sie »dass eine gute Archäologin nie ganz verloren ist. Immerhin weißt du, wo man eines schönen Tages deine sterblichen Überreste ausbuddeln wird. Halleluja!«

Inzwischen hatte sie eine windige, nachtumhüllte Lichtung erreicht. Lange Nebelfahnen veranstalteten einen Schleiertanz über einem rauschenden Bach, dessen mattes Funkeln ihr wie der Schimmer eines bösen Weihnachtsmärchens erschien. Sie hatte auch das Gefühl, ein Heer von Schatten schliche sich an sie heran.

Ein Nebenarm der Navisence, dachte sie, vielleicht die Gougra – es konnte nicht anders sein. Sie war vorerst raus aus dem Wald. Links zeigten sich schroffe Ufermoränen und -wälle, aber immerhin auch schneefreie Felsen und spärliche Vegetation. Aus den Spalten tropften graue Farne wie ausgefranste Bärte ins Wasser. Und etwas flog daraus auf – Nachtfalter, Schleiereule oder Fledermaus? Während L. von Stein zu Stein hüpfte, um nicht in den wenig einladenden Flusslauf zu fallen, war es schon wieder verschwunden.

Du schaffst das schon, L., alte Kältegängerin ... Sieh dich nur an: Alles, was du bist, was du an dir hast, von den Fußnägeln bis zum Ohrenschmalz, hat die Urfrau in bestimmten Stadien der Evolution befähigt zu überleben. Auch du hast alles dabei – Haare, Haut, Fettreserven, Muskeln, Sehnen, Augen und Ohren. Pass halt auf, dass du dir keine Frostbeulen holst ...

Die Idee, sich einfach am anderen Ufer irgendein Erdloch zu suchen und auf den Morgen zu warten, packte sie gerade mit Macht, als das weit entfernte Geräusch eines Motors sie aufhorchen ließ.

Jorne? Vielleicht suchte er ja die Landstraße ab. Nein, es war ein anderer Motor, etwas Größeres, wie von einem Truck. Unschlüssig raffte sie ihre Kutte zusammen und legte einen Zahn zu. Das Motorengeräusch war plötzlich verstummt, dafür hörte sie etwas anderes: Die gestärkten Flügel der Riesenhaube streiften immer wieder vertrocknetes Laub von den Ästen, und dieses Geräusch erinnerte sie an den röchelnden Atem der Mutter. Was hatte sie ihr zum Abschied gesagt? »Lange wandeln die Gottlosen auf bequemen Pfaden, doch das Ende ist der Hölle Abgrund …« Ein paarmal blieb sie stehen und überlegte, ob sie die Nonnenkluft nicht besser ablegen sollte, doch bei dieser Affenkälte durfte sie nicht wählerisch sein.

Am anderen Ufer des Flusslaufs angekommen, lauschte sie in die Nebelwatte hinein. Nichts. Außer dem eigenen keuchenden Atem und diesem Nachtvogel, dessen Krächzen sich immer heiserer anhörte. Hatte sie sich getäuscht?

Sie konzentrierte sich jetzt darauf, möglichst geräuschlos zu gehen, doch vergebens. Das Knirschen ihrer Schritte schien alles zu übertönen, sowohl den gluckernden Fluss als auch den auf- und abflauenden Wind, der es gelegentlich schaffte, die Nebelschwaden auseinanderzutreiben. Was sie in solchen Augenblicken sah, war nur dichter, finsterer Wald.

Es ärgerte sie in diesem Moment, dass sie nicht von der Mauer gesprungen war. Denn eines war klar: Hätte sie sich den Knöchel verstaucht oder einen Knochen gebrochen, der gute, alte Jorne hätte sie ohne Rücksicht auf eigene Verluste zum Auto geschleppt. Er war halt ein Mann und in solchen Situationen gezwungen, den Helden zu spielen. Mit ihrem Starrsinn hatte sie sich selbst in die Bredouille gebracht.

Sie fragte sich, wie lange sie brauchen würde, um das *Filou* zu erreichen. Drei, vier Stunden? Im Rhonetal konnte sie selbst zu dieser späten Stunde ein Taxi anfordern. Obwohl sie wusste, dass die Zeit elastischer war, als eine Uhr anzeigen konnte, war ihr ebenso klar, dass Jorne spätestens im Morgengrauen seinen Café Crème austrinken, zahlen und heimfahren würde.

Der Pfad, dem sie jetzt folgte, bildete ein paar unnötige Schlenker – als wäre einem Provinzplaner der Zeichenstift ausgerutscht – und endete dann auf einer Forststraße, die sich das Unterholz schon halb zurückgeholt hatte. Die Radfurchen, die sie sah, waren frisch. Dem Profil nach ein größerer Lkw, der seine Wintergummis mit

Schleuderketten aufgepeppt hatte. Dann hatte sie sich also doch nicht verhört. L. wollte schon weiter, als sich die Ecke einer Mauer aus der fröstelnden Dämmerung schälte. Noch konnte sie nicht sagen, zu welcher Art Gebäude diese Mauer gehörte, aber eines war klar – sie war endlich raus aus der Milchflasche. Der dichte Nebel löste sich in feine Dunstschwaden auf. Was übrig blieb, war die Gewissheit, vor den Überresten eines undefinierbaren Bauwerks zu stehen.

Sie folgte einem aufgeweichten, widerlich schmatzenden Pfad. Alles um sie herum war plötzlich von Rinnsalen, flaumigen Pfützen und welken Farnkrautwogen durchzogen. Sie glaubte, etwas Unreines, Widernatürliches zu atmen, wie die gefrorenen Sporen von Schimmel und Schwamm, die in ihrer Lunge zu neuem Leben erwachten. Letztendlich schien die Ursache aber eine wilde Müllkippe zu sein, die hier angelegt worden war.

Kaum mehr sichtbare, von Sumpfmoos überwucherte Stege und geborstene Ziegel schienen hie und da Behelfsbrücken zu bilden. Grau webte der Nebel über den metallisch schimmernden Tümpeln und verbarg etwas hinter dem Röhricht – so lange, bis ihre Nase fast das roststarrende Gitter eines uralten Werktors berührte. Wie durch den Brustkorb eines Skeletts sah sie auf ein Gemäuer, vielleicht eine Manufaktur oder Fabrik aus den Tagen der industriellen Revolution. Das über dem Werktor stehende Wort ALUSUISSE 1905 ließ an dieser Einschätzung keinen Zweifel aufkommen. Einmal mehr zeigte die angeblich so sanfte Pflanzenwelt ihr wahres Gesicht: Das zu Hecken aufgeschossene Unkraut hatte im Laufe eines Jahrhunderts nicht nur die Mauern niedergedrückt, seine Wurzeln hatten sich auch bis in den letzten Winkel der Montagehallen gebohrt, um dort die Böden zu sprengen. Aus Fenstern, die wie von einem Feuersturm ausgeglüht wirkten, wucherten jetzt Schlingpflanzen, und das einstige Fundament war zu einem Humus aus Flechten und Schimmelpilzen verkommen.

Daher also dieser Geruch. Das befremdende Gefühl, verloren zu sein, schnürte L. die Kehle zusammen, und doch war das nicht der

Grund, warum sie plötzlich mitten in der Bewegung erstarrte: Vor der Einfahrt des ehemaligen Werktors stand eine behelfsmäßige Ampel. Eine Autobatterie versorgte die glutrote Leuchte mit Energie.

Halt, dachte L. HALT! In der Stadt wäre ihr das nie eingefallen, aber hier in tiefster Wildnis, vor einer Ruine, glaubte sie, dem Lichtzeichen gehorchen zu müssen. War es vielleicht eine Warnung, das Gelände nicht zu betreten, oder gab es eine Baustelle, in die man von hier aus noch nicht einsehen konnte? In den Bergen konnte ein Signal viele Ursachen haben.

Während sie noch die Lage abschätzte, hörte sie plötzlich das gurgelnde Geräusch eines Anlassers. L. glaubte im ersten Moment, ihre Einbildung spiele ihr einen Streich. Kurz darauf konkretisierte sich der Laut im Nageln eines Dieselmotors. Etwas brachte die Fensterhöhlen von innen zum Leuchten. Es konnte sich nur um Scheinwerfer handeln. Das nächste Geräusch, das sie hörte, war das Knirschen von schweren Reifen, unter denen Schutt und Scherben zerplatzten.

Obwohl sie wusste, dass es nur ein Fahrzeug sein konnte, war sie doch überrascht, als sich die Front eines schwarzen Lkws zeigte. Über dem Bullfänger des Trucks loderte eine doppelte Reihe Nebelscheinwerfer. Verchromte Schweller, Schmutzflossen, Schmuckbleche und extrabreite Luftaustrittskiemen sowie eine rosa beleuchtete Kabine verliehen dem Frigo das Aussehen eines japanischen Dekotora. Wäre nicht die profane Beschriftung THERMO KING gewesen, L. hätte vielleicht augenblicklich das Weite gesucht. So aber erschien ihr der Wagen als willkommenes Fluchtfahrzeug aus der eiskalten Falle, in der sie sich seit Stunden befand. Sie holte einmal tief Luft und trat dann, die Arme schwenkend, aus ihrem Versteck.

Der MAN TGL bremste sofort, ein Summen, und das Seitenfenster des Fahrerhauses senkte sich auf halbe Höhe.

»Was für ein Schlackerwetter«, tönte es aus der Kabine.

L. brauchte ein paar Sekunden, um das, was sie sah, zu verdauen. Auf den ersten Blick wirkte dieser Fahrer fast wie ein Doppelgänger einer gewissen deutschen Schlagerikone – was nichts heißen will, da jeder hellhäutige Mann mit Blindenbrille und einem flotten, blonden Mopp auf dem Kopf an den singenden Froschaugen-Johnny erinnert.

»Was bringt Sie in diese gottverlassene Gegend? Ein Flugzeugabsturz, oder hat sich die kleine Friedenstaube vielleicht nur verirrt?«

L. rümpfte zum Schein die Nase, aber die tropfenden Flügel der Haube bewiesen, dass sie von Kopf bis Fuß eingeweicht war.

»Gott zum Gruß!«, rief sie zu dem Fahrer hinauf. »Wo fahren Sie hin, guter Mann?«

Unauffällig versuchten ihre Augen das Kennzeichen auf dem Bullfänger zu entziffern, doch Schneematsch und Dreck hatten es unkenntlich gemacht.

»Nach Basel solls gehn, zum Rheinhafen.« Der Fahrer linste über den Rand seiner Brille. »Wenn das Ihre Richtung ist, Schwester …«

L. stampfte einmal auf, nicht aus Enttäuschung, sondern um dem Fahrer ihre Stiefel zu demonstrieren. »Kennen Sie zufällig eine Raststätte namens *Filou*?«

»Filou, Filou … und aus bist du!« Der Fahrer lachte kurz auf. »Ein Heidenkeller vor dem Herrn! Wenn Sie nicht die Schneekönigin sind, dann müssen Sie eine von diesen furchtlosen Gletschermissionarinnen sein, hab ich recht? Na, wird auch Zeit, dass jemand kommt, den Säufern mal so richtig die Leviten zu lesen. Kommen Sie, ich fahre Sie hin.«

»Versprochen?« Sie wollte nur raus aus der schneewasserbesoffenen Kälte.

»Aber ja, Hand aufs Herz, ich fahre Sie zum *Filou*.«

»Haben Sie auch einen Namen, guter Mann?«

»Thierry LaRue, meine Gnädigste, auch Reserve-Jesus genannt.«

»Was soll das nun wieder bedeuten?«

»Vielleicht, dass Gottes Sohn heute nicht mehr am Kreuz sterben würde, sondern auf einer Kreuzung?« Seine Lippen begannen sich jetzt wie ein Rex-Gummi von einem Ohr zum anderen zu spannen.

»Oder dass er Gottes eisernes Reserverad ist …« Er war im Begriff, die Beifahrertür für sie zu öffnen. »Dann mal rein in den langen Roller! Nehmen Sie Plätzchen.«

L. landete auf einem mit Kunstpython bezogenen Sitz. Das Cockpit des Frigos wirkte kitschig-gepflegt: verchromte Holme, Armaturen in Wurzelholzdekor, eine Hightech-Kaffeemaschine neben der Luke, die wahrscheinlich zum Motortunnel führte. Der Eindruck, in einer rollenden Souvenirbude zu sitzen, war nicht abwegig – hier eine Schneekugel aus Einsiedeln, dort ein Wirrwarr aus Pailletten und Perlen, der sich als eine mit Madonnenmotiven bestickte Gardine entpuppte. Gleich neben einer Herrgottsschnitzerei entdeckte L. ein kleines, gemein aussehendes Haifischgebiss. Die Koje lag hinter roten Boudoirsamtvorhängen mit goldenen Fransen verborgen. Das alles war aber nichts gegen den mit Plastikblumen bestückten Himmel, dessen scharfkantige Blütenblätter die Windschutzscheibe benagten.

»Da staunen Sie, was?« Im Anfahren ließ der Fahrer ein tief gestimmtes Nebelhorn dröhnen. »Ja, richtig, Sie sind in einem fahrenden Herrgottswinkel gelandet. Selbst auf dem Kamikaze-Trail vom Simplonpass – darauf gebe ich Ihnen mein Wort – sieht man so eine Kalesche nicht alle Tage. Oh – die Scheuklappen dürfen Sie ablegen. Wie nennt man die eigentlich?«

»Cornette.« L. war froh, ihren Kopf von der nassen Stoffmasse zu befreien. Die Mütze behielt sie allerdings auf, ihre Irokesenfrisur hätte den Fahrer vielleicht auf dumme Gedanken gebracht.

»Und – hat das Schwesterchen auch einen Namen?«

»L.«

»Elle? Oder Ella?«

»Wie Sie wollen. Manche nennen mich so, andere so.« Sie grinste frech. »Wieso haben Sie sich vorhin Reserve-Jesus genannt?«

»Das ist eine lange Geschichte.« Er musterte sie durch seine Zehn-Dioptrien-Gläser. »Ich war mal Busseelsorger – das rangiert im Verzeichnis der Kirchenberufe noch hinter Gefängniskaplan.«

»Gelobt sei der Herr! Hätten Sie vielleicht noch ein Handtuch für mich?«

»Hab ich.« Der Fahrer reichte ihr eines mit kirchlichem Wappen. Das gute Stück schien ebenfalls ein Wallfahrtsartikel zu sein.

»Besten Dank.« Aus der Nähe fiel ihr auf, dass der Fahrer eigentlich keine Ähnlichkeit mit dem Schlagerstar hatte. Sein Gesicht war von einer widernatürlichen Blässe, die mit ihrer Porzellanschminke mithalten konnte.

Vielleicht hat er ja eine Hautkrankheit, dachte sie noch, oder er kommt aus der Chemo. Das hätte zumindest die Perücke erklärt.

»Tja, ich finde es gut, dass Sie missionieren, denn vor uns liegt wieder mal eine verdammt dunkle Zeit, noch finsterer als dieses gottverlassene Tal.« Der Fahrer zog ein ernstes Gesicht. »Den Taufscheinchristen ist es gleich, was die Römlinge treiben. Wir dagegen – wir echten Christen – wissen, so geht es nicht weiter.« Er sah sie eindringlich an. »Wie kamen Sie zur Mission, schöne Schwester?«

L. antwortete mit einem gekonnten Augenaufschlag. »Als Tochter eines christlichen Fernfahrers blieb mir nichts anderes übrig.«

»Aha.« Die Antwort schien zu gefallen. »Wenn das so ist, dann haben Sie sicher nichts gegen einen guten christlichen Witz?«

»So was gibt's?«

»Und ob.« Der Fahrer ließ kurz das Fernlicht aufblitzen. Bei diesen Witterungsverhältnissen war es nicht leicht, den Rand der Piste zu sehen. »Also: Kommt der Bischof von Chur in seine alte Pfarre zurück. Hier hat sich nicht viel verändert, lässt er seinen Nachfolger wissen. Nur Tisch und Bett sind verschwunden. Das ist leicht zu erklären, erwidert der Pfarrer. Ich habe mir eine Köchin angeschafft.«

»Den kenne ich schon«, fiel L. dazwischen. »Die Köchin ist Tisch und Bett. Wenn sie gekocht hat, geht sie runter auf alle viere, und der Pfarrer stellt ihr den Teller auf den Rücken, um zu essen. Ist Schlafenszeit, dreht der Pfarrer seinen menschlichen Tisch einfach um. Vaterkerl hat den immer erzählt.«

»Vaterkerl?« Der Fahrer öffnete den Mund, als ob er loslachen wollte, doch dann nickte er in Richtung Getränke-Frigor[44]. »Liebe Elle, darauf sollten wir einen trinken. Hier an Bord ist nicht nur für Spiritus Rector gesorgt.«

L. schüttelte den Kopf.

»Wie wär's dann mit einer Latte aus der Negerschweißpumpe? Eine Latte macchiato vielleicht?« Und als sie erneut den Kopf schüttelte: »Ich mache Ihnen doch keine Angst, oder?«

»Eine Witzfigur, die faule Witze erzählt? Ja, die macht mir schon irgendwie Angst.«

»Verstehe.« Der Fahrer kuppelte wie wild drauflos. »Für eine österliche Lammbraut haben Sie einen ziemlich aggressiven Tonfall am Leib. Könnte es sein, dass Sie was ausgefressen haben?« Die Glubschaugen des Fahrers äugten misstrauisch zu ihr herüber. »Ich meine, es ist doch schon ziemlich spät für 'ne Nachtwanderung zum *Filou* ...«

»Und 'ne unfreiwillige obendrein«, konterte L. Sie faltete das Handtuch behutsam zusammen und legte es auf die Verschalung des Motortunnels.

»Erst hieß es, wir machen mal Pause, und dann ließen die mich doch glatt in der Pampa zurück.«

»Soll das heißen, Sie waren mit 'nem Bus unterwegs?«

»Nein, mit 'nem U-Boot, Herr Kapitän!«

»Warum haben Sie dann nicht auf dem Rastplatz gewartet?«

»Hab ich – bis es dunkel wurde.«

»Sie hätten Ihren Chauffeur anrufen können.«

»Ohne Natel?«

»Wie dumm von mir.« Der Fahrer drehte den Kopf hin und her, bis es knackte. »Das Zeugnis eines Unschuldsengels würde nicht überzeugender klingen. Ich meine, dann sind Sie losmarschiert – was blieb Ihnen auch anderes übrig.«

---

44 Bordkühlschrank

Sein ironischer Unterton war L. nicht entgangen, doch sie begann artig zu nicken. »Darf ich Sie auch mal was fragen – was ist ein Busseelsorger?«

Der Fahrer machte zunächst eine Geste, als ob ihn die Frage belustigen würde. »Ein Feldgeistlicher der besonderen Art.«

»Dann waren Sie also im Krieg?«

»Es gibt Schlimmeres, glauben Sie mir.« Er schenkte ihr einen prüfenden Blick.

»Schon mal was von Kaffeefahrten gehört? Die sind so etwas wie Truppentransporte zum letzten Lebensabschnitt. Deine Soldaten sind nicht mehr die Jüngsten, aber sie grölen die Lieder ihrer Jugend und hoffen bei jeder Einkehr, der Schlag möge sie von allem körperlichen Elend erlösen. Wenn man Diabetes hat und dann so bechert … Meine Fresse, was ist dann das?« Etwas auf der Straße hatte ihn aufgeschreckt, denn er straffte sich auf seinem Sitz. »Da vorn …« Trotz der schlechten Sichtverhältnisse schien der Fahrer die Straßensperre schon von Weitem zu sehen. »Polente! Das gibt's doch nicht!«

Und an L.s Adresse: »Also, Schwester, ich kann nur hoffen, dass Sie nicht doch was ausgefressen haben.«

2

Ein Männchen aus symmetrischen Leuchtstreifen dirigierte LaRue mit einer roten Kelle an den Straßenrand. Der Fahrer hatte bereits das Seitenfenster heruntergekurbelt.

»Bonsoir, Monsieur.« Unter dem Rand einer triefnassen Schirmmütze spähte ein Kantonalpolizist in die Kabine. Als er L. sah, pfiff er durch die Zähne: Jolie morceau … Vielleicht hielt er sie für eine Fernfahrerdirne.

Obwohl er leise sprach, fast flüsterte, verstand L. mehr als genug: ein Einbruch im Monastère de Moiry. Man habe die Einbrecher überrascht, aber noch nicht gefasst. Einer sei mit einem Auto getürmt, der andere – mutmaßlich eine Frau – stecke wohl irgendwo in den Wäldern.

L. verschmolz bei diesen Worten förmlich mit dem Beifahrersitz.

»Merci pour l'avertissement!«, rief LaRue, »wir melden uns, wenn wir was Verdächtiges sehen. Bonne chance, commissaire!«

* * *

»Überzeugte Nonne in Zivil, das bist du also …«

Der Gendarm war noch im Rückspiegel des Frigos zu sehen, da legte der Fahrer schon los. Und er begann sie zu duzen. »Um ehrlich zu sein, ich hab mir gleich gedacht, so eine gehört nicht zum Stamm der frommen Frigiden.«

L. hatte zum ersten Mal mit einer Panikattacke zu kämpfen. Mit einem Wildfremden Duzis machen[45] war schon gar nicht ihr Ding. Andererseits hatte der Fahrer bereits den Komplizen markiert.

»Keine Sorge.« Beschwichtigend wedelte er mit der Hand. »Aber belüg mich nie wieder. D'accord?«

---

45 Schweizerisch: duzen

»Ich wollte dich nicht mit reinziehen«, beteuerte L. und strampelte sich aus der Kutte.

»Wie umsichtig von dir. Sag, hast du schon mal gesessen?«

»Crêtelongue.« Es war L.s Standardantwort auf diese Frage. »Drei Monate auf Bewährung wegen 'nem versuchten Banküberfall.«

»Soso. Und was hattest du in dem Kloster zu suchen?«

»Was – soll ich dir jetzt mein Leben vorbeten?« Sie lachte kurz auf. »Ist das ein Lkw oder ein fahrender Beichtstuhl?«

Der Fahrer musste ebenfalls lachen. »Das gefällt mir, chérie. Ich hab dich beim Lügen ertappt, und du gibst mir kontra! Aber im Ernst, was hattest du in dem Nonnenkäfig verloren?«

»Na, was wohl? – Wir hatten es auf den Tresor abgesehen.«

»Die haben einen Tresor?« Er begann anerkennend zu nicken. »Wen meintest du eben mit wir?«

»Meinen Partner. Denkst du, dass ich hier allein durch die Gegend marschiere?« Sie faltete die Kutte zusammen. »Er wollte gerade den Schneidbrenner holen, als die Polypen aufkreuzten.«

»Und als die auftauchten, ist er stiften gegangen.«

»Na und?«

»Du scheinst hart im Nehmen zu sein.« Der Fahrer schielte über den Rand seiner Brille. »Machst du das hauptberuflich?«

»Kannst du so sagen.«

»Verstehe, deshalb hattet ihr auch einen Plan B ...«

»Den haben wir«, bestätigte L., »aber noch nicht ganz in die Tat umgesetzt.«

»Er wartet auf dich im *Filou*«, tippte der Fahrer. »Dann wollen wir ihn mal nicht warten lassen, den Helden. Wie heißt er noch mal?«

»Hombre«, erwidert L. Ihr fiel nichts Besseres ein.

»Ist er Mexikaner?«

»Bist du bescheuert?«

»Aber wieso? Ich kannte mal einen, der nannte sich Hondo ...«

»Klar doch, immer mit dem Fenster ins Kreuz! – Und was fährst du Schönes spazieren?«, fragte sie dann, um den Spieß umzudrehen. »Oder ist das ein großes Geheimnis?«

Der Fahrer schob die Brille auf den Rand seiner Mütze und musterte sie mit geröteten Augen. »Leichen.« Und als sie nur den Kopf schüttelte: »Was denn? Es ist noch gar nicht so lange her, da wurden auf der A4 in Österreich einundsiebzig Chings in 'nem Frigo entdeckt … durchgefroren wie Fischstäbchen.« Er beobachtete sie aus dem Augenwinkel. »Na gut, ich fahre Schnittblumen. Eigentlich sind es Grabgestecke – vom Blumenmarkt in Neapel. Ungewaschene, braune Kinderhände haben diese Bouquets für einen Hungerlohn arrangiert.«

»Was du nicht sagst. Und die fährst du um diese Uhrzeit im Eifischtal aus?«

»Natürlich nicht.« Es war, als habe er mit dieser Frage gerechnet. »Mein Navi spielt seit Tagen verrückt, und bei dem Nebel hab ich mich einfach verfranzt.«

L. nickte, obwohl sie die Antwort nicht für glaubwürdig hielt. »Aber du findest heute noch aus diesem Schneeloch heraus?«

»Klar. Und wenn ich dich auf Händen zum *Filou* tragen muss!« Der Fahrer sah sie treuherzig an. »Ja, der Reserve-Jesus ist auch ein Romantiker. Obwohl er Benzin im Blut hat und deshalb nie ein Feuer auspinkeln sollte! Har-har-har…«

Es klang wie ein Schlusspunkt, doch L. hielt es für klug, das Geplänkel nicht einschlafen zu lassen. Obwohl es eigentlich keine eindeutigen Anzeichen gab, wusste L. in diesem Moment, dass dieser Typ neben ihr einen Dachschaden hatte. Nur die Größenordnung stand noch nicht fest.

»Wie lange machst du das schon?«

»Was? Blümeli fahren? – Zwei Jahre. Bringt gutes Geld, und die Sozialleistungen stimmen. Die *Fringe Benefits* sind auch nicht zu verachten.«

»Sind das Zulagen?«

»Nein, sexuelle Begleiterscheinungen.« Er schielte zu ihr herüber, als habe er einen Knick in der Optik. »Schon mal nachts an 'ner Gotthard-Raststätte gewesen? Nein? Da stehn sie die Ausfahrt entlang – kein edles Stöckelwild, sondern Amateurnutten mit Pappschildern vor den Zitzen. Ab und zu ist auch mal 'ne gefüllte Junkie-Gurke dabei – 'ne Schwangere, meine ich. Sind oft Töchter aus gutem Hause, frisch aus dem Internat abgehauen. Andere sind osteuropäische Bübinnen, Dirnennachwuchs, der auf Campingplätzen anschaffen geht. So ist das nun mal in Heidi-Land: Wer nicht spülen will, muss bumsen.«

»Was du nicht sagst.« L. hielt das Gerede für testosterongetränktes Fernfahrerlatein. »Trotzdem viel Action für ein bisschen Sex, Drugs und Rock'n'Roll.«

»Keine Drogen und schon gar keine Technomusik«, sagte der Fahrer. Sein Mund begann vor Erregung zu zucken. »Alles andere ja. Hab halt ein Schmetterlingsnaturell. Bei der heutigen Jugend werd ich immer ganz schwach. Es könnte natürlich auch sein, dass die Teens ihrerseits nicht besonders wählerisch sind. Man riecht anders, wenn man wochenlang fährt. Die Mädels riechen den Harnstoff und schlagen gnadenlos zu.«

»Hast du eben was von Harnstoff gesagt?«

»Hab ich. In dem Alter können sie noch alles aus einem einzigen Urintropfen lesen – wie lang einer ist und wie lang er kann. Und wenn die Pheromone mitspielen, gibt es nichts, was so ein biologisches Triebwerk aufhalten kann.«

Er warf den Kopf in den Nacken und stieß einen Laut aus, der mit einem echten Wiehern mithalten konnte. »Manche sind auch nicht ganz richtig im Kopf. Gestern Abend zum Beispiel, da hatte ich so ein kleines Gerät an der Backe, ich meine, diese Zutzi-Mutzi war völlig plemplem. Erst turnte sie hier nackt durch die Gegend, aber danach hat sie sich hinter dem Vorhang anziehen wollen ...«

»Danach?«, fragte L. betont lässig.

»Nicht, was du denkst. Das Schlesierlied hab ich ihr gesungen und als Zugabe die Nummer vom ollen Rex Dildo[46] – Immer nur Bananen ... Rex bevorzugte männliche Groupies und wollte alles zum Mondscheintarif, aber er hatte es drauf – vokal, meine ich.« Er warf ihr wieder einen Seitenblick zu.

»Na schön, irgendwann ist es dann doch zur Sache gegangen und da das Kabinenlicht brannte, hat es von der Gegenfahrbahn wohl ausgesehen wie eine Peepshow auf Rädern. Viele Kollegen haben anerkennend gehupt, und ein Spaghettitrucker wäre fast in den Straßengraben gerauscht!«

Ich muss ihn bis zur nächsten Tankstelle hinhalten, dachte L. Doch das konnte dauern. Fast schien es ihr, als schiebe der Truck eine einzige, tonnenschwere Nebelwand vor sich her. »Ein Wunder«, sagte sie dann, »dass du dein ... dein kleines Gerät wieder losgeworden bist.«

»Das hab ich so nicht gesagt.« LaRue lüftete den Vorhang so weit, dass L. einen nackten Fuß sehen konnte. »Poft hier einfach so durch, aber in Basel schmeiß ich sie raus.«

Die Enthüllung löste in L. eine sonderbare Beklommenheit aus.

»He, du dachtest doch nicht, der Reserve-Jesus fantasiert so vor sich hin?« Seine Stimme bebte vor Mitteilsamkeit. »Ne, Schwesterchen, als Kind der Straße kenn ich kein anderes Leben.«

»Soll das heißen, du stammst auch aus einer Truckerfamilie?«

L. täuschte verhaltene Begeisterung vor. Es war Teil der Push-and-Pull-Taktik, die ihr einmal in einer Telefonmarketingfirma beigebracht worden war: einen Gesprächsfaden finden, Zauberworte wählen und Killerphrasen vermeiden. All das würde den Fahrer daran hindern, auf dumme Gedanken zu kommen.

»Ich sagte ja, mein Alter war Trucker.« Der Fahrer schien nachdenken zu müssen. »Meinte immer, er habe mich in einem Stau auf

---

46 Rex Gildo: Viva la Fiesta, Ariola

der Austostrada del Sole gezeugt. Zu einem Chanson von Jacques Brel. Trotzdem kein schlechter Kerl, ich meine, immerhin besser als zu Juliette Gréco, falls du dieses Klageweib kennst.« Er zog ein verknautschtes Gesicht. »Kurz und gut, mit siebzehn saß ich das erste Mal bei ihm auf dem Bock. Bin mit ihm nach Bella Italia gezottelt, für die Fleisch-Zett – schon mal gehört? Viele bleiben da hängen, obwohl der Job ziemlich langweilig ist …« Er hatte sich eine Flasche geöffnet und nahm einen Schluck. »Ein Kumpel erzählte mir dann von einem Tourikutscher in Genf und dass der einen auf Busgangster macht – du weißt schon, die übliche Kaffeefahrtgaunerei. Er nannte seinen Schwindel ›Interdiözesane Wallfahrten‹. Offiziell ging es nach Einsiedeln, nach Assisi oder Montichiari, doch unterwegs gab es Weinproben – das war der Trick. Am Ende einer solchen Tour hat er den Leuten dann alles andrehen können: tibetanische Wunderpillen, Dampfkochtöpfe aus China und kurzschlusssichere Krabbeldecken für sage und schreibe tausendachthundert Tacken. Der hat so ein Vermögen gemacht! Aber für mich, den Busseelsorger, war es natürlich die Hölle.«

»Wegen der Kutte?« L. hatte das Kloster noch nicht überwunden.

»Ach was, nur schwarzer Rolli war Pflicht.«

»Wieso war es dann die Hölle für dich?«

»Na ja, der erste Bus, den ich fuhr …« – LaRue wirkte wie von Erinnerungen gequält – »war ein Autocar ohne eingebautes WC. An Bord gab es nur eine Campingtoilette. Zudem hatten die Pilger den ganzen Tag über gebechert. Wer kotzt, muss putzen, hab ich denen gesagt, und deshalb ließen die andauernd anhalten: ›Herr Schofför, bitte rechts ran, sonst platzt mir die Blase!‹«

Fast hätte L. gelacht, denn als Stimmenimitator war der Fahrer nicht schlecht. »Ich will nicht näher erläutern, was man auf einer Carreise unter Notfall versteht. Nur so viel: Das war fahrlässig, wie die mit ihren Fäkalien umgingen.« LaRue schüttelte sich. »Noch schlimmer war es, wenn wir einkehren mussten. Vielleicht kann man mit

Gebissen nicht anständig essen, aber die schmatzten und schlürften wie Zombies. Eines Tages wurde mir das zu dumm, und ich habe aus seelischer Notwehr den *Blauen Enzian* gesungen.«

»Du meinst ... Karaoke?«

»Nein, ich meine dieses vollendete deutsche Tischlied.«

»Dann bist du also auch Musiker?«

Diesmal holte der Fahrer tief Luft. »Mädel! Ich hab den Draht schon gezupft, da dachten die meisten noch, ein Solo wäre was Perverses. Aber Gesang war mein Ding. Ich sag dir, kaum hatte ich so im Drosselton losgelegt, da begann auch schon eine Alte zu blöken: ›Unser Leiter hat 'nen Bariton wie dieser Sonnenbrillenheini aus Düsseldorf!‹ Sie fing gleich an zu erzählen, der habe in seinem Haus einen goldenen Lokus, was manche animierte, gleich wieder nach den Toiletten zu fragen. Der Chef faselte was von ›Sie meinen bestimmt Jürgen Drews‹, aber das brachte die Bande nur gegen ihn auf! Zu Recht übrigens, denn der Mallorca-Toaster lässt sich nicht mit dem lebenden Toten des deutschen Schlagers vergleichen – dafür hätte der Reisefiffi eigentlich eins über die Rübe verdient. Natürlich entschied ich mich, den Leutchen nicht den Tag zu verderben. Später nahm mich der Chef dann zur Seite. ›Hör'n Sie mal, mein bester LaRue, als Busseelsorger sind Sie nicht zu gebrauchen, aber Sie haben mich auf einen Gedanken gebracht: Kaffeefahrten mit *Hein O!*‹ Also Hein und ein großes O, Punkt. Kleine Namensänderung, aber die meisten von den alten Eulen hatten ja das Lesen verlernt. Also besorgte ich mir diese Perücke und eine Ray-Ban. Und weißt du was?«

»Was?«

»Mit jeder Fahrt wurden die Trinkgelder fetter.« Er endete mit einem wohligen Seufzer. »Dafür waren die Touren aber insgesamt eine Tortur. Vielleicht weil diese Pilger immer mitsingen wollten! Manchmal dachte ich, Thierry, du musst die Bande vergiften – besorg dir doch einfach Strychnin. So weit gedacht, gab es schon kein

Zurück.« Er warf einen Blick in den Rückspiegel. »Zu dem Thema kenne ich noch einen Witz.«

»Wieder einen, den ich schon kenne?«

»Lass es mich einfach versuchen: Also, ein Mann sitzt in einer Beiz vor einer Stange Bier und starrt trübsinnig vor sich hin. Kommt einer rein, setzt sich neben den Mann. Der Typ ist ein Streithahn: Erst stößt er den Mann in die Seite, dann verpasst er ihm eine Kopfnuss. Keine Reaktion. Schließlich greift er sich seine Stange Bier und trinkt sie aus. Als der Mann noch immer nicht reagiert, fragt der Streithahn: Sag mal, stört es dich eigentlich nicht, was ich da mache? Komm, lass mich in Ruhe, sagt der Mann. Eigentlich wollte ich heute Morgen mit dem Auto auf die Gegenfahrbahn fahren, aber dann sprang der Motor nicht an. Dann wollte ich mich erschießen, aber das Gewehr hat Ladehemmung gehabt. Und jetzt wollte ich ein Bier, das ich herzhaft mit Gift vermischt habe, trinken, und dann säufst du es aus!«

3

Manchmal reicht es nicht zu wissen, warum das Gehirn eines anderen Menschen gerade denkt, was es denkt. Eine böse Vorahnung schob sich L. wie ein Kloß in den Hals. Jetzt nur nicht den Gesprächsfaden abreißen lassen. Was hatte ihr der Trainer aus dem Callcenter immer geraten? – Wenn Sie dem Kunden ins Wort fallen müssen, dann aber richtig.

»Soll das heißen, du hast deine Senioren vergiftet?«, brach es aus ihr heraus.

»Natürlich nicht! Aber ich war kurz davor, so kurz, sag ich dir.« Er formte mit Daumen und Zeigefinger einen Spalt, der in jedem Bibelkurs als Nadelöhr durchgegangen wäre.

»Das Ganze erledigte sich eh von selbst, als hätte Gott meine Gebete erhört.« Er ließ das ein paar Sekunden so stehen, aber L. fragte nicht nach, und so musste er von sich aus erklären, was für L.s Wohlbefinden besser ein Geheimnis geblieben wäre: »Der Schlamassel passierte in den Weinbergen von Varen-Salgesch, in der Nähe einer Kapelle mit einem Malteserkreuz auf der Kuppeltonsur. Du musst wissen, dass die Kreuzritter des Johanniterordens in der Region Salgesch-Varen-Leuk vierhundert Jahre wie die Wilden gehaust haben. Viele Kellereien der Umgegend stammen noch aus einer Zeit, als es im Heiligen Land eher unheilig zuging. Ich kutschierte jedenfalls meine Pilger durch eine rebengesegnete Gegend zu Tal – wunderschön war das –, doch statt Oh Herr, gib Gas! stand ich nur auf der Bremse. Hinzu kam, dass irgendeine zahn- und zeitlose Alte andauernd nach den Ladinern verlangte, doch im Strudelland der Erinnerung hast du nicht immer alles parat. Kehre um Kehre ging es da in einer Steilheit hinunter, das war nicht mehr schön. Ich konnte nicht schneller fahren als dreißig, ich meine, mir sind ja vor lauter Frömmelei bald ein paar Flügel gewachsen. Ganz rammdösig war ich von dem

Trott, und meine Kurztripper aus Interlaken – da kamen sie her – blähten so vor sich hin. Sie hatten frisch aufgetauten Rehpfeffer aus der Mikrowelle verdrückt, das tut selten gut.«

Er schluckte ein paarmal, als habe er mit richtig üblen Erinnerungen zu kämpfen. »Es war dieses verflixte Jahr 2004, die Ladiner hatten gerade den Grand Prix der Volksmusik abgeräumt – mit *Beuge dich vor grauem Haar* –, und ich weiß nicht, ob das mit rechten Dingen zuging, aber meine Oldies, die haben sich darüber lustig gemacht. Einer meinte, die Idee wäre von Camillo Felgen geklaut. Der hatte *Ich hab Ehrfurcht vor schneeweißen Haaren* schon vorher gesungen.«

Wohl um zu beweisen, dass er wusste, wovon er sprach, begann er eine Strophe zu schmettern:

Für die lieben, alten Menschen,
die das Leben nie verwöhnt,
hat mein Herz ein warmes Lätzchen,
das sie mit der Welt versöhnt.

»Es hieß natürlich Plätzchen, nicht Lätzchen, doch das behielt ich für mich, denn meine Oldies hatten sich schon vorher wie die Kesselflicker gezankt, wegen 'nem anderen Knittelvers.« Unvermittelt fuhr er fort: »*Beuge dich vor grauem Haar, höre, wie's damals war, Weisheit kommt aus ihrem Mund, weise Worte sind gesund.* Meine Oldies begannen wieder zu nörgeln. Sie behaupteten, es hieße *Weise Worte machen wund.* Manche haben daraufhin so richtig dreckig gelacht, aber ich hab das echt nicht kapiert. Mal ehrlich, muss man nicht wahnsinnig sein, um das zu versteh'n?«

»Erzähl weiter«, ermunterte L. den Mann, der sich Reserve-Jesus nannte.

»Schön. Wir hatten also diese Klappfernsehteile im Bus. Um sie abzulenken, hab ich gefragt, ob sie vielleicht einen Film sehen wollten – Hau-Hau, Lach-Lach oder Herz-Schmerz? Was so viel heißen sollte wie: Action, Comedy oder Schnulze? Und weißt du, was sie geantwortet haben? Ficki-Ficki. Die Bande wollte Sexfilme sehen!

Die hatte ich aber nicht, ich meine, kein Schweizer Car hat Sexfilme im Programm. Also psalmodierten sie weiter von Kronen aus grauem Haar und anderem Mist. Am liebsten hätte ich mir die Finger in die Ohren gesteckt, und zwar bis zu den Handwurzelknochen! Die Sonne stach mir an diesem Tag brutal in die Augen. Und dann kam es, wie es kommen musste: So eine Alte – ich glaube, sie nannte sich Klothilde – quengelte, ich solle endlich *Fiesta Infernale* anstimmen. Wieder so ein blöder Versprecher. Sie meinte natürlich *Fiesta Mexicana*, aber das kannte sie nicht. Zu allem Unglück zickte auch noch eine Inkontinente herum. Auf einer Strecke von drei Kilometern hatte sie fünfmal ›für kleine Mädchen‹ gemusst. Jedes Mal drückte sie auf den Serviceknopf und verlangte ihre persönliche Rolle. Mädel, ich sag dir, nichts ist widerwärtiger als das Vaginalgelächter von sturzbesoffenen Vetteln am Ende der Degustation. Von dem, was ich im Außenspiegel sah, hätten sich andere, weniger robuste Seelen nie mehr erholt. Oh Herr, sagte ich mir, Herr, suche mich nicht in der Verführung … bitte nicht!« Er schlug die Hände vors Gesicht, um sie eine Zehntelsekunde später wieder ins Lenkrad zu krampfen. »Als der Asphalt immer löchriger wurde und der Bus wie verrückt zu schaukeln begann, hat es mich schließlich gerockt. Ich erbrach Galle – ja, es würgte mich so übel, dass ich anhalten und aussteigen musste. Meine Oldies haben gelacht, während sich mir die Eingeweide umstülpten. Doch dann – ich hing noch immer mit dem Kopf über der Leitplanke – wurde es hinter mir leiser … Und plötzlich war da ein Geheul, als wären alle Verdammten der Erde schlagartig erwacht.«

»Und – waren sie das?«

»Viel besser.« Dem Fahrer waren Freudentränen in die Augen gestiegen.

»Ich hatte vergessen, die Handbremse anzuziehen, und da ein Car Räder hat, bringt ihn diese Art von Unterlassung zwangsläufig ins Rollen. Als ich mich umdrehte, war der Bus in voller Fahrt – ich meine, er sauste bereits rückwärts in die nächste Haarnadelkurve, und weiß Gott, ich habe der Kiste noch nachsetzen wollen, aber es war schon zu spät. Es geht da steil runter, musst du wissen, vielleicht hundert Meter. Ich hörte nur einen einzigen, lang gezogenen Schrei – wie von einem Riesentier, einem Wollnashorn oder einem noch größeren Vieh. Als ich den Bus unten liegen sah, hab auch ich erst mal gejuchzt.«

»Du hast was?«

»Gejuchzt.« LaRue begann mit einer wahren Unschuldsmiene zu nicken. »Dem Jodeln eine Gasse, sag ich immer. Und der Staatskasse hat der kleine Unfall sicher auch nicht geschadet, schließlich waren das alles Rentenschweine gewesen. Objektiv betrachtet lebten sie noch, aber subjektiv gesehen würden sie bald den Löffel abgeben. Verstehst du, wie ich das meine?«

L. schlug das Herz bis zum Hals, doch sie wusste auch, dass sie weiter mitspielen musste.

»Den Film hab ich schon mit vierzehn gesehen«, sagte sie so lässig wie möglich.

»Den Film?« LaRue sah sie voller Bewunderung an. »Also wenn du den Film wirklich mit vierzehn gesehen hast, dann bist du die abgebrühteste Braut zwischen Rapperswil und Saas-Fee.«

»Vielleicht bin ich das.« L. spürte, dass das, was ihr LaRue eben anvertraut hatte, keine Beichte war, sondern ein Test. »Es sind die Flammen der Vernichtung, die die Welt heller machen. Ist es nicht so?«

Der Reserve-Jesus strahlte übers ganze Gesicht. »Was du sagst, spricht meine sentimentale Seite ungemein an. Was zerstört werden kann, muss zerstört werden. So soll es sein. Natürlich ist das Ganze auch irgendwie schrecklich, aber gleich am nächsten Tag gingen mir viele andere Dinge durch den Kopf: All die Kinder, die verhungern müssen, die kleinen Mädchen, die in die Sklaverei verkauft werden – im Vergleich mit diesen Scheußlichkeiten kam ich mir fast unschuldig vor. Der Staatsanwalt sah die Sache natürlich anders, aber bevor sie mich einbuchten konnten, war ich untergetaucht.«

L. starrte hinaus in den Nebel. Obwohl sie gute Fahrt machten, schien dieser Nebel auf der Straße zu stehen. Er löste sich nicht auf, schwebte nicht hoch, sondern wich wie ein schwerer Vorhang eisig glitzernden Perlen zurück, um sich dann wieder hinter dem Frigo zu schließen.

»Heißt das, du wirst polizeilich gesucht?«

»Ich doch nicht!« LaRue tippte an den Rand seiner Mütze. »Ich bin ja ein anderer – ein netter Kerl, der einer Anhalterin hilft. Außerdem hab ich neue Papiere.« Er schaltete einen Gang höher und begann leise zu trällern: *Mein Herz ruft nach Liebe, und was ist der Grund? Die Nacht, die Musik und dein Mund …*

»Wenn du so weitermachst«, seufzte L., »wird deine Freundin noch wach.«

»Freundin?« Der Fahrer warf einen Blick über die Schulter. »Ach, das Sumpfhuhn. Mist, ich hab ihren Namen vergessen.«

»Ein Ritt von fünfzig Kilometern, und du weißt nicht mal, wie sie heißt?«

»Darinka, Danuta … oder doch eher Dana?« Er taxierte L. von der Seite. »Du siehst müde aus, warum haust du dich nicht auch in die Koje? Ist Platz genug.«

L. dachte an Jorne und die Raststätte, an der sie sich verabredet hatten. Beides schien in weite Entfernung gerückt. Ein Blick aus dem Fenster zeigte ihr nur milchiges Grau. Eine Veränderung gab es doch: Seit Kurzem fuhren sie auf ebenerdiger Straße, das Rhonetal war erreicht.

»Wie lange brauchen wir noch?«, fragte sie so beiläufig wie möglich.

»Ich schätze, 'ne Stunde wird es noch dauern. Komm, hau dich ruhig hin, die Koje ist sauber. Und keine Angst«, fügte er lammfromm hinzu, »die Kleine beißt nicht, und ich bin ans Lenkrad gefesselt.«

Dass die Kleine nicht beißen würde, daran bestand wirklich kein Zweifel.

Als L. in die Koje stieg, zuckte sie nicht einmal zusammen.

»Tschuldige, wie auch immer du heißt …« Zaghaft lüpfte L. die Decke und legte sich neben die Anhalterin. Selbst wenn es nur ein halber Meter war, den sie zwischen sich und den Fahrer gebracht hatte, es gab ihr Kraft, sich zu sammeln.

»He, Kleine, bist du wach?« Die Locken rochen nach Schnaps, und tatsächlich entdeckte L. neben dem Kopfkissen einen Gehirnerweicher der übelsten Sorte: Stroh-Rum, achtzigprozentig. Versehentlich streifte sie den unteren Rücken des Mädchens und spürte etwas, das sich wie Strapse anfühlte.

Die Unschuld vom Lande ist sie jedenfalls nicht, dachte L. Aus Furcht vor Filzläusen rückte sie etwas ab. Ihr fiel noch etwas auf: Das Bettzeug, das sich eher wie eine gummierte Thermoplane anfühlte, roch wie desinfiziert.

Vorne wurde gesungen – *Frohsinn, Fetz und Bums Valdera … Wildgänse rauschen durch die Nacht … Rausch zu, fahr zu, du graues Heer!* Der Refrain lullte L. ein. Sie fiel in einen leichten Schlaf, aus dem sie ein harter Stoß aufschrecken ließ. Der Bugspoiler des Trucks setzte jetzt immer mal wieder kurz auf. Hatten sie etwa die Raststätte erreicht?

L. bohrte der Schläferin einen Zeigefinger ins Kreuz. »He, wach endlich auf!«

Die Fahrt wurde noch holpriger, was zur Folge hatte, dass der Körper des Mädchens hin- und herschaukelte. L. ahnte, dass es die Unebenheit eines Waldbodens war.

»He, Kleine, wie immer du heißt …« L. schüttelte die Schlafende so intensiv, dass deren Haar über das Kissen flutete. »Sag mal, bist du taub?«

Der Wagen hatte inzwischen gehalten, der Motor stotterte aus.

Da sich das Mädchen noch immer nicht rührte, beschloss auch L., sich schlafend zu stellen. Vorher hatte sie aber die leere Pulle ergriffen und hielt sie schlagbereit in der Hand. Gespannt wie eine Feder lauschte sie auf das kleinste Geräusch.

»Schwester Elle?« Der Fahrer strich mit der Hand von außen über den Vorhang. »Schlaf ruhig weiter, s'ist alles gut.«

Sie wollte es zuerst nicht glauben, aber draußen öffnete sich die Kabinentür – ein Luftzug bewegte den Samtvorhang –, der Fahrer stieg tatsächlich aus.

»Verdammt, wie besoffen kann eine sein?« Obwohl L. das Mädchen schüttelte, wollte sich kein Fädchen jener Zutraulichkeit spinnen lassen, wie sie sonst schnell zwischen Bettpartnern entsteht.

Ein Verdacht keimte plötzlich in ihr auf, und sie lauschte an dem nach Fusel riechenden Mund und dann an dieser eiskalten Brust. Eine Brustwarze begann in ihrer Ohrmuschel zu kitzeln.

In einem Anflug von Panik teilte L. ein paar Ohrfeigen aus, wobei sie nicht genau sah, wohin sie schlug. Wahrscheinlich hatte sie irgendeinen Schalter getroffen, denn es wurde plötzlich taghell in der rundum verspiegelten Koje. L. sah nicht nur ihr eigenes, schreckensbleiches Gesicht, sie sah auch die verdrehten Augen der Toten, die Würgemale am Hals und die blaugraue Zunge, die in einem der eingerissenen Mundwinkel klebte. Fieberhaft suchte sie nach dem Schalter und knipste das Licht wieder aus.

Sie war stolz, dass sie den Schrei, der vor Sekunden aus ihrer Kehle hätte kommen müssen, abzuwürgen vermochte. Ohne nachzudenken, stieß sie den Kopf durch den Vorhang und holte so lange Luft, bis sie in eine Art Schnappatmung verfiel. Die Fransen griffen wie Spinnenfinger nach ihrem Gesicht, das Geräusch, das sie hörte, stammte von ihren klappernden Zähnen. Reiß dich zusammen, dachte sie. Eine Tote kann dir nichts tun. Ein lebender Psychopath hingegen ist ein ernstes Problem. Andererseits, dieser Psycho hatte ihr seine Lebensgeschichte erzählt. Sollte er eine Seelenverwandte in ihr sehen, hatte sie vielleicht eine Chance.

Panisch grübelnd glitt sie von der Koje und duckte sich hinter den Sitz. Das nur von einem Notlicht beleuchtete Cockpit war verlassen, der Zündschlüssel abgezogen, die Halterung für das Telefon leer.

L. wischte mit der Hand über die beschlagene Scheibe – da war ein flackerndes Licht wie von einem Lagerfeuer in unmittelbarer Nähe des Trucks. Der Nebel war noch dichter geworden, so dicht, dass sie glaubte, Fasern wie von Watte zu sehen. Es schien das graue Netz unsichtbarer Spinnen zu sein, das vielleicht auch dafür verantwortlich war, dass die Äste der Bäume so glitzerten, als seien sie von Diamantstaub bedeckt. Dieses erfrorene Pflanzenchaos schien auf irgendeine Weise mineralischer zu sein als jeder Wald, den sie kannte.

Entschlossen, ihre Haut so teuer wie möglich zu verkaufen, schlüpfte L. in ihren Mantel und vergewisserte sich, dass das Kreuz noch immer in der Brusttasche steckte. Merkwürdig, im Halbdunkel schien es stärker zu glänzen. »Ist das dein Werk?«, flüsterte sie. »Bist du etwa nachtragend, weil ich dich mit Pinguinöl eingeschmiert habe?« Sie ließ das Kreuz wieder in der Tasche verschwinden, öffnete die Cockpittür und stieg aus.

4

Der Fahrer saß mit dem Rücken zu ihr. Er hatte ein großes Lagerfeuer entfacht und röstete Marshmallows an einem Spieß. In der Chiaroscuro[47]-Beleuchtung glänzte sein nackter, fleischiger Rücken wie ein Kreidefelsen, den jemand dick mit Öl eingeschmiert hatte. Dass er nur Anglerstiefel und einen Latexslip trug, war mit Sicherheit nicht der Grund, warum sich das Gefühl von Lagerfeuerromantik nicht einstellen wollte – es war das Kennzeichen des Frigos. LaRue hatte es offenbar mit einem Lappen verhangen.

»Entspann dich, Mädel, das ist nur, damit die Schilder nicht rosten.«

»Schon klar«, sagte sie. »Ist dir nicht kalt?«

»Niemals in der Gegenwart einer so heißen Braut.« Wegen der brutzelnden Eiweißgelatine war er kaum zu verstehen. »Hast du Hunger?« Als er den Kopf drehte, glaubte sie, in seinen Augen ein amüsiertes Glitzern zu sehen. »Das ist echte Pâte de guimauve aus Antwerpen, wirklich was Feines. Danuta meinte zwar, es sei Mäusespeck, aber ich denke mal, sie hat keine Ahnung. Sie ist …«

»… tot.« L. starrte in die Glut des qualmenden Feuers. Jede Faser ihres Körpers war wie gespannt.

»Na ja …« Äußerlich völlig gelassen griff LaRue nach dem Spieß und begann mit spitzen Lippen zu knabbern. »Ich wollte eigentlich sagen, nicht besonders helle im Kopf, aber tot ist sie auch.« Er wischte sich über den Mund und hob die Hand wie zum Schwur. »Ich bin unschuldig! Ich meine, sie ist an lustvoller Erschöpfung gestorben. Die große Frage ist nun, wird Gott mir vergeben?« Sardonisch grinsend wartete er auf L.s Reaktion. »Er vergibt immer, nicht wahr? *All Sünd' hast du getragen, sonst müssten wir verzagen*[48]. Denn in Wirk-

---

47 Helldunkelmalerei, z. B. des Barock
48 Kath. Choral »O Lamm Gottes«

lichkeit profitiert Gott von den Fehlern der Menschen. Er lebt von den Sündern, die er selbst programmiert hat, ihm in die Falle zu tappen. Er hätte alles auch anders einrichten können, aber das wollte er nicht.«

»Wollten wir nicht zum *Filou*?«, fragte L. so kaltschnäuzig, wie es nur ging.

»Wieso? Hast du Angst, dein Freund, dieser Hombre, könnte verduften?«

Über den Rand seiner Brille blinzelte er ihr treuherzig zu. »Ich hab mich verfahren. War immer schon schwach auf der Optik. Ich meine – hast du so was schon mal gesehen? Finsterer könnt' es nicht mal in 'nem Negerarsch sein.«

Die Schwärze, die das Feuer belagerte, hatte vielleicht mit der Dichte des Nebels zu tun. Der verschneite Wald schien in einem Dampfbad versunken, Zweige und Äste schienen wie miteinander verwoben.

»Tja, wir werden wohl abwarten müssen.« LaRue begann sich die Hände zu reiben. Es war offenbar die Eröffnung eines körpersprachlichen Dialogs. »Du gefällst mir immer besser«, sagte er dann. »Die meisten Frauen klappen bei meinen Schädelbasislektionen zusammen.«

Er stand auf und warf den Kopf wie ein Hamlet-Mime zurück. »Bibelfest wie du bist, hast du sicher erraten, wer ich in Wirklichkeit bin: *Denn es muss zuerst der Abfall kommen und der Mensch der Sünde offenbart werden, der Sohn des Verderbens.*«

L.s Lächeln war nur Maskerade; insgeheim suchte sie in ihrer Umgebung bereits nach einer geeigneten Waffe.

»Fahren wir jetzt zum *Filou*, ja oder nein?«

»Das nennt man wohl dem Mitmenschen die Pistole auf die Brust setzen. Aber so läuft das bei mir nicht, Fräulein Friedhof ... Ich breche andauernd Versprechen, die ich mir selbst gemacht habe. Alles klar?«

Es dauerte ein paar Sekunden, bis sie begriff, dass er sie eben mit ihrem Decknamen angesprochen hatte. Trotz der Kälte wurde ihr glühend heiß.

»Kennen wir uns von irgendwoher?«

»Sicher doch. Von diesem Bauernwettbewerb in Sion. Ich war der Bulle mit dem größten Sack …«

»Red keinen Scheiß.«

»Na schön. Ich war das Ferkel mit dem kleinen Ringelschwänzchen …«

»Lenk nicht ab! Du hast mich Fräulein Friedhof genannt.«

LaRue reagierte mit einem Mundwinkelzucken. »Ja und? Ich kann dich schließlich nicht Gruftimaus nennen, obwohl das vielleicht passender wäre.«

Er legte den Schaschlikspieß aus der Hand und wühlte in einer Tüte. »Wie wär's mit ein paar Kohlenhydraten? Sind gut für die Nerven. Es gibt weiße, grüne und rosarote, und alle sind sie weich wie Teeniezungen.« Er nahm die Tüte und hielt sie in den Lichtkreis des Feuers. »Schön, du magst den Namen nicht? Aber Elle ist auch nicht unbedingt das Gelbe vom Ei.«

»Ich heiße L.« Sie machte einen Schritt auf ihn zu, und noch einen … Sie hatte lange Beine, und in diesem Fall war der richtige Abstand entscheidend.

»Das hab ich doch gesagt.« Er drehte gerade den Kopf, als die Stahlkappe von L.s Stiefel seine Kinnspitze traf. Die Wucht des Tritts war so heftig, dass sie den Fahrer nach hinten umkippen ließ.

»Da hast du deine Schädelbasislektion!« LaRues Arme ruderten noch im gefrorenen Laub, als L. auf seiner Brust landete. Mit beiden Händen riss sie den Schaschlikspieß hoch und stach zu. Die heiße Spitze verschwand zischend in seinem Hals. Sie wunderte sich fast, wie schnell er schlappmachte, denn nach einem kurzen, krampfartigen Aufbäumen war es vorbei.

»Das war's für dich, verdammter Endzeitler! Du machst mir keinen Strich durch die Rechnung!« Noch wacklig auf den Beinen, tastete L. nach dem Pektorale. Ihr Mantel hatte auf jeder Seite eine Brusttasche, doch so sehr ihre Finger auch wühlten, das Kreuz war nicht mehr da.

In heller Panik sah sie sich um. Im Flackerlicht des Feuers glaubte sie, in dem Mischmasch aus Laub und Puderschnee einen vertrauten Umriss zu erkennen. Sie kniete nieder, tastete mit den Fingern danach, doch am Ende fand sich nichts – außer einem halb erfrorenen Tausendfüßler, der sich von ihrem Daumen abwickelte und wieder verkroch.

Ganz ruhig, Mädchen. Ein Kreuz von dieser Größe kann nicht einfach verschwinden. Du hast es gerade noch in aller Ruhe betrachtet, erinnerst du dich? Wenn es hier nicht ist, dann sicher im Cockpit.

Die Sache, dass er sie Fräulein Friedhof genannt hatte, ging ihr jetzt durch den Kopf. Alles nur ein dummer Zufall, so wie diese zufällige Begegnung mitten im Wald? Noch immer grübelnd und schon auf der obersten Stufe zum Cockpit stehend, drehte sie zufällig den Kopf, und da war es plötzlich, einen Meter neben der Stelle, wo sie das Laub aufgewühlt hatte – das vermaledeite thebäische Kreuz. Im Schein des noch glimmenden Feuers funkelnd, lag es neben dem leblosen Körper des Fahrers.

Das hast du zweifellos einmal der höheren Warte zu danken, dachte sie, und rutschte die Leiter wieder hinab. Fast auf Zehenspitzen schlich sie in den Lichtkreis des Feuers zurück. Die Augen des Fahrers waren glücklicherweise geschlossen.

»Du bleibst besser tot«, murmelte sie, nicht ganz ohne Grund, denn der Spieß unter seinem Kinn erinnerte sie an den Aufziehschlüssel einer mannsgroßen Puppe, die jeden Moment aufspringen konnte.

Sie bückte sich, packte das Kreuz und ließ es in ihrer Brusttasche verschwinden. Das glaubt mir später kein Mensch, dachte sie, schon gar nicht Jorne.

Sie wollte los, machte einen Schritt rückwärts und noch einen – und trat dann in eine dieser natürlichen Fußangeln, die selbst erfahrene Waldläufer fürchten – Totholz in Form eines Ypsilons, festgefroren im Schlamm. Sie fiel nach hinten, ihr Schädel schlug irgendwo mit dem Geräusch einer platzenden Kokosnuss auf. Ein Fels, dachte sie noch. Irgendein schöner Stein hat hier seit der jüngsten Eiszeit auf dich gewartet. Halb ohnmächtig schaffte sie es, die Augen zu öffnen: Interessant. Unter dem Schnee glaubte sie filigrane Pflanzenskelette zu sehen, bleiche, abgestorbene Bronchien, wie im Brustkorb ihrer Mutter. Die wiedererschaffende und vereinfachende Erinnerung kann sich nicht täuschen. Totenland, dachte sie, jetzt weiß ich immerhin, wo ich bin …

In diesem Moment hörte sie schwere Schritte – etwas traf sie am Kopf, und die Schatten des mondbeschienenen Waldes sprangen sie an.

5

Ihre Ohnmacht wich Kopfschmerzen und der Erkenntnis, dass die gemein aussehende Mündung vor ihrem Gesicht zu einer Pistole gehörte.

Der Schemen dahinter verwandelte sich allmählich in den Fahrer. Sein Hals war fein säuberlich bandagiert. Zu allem Überfluss war er in eine Art Kleppermantel geschlüpft. Die Gummihaut gehörte wohl zu seinem Psychopathenoutfit. Angesichts des Farbtons, der mit den Anglerstiefeln perfekt harmonierte, wollte L. an Zufall nicht glauben.

»Es ist also wieder passiert«, krächzte er. »Friedlich ist die weiße Welt, bis der Knüppel niederfällt[49] …« Ohne Sonnenbrille und bei dem flackernden Licht wirkten LaRues Augen wie die eines gedünsteten Karpfens. »Während ich alles getan habe, das Übliche zu vermeiden, hast du dafür gesorgt, dass sich unsere Begegnung in der Mittelmäßigkeit vorhersehbarer Affekte verliert!««

»Kann verstehen, dass du sauer bist.« L. starrte auf ihre mit Kabelbinder gefesselten Hände. »Was hättest du denn an meiner Stelle getan? Die Leiche in deiner Koje …«

»Ach was, jetzt spiel mir nicht die Empfindsame vor!« Beim letzten Satz prustete er ihr blutigen Schleim ins Gesicht. »Verdammt, tut das weh!« Er bemerkte, dass L. sich aufrappeln wollte, und stieß sie wieder zu Boden. »Eine falsche Bewegung, und ich piss dir in die Ohren, bis es den Dreck rausspült, den du für Gehirnmasse hältst! Was zur Hölle ist los mit dir? Du hättest mich umbringen können!«

»Hast du noch nie einen Fehler gemacht?« L.s Überlebensinstinkt war erwacht. Der Irre hatte zwar ihre Hände gefesselt, doch das hieß gar nichts für einen Menschen mit ihrer Intelligenz. »Na schön, was

---

49 Zeile aus dem »Robbenlied« von Heino, 1978

ich getan habe, war hundertprozentig falsch, aber ich bin nicht bereit, deswegen eine emotionale Hinrichtung zu ertragen ...«

»Eine was?« Der Fahrer kniff die Augen zusammen. »Wie war das eben?«

»Du hast mich genau verstanden.« L. nickte, als ob sie ihm Mut machen wolle. »Ich glaube, es gibt jetzt zwei Möglichkeiten: Du kannst dich entscheiden, mir nicht zu verzeihen. In diesem Fall würde unsere aufregende neue Beziehung – beruhend auf gemeinsamen Vorlieben und Interessen sowie einer nicht unbeträchtlichen körperlichen Faszination – ausgelöscht werden ...«

Die Hand mit der Waffe begann zu sinken. »Oder?«

»Oder du entscheidest dich einfach, über den Dingen zu stehen, und wir können gemeinsam ein glückliches und erfolgreiches Leben aufbauen.« Sie sah ihm direkt in die Augen. »Und – was sagst du?«

Es dauerte, bis der Fahrer einen Ton herausbrachte.

»Du bist wirklich die kaltblütigste Person, die mir je untergekommen ist.« Er zog sie hoch, stellte sie auf ihre wackligen Beine. »Doch ob wir wirklich gemeinsame Vorlieben haben, musst du mir noch beweisen. Komm, ich zeig dir mal was.«

Eine Hand auf die bandagierte Wunde gepresst, dirigierte er sie zum Heck. »Umdrehen, na los.«

Sie machte ein paar hastige Schritte, stolperte und fiel wie von selbst. Zum zweiten Mal an diesem Tag atmete sie den Geruch feucht-modriger Erde ein, das Land der Toten ließ sie offenbar nicht mehr los.

»Herrje, du hast ja zwei linke Füße! Los, komm schon, steh auf! Und keine Tricks.«

Sie rappelte sich auf, wartete, bis er den Wagen entriegelt – und die Hebebühne angeworfen hatte. Um nicht loszuheulen, konzentrierte sie sich auf ein paar rostbraune Tannennadeln im Schnee. Die filigrane Struktur erinnerte sie an Drahtschmuck aus antikem Fer de Berlin ... Für einen Moment saß sie wieder in der Unibibliothek und blätterte in einem Wälzer über sakrale Eisengusskunst – um dann ein gepflegtes Schwätzchen in der Freiluftmensa zu halten.

Den Knauf seiner Pistole im Rücken, betrat sie die Ladeplattform. »Betrachte das, was jetzt kommt, als Vertrauensbeweis.«

Nach einem Knopfdruck schwebte L. sanft in die Höhe. Der Laderaum, den sie jetzt sah, erinnerte sie an den Eingang zu einem unbeleuchteten Stollen, sie glaubte, Kampfer zu riechen oder dieses alte *Blumenfrisch*-Pulver, ihr gestresstes Gehirn ratterte noch weitere Referenzen herunter, es nervte und hörte erst auf, als das Summen der Hydraulik verstummte.

»Nur hereinspaziert … immer den Zurrschienen nach …«

Die Luft im Frachtraum war kalt, bitterkalt. Und mit jedem Schritt wurde der Geruch penetranter. Die aufgestapelten Gebilde, die den Boden bedeckten, schienen plastikverpackte Lilien zu sein.

»Ein Mann, der Blumen liebt, hat eine zartbesaitete Seele. Um ehrlich zu sein, hatte ich damit gerechnet, dass du dich zur Wehr setzen würdest. Aber gleich so? Ich meine, nur weil ich dich in Versuchung geführt habe, heißt das nicht, dass du dem auch nachgeben musst.«

Sie gab keine Antwort. Steif vor Widerwillen, schleppte sie sich weiter: Weiße Amaryllen, von dichten, dunklen Blättern gerahmt, schälten sich vor ihr aus dem Dunkel.

»Noch zwei Schritte, und du hast die Chrysanthemen erreicht!«, rief LaRue. »Sie lassen sich leicht erkennen, ihre Blüten hängen nach unten.«

Unter L.s Füßen knisterte jetzt Zellophan. Ganz zuletzt tauchte ihr Gesicht in feuchtkalte Blätter, sie hatte die Rückwand des Laderaums erreicht.

»Sekunde …« Eine Neonröhre flammte über ihr auf. Im blendenden Licht tanzten die Eurohaken ringsum wie Fragezeichen vor ihren Augen. Dann, als sich ihre Augen an das Licht gewöhnt hatten, glaubte sie, den Verstand zu verlieren, denn zwischen den Blumen lugten überall menschliche Körperteile hervor. Es war ein stückchenweises Erkennen, ein Kombinieren der besonderen Art – hier eine blonde Locke in gelben Forsythien, dort eine violette Brustwarze, die sie auf den ersten Blick für eine Tulpenknospe gehalten hatte. Zwischen langstieligen roten Rosen entdeckte sie ein verdrehtes Auge, gleich daneben ein chartreusefarbenes Knie.

»Es ist vielleicht übertrieben für das bisschen Pulver, das die Natur einem gab, einen eigenen Schießplatz anzulegen, aber sieh dir nur diese kalte Köstlichkeit an – all der Babyspeck und die Fleischklopse. Ja, wie heißt es doch gleich? Habeas Corpus[50] – all das gehört mir.« Er war auf die Ladefläche gesprungen. Eine Rose in der Hand, näherte er sich ihr wie ein tänzelnder Gaukler. »Was denn? Ein bisschen Tiefkühlzauber, und du machst so ein Gesicht?«

Er war vor L. stehen geblieben und machte jetzt mit den Hüften ein paar aberwitzige Bewegungen à la Elvis the Pelvis. »Ich nenne das Ganze meinen Frostblumengarten. Die bunte Vielfalt, wohin du siehst. Ich werfe manchmal ein paar Salatköpfe dazwischen, damit es den Mädels nicht zu langweilig wird. Mit denen können sie sich gut unterhalten …« Er hielt inne, um die Wunde an seinem Hals zu befühlen. »Der Jüngling glaubt zwar, er wüsste bereits über alles Bescheid – ein pulsierender Schwanz in einer wollustheißen Pflaume, ein Auf und Ab in süßer Feuchtigkeit[51] … Doch das ist erst das Amuse-Bouche und nicht mit dem zu vergleichen, was du hier an Früchtchen in meinem fahrenden Kühlkoffer siehst.« Sein Atem blies ihr wie schwüler Dunst ins Gesicht, doch L. versuchte, seinem Blick standzuhalten. Wahrscheinlich gehörte das Fragespiel zum Ritual.

»Was ist? Brauchst du Bedenkzeit? Soll ich was singen?«

L. wollte nichts hören und noch weniger sehen – weder seine Anglerstiefel noch diesen Scheiterhaufen aus Blumengestecken und ge-

---

50 Lat.: Du mögest den Körper haben. Anfang des mittelalterlichen Haftbefehls
51 Frei nach Wilhelm Heinse, »Tagebücher 1780–1800«

frorenem Fleisch. Ihr Blick verirrte sich in die Astern und erkannte dort einen mit Micky-Maus-Socken geknebelten Mund.

»Bist du schockiert?« Mit leuchtenden Augen besah er sein heimliches Reich. »Zu meiner Verteidigung darf ich sagen, dass es allesamt Sterbliche waren. Ich habe nur den natürlichen Zyklus verkürzt.«

Er steckte die Pistole in seinen Gurt und gab L. einen neckischen Kuss auf die Stirn. »In dieser Branche verdrückt man die Früchte erst, wenn sie einem wirklich gehören.« Es klang nach dem Engramm eines längst abgestorbenen Gefühls, das sich noch immer unter seinem Fetisch aus tiefgefrorenen Schenkeln und Brüsten verbarg.

»Nun komm schon …« Er versuchte sie jetzt linkisch zu küssen, was immer wieder gründlich misslang. »Verdammt, willst du die Banane jetzt oder später?«

Um diese fragwürdige Zärtlichkeit nicht erwidern zu müssen, begann sie, die Wunde, die sie ihm zugefügt hatte, zu lecken. *Bin ich Wölfin genug, um seine Kehle mit einem Biss zu zerfleischen?*

»Jetzt mach schon«, quengelte er. »Ich bin kein impotenter Greis wie der Herrgott im Himmel, der immer will, aber offensichtlich nicht kann.«

Während sie ihre kalten Arme um seinen Hals legte, versuchte sie, aufreizend zu grinsen, und dann – eine Sekunde nachdem ihr Lächeln gefror – rammte sie ihm das Knie zwischen die Beine. Er zuckte nicht einmal zusammen, sah sie nur fassungslos an.

»Excusez, mon amour, aber auch unter uns Gewalttätigen gibt es Spielregeln, und die hast du gerade so richtig verletzt!« Seine Stirn knallte ihr wie ein Schmiedehammer ins Gesicht, und sie verlor zum zweiten Mal in dieser schrecklichen Nacht das Bewusstsein.

6

uf seiner Fahrt durch den Nebel grübelte Jorne darüber nach, wieso ein bis ins Kleinste geplanter Einbruch so verdammt schiefgehen konnte. Dass Nonnen durchtriebene Biester sind, war ihm ebenso klar wie der Umstand, dass sie ihren »Christstollen« bei jeder Tages- und Nachtzeit befingern. Was blieb ihnen auch anderes übrig? Dass sie sich dabei unter Altären verkriechen, hatte allerdings niemand voraussehen können. Ebenso wenig, dass sie in der Lage sein würden, von dort aus mit vorsintflutlichen Apparaten zu telefonieren.

Dass L. nicht sprang, als es unausweichlich war, erschien ihm dagegen wie eine grausame Farce. Warum hatte sie ihm von ihrer Höhenangst nicht früher erzählt? Selbst der Stofftierrucksack auf dem Beifahrersitz machte ein vor Sorgen und Gram zerknautschtes Gesicht. Vielleicht war seine Besitzerin ja doch noch gesprungen und lag jetzt irgendwo mit zwei gebrochenen Beinen im Schnee.

»Nein, dazu ist sie zu klug«, murmelte er vor sich hin. »Sie hat den Blitzableiter genommen.« Andererseits – am Berg musste man manchmal alles riskieren, um zu gewinnen. Man musste jede Gelegenheit nutzen, solange sie sich einem bot. Darum hatte er den Kantonalpolypen vor seiner Flucht noch die Reifen zerstochen. Selber schuld, wenn sie ihre Karre unbewacht ließen.

L. wird es schon schaffen, dachte er – und fragte sich im nächsten Moment, ob sie das Kreuz mitbringen würde. Wenn sie ein Durchschnittsmensch war, ein normaler, aufrecht umherirrender Homo ludens des 21. Jahrhunderts, dann würde sie versuchen, aus der veränderten Situation ihren Vorteil zu ziehen: Sie würde sich im Eifischtal einen markanten Punkt suchen und das Pektorale einfach verbuddeln. Dann würde sie sich zu einer Straße durchschlagen, der Straße folgen, ein Taxi rufen, sich zum *Filou* fahren lassen, und da würde sie ihm unter Tränen ein entzückendes Märchen auftischen: Auf der Flucht habe sie das Kreuz doch tatsächlich verloren – ungünstigerweise in einem Sumpf oder im dichten Gehölz. Sie würde die ganz große Vorstellung geben, heulen, jammern, betteln, vielleicht sogar einen Nervenkasper vortäuschen. Und was bliebe ihm dann anderes übrig, als seiner Komplizin zu glauben?

Mit leeren Händen würden sie vor ihren Auftraggeber treten, ihm alles schildern und die Erinnerung an das leider nicht ganz so glücklich verlaufene Abenteuer auf der Davoser Promenade weinerlich in Schampus ertränken. Und das wär's dann gewesen, zumindest für Jorne.

Für L. sähe die Sache schon besser aus. Im nächsten Frühjahr, nach der Schneeschmelze, würde sie einen kleinen Bergausflug machen, das Kleinod ausgraben und an irgendeinen Hehler im Ausland verhökern. Niemand würde je davon erfahren. Das einzig Beruhigende an dieser Geschichte: L. war nicht normal.

Während er den Zeiger der Benzinuhr im Auge behielt, spielte er einen Moment mit dem Gedanken, den »Mann« *zuerst* anzurufen, aber die Lage war noch zu unklar, und der Hehler reagierte schon wegen kleiner Unregelmäßigkeiten mit Panik. Vermutlich hätte er aufgelegt oder sich mit verstellter Stimme verleugnet. Nein, Jorne musste jetzt Nerven bewahren – was nicht leicht war, denn die im Scheinwerferlicht aufleuchtende Zuckerwatte draußen wurde allmählich so dick, dass er fast glaubte, durch Wolken zu fliegen.

Immerhin, ab und zu gab es Geräusche, als streife der Wagen Gestrüpp oder Gezweig. Jorne hielt dann kurz an, stieg aus und begutachtete die Straße und ihren Verlauf aus der Nähe. Manchmal rannte er sogar hoffnungsvoll einige hundert Meter voraus, um eine Abbiegung oder irgendein Hinweisschild zu entdecken,

Mist, dachte er. In seinem Plan klaffte plötzlich ein riesiges Loch. Die Aussicht, das *Filou* zu finden, erschien ihm in dieser grauen Erbsensuppe unter nullkommanull. Während er die mit roten Kringeln und Zahlen bemalte Landkarte studierte, fragte er sich, ob er diesen Aufwand tatsächlich L. zuliebe betrieb.

Ein Verrat in Gedanken ist ein Verrat auf Probe, dachte er und horchte in sich hinein. Nein, da war nichts. Vielleicht war er einfach der altmodische Typ, der die klassischen männlichen Tugenden noch verinnerlicht hat. Somit war er ebenso wenig normal wie seine Chefin.

Immer Ärger mit dem Schwein! Jorne ist gerade aus dem Monte Rosa zurück, die Mehrtagestour steckt ihm noch in den Knochen: Breithorn, Balmhorn, Corno Nero. Zur Dufourspitze hat es glücklicherweise nicht mehr gereicht: Einer der Gäste, ein Bankier aus Monthey, musste dringlichst an seinen Schreibtisch zurück. Der Anruf der Ordnungspolizei erwischt Jorne auf einem Perron.

»Herr Serrano, teilen Sie Ihre Bleibe mit einem Schwein?«

»Was soll das? Seid ihr bescheuert?«

»Nun gibt es Anwohner, die bezeugen, Ihr Mündel führe eine stattliche Sau jeden Tag Gassi. Es sei zu Verunreinigungen auf der Straße gekommen.«

Jorne setzt seinen Rucksack ab.

»Na ja«, sagt er, »aber den Gehsteig hab ich sofort wieder sauber gemacht.«

Seit ein paar Monaten wohnen sie jetzt in einem Haus am Rande von Visp. Ein großes, geräumiges Haus. Und Vreni geht wieder zur Schule. Es macht ihr Spaß, ihr altes Junkiebesteck hat sie entsorgt, sie hält sich für clean. Alles wäre perfekt, wäre da nicht das Schwein im Hinterhof, in seiner mit Stroh ausgepolsterten Badewanne, wo es nachts schläft.

»Das heißt also, Sie haben ein Schwein?«

»Kein Schwein – ein Ferkel!« Jorne hat keine Nerven für ein Katz-und-Maus-Spiel mit den Behörden. »Es ist das stubenreine Zierferkel meines Mündels. Eine Sau – also das ist für mich etwas anderes.«

»Ein Ferkel?« Der Ordnungshüter klingt verschnupft. »Sie wollen mich wohl auf den Arm nehmen? Ich rate Ihnen …«

»Nottötung kommt nicht infrage«, fällt Jorne dazwischen. »Das Tier gehört zur Familie, wenn Sie verstehen.«

»Dann verkaufen Sie es!« Der Anrufer hat die Lösung anscheinend parat. »Am besten an einen Ökofritzen, der Freilandhaltung betreibt. Dann wissen Sie auch, wo Sie am Wochenende mit Ihrem Mündel hinfahren können.«

»Ich werde darüber nachdenken«, gelobt Jorne.

»Aber nicht zu lange.« Und mit einem versöhnlichen Unterton: »Bedenken Sie doch, Menschen und Schweine haben nicht mal in den kommunistischen Kolchosen so eng zusammengelebt. Machen Sie Ihr Ferkel nicht länger zur armen Sau.« Einen Humor hat der Mann …

Der Ordnungshüter ist ein Vorbote drohenden Unheils.

Eines Tages, während Vreni in der Schule ist, klingelt es Sturm. Jorne öffnet schlaftrunken die Tür. Es ist sein Nachbar, ein Typ, den er nur flüchtig vom Sehen her kennt. Einer, der nie grüßt. Barfuß. Unrasiert. Im Unterhemd. So steht er vor Jorne. Und da ist noch etwas, er glaubt, seinen Augen nicht trauen zu können: Der junge Kerl hält ein Brotmesser in der Hand.

»Wo hast du die Sau?«, brüllt er und will an Jorne vorbei. »Dein Vieh war wieder in unserem Garten! Kohl und Krautstiele – alles hin!«

Jorne riecht eine Fahne, versetzt dem Betrunkenen einen Stoß vor die Brust und schlägt ihm die Tür vor der Nase zu.

»Verschwinden Sie«, ruft er, »sonst hol ich die Polizei!«

Von draußen hagelt es Schläge und Tritte.

»Ich krieg das Schwein, verlass dich drauf, und wenn mir die Kleine von dir – diese Dröglerin – noch mal eine Schnauze anhängt, mach ich sie kalt!«

Jorne lehnt an der Tür und zittert. Er bemerkt, dass er am Handrücken blutet. Wahrscheinlich hat er sich an Nachbars Messer verletzt.

Von Jorne zur Rede gestellt, räumt Vreni ein, dass sie Max gelegent-

lich in den Garten des Nachbarn auslässt. »Aber er frisst doch nicht viel! Und dass Max gelegentlich wühlt, ist gut für die Erde.«

Klar. Und diese haselnussbraunen Augen, denkt Jorne. Tatsächlich ist das Ferkel zu erschreckend menschlichen Blicken fähig.

»Tja, im Baltschiedertal konntest du Mad Max frei rumrennen lassen, aber hier ...« Jorne ist immer noch bemüht, einen Ausweg zu finden. »Sag mal, wo hast du ihn eigentlich her?«

»Na, du weißt doch, dass ich mal bei der Tierbefreiungsfront war.« Und als Jorne die Achseln zuckt: »Einmal haben wir nachts auf einer Farm im Waadtland heimlich gefilmt. Das war so was von schlimm! Überall lagen diese halb verwesten Tierleichen rum.«

»Verstehe«, sagt Jorne. »Und wo war Max?«

Vreni nickt. »Da war so ein Käfig mit lauter blutenden Ferkeln. Der Bauer hatte die Schwänzchen gerade kupiert. Das muss angeblich so sein, damit die Tiere sich nicht gegenseitig verletzen. Nur Max hatte er offenbar übersehen.« Sie scheint zu merken, dass etwas nicht stimmt. »Sag mal, wenn die uns hier nicht wollen, gehen wir einfach wieder ins Baltschiedertal.«

»Bitte, Vreni ... es reicht!« Jorne gibt ihr zu verstehen, dass er es nur gut mit ihr meint. »So schnell werf ich nicht die Flinte ins Korn.«

Es klingelt in diesem Moment. Jorne glaubt erst, der Messerartist ist zurück, greift sich den Hammer und öffnet die Tür.

»Jetzt ist aber ...!« Er stockt mitten im Satz, denn er blickt in das zerknitterte Gesicht einer älteren Frau.

»Hallo. Ich bin die Helene.« Verstört starrt sie auf den Hammer in Jornes Hand. »Von nebenan ... die Galliker Helene. Ich wollte mich für das Verhalten meines Sohnes bei Ihnen entschuldigen. Darf ich kurz reinkommen, ja?«

»Natürlich, Frau Galliker – mein Name ist Jorne.« Er schiebt das Werkzeug unauffällig auf die Hutablage im Flur. »Kommen Sie rein.«

Sie sitzen inzwischen zu dritt in der spärlich eingerichteten Stube unter einem Riesenposter des Schweins. Jorne erinnert sich an ein ähn-

liches Foto aus seiner eigenen Kindheit – Erstklässler, Tag der Einschu-
lung, lange her, da hatte er auch so dämlich gegrient. Immerhin, es soll
Schweine geben, die im Zirkus mit Eiern jonglieren und sich deshalb
für etwas Besonderes halten. Aus so einem Talent wird in der lieben
Menschenwelt nicht schon im Ferkelalter Aufschnitt gemacht.

»Wissen Sie, der Mauro – so heißt mein Junge – arbeitet Nacht-
schicht bei der Lonza. Wenn er nach Hause kommt, hat er oft schlechte
Laune und trinkt mal einen über den Durst. Ich glaube auch, er ist es
bitzli neidisch auf Sie.«

»Auf mich?«

»Ja, weil Sie Bergführer sind. Das war mal sein Traum, müssen Sie
wissen.

Leider hatte er nicht die notwendige Kondition. Er ist auch nicht
besonders stressresistent. Und als er sich heute das Brotmesser von der
Anrichte griff, nur weil ich ihm einen der abgefressenen Krautstiele
zeigte, da dachte ich, gleich schlägt's dreizehn!«

»Ist mir auch schon passiert«, beschwichtigt Jorne. »Man ist in der
Küche, schmiert sich ein Brot und wird von etwas gestört. Und schon
rennt man den ganzen Tag mit dem Messer in der Hand in der Gegend
herum!«

Frau Galliker lächelt schüchtern. Sie erinnert Jorne an eine ehema-
lige Primarlehrerin – dasselbe rotschwarz gemusterte Brillengestell, pas-
send zur ausgeschorenen Nackenfotze und der Warze am Kinn …

Warum sie sich die nicht wegmachen lässt, denkt er noch. Wahr-
scheinlich ist sie sich die Kürette nicht wert. Auch der Skipulli mit den
Rentiermotiven, die ausgeleierten Bell-Bottom-Jeans und pinkfarbenen
Crocs wirken wie Relikte aus einer Altkleidersammlung.

»Dann sind Sie Vreni also nicht weiter böse?«

»Das war ich nie«, beteuert die Nachbarin. »Hätte Ihr Mündel mir
nur gesagt … also ich meine, dass sie sich ein Schwinggi hält, dann …
dann … na ja.« Sie sieht sich um, kann Max nirgends entdecken, nickt
dann nach dem Poster.

»Ein herziges Tier.« Die Frau macht wieder ein Gesicht, als wolle sie im Boden versinken. »Bitte tragen Sie meinem Jungen nichts nach. Man steckt halt in den Kindern nicht drin. Aber Sie kennen das ja, Sie als alleinerziehender Vater.«

»Vormund«, sagt Jorne, »Vreni ist die Tochter meiner früh verstorbenen Schwester.«

»Er kümmert sich wie ein Vater um mich«, sagt Vreni. »Ohne ihn wüsste ich gar nicht wohin.«

»Wie lieb sie das sagt!« Frau Galliker sieht Vreni mitleidvoll an. »Wo kommst du her?«, fragt sie in einem sonderbar harmlosen Ton, als rühre sie an einem schlimmen Geheimnis. »Sag mal, es geht mich wirklich nichts an, aber wieso färbt sich ein junges Mädel wie du die Haare ganz grau? Grau wirst du schon von alleine.«

»Es ist nicht gefärbt«, kommt Jorne seiner Nichte zuvor. »Vreni leidet an einer Pigmentstörung ... des Haares. Haben die Ärzte gesagt. Nichts Ernstes.«

»Da bin ich ja beruhigt«, befindet Frau Galliker. Sie scheint das allgemeine Misstrauen der Landbevölkerung gegen die Götter in Weiß nicht zu teilen. »Ich hatte eigentlich nur gefragt, weil es hier Leute gibt, die ein Mädel, das sich die Haare färbt, für eine Dröglerin halten. Sollte ich was hören, sag ich Ihnen Bescheid.« Sie reicht Vreni unvermittelt die Hand. »Auf gute Nachbarschaft, Kind. Ich bin die Helene.« Und mit einem verschmitzten Augenzwinkern: »Weißt du was? Wenn dein Schwinggi so gerne Krautstiele mag, dann heb ich ihm welche auf.«

»Das ist wirklich nicht nötig«, sagt Jorne, doch die gute Frau Galliker ist schon an der Tür.

»Aber das tu ich doch gern! Im Übrigen sind es nur die angefressenen Stiele, die wären sowieso in der Komposttonne gelandet.«

»Sie sind zu gütig«, sagt Jorne.

Am Abend bringt Frau Galliker einen mit Krautstielen und Rüebli gefüllten Waschbottich vorbei.

»Das sieht ja so lecker aus, dass man es am liebsten selbst essen würde«, lobt Jorne.

Die Spenderin wird plötzlich ganz rot im Gesicht. »Aber nein, das Grünzeug ist nicht mal gewaschen. Wenn Sie Krautstiele mit Senfsauce mögen, dann kommen Sie mal zum Essen vorbei.«

»Eine gute Frau, diese Galliker Helene ...«

An diesem Abend scheint Vrenis Welt endlich in Ordnung zu sein. Die Reise von der Tierbefreiungsfront über die Zürcher Zombiemeile in die Suchtfachklinik scheint zu Ende.

»Schade, jetzt hätte ich gerne meine alte Haarfarbe zurück.«

»Wie ist das eigentlich passiert?«

»Falsche Behandlung.«

Etwas einsilbig erzählt sie ihm dann von ihrer Einweisung in die Psychiatrie. Das Drögeln hatte bei ihr offenbar zu einer Paranoia geführt. Zuletzt habe sie wegen eines tropfenden Wasserhahns einen Schreikrampf bekommen. Eine engagierte Polizeipsychologin habe dann den Einweisungsschein unterzeichnet. Dass man sie als bipolar und schwerstdepressiv einstufte, bekam sie nicht mit. Der behandelnde Arzt empfahl die sogenannte Elektrokonvulsionstherapie. Sie verstand nur Bahnhof, der Entzug hatte sie in eine Art geistige Umnachtung versetzt. Sie ließ sich die Hand führen, mit der sie die Vollmachten unterschrieb.

»Wir kriegen Sie wieder hin«, meinte ihr Arzt, der sich als Nachfolger des ehrenwerten Dottore Ugo Cerletti[52] verstand. Angeblich hatte er schon Tausende mit der »Elementargewalt Gottes« geheilt. In der Praxis sah das wesentlich prosaischer aus: Das Therapiegerät war eine Variante des elektrischen Stuhls, Vreni wurde festgeschnallt und zu ihrem eigenen Besten geknebelt. Um sie herum gab es plötzlich nur noch Äskulapschlangen mit Glasaugen und Zungen, so spitz wie Pipetten.

---

52 Ital. Psychiater, Erfinder der Elektrokonvulsionstherapie

»Heile, heile, Gänschen«, meinte die Assistenzärztin und jagte Vreni Stromstöße von einhundertzehn Volt in den Kopf.

»Es war«, sagt Vreni, »wie das Aufflackern und Verlöschen einer inneren Sonne. Am Ende des Tages war ich grau.«

Sie beschloss zu fliehen. Die Gelegenheit bot sich ihr in Gestalt eines moralisch verkommenen Pflegers, der manchmal, wenn sie sich nach der Therapie schlafend stellte, ihre unterentwickelten Brüste massierte. Der Pietätsmediziner schmuggelte seine »Schizo-Vreni« aus der Anstalt heraus, doch bevor er sie in irgendeinem dreckigen Heizungskeller an irgendein altes Bettgestell anketten konnte, machte sie an einer Ampel die Fliege – sie sprang aus seinem Wagen und rannte davon.

»Und so kamst du also ins Baltschiedertal?«

Sie nickt schüchtern. »Wenn du mich und Max nicht abgeholt hättest, wäre ich wohl immer noch dort. Oder wieder in Therapie.«

* * *

Zwei Tage später ist das Schwinggi tot.

Nach blutigem Durchfall und Lähmungserscheinungen ist es friedlich entschlafen. Fassungslos stehen Jorne und Vreni vor der strohgepolsterten Wanne.

»Das ist kein Zufall«, sagt Vreni. »Diese heuchlerische Hexe hat ihn vergiftet!«

Ein schlimmer Verdacht. Sie fahren daher nicht gleich zur Entsorgung, sondern zu einem Veterinär.

Der Befund ist eindeutig: »Ein Virusinfekt, kein Zweifel.« Der Arzt hat Petechien und Exsudate entdeckt, was immer das heißt. Die Geschichte von der nachbarschaftlichen Giftmörderin hält er für wenig wahrscheinlich.

»Mein liebes Kind …« – der Doktor ist kein übler Typ, vielleicht sogar eine Art Philosoph, »ich kann mir denken, wie du dich fühlst, aber die Vergiftung kann viele Ursachen haben. Keiner von uns weiß, wann ihm die Stunde schlägt, so ist das auch für ein Schwein. Eines

steht allerdings fest: In ein paar Jahren hättest du deinen ausgewachse-
nen, kleinen Freund bei einem Schlachthaus abgeben müssen. Du bist
doch schon alt genug, um zu wissen, wo all die Wiener Schnitzel her-
kommen, nicht wahr? 99,9 Prozent aller Schweine auf Erden enden vor
dem Bolzenschussgerät. Dein Ferkel dagegen ist eines natürlichen Todes
gestorben. Das ist auf dieser Welt fast schon ein Privileg.«

Auf dem Rückweg lässt es sich Vreni trotzdem nicht nehmen, bei den
Gallikers Sturm zu klingeln. Niemand macht auf.

Ein rotes, sich langsam bewegendes Licht in der dampfenden Milch-
suppe riss Jorne aus seinen Gedanken. Obwohl er kurzsichtig war,
kombinierte er, dass es eine Polizeisperre oder Ähnliches war. Die
Stelle war ideal: ein nebelverhangener Abhang auf der einen Seite,
eine Suone[53] auf der anderen. Zwei Kleinwagen kamen mit Müh und
Not aneinander vorbei. Jorne bremste, lenkte nach rechts und löschte
das Licht. Zu spät, denn die Lichter vor ihm wurden plötzlich heller,
größer – und er glaubte Stimmen zu hören. Milchige Schemen kamen auf ihn zu, sie warfen lange, graue Schatten voraus, und fast wäre
er aus dem Wagen gesprungen.

Dann erinnerte er sich – an die raue, archaische Bergwelt jenseits
der Straße, auf der er nur ein Fremdkörper war, und erinnerte sich
auch an den Unterschied zwischen einer Blechlawine und einer echten Lawine und dass der Motor noch lief. Da gab er Gas.

---

53 Hist. Bewässerungskanal im Wallis

7

Ls Benommenheit wich einem derart brennenden Schmerz, dass es ihr vorkam, als wäre mitten in ihrem Gesicht ein Vulkan ausgebrochen. Verschwommen sah sie die Glut des Lagerfeuers, den nebelverhangenen Wald, dann den Campinghocker, die Marshmallowtüte, Flaschen, Stricke, halb verdeckt von goldbraunem Laub – und zwei Gummistiefel. Da wurde ihr bewusst, wo sie war und dass es für sie wohl nie mehr Tag werden würde. Ihre gebrochene Nase fühlte sich an wie ein frisch transplantiertes Organ, dessen Schnittfläche erst noch anwachsen muss. Da war auch eine Stimme …

»Sag nicht, ich hätte dich nicht gewarnt. Alles Gute kommt von oben.«

Etwas Warmes ergoss sich über sie. Sie versuchte, dem Plätschern des organischen Springbrunnens zu entgehen, doch ihr Peiniger dachte nicht daran, seine Blase nur halb zu entleeren. Dass er dabei den Welterfolg der Knef grölte, machte das Ganze nicht besser.

Ja, er war nie ein Kavalier bei den Damen … Doch dafür, dafür war er ein Mann!

Danach setzte er sich ihr breitbeinig gegenüber und pochte neckisch auf seinen Tiefschutz.

»Klopf, klopf – die Teile halten was aus. Schade …«, sagte er dann, »es hätte eine romantische Nacht werden können. Der Reserve-Jesus und Draculine … Nun wird es leider eine gewöhnliche Seilnacht und das Ende deiner vielversprechenden Karriere des Bösen.« Er blickte kurz auf. »Eine zusätzliche Chance kann ich dir leider nicht geben, Vertrauen ist das halbe Geschäft, und einer Schlange wie dir kann man nicht trauen. Siehst du den Silberling da oben am Himmel? Das ist kein Mond, sondern Gottes Münze. Bei ihm heißt es nicht Kopf oder Zahl, sondern immer nur Kopf oder Kopf.«

Er zerrte sie auf die Beine und machte sich an ihrem Gürtel zu schaffen.

»Mit gebundenen Händen gibt es kein Glück ... Rex hat das gesungen, aber ich frage mich, ob das wirklich so ist. Kommen wir also zum animalischen Teil.« Er hielt inne, denn das Judaskreuz war aus ihrem Mantel gefallen. Sichtlich erfreut hob er es auf und wendete es hin und her. »Sieh an, wer hätte gedacht, dass jemand wie du religiöse Anwandlungen hat? Gib zu, dir zieht ein Schatten durch die Furche ...«

»Hör auf mit dem Geschwätz!« L. spürte den Hauch einer Chance, das Blatt noch zu wenden. »Dieses Kreuz ist viel wert. Du ... du kannst es haben.«

»Ich hab es doch schon.« Sein wulstiger Mund verzerrte sich zu einem clownesken Grinsen. »Sagtest du nicht vorher etwas von einem Tresor? Ach, verstehe ... Lüge Nummer zwei. Du bist keine Bankräuberin. Und in Crêtelongue hast du auch nicht gesessen. Du hattest es auf dieses gute Stück abgesehen.« Er betrachtete das Kreuz aus der Nähe, als würde er nach einer Punze oder Ähnlichem suchen. »Wenn das Silber ist, kann ich es bei Ebay verhökern.«

»Hör zu, du Narr!«, brach es jetzt aus ihr heraus. »Es handelt sich um das thebäische Kreuz!«

»Und was soll das sein?« Der Ton seiner Frage wirkte gespielt.

»Das Urchristenrelikt! Die halbe Welt sucht seit Jahrhunderten nach diesem Kreuz!«

»Das soll wohl heißen, es ist wirklich so einiges wert.«

»Auf dem Schwarzmarkt? Eine Million, vielleicht mehr. Hör zu, ich kann dieses Kreuz durch ein Auktionshaus verkaufen. Wir teilen uns den Gewinn ...«

»Geld hat mich nie interessiert.« Nachdem er ihre Fesseln gewissenhaft überprüft hatte, packte er L. und legte sie sich, als würde er ein Bügelbrett in die Horizontale bringen, übers Knie. »Es ist nützlich, um an Frauen zu kommen – also nur Mittel zum Zweck. Ich gehe lieber den kürzeren Weg.« Das Messer in seiner Hand sah sie erst jetzt. »Halt still, ich hasse Wachtelklopfen.«

Die kalte Messerspitze schob sich unter ihre Hosenbeine und schlitzte sie auf. Mit Ausnahme des Mantels säbelte er ihr so sämtliche Kleider vom Leib. »Komisch, Frauen mit kleinen Titten haben mich früher immer an Affen erinnert, aber du ... wenn ich dich so sehe, erinnerst du mich eher an eine schneeweiße Kobra. Da krieg ich ja fast entzündete Augen.« Das Messer wanderte die Innenseite ihrer Schenkel entlang. »Na ja, ich werd nicht vergessen, wie giftig du bist.«

L. begann am ganzen Körper zu zittern. Bizarre Gedanken kreisten in ihrem Kopf.

Schöpfungsübel: Man sollte den Begriff verinnerlichen und niemals glauben, dass es Zufall ist, dass Frauen bei der Geburt wahnsinnige Schmerzen ausstehen, Neugeborene oft wie am Spieß schreien und Väter am Rande des Nervenzusammenbruchs ahnen, dass die Nabelschnur eine fürchterliche Verkettung bedeutet. Sie glaubte plötzlich, die Stimme ihres Vaters zu hören:

Ich vermisse den Duft deiner Haut, du Tochter des Satans ... Halt endlich still ...

Sie ist wieder ein kleines Mädchen. Ihr jetziges und ihr damaliges Ich sind für ein paar Sekunden vereint. Aus verblassten Erinnerungen werden böse, bemerkenswert körperliche Wesen – Gespinste der Triebe, die hinter ihr her sind ... Da ist Vaterkerl. In seinem Hirtenmantel und mit dem Weihwasserwedel, den er wie einen Morgenstern schwingt. Aber das ist nicht das Problem: Vaterkerl ist richtig sauer auf sie. Weil sie wieder an ihren Armen herumgeschabt hat.

»Mit meiner letzten Rasierklinge!«, schreit er sie an. »Denkst du nicht einmal an mich?«

Er lässt sie niederknien, nackt am Kopf der gusseisernen Bettstatt.

»Was hast du getan?«, fragt er psalmodisch. Das Laken ist blutverschmiert.

»Du hast gesündigt, Strafe muss sein.«
Er kniet hinter ihr nieder, dringt in sie ein.
»Oh Herr, ich habe Verlangen nach deinem lebendigen Brot ... Er-
nähre mich mit den Sakramenten deines Fleisches, stille meine dürsten-
de Seele mit deinem Blut.«
»Nicht, es tut weh!«
»Das muss es. Denn ich bin der Baum, der Stamm, an dem die
Frucht deines Lebens hängt.« Sie fühlt seine Hand an ihren noch nicht
vorhandenen Brüsten. »Was zierst du dich, mein Honigbrötchen? Ist die
Flasche offen, muss man sie trinken ...«

Das Messer hielt plötzlich inne, sie ahnte, er hatte die kleine, dumme
Tätowierung auf ihrem Oberschenkel entdeckt. Sie schämte sich fast,
denn das, was da stand, ließ vermuten, dass sie doch nichts weiter war
als die Pute, die er in ihr sah.

»Ich kann es kaum lesen, aber steht da wirklich ›God is a girl‹?«

Wie viele Tattoos wären nie gestochen worden, hätte die Besitzerin geahnt, dass sie am Ende ihres Lebens nackt und gefesselt einem
Mörder ausgeliefert sein würde?

»Vaterkerl und du«, sagte sie ohne erkennbaren Zusammenhang,
»ihr hättet euch bestimmt gut verstanden. Er hasste Tätowierungen,
besonders meine.«

»Komm mir nicht mit dem Laienprediger«, sagte LaRue. »Hätte er
auf die Zehn Gebote geschissen, Vater und Mutter geteert und seine
Frau an den Nächsten verhökert, hätte er gelogen, gestohlen und jede
Ohrfeige mit einem Faustschlag erwidert, dann wärst du jetzt nicht in
dieser Situation. Willst du wissen, was Gott wirklich ist?« Er wartete,
bis sie zögerlich nickte. »Er ist nur der Heiligenschein, den man dem
Monstrum der ewigen Zerstörung aufgesetzt hat.« Er drehte sie um
und begann, sie auf den Knien zu schaukeln. »Jetzt hör mal, du musst
dich wegen dieser Tätowierung nicht schämen. Das sind Jugendsün-
den, nichts weiter, und deshalb bist du nicht hier.«

»Weshalb dann?«, presste sie unter Tränen hervor.

»Weshalb, weshalb ... Weshalb eigentlich nicht? Eben hast du noch ein Kloster geknackt und im nächsten Moment bist du Pflanzendünger. Ich hab dafür auch keine Erklärung. Was ich aber ganz genau weiß, hier in diesem Wald – an den Ästen dieser mächtigen Bäume – wurden im Mittelalter Hexen gehenkt. Manche wurden auch geköpft oder verbrannt, je nachdem, wie das Wetter mitspielte. Heute Nacht sprechen die Witterungsverhältnisse eher für ein gemütliches Feuer, findest du nicht? Aber ich überlasse es dir ...«

»Hängen«, sagte sie. Bedenkzeit brauchte sie nicht.

»Respekt«, sagte LaRue. Er stellte sie wie einen Gegenstand auf die Beine. »Auch dafür, dass du jetzt nicht die Heulnummer bringst. Siehst du, ich habe früher in meiner Jugend oft Tränen vergossen, aber es hat mich nie weitergebracht.

Du machst es besser, denn du weißt, das Leben ist nichts anderes als Rumschleimen mit Kakerlaken und anderem Gewürm ... Selbst die wahre Liebe gestattet uns nicht viel mehr, als in verwahrlosten Zimmern und stinkenden Betten zusammen zu altern. Das Leben ist eine Folter unvorstellbaren Ausmaßes! Man sollte froh und glücklich sein, wenn das Ganze ein Ende hat. Andererseits ...« Er steckte das Messer in den Boden und begann, ihren Nacken zu streicheln. »Damals – als ich die zahnlose Brut eliminierte, diese ausrangierten, nach Rotwein stinkenden Madensäcke –, da war es nicht die Sonne, die mich inspirierte, sondern ein Gedanke, der mich zeitlebens gequält hat und mich immer noch quält: was, wenn ich für all das Elend ringsum verantwortlich wäre, was, wenn ich der große Spielmacher wäre? Ich, der verborgene, vom Elend seiner Kreaturen belustigte Deus absconditus ... und nicht der theoretisch uns wohlgesonnene Gott? Selbst Augustinus, der Kirchenvater, hatte dergleichen erlebt – Momente, bei denen die Seele das Wesen des Schöpfers wie einem dunklen Spiegel ...«

»Soll das heißen, du hast den Teufel gesehen?«

»Was heißt hier glauben?« Es klang, als wolle er sie elegant auflaufen lassen. »Ich meine, die Wahrscheinlichkeit, dass ich der Entschöpfer bin, ist nicht geringer als die Wahrscheinlichkeit, dass es Gott gibt – im Sinne eines Accidens dei, eines Zufalls an sich. Muss sich der Pfahl entschuldigen, wenn er in ein Loch eingesetzt wird und wenn darunter die Höhle eines Murmeltiers ist, das er zerquetscht? Das ist doch nicht seine Schuld, oder? Erst recht nicht, wenn es niemanden gibt, der ihn eingesetzt hat. Ich richte es einfach so ein, dass die Frauen sich geben können, wie sie in Wirklichkeit sind, und dann komme ich über sie.«

Mit der Hand löste er die restlichen Kleiderfetzen von ihrem Körper, bis L. nur noch ihre Stiefel und den langen Mantel anhatte.

»Ach ja«, murmelte er vor sich hin. »Ihr säumigen Vergeblichkeiten, wie schön geschmückt sind eure Drüsen. *Nur bis zum Gürtel den Göttern eigen. Jenseits – gehört alles dem Teufel*[54].«

»Ich scheiß auf deine Gnade, du Arsch«, sagte sie kalt.

»Wer hat was von Gnade gesagt?« Leicht beschwingt, als würde er sie zu einem Tanz auffordern, zog er sie auf die Beine und drückte ihr einen Kuss auf die Lippen. »In zehn Minuten hast du's geschafft! Zum Glück ist so eine Seilnacht im Galgenwald immer auch ein rauschendes Fest.« Der selbst ernannte Entschöpfer schleppte sie vor den Auflieger, öffnete den Staubkasten und kramte eine Kiste zwischen den Ersatzkanistern hervor.

»Meine Schmuckschatulle, voilà! Das meiste ist mundgeblasener Baumschmuck aus Lauscha. Ich werde dir was Schönes aussuchen.«

Fast beiläufig begann er mit ihrer Dekoration. L. hatte sich nie für Christbäume interessiert, doch die weißen, wie mit Eis überzogenen Zapfenhänger, die er ihr anheftete, gefielen ihr besser als die roten Kugeln.

---

54 Shakespeare, »König Lear«

»Mich erinnern die immer an angebissene Äpfel«, meinte Gott-Teufel, »den Sündenfall, wenn du weißt, was ich meine.«

Wie die meisten Frauen unterschätzte L. die Formbarkeit ihrer Brüste. Zwei Schlingen aus Girlanden – mehr brauchte es nicht, um aus ihnen zwei Zuckerrüben zu machen.

»Schade«, sagte Gott-Teufel, »dass ich morgen Früh einen Liefertermin habe. Ich habe nämlich eine Gürtelzange im Handschuhfach. Damit könnte ich dir die Schamlippen lochen: Rechts das Schlaggewicht, links das Ganggewicht, und so steht die Hex vor dem Strafgericht! Du würdest staunen, was dieses Organ, das ich den Weibsbildern gab, so alles aushalten kann. Es gehört übrigens zum Wesen der Schöpfung, dass sie das Unglück ihrer Kreaturen genießt.« Er hielt inne und sah sie mit Unschuldsaugen an. »Erregt dich denn gar nicht, was wir hier tun? Eigentlich müsstest du vor Wonneschauern vergehen!«

Zuletzt präsentierte er ihr die zerknitterte Flügelhaube, die sie im Cockpit abgelegt hatte. »Ich weiß, du und das Habit, ihr wärt nie Freunde geworden, aber trag sie noch einmal ... mir zuliebe, chérie.« Er glättete die noch feuchten Flügel der Haube, hielt sie dann hoch, als würde er nach Schmutzflecken suchen. *Sieh die gezierte Dame dort, ihr Antlitz weissagt Schnee in ihrem Schoß ...*[55] Da L. sich noch immer in Schockstarre befand, hatte er leichtes Spiel, ihr die Riesenhaube überzustülpen.

»Steht dir gut, kleine Elster. Und so wirst du fliegen.«

»Von mir aus«, sagte L. »Fick dich ins Knie.«

---

55 Shakespeare, »König Lear«

8

Die Nacht drückte sich L. wie ein feuchter Film auf die Haut, als der Irre sie vor sich herschubste.

»Siehst du die Blutbuche da – den dicken, knorrigen Ast? Der ist für dich reserviert. «

Sie hatte keine Zeit zu prüfen, ob es wirklich eine Blutbuche war, denn er schleuderte bereits ein Seil in die Höhe.

»Das sieht jetzt nach 'ner Tarzangeschichte aus, aber das ist keine Liane, sondern zartestes Hanfseil aus einem Spezialgeschäft für fortgeschrittene Fesselartisten. Ich hoffe, du weißt das zu schätzen.«

L. erwiderte nichts, sie zuckte nur unwillkürlich zusammen, als die Schlinge ihre Schulter berührte.

»Hast du Ahnung von Knoten?« Behutsam, als wäre es ein Geschmeide, legte er ihr die Schlinge um den Hals. »Einst wurde der Zweistrang-Bändselknoten der ›schnellere Galgenknoten‹ genannt. Statt neun Wicklungen hat er nur zwei.«

In Panik hob sie den Kopf. Das raureifverhangene Reisig des Baumes trug noch immer welke Blätter. Ein Dichter hätte vielleicht von Mondlaub gesprochen: rauchgrau, brandgelb, verwaschener Rost … Es war Wahnsinn, dass sie jetzt diese Farben bemerkte, doch immerhin lenkte es sie davon ab, ihm dabei zuzusehen, wie er das andere Ende des Seils am Bullfänger seines Wagens verknotete. Statt des Bändsels machte er hier einen doppelten Palstek, einen Allerweltsknoten, den ihr Jorne mal beigebracht hatte.

»Ich glaube, ich muss dir die physikalischen Zusammenhänge nicht erklären«, sagte LaRue. »Die Zugkraft meiner Maschine auf den Kraftangriffspunkt an deinem Hals …« Er kletterte die Leiter zur Kabine des Frigos hinauf. »Wenn ich den Rückwärtsgang einlege und Gas gebe, dann ist das so, als hätte jemand den Knopf des Aufzugs zum Himmel gedrückt.«

L. hatte sehr wohl begriffen. Die primitive Konstruktion, deren wichtigste Komponente ihr Körpergewicht war, ließ sich am besten als Flaschenzuggalgen beschreiben. Sollte sich der Truck rückwärts bewegen, würde sie am Seil in die Höhe gezogen – über den Ast der Buche hinweg – und als Hängefrau ein letztes Mal die Zunge rausstrecken.

Lieber Gitt, dachte L. Nun ist es also so weit. Obwohl ich genau weiß, dass es keine Seele gibt, mache ich mir fast in die Hosen. Nicht weiter schlimm. Es ist nur die kleine Rache von etwas größeren Neuromodulatoren, die flüssigen Schaltkreisen ähneln. Es heißt, dass selbst die heilige Johanna versucht haben soll, ihren Scheiterhaufen mit dem Inhalt ihrer Blase zu löschen. Dabei war das Ziel der indischen Weisen schon immer, ein Kind zu bleiben, ein Leben lang, und dann ins Nichts einzugehen, das keiner Leere, sondern einer überfließenden Fülle entspricht … Du musst es wollen … Warum fiel das so schwer?

»Flieg, Sargvögelchen, flieg!« LaRues Stimme rasselte aus den Bordlautsprechern – der Frigo hatte sich rückwärts in Bewegung gesetzt. »Auf geht's ins luftige Grab … Immerhin, *da liegt man nicht eng*[56]!«

Das Seil über L. straffte sich mit einem Ruck. Sie verlor den Boden unter den Füßen. Ein paarmal trat sie wild ins Leere. Da sie den Kopf einzog, rutschte ihr die Schlinge schräg übers Kinn. Das Geäst über ihr begann sich zu drehen, ein Glutstrom staute sich in ihren Schläfen.

Hattest du dir nicht immer schon sehnlichst gewünscht, die Erde unter dir versinken zu sehen?

Noch immer ging es aufwärts. Funkensprühende Riesenräder tanzten vor ihren Augen, der Wald um sie herum zerfiel wie die Facetten eines beschlagenen Gyroskops. Anderthalb Meter über dem Boden schwebend, waren L.s Muskeln jetzt zum Zerreißen gespannt, die ersten Stauungen in Leber, Milz und Nieren bereiteten ihr unerträgliche Schmerzen.

Tränen schossen ihr in die Augen, sie schmeckte Salz …

---

56 Frei nach Paul Celan, »Todesfuge«

Bitter, bitter, dachte sie noch. Ihre Zunge stieß Schaum an den Lippenrand, denn das Seil presste allen Speichel aus ihrer abgeschnürten Kehle.

»Ich werde nie nachvollziehen können, warum Frauen mehr am Leben hängen als Männer. Haben sie vielleicht doch das größere Ego?« LaRue hatte den Bordlautsprecher maximal aufgedreht. »Lass doch einfach los, dann ist es so, als ob jemand den Stecker rauszieht.«

L. fühlte ihren kolossal hämmernden Puls. Sie zog den Hals weiter ein, spürte, wie sich ihr Kinn ins Brustbein bohrte und wie sich ihre Zehen fingergleich streckten. Alle Sehnen in ihrem Körper waren gespannt. Noch verweigerten sie sich dem, was früher oder später eintreten musste. Ihr Schweben zwischen Leben-Wollen und Nicht-leben-Können geriet allmählich ins Ungleichgewicht. Sie wollte nicht sterben – und doch taumelte sie bei vollem Bewusstsein der letzten Sekunde entgegen.

Das Hämmern in ihren Schläfen hatte die Eingeweide erreicht. Im Schüttelkrampf ruckte ihr Kopf hin und her, ihre Brüste waren längst zu rosafleckigem Marmor erstarrt.

Jetzt strampelte sie aus Leibeskräften. *Kling, Glöckchen …*

Unter der pulsierenden Siedehitze des Schmerzes löste sich ihre letzte Widerstandskraft auf, und sie ließ Wasser – absurd, aber in diesem Moment konnte sie den Strahl unter sich sehen.

Trotz der Schmerzen in ihrer Kehle konnte sie sich durchaus vorstellen, was für einen jämmerlichen Anblick sie bot. Die Vorstellung, dass sich der Nekrophile daran ergötzte, trieb sie zu tobsüchtigen Zuckungen, die ihr hoffentlich das Genick brechen würden.

Sie hörte ein schnappendes Geräusch wie von einem Repetiergewehr – und dann, während sie fast das Bewusstsein verlor, begriff sie, dass der Knoten, der die Hanfschnur zu einer Schlinge verknüpfte, vor ihr aufgegeben hatte.

»Pardon! Ich bin untröstlich …«

LaRue turnte wieselflink aus seiner Kabine. »Das ist nur passiert, weil ich vor dir angeben wollte. Ehrlich gesagt, ich habe den Knoten noch nie zuvor geknüpft.«

Obwohl es ihr schwerfiel, die bewusstlose Schöne zu spielen, schaffte sie es, nicht aufzuschreien, als er sich über sie beugte und dann an ihrer Brust lauschte.

»Oh, das Herzchen schlägt noch«, flüsterte er ihr zärtlich ins Ohr. »Bumm – bumm … bumm – bumm … Es hört sich an, als hätte es ganz schön zu tun. Aber wir können jetzt nicht einfach aufhören, nicht wahr? Was zerstört werden kann, muss zerstört werden.« Er hielt kurz inne. »Weißt du was? Ich werde jetzt ein ordentliches Abschleppseil holen – das dürfte zwar in die Rinde der Buche einschneiden, aber man kann es den Naturschützern nicht immer recht machen, wenn du weißt, was ich meine.«

Die ersten Zeilen des Welthits *Mein Freund, der Baum*[57] trällernd, eilte er zum Lastwagen zurück. L. hörte, wie er die Kabinentür öffnete – und war innerhalb einer Zehntelsekunde hellwach: Trotz ihrer auf dem Rücken gefesselten Hände schaffte sie es, auf die Beine zu kommen. Zuerst wollte sie losrennen, kopflos ins Dunkel der Wildnis hinein. Doch sie beherrschte sich, zwang sich zu kalter Logik und taumelte in die entgegengesetzte Richtung. Oben im beleuchteten Führerhaus konnte sie die Silhouette ihres Peinigers sehen. Er bückte sich gerade über die Abdeckhaube des Motortunnels. Wahrscheinlich suchte er das versprochene Seil. Mehr tot als lebendig, wankte L. am Kühler vorbei. Die Beine knickten ihr plötzlich weg; erst landete sie auf den Knien, um dann wie in Zeitlupe vornüberzukippen.

Verängstigt drückte sie ihr Gesicht in den schlammigen Boden, versuchte, ihr Röcheln im nassen Laub zu ersticken. Dann – einer unerklärlichen Eingebung folgend – rollte sie sich unter den Laster. Einatmen, ausatmen, einatmen … Es dauerte weitere drei Sekunden – oder dreitausend Jahre –, bis LaRue von der letzten Stufe der

---

57 Alexandra, 1968

Leiter sprang. Er machte ein paar Schritte, hastete hin und her, stampfte wie ein Wahnsinniger auf.

»Ich werd verrückt, das Tierchen hat die Flatter gemacht! Aber weit kann es nicht sein.«

Sie hörte, wie er losrannte und durchs Unterholz stampfte, wobei er sich mit jedem Fluch weiter entfernte. In einer nicht enden wollenden Stille fielen vereinzelte Schüsse.

Konzentriert lauschte sie, wie ihr Echo zwischen den Waldhängen anschwoll, sich rollend entfaltete und dann schlagartig verstummte. Sie fühlte sich so gottverlassen wie nie zuvor in ihrem Leben. Was jetzt? L. blieb unter den schlammstarrenden Achsen liegen und rührte sich nicht. Das Gesicht in den eiskalten Moder gepresst, sah sie zu, wie ihr Atem Blasen trieb. Sie kam sich vor wie eine Moorleiche, die zu einer Schnecke mutierte. Ein schönes, tröstliches Bild.

Leise Schritte und das Rascheln des Kleppermantels hinderten sie dann, weiterzuträumen. Ihre Schläfen begannen zu glühen, als ob sie unter Strom stünden.

Aus, dachte sie. Sie wollte laut aufschreien, zum letzten Mal auf der Erde wollte sie das tun, wozu sie jede Faser ihres kreatürlichen Seins drängte, brüllen wie die Tiere im Schlachthof … Aber dann hörte sie, wie ihr Peiniger seinen Fuß auf das Trittbrett zum Führerhaus setzte. Die Tür wurde geöffnet, fiel ins Schloss. Stille. Ein Schlüssel wurde ins Zündschloss gerammt, das Dieselgemisch begann in den Zylindern zu gurgeln. Nur einmal ließ LaRue das Hadley-Horn dröhnen, dann setzten sich die Zwillingsreifen des Trucks in Bewegung.

Durch die verklebten Lider sah sie, wie der Unterboden des Wagens verschwand und der wolkenverhangene Nachthimmel erschien. Diesmal schloss sie die Augen, weil sie inbrünstig hoffte, der Fahrer würde keinen Blick in den Rückspiegel werfen. Es lag wahrscheinlich mehr an den äußerst widrigen Sichtverhältnissen als an ihrem Glück, aber das Holpern der Radachsen wurde leiser, die Rücklichter verschwanden im Nebel.

9

Es lief sich nicht gut mit rücklings gefesselten Händen, schon gar nicht im Dickicht. L. erfuhr das schmerzhaft, als sich das lose, hinter ihr herschlängelnde Seil in einer Wurzel verfing. Der Ruck riss sie mit solcher Gewalt von den Beinen, dass sie sich fast überschlug. Kein Grund zur Sorge, ihre Nackenwirbel – C1 bis 3 – saßen noch am richtigen Fleck, sie spürte das, als sie sich aufrappelte. Allerdings war sie trotz Mantel so gut wie nackt, bei diesen Temperaturen ihr Todesurteil. Immerhin linderte der knisternde Frost den Brand der Würgemale an ihrem Hals und die Quellungen ihrer gebrochenen Nase. Trotzdem schien es mehr als wahrscheinlich, dass Herr Winter sie in den nächsten Stunden kaltmachen würde. Die Nadelbäume um sie herum erschienen ihr jetzt wie Gespenster, eisige Lebensformen, deren fächerartige Hände sie von allen Seiten betatschten. Ein Zweig knackte in der Nähe … *Verstecken … schnell! Nein … Verkriechen ist besser.* Sie duckte sich und kroch in ein welkes Farndickicht. Während sie dort kauerte und sich ihre Eingeweide verkrampften, leckte sie Wasser von den tropfenden Blättern. Wann hatte es eigentlich zu regnen begonnen?

Sie spürte, dass es Eisregen war, und rechnete sich aus, dass sie im Sitzen keine Überlebenschance hatte. Die Vorstellung, doch noch als Gefrierfleisch zu enden, um dann aufgetaut im Frühjahr ganze Legionen von Ameisen, Würmern und Engerlingen zu sättigen, trieb sie wieder aus ihrem Versteck. Der Eisregen wollte nicht aufhören – sein nasser Atem, sein Trippeln und Rascheln im Unterholz trieben sie vorwärts. Und der Schmerz kehrte urplötzlich zurück. Ihr Hals pulsierte an der vom Strick aufgescheuerten Stelle, bei jedem Schlucken hätte sie aufschreien wollen. Dafür nahm ihre Sehschärfe wieder zu, zumindest glaubte sie das. Bäume und Gestrüpp schienen durch ein dichtes Netz aus Regenfäden zusammengenäht. Irgendwann fiel sie auf die Knie und begann laut zu schluchzen.

»Komm schon, nicht aufgeben … reiß dich zusammen. Denk an die Enten im Dezember am Silsersee, die haben es noch viel kälter als du.«

Irgendwie schaffte sie es zurück auf die wackligen Beine und stolperte weiter. Immerhin, solange sie ihren Herzschlag hörte und den milchigen Dunst ihrer Atemwolke sah, wusste sie, sie war noch am Leben.

Eine gute Stunde später taumelte sie halb bewusstlos einen nachtdunklen Waldweg entlang und stand plötzlich auf einer asphaltierten Landstraße. Die Freude darüber, dass sie es wieder in die zivilisierte Welt zurückgeschafft hatte, wurde schnell von einem Gedanken getrübt: Ob der Irre noch nach ihr suchte?

Im Grunde hatte er keine andere Wahl, denn sollte sie die Nacht überleben, war er geliefert. Was sie wusste, reichte aus, ihn lebenslang hinter Gitter zu bringen.

Sie entschied sich, im Straßengraben zu gehen. So beschwerlich es war, der Graben bot Deckung. Ein paar Kilometer folgte sie seinen Verlauf. Ihre Hoffnung, irgendwann die Lichter einer menschlichen Ansiedlung zu sehen, erfüllte sich nicht, stattdessen hörte sie auf einmal ein Motorengeräusch. Ihr Körper übernahm in diesem Moment die Kontrolle. Statt auf die Straße zu laufen, kauerte sie sich am Boden zusammen. Bang beobachtete sie, wie die Lichter größer wurden und sich zuletzt der Umriss eines Pkws manifestierte. Bis sie sich aufgerafft hatte, konnte sie allerdings nur noch die Rücklichter sehen.

Sie hatte von dem Versteckspiel genug und entschied sich nun doch für die Straße. Ihr fiel auf, dass der Eisregen aufgehört hatte und dass sie einem Feldweg folgte, der offenbar parallel zu einem frisch geteerten Straßenabschnitt verlief.

Den verlassenen Campingplatz bemerkte sie erst, als sie mit dem Schambein gegen eine Tischplatte stieß. Zwei Bänke und ein verkohlter Abfallkorb bildeten eine Art Fred-Feuerstein-Mobiliar. Wahrscheinlich wurde hier sommers gegrillt. Sie spürte die Kälte nicht mehr, im Gegenteil, ihr war plötzlich warm.

»Hypothermie, du verlässt mich nie …« Sie lachte wie eine Irre und schob ihren Hintern auf die Sitzbank.

Guten Abend. Was hätten Sie gerne?

»G… g… guten Abend.« Sie ahnte, dass es besser war, nicht erst nach der Speisekarte zu fragen, sondern gleich zu bestellen. »Einen Jägertee hätt' ich gern, mit extra viel Rum – egal was für einen … und Schlagsahne obendrauf.«

Ist das alles?

»Ist denn die Küche noch auf?«

Eigentlich nicht. Doch so, wie Sie aussehen, würde ich sagen, dass wir eine Ausnahme machen.

»Sie meinen, bei mir ist alles beim Kalten? Da haben Sie recht.«

Verstehe, Sie nehmen Ihre Situation mit Humor. Und es stimmt – Sie haben bereits eine zyanotische Haut.

»Eine was?«

Das ist ein Fachbegriff. Sie sollten bald etwas tun, damit Ihre Körpertemperatur nicht unter die 36-Grad-Marke sinkt.

»Gute Idee. Was ist das Tagesgericht?

Siedfleisch. Mit Rübli und Aprikosensauce serviert.

»Klingt nicht schlecht. Geht auch Knusperspeck obendrauf?«

Alles geht. Sie müssen es nur bestellen.

»Dann nehm ich das Tagesmenü – und die Tagessuppe dazu!«

Als sie die Augen wieder öffnete, lag sie mit dem Gesicht auf dem Tisch. Erstaunlich, aber sie erkannte Buchstaben – klobige, in Holz geschnitzte Wörter: FC Monthey, FC Basel-Stadt, FC Locarno, FC St. Gallen …

»Ein hölzernes Fußballjournal – was soll der Mist?«, grummelte sie. »He, wo bleibt meine Bestellung? Oder habe ich etwa nach Tafelschnitzereien gefragt? Kein Wunder, dass hier alle mit 'nem Messer rumrennen! Verdammt, ich kannte mal einen, der hatte sogar einen Grabstichel dabei!«

Der Satz brachte sie auf einen Gedanken: Es gab viele scharfe

Gegenstände auf dieser Welt, jede Menge sogar – auch die Ränder von Konservendosen und zerbrochenem Glas waren scharf genug, um ein Seil zu durchtrennen.

»Das ist es, verdammt!« Ein aufkommender, eisiger Wind gab ihr genug Auftrieb, um die verkohlten Überreste des Abfallkorbs zu inspizieren. Bei diesen Sichtverhältnissen war das nicht leicht.

Da nahm sie Anlauf und warf sich, einen Kampfschrei ausstoßend, mit der Schulter gegen den aschestäubenden Eimer. Es war sicher kein profimäßiges Tackle, aber der Aufprall riss den Behälter mitsamt Verankerung aus der Fassung. Etwas klirrte, ganz leise. Wie ein Trüffelschwein schnüffelte sie jetzt im verkohlten Zeugs, bis sie die Ursache fand – ein Obstlerfläschchen, nur noch der Form nach erkennbar, aus verrußtem, aber dünnwandigem Glas.

»Na bitte …« Sie stampfte mit Wucht auf die Flasche, aber die sprang einfach wie ein lebendes Wesen davon und blieb unversehrt in Sichtweite liegen. »Oh, du willst spielen? Glaub mir, ich hab die besseren Nerven!« Das war leichter gesagt als getan, und es dauerte, bis das Glas endlich brach. In der Hocke und mit steifen Fingern suchte sie nach einer passenden Scherbe.

»Das wäre doch gelacht …« Die einarmige Mutter hatte der kleinen L. oft erlaubt, am Sonntag Karl-May-Filme zu gucken. Wie hätte sie sonst gewusst, dass sich Winnetou mit einer Tonscherbe in Sekunden befreite? Das Bruchstück, das sie ertastet hatte, war ebenfalls rasiermesserscharf.

Das kann nicht gut gehen, dachte sie – da fühlte sie auch schon etwas Warmes an ihrem Puls: Sie hatte sich offenbar ins Handgelenk geschnitten. Ein kleiner, aber folgenschwerer Fehlschnitt ins eigene Fleisch.

»Du kannst es einfach nicht lassen«, murmelte sie, »immer musst du an dir rumsäbeln, Bitch!«

Der Wutanfall war bereits wieder verraucht, als sie sich aufrappelte. Einen dünnen, roten Ariadnefaden hinter sich herziehend, ging sie weiter, um in der Wildnis zu sterben.

10

Der Campingplatz lag längst hinter ihr, da wurde es plötzlich helllichter Tag. Als L. sich umdrehte, blickte sie in die aufgeblendeten Scheinwerfer eines Trucks. Das Fahrzeug war keine hundert Meter von ihr entfernt. Augenblicklich versagten ihre Beine den Dienst, und sie fiel auf die Knie.

Während sie sich fragte, warum sie überhaupt geflohen war, wenn der Tod sie nun doch einholen würde, bemerkte sie, dass es kein aufgemotzter Kühlkoffer war, der auf sie zusteuerte, sondern eine gediegene Kalesche ohne Farbdekor und nur mäßig Chrom an der Schnauze. Ein anderer Truck, ein anderer Fahrer …

Sie blieb einfach, wo sie war. Vielleicht hatte der Fahrer schlechte Augen, denn er bremste erst in allerletzter Sekunde, so heftig, dass die Zugmaschine einen guten Meter aus der Spur brach.

Fluchend polterte eine Gestalt aus der Kabine. Eine Taschenlampe flammte mehrmals zögerlich auf – offenbar hatte das Ding einen Wackelkontakt.

»Ach du meine Fresse«, krächzte eine breiige Stimme. »Hast du 'nen Unfall gehabt?« Das Licht der Taschenlampe wanderte über L.s Gesicht … über ihre Brüste … und noch weiter hinab, wo es ihrer Scham ein kristallines Glanzlicht aufsetzte.

»Wo bin ich?«, flüsterte L.

»Na, im Pfynwald, Schwester.« Eine Alkoholfahne schlug ihr entgegen. »Im alten Galgenwald, wo denn sonst?«

Für einen Moment brachte sie keinen Ton mehr heraus, starrte nur ins Licht.

Er ist also von Anfang an in die entgegengesetzte Richtung gefahren. Dieses elende Schwein …

Sie drehte sich um, sodass der Fahrer ihre Handgelenke sehen konnte.

»Ich bin verletzt. Bitte … helfen Sie mir …«

»Aber sicher …« Der Lichtkegel begann heftig zu schwanken. »Ich weiß nicht, was du mitgemacht hast, Schwesterchen, aber von mir hast du nichts zu befürchten. Bin Gentleman-Trucker, du verstehst?«

Der Mann tauchte kurz ins Licht seiner Lampe. L. sah ein Gesicht, das sie an einen gutmütigen Bernhardiner erinnerte: Fressbacken, auf denen bis zum Ansatz einer Frankfurt-Galaxy-Strickmütze ein grau melierter Knasterbart blühte.

»Mein Name ist Toni«, sagte er und machte sich an L.s Fesseln zu schaffen.

»Solche Knoten hab ich lange nicht mehr gesehen. Wer war das – der olle Captain Hook oder ein zweiter Houdini?« Und als L. nichts erwiderte: »Du wolltest tippeln und bist an den Falschen geraten, hab ich recht, Püppie?«

»Oh, mir blieb noch die Wahl, Väterchen Frost einen zu blasen«, erwiderte L. Als hätte ihr Körper auf dieses Stichwort gelauert, begannen ihre Zähne zu klappern.

»Ja, manche nutzen es aus«, sagte Toni. »Sälawie … sagen die Welschen. Hat er dich ausgeraubt?«

L. nickte. Der Verlust des Pektorale ging ihr in aller Schmerzlichkeit auf.

»Sei mal froh, dass du noch lebst.« Mit einem Sackmesser erlöste der Gentleman-Trucker L. von ihren Fesseln. »Dein Hals sieht übel aus. Dachte erst, es ist 'ne Art Tattoo oder wie die jungen Leute das nennen. Ja, das hier ist 'ne ungute Gegend«, fuhr er ohne erkennbaren Zusammenhang fort. »Im Herbst ist es hier schlimmer als im karelischen Urwald …«

»Weiß ich alles«, sagte L., »bin von hier.«

»Ach ja? Und warum lässt du dich dann auf solche Abenteuer ein?«

»Das stimmt so nicht«, erwiderte L., deren Lebensgeister allmählich erwachten. »Andere lassen sich auf Abenteuer ein … Ich *bin* ein Abenteuer. Und mir ist noch nie was passiert.«

»Ach ja?« Ihre Antwort hatte den Galaxy-Trucker stutzig gemacht. »Dann will ich dir mal was sagen, du Abenteuer, wenn hier draußen mitten in der Nacht was passiert – bei diesen Temperaturen, dann war's das für dich. Du hast ja nicht mal was Anständiges an.«

L. ignorierte das gut gemeinte Gebrabbel und genoss stattdessen die stille Freude eines Postpakets, das nach langer, beschwerlicher Reise von seinen Schnüren befreit wird. Sie inspizierte zunächst die Schnitte an ihren Handgelenken, in denen sich das angefrorene Wundwasser staute. Die Kälte hatte offenbar die Blutung gestoppt.

»He, Schwester, ich rede mit dir … Sagtest du nicht, du wärst getrampt?«

»Ja, bin ich«, erwiderte sie, »das ist aber kein Grund, mich andauernd Schwester zu nennen.«

»Und warum hast du dann das Nonnenzeugs an?« Er deutete auf ihren Kopf.

»Dieses Dingsda … Das ist doch ein Nonnenfummel. Oder wolltest du nur Ringelpiez spielen?«

Erst jetzt fiel L. auf, dass sie noch immer die Flügelhaube trug. Mit einem Griff riss sie sich das nasse, zerknautschte Stoffgebilde vom Kopf.

»Nicht Ringelpiez, sondern Seilnacht! Ich sollte ihm das Sargvögelchen machen, aber nicht mit mir … nicht mit mir …«

Mitten im Satz wurde ihr schwarz vor Augen, und sie verlor das Bewusstsein.

* * *

»Geht's dir besser, Püppie?«

L. saß – komplett abgeschmückt – in Tonis Kabine, schlürfte Kaffee und lauschte einem Sender, der Chansons und Easy Listening spielte. Der Trucker hatte ihre Wunden ziemlich professionell bandagiert. Auch ein T-Shirt und eine viel zu weite Cargohose hatte er ihr vermacht. Er habe eh immer – wie er meinte – zu viele Klamotten dabei. Allein der Kranz aus abgerollten Mullbinden wärmte L.s Hals wie ein Rollkragenpulli. Während ihr Retter seine zünftigen Trucker-märchen erzählte, er sei sein eigener Chef, wohnhaft im »Kamerun[58]«, der »härtesten Gegend Mainhattans«, verdiene eine Schweinekohle im Jahr und habe eine »Wuchtbrumme« zur Frau, die nur darauf war-te, ihn in Reizwäsche zu beglücken, überlegte sie bereits, wie sie Jorne beibringen sollte, dass sie das Judaskreuz nicht mehr hatte.

»He, Püppie …«

»Ja, mir geht's gut … mal abgesehen von den Frostbeulen, bin ich schon wieder die Alte.« Sie präsentierte ihm ihre geschwollenen Fin-ger und gab ihm dann einen schnellen Kuss auf die stopplige Wange. »Danke.«

»Na, du bist mir ja eine …« Je mehr Zwetschgenwasser er trank, umso mehr ließ Toni den Sheriff raushängen. »Soll ich dich zur Poli-zei fahren? Oder soll ich das für dich regeln? Brauchst es nur zu sagen, und der ist fällig.«

»Später«, erwiderte L. Sie rollte den Kopf hin und her, als ob sie austesten wollte, ob er ihr doch noch abfallen würde. »Kennst du eine Beiz namens *Filou*, in der Nähe von Gampel?«

»Klar kenn ich die.« Der Trucker griff nach dem Thermohumpen und schenkte ihr nach. »Warum willst du da hin?«

»Weil ich verabredet bin.« L. warf einen Blick auf die Borduhr. »Mein Freund wartet da seit Stunden auf mich. Er wird mich ins Krankenhaus fahren.«

»Dein Freund? Verstehe …« Toni drehte den Kopf hin und her wie ein Fuchs in der Falle. »Na ja, für eine Lady in Nöten spiel ich gern den Chauffeur. Und das *Filou* liegt sowieso auf meiner Route.«

»Bist du sicher?«

»He, ich bin sauber …« Toni bemerkte ihren Blick und zog eines seiner tattrigen Unterlider ganz kurz von seinem gelbstichigen Aug-

---

58 Inoffizieller Name des Frankfurter Gallusviertels

apfel. »Okay, als junger Kerl habe ich auch mal die Sau raushängen lassen, aber ich habe immer gewusst, was ein Kavaliersdelikt ist und was nicht. Ein nacktes Mädchen mitten im Wald aufzuknüpfen, so was Abartiges wäre mir nicht mal im Traum eingefallen.« Er nahm einen Schluck und spülte sich den letzten Satz von den Lippen. »Sag mal, Püppie, war dieser Lump wirklich einer von uns? War er ein Trucker?« Und als L. schüchtern nickte: »Na, der Nestbeschmutzer kann sich auf was gefasst machen!« Toni schlug mit den Fäusten auf sein mit Tigerplüsch umwickeltes Lenkrad. »Aber erst fahr ich dich zum *Filou*, sonst macht sich dein Freund noch vom Acker!«

11

Draußen vor dem Fenster drückte die Nacht wie Teer gegen die Scheiben. Jorne schlürfte einen mit Abricotine versetzten Löskaffee, eine Bitterkeit, die den Mief der Raststätte neutralisierte. Seit Mitternacht hing er schon in dieser Sitzecke des *Filou* und behielt die Auffahrt im Auge.

Kein Unterschied zu Finstertennen, dachte er noch. Auch die halb wache Mutter hinter dem Tresen, die sich gerade in den Lappen schnäuzte, mit dem sie den Bierschaum von der Tropfplatte abgewischt hatte, ähnelte der Bedienung, die den Mann aus Davos vor Tagen so rabiat abblitzen ließ. Kellerhebe hatte der sie genannt. Jorne kam in diesem Moment der Verdacht, die Schweiz bestünde aus immer denselben Orten und Menschen.

Über dem Tresen war die Uhr auf halb fünf vorgerückt, die Bedienung drehte bereits Runden ums Klo, was auf einen Schichtwechsel hindeutete.

Sie hat noch drei Stunden Zeit, dachte Jorne. Da er Kohldampf schob, bestellte er eine doppelte Portion Rührei mit Speck. Wahrscheinlich stand das nicht auf der Karte; die Hebe zog jedenfalls ein Gesicht, als hätte er ihr einen unsittlichen Antrag gemacht.

»Zwei Eier mit Räucherspeck!«, bellte sie in das Küchenloch neben dem Ausschank.

Der Fraß kam verdächtig schnell – so heiß, wie der Teller war, hatte er vor Kurzem noch in der Mikrowelle rotiert.

»Sicher wegwerfend gut«, knurrte Jorne so laut, dass die Serviertochter hellhörig wurde.

»Was gesagt, Pisser?«

Just in diesem Moment blitzte es. Ein ferner Donner rollte gegen die Kunststoffscheiben des *Filou*. Die Kellerhebe schlurfte zum Fernseher und zog den Stecker mit einem Ruck aus der Dose.

»Sicher ist sicher«, murmelte sie.

Jorne hatte ganz andere Sorgen: Angesichts der Uhrzeit war es gut möglich, dass L. geschnappt worden war, und höchstwahrscheinlich würde sie sich – einmal ins Gebet genommen – verplappern. Vielleicht würde sie sogar die Raststätte nennen, und er, der gute Herr Sonnenschein, Fels in der Brandung, wäre in akuter Gefahr. Der Einbruch war keine Kleinigkeit. Unter Umständen hatten sich die barmherzigen Schwestern mit ihren eigenen Waffen verletzt. Oder diese gestörte Priorin war im Dunkeln von der Mauer gefallen. Für Staatsanwälte kam da schnell eine Menge zusammen. Er warf einen Blick auf L.s Rucksack und tippte dem Stofftier, das er noch immer für Daffy Duck oder einen verwandten Enterich hielt, auf den Bürzel.

Ein schwacher, durch den Dunst kriechender Lichtschein erweckte in diesem Moment Jornes Aufmerksamkeit. Lass es keine Streife sein, dachte er. Wenn die Großfahndung bereits lief, dann würden sie sich das *Filou* zuerst vorknöpfen. Zum Glück steckte nur die Nebelleuchte eines Trucks hinter den Lichtperlen, die jetzt die Scheibe bedeckten. Jorne kniff unwillkürlich die Augen zusammen.

Ein Langhauber, dachte er, krass aufgemotzt, mit einem leuchtenden Michelin-Männchen auf dem Dach. Nicht wirklich mein Style … Andererseits – bei dieser Witterung ist der erstbeste Mann genau der richtige, und irgendjemand war gerade abgesetzt worden, das hatte er halbwegs durch die beschlagene Scheibe gesehen.

Abwarten, dachte er. Ein vorzeitiger Abflug kam für ihn nur im äußersten Notfall infrage.

Er überlegte gerade, ob der nicht bereits eingetreten war, als L. an seinen Tisch trat und einen grässlich klingenden Laut von sich gab. Er hatte sie nicht in Cargohosen und einer Bomberjacke über ihrem Mantel erwartet. Auch das T-Shirt mit der Aufschrift »Don't hunt what you can't kill« passte so gar nicht zu ihr.

»Na, wie war dein Einkaufsbummel? Du musst einen Umweg über Lausanne gemacht haben.«

Sie knallte ihm eine runter – so von oben herab – und plumpste dann in die Sitzbank.

»Sag mal, hast du sie noch …?« Er brach ab, denn er bemerkte das Pflaster auf ihrem Nasenrücken und die Mullbinden um ihren Hals und an den Handgelenken. »Was ist passiert?«

»Ich bin dem Teufel begegnet, das ist passiert.« Sie holte wieder aus, doch ließ sie die Hand kraftlos sinken. »Du hättest mich zwingen sollen zu springen.«

»Wie denn? Ich stand ja schon unten.« Ihr Anblick machte ihm ziemlich zu schaffen.

»Was guckst du denn so? – Mir wurde die Nase gebrochen.« Sie drehte den Kopf, damit er sich die Bescherung im Profil ansehen konnte. »Aber ich hab sie mir eigenhändig wieder gerichtet, trallala.«

Jorne wollte aufstehen, sie an sich ziehen, doch der festgeschraubte Tisch wirkte wie eine Barriere.

»Was soll das heißen?«

»Nun ja … Ich war Gegenstand einer rauschenden Seilnacht. Ich wurde gehenkt.«

L. hatte mit viel gerechnet, aber nicht, dass Jorne dunkelrot werden konnte. Auf seiner Stirn trat eine Zornader hervor, die ihr nie aufgefallen war.

»Willst du mich verschaukeln?«

»Sehe ich aus …«, sie röchelte gereizter, aggressiver, als sie schon war, »als wollte ich dich verschaukeln?«

L. drehte ihr malträtiertes Gesicht gegen das Licht. Mit klammen Fingern lockerte sie die Bandage und hob das Kinn: Die violetten Male waren nicht zu übersehen. »Na, sind das keine wunderhübschen Stigmata[59]? Die Pulsadern habe ich mir selbst aufgeschlitzt. Versehentlich … Kleiner Selbstbefreiungsversuch bei ungünstigen Licht-

---

59 Wundmale Christi

verhältnissen.« Sie bemerkte ihren Stofftierrucksack neben Jorne und begann, wie ein Junkie auf Entzug am ganzen Körper zu zittern. »Dino, mein Kleiner … Komm her …«

Jorne reichte ihr den Plüsch über den Tisch. Da heulte sie los, so wie sie sich früher auf der Schultoilette erbrach, eruptiv und voller Hingabe.

»Er nennt sich LaRue«, sagte sie, nachdem sie sich halbwegs ausgeheult hatte. »Fährt 'nen schwarzen Kühlschrank auf Rädern. Mit weißen Frostzeichen auf den Seiten. Angeblich ist er mal Busseelsorger gewesen. Jetzt ist er Spediteur und fährt frische Schnittblumen aus. Und Bouquets, die irgendwo in Genua hergestellt werden.« Ihre Stimme brach, raschelte weg. »Das wäre an sich kein Problem, überhaupt nicht, wenn es nur Schnittblumen wären. Das eigentliche Problem ist der Haufen Leichen, den er kutschiert.«

»Was?«

»Du hast mich richtig verstanden. Ich habe die Fracht mit eigenen Augen gesehen. Und fast …«, sie schluckte heftig, »… hätte ich auch dazugehört.«

Ihr Flüsterton war so intensiv, dass ein Mann, der noch einsam am Münzschlucker hing, den Kopf nach ihr drehte.

»Reiß dich zusammen«, flüsterte Jorne.

»Das tue ich doch die ganze Zeit!« Ihre von Krämpfen geschüttelten Muskeln erschlafften. Sie griff sich an den Kopf, schnappte sich ihren Rucksack und begann darin zu kramen. »Mist, ich dachte, ich hätte Aspirin eingesteckt.«

»Sekunde.« Jorne stand auf. Das Brillenpunzel hinter der Theke sah ihn argwöhnisch an. »Ein Glas Wasser und zwei Aspirin.«

»Bestellung nur bei der Serviererin.«

»Das war keine Bestellung, sondern eine höfliche Bitte.«

»Bitten kann ich mich selbst. Zieh Leine.«

»Das würde ich mir noch mal gut überlegen …« Jorne beugte sich so weit über den Tresen, dass er ein geplatztes Äderchen im rechten

Auge der Frau ausmachen konnte, »… weil ich sonst morgen oder übermorgen zurückkommen werde, um dir den Hals umzudrehen. Das geht einfacher, als du denkst.«

Die Drohung hatte offenbar Eindruck gemacht, denn die Wirtin begann manisch unter dem Tresen zu kramen und förderte schließlich eine ganze Packung zutage. Es dauerte nicht lange, und vier, fünf Brausetabletten sprudelten in einem Wasserglas vor sich hin. »Geht aufs Haus«, sagte sie noch.

Schon als L. das Glas leerte, kam Jorne ein unschöner Verdacht. Wieso hatte sie das Kreuz bisher mit keiner Silbe erwähnt?

»Fangen wir mal mit diesen Klamotten an«, sagte er. »Wo kommen die her?«

»Der Typ, dem ich mein Leben verdanke, hat sie mir zum Abschied geschenkt.«

Sie machte ein Geräusch, das wie ein Seufzer durch die Nase klang. Ein Placken blutiger Schleim landete vor ihr auf dem Tisch.

»Ein echter Kavalier«, bibberte sie vor sich hin. Offenbar war ihr immer noch kalt. »Sei nett zu ihm, wenn er auftauchen sollte, um sich als Held feiern zu lassen.«

»Und weiter?« Jorne tupfte ihr mit einer Serviette das Blut aus dem Gesicht.

»Nichts weiter! Der Job ist erledigt. Wir müssen zur Polizei.«

»Kommt nicht infrage.« Jorne schüttelte ganz entschieden den Kopf.

»Keine Blauärsche. Wir sind geschäftlich hier, schon vergessen?«

»Jorne, ich sagte gerade, der Job hat sich erledigt! Du hattest recht, leider.«

»Hatte ich?« Ein paar Sekunden brütete er vor sich hin. »Sag mal, wo ist eigentlich unser Schätzchen? Du wirst mich doch nicht abkochen wollen?«

»Verdammt, brich dir's Genick!«, fiel sie dazwischen. »Ich hätte tot sein können, und du …!«

»Hör endlich auf mit dem Seich[60]«, fauchte Jorne. »Die paar Kratzer an deinem Hals, das hat nichts zu sagen. Da ist wohl einer ein bisschen heftig geworden, das passiert da draußen in der Wildnis am laufenden Band … War wohl 'n Irrtum.« Und als sie ihn nur anstarrte: »Verdammt, L., wo ist das Kreuz?«

»Ist das jetzt noch wichtig?« Um Zeit rauszuschinden, begann L., in ihrer Jacke nach Kippen zu suchen. »Ich muss zur Polizei … damit die den Bastard aus dem Verkehr ziehen können.«

»Klar. Die Tschugger werden eins und eins zusammenzählen, und wir sind geliefert!«

»Verstehe. Und die Mädchen – ich meine die, die er noch abmurksen wird?«

Jorne musste an Vreni denken, Schizo-Vreni – kleines Schweineglück am Ende des Baltschiedertals.

»Man kann nicht alle retten, selbst wenn man es will«, sagte er dann.

»Da ist was dran.« L. hatte inzwischen am Nebentisch Feuer geschnorrt. Während sie mehr schnaubte als paffte, rieselte es glühende Tabakbrösel in ihren Kaffee.

»Tut mir leid, Jorne, aber hier trennen sich unsere Wege.« Sie starrte ihn durch ihre letzten, kümmerlichen Haarfransen an. »Bitte fahr mich zur Polizei. Ich verspreche dir, dass ich dich aus allem raushalten werde.«

Jorne quittierte diese Ansage mit einem finsteren Blick. »Gib mir ein paar Minuten Bedenkzeit. Bin gleich zurück.«

* * *

Heiliger Stuhl, in Zeiten der Not bleibt uns nur das stille Örtchen als Rückzugsort vor unserer Scheißexistenz … Vor dem Urinal fühlte sich Jorne wieder halbwegs als Mensch. Dass da noch jemand neben

---

60 Schweizerisch: Unsinn

ihm stand, ein älteres Kaliber mit Vokuhila und Lederjacke, hätte er fast übersehen. Breitbeinig pinkelnd warf der Mann einen Blick über die Schulter.

»Howdy, Partner«, sagte er ins Rauschen des eigenen Wassers hinein.

Die Psychologie eines Pissoirs ist in der Tat eine Sache für sich. Eine dieser unsinnigen, aber weltweit publizierten Studien hatte kürzlich ein Dutzend zertifizierter Techniken des Wasserlassens ermittelt. Demnach war Jorne – wie die meisten Bergsteiger – Hartpisser. (Im hochalpinen Terrain, bei Temperaturen unter null Grad, war es lebenswichtig, das kleine Geschäft schnell abzuhandeln.) Wer in irgendeinem Pissoir neben ihm stand, bekam in der Regel einiges ab, so hart prasselte es in die Keramik. Sein Nachbar tröpfelte dagegen entspannt vor sich hin, vielleicht zählte er die Blasen auf dem Siphon, eine Macke, die nur unausgelastete Sanftpinkler verstehen.

»Nette Kleine«, sagte der Typ nach einiger Zeit. Und als ob sie sich seit einer Ewigkeit kannten: »Du solltest besser auf sie aufpassen, Kumpel.«

»Kennen wir uns?« Jorne hatte es als Erster ans Waschbecken geschafft.

»Ich hoffe nicht«, lautete Tonis unverschämt-freundliche Antwort. »Aber ich habe euch Schnuckis da draußen in der Kneipe gesehen.« Er hielt seine ungewaschene Pfote in die Luft. »Howdy, ich bin Toni, Püppies Helfer in der Not. Ich sag dir, Kumpel, so unterkühlt, wie sie war, hätte sie es keine Stunde länger gemacht.«

»Sie hält mehr aus, als du denkst.« Jorne ließ den Wasserhahn laufen und klatschte sich das kühle Nass ins Gesicht. »Trotzdem, danke!«

»He, Partner ...«, fing der andere wieder an. »Hat sie dir erzählt, was passiert ist? Ich meine, sie lief mir fast nackt vor den Kühler, zurechtgemacht wie ein Weihnachtsbaum und völlig neben der Spur, ich meine, die Kleine hätte sich in 'ner Telefonzelle verlaufen, so fertig war sie.« Der Gentleman-Trucker schüttelte seinen Peter, als ob der ihm Geld schulden würde. »Ich schätze mal, irgendein Strolch hat seinen Spaß mit ihr gehabt.« Und mit einem bedripsten Gesicht: »Junge, da draußen ist neuerdings viel Viagra in Chrom unterwegs …«

»Du musst es ja wissen,«, sagte Jorne.

»Das will ich meinen«, bestätigte Toni, noch immer die Freundlichkeit in Person. »Früher haben die Fahrer aptas geschluckt und AN 1 von Degussa, heute schlucken sie Potenzpräparate. Das hält nicht nur wach, sondern sorgt unten für permanente Alarmstufe Rot. Püppie wird es dir sicher noch beichten.«

»Da gibt's nichts zu beichten.« Jorne riss einen Haufen Papiertücher aus dem Kasten. Die Zellstoffmasse eignete sich gut, um Haare zu trocknen.

»Oh, da bin ich mir nicht so sicher.« Nachdem es so ausgesehen hatte, als würde er nie mehr aufhören, seinen Fortsatz zu schütteln, knöpfte sich Toni umständlich zu. »Denk doch mal nach: Der Gauner hatte ihr die Hände gefesselt. Da würde ich sagen, er hatte dein Mädchen sicherlich nicht nur am Wickel, sondern sie auch in Ruhe gebüttelt[61] …« Und als Jorne nur schwieg: »Also wie dem auch sei, ich würde sie im Krankenhaus mal durchchecken lassen – nicht, dass du dir noch die Sackratten holst.«

Vielleicht hatte er nur vorgehabt, ein bisschen zu stänkern, aber Jornes Arm blockierte die Tür.

»Sag mal, ich bin da vielleicht überempfindlich, aber ich hab gerade den Eindruck, du brauchst einen gebrochenen Unterkiefer, um endlich mal die Schnauze zu halten … Kann das sein?«

»Vorsicht, Jungchen.« Toni ballte die Faust und hielt sie Jorne unter die Nase. »Ich zieh ihn immer noch härter raus, als du ihn jemals reinstecken wirst.«

»Dazu müsstest du ihn erst mal irgendwo reinstecken dürfen«, sagte Jorne.

---

61 Schweizerischer Truckerjargon: beischlafen

»Ist lange her – stimmt's oder hab ich recht?«

Toni schlenkerte jetzt unmotiviert mit den Armen und senkte dann seinen bulligen Nacken wie ein Stier kurz vor dem Angriff. Als sein Blick in den Spiegel fiel, dämmerte es ihm, dass er Mitte sechzig war und den Kürzeren ziehen würde – so wie kürzlich auf dem Truckerfestival in Interlaken, als er von fünf Schlägern so richtig aufgemischt wurde. Die angebrochene Rippe schmerzte noch immer. Er zog es daher vor, für einmal vernünftig zu sein.

»Lass gut sein«, meinte er noch, »an dir mach ich mir die Finger nicht dreckig.«

12

»Und – hat Herr Sonnenschein nachdenken können?« Als Jorne wieder auftauchte, war L. gerade dabei, ein paar durchgeweichte Kippen aus ihrer Tasche zu kratzen. Bis auf die Filter war nichts zu gebrauchen.

»Nein, denn der Tschumpel[62], der dir das Leben gerettet hat, hat mir im Klo eine Menge ungereimtes Zeugs auf die Ohren gequatscht.« Jorne machte ein Gesicht, als hätte er sich die Lippen verbrannt. »Wieso ... hast du eigentlich so lange gebraucht?«

Sie ahnte, was ihn bedrückte, und kam gleich zur Sache. »Ich wurde nicht vergewaltigt, okay? Er hat mich gehenkt, das war schlimm genug. Fährst du mich jetzt zur Polizei?«

»Aber immer«, knurrte Jorne, »dann fahr’ ich halt allein nach Davos! Gib mir jetzt endlich das Kreuz!«

L. begriff, der Moment der Wahrheit war endlich gekommen.

»Jorne – wenn ich das Kreuz hätte, würde es dann nicht längst hier auf diesem Tisch zwischen uns liegen? Gut eingepackt in ein Stück Tuch?«

»Bitte, sag nicht, du hast es verloren. Sag das nicht ...«

»Yip.« L. grinste frech. »Das war’s dann, oder? Das dicke Ende einer Freundschaft, die nie eine war.«

Jorne holte so tief Luft, als hätte er gerade einen Schlag in die Magengrube bekommen. »Das ist jetzt aber eine ganz miese Nummer.«

»Soll ich dir mal was sagen?« Die Nikotinschübe hatten L. reanimiert. »Es schert mich einen Dreck, ob dir die Wahrheit gefällt! Also, mach’s gut!«

---

62 Tölpel

»Nicht so schnell.« Jorne langte nach L.s Arm. »Ich bin ein zu altes Pferd, um mich von einer jungen Jockette reiten zu lassen.«

Im Reflex hatte er wohl zu fest zugedrückt, denn sie jaulte ungeniert auf.

»Verdammt, du bleibst, wo du bist!« Diesmal packte er sie an den Schultern und drückte sie auf die Bank. »Keine Mätzchen mehr, ist das klar?«

»Geh mir nicht an die Wäsche!« Sie hielt sich den Arm. »Wie kannst du es wagen …?«

»Nein, wie kannst *du* es wagen! Du hast mich in diese Scheiße gelockt und jetzt sagst du, es war alles umsonst? Weißt du, worum es hier geht? Jemand in meinem Alter braucht 'ne Lebensversicherung und so was wie ein Häuschen im Grünen! Und sieh mich an: Ich habe nicht mal das Schwarze unter den Nägeln, und alles, was ich anfasse, wird immer zu Scheiße! So geht das nicht weiter, hast du kapiert?«

L.s Augen begannen zu tränen. »Was willst du? Eine Entschuldigung?« Sie begann, aus ihrer längsten Stirnfranse eine Korkenzieherlocke zu drehen. Das Knistern von trockenem Haarlack hatte eine beruhigende Wirkung auf sie, hätte unter anderen Umständen vielleicht für Lagerfeuerromantik gesorgt. »Entschuldige, Jorne, aber er hat mir das Kreuz abgenommen.«

»Er?« Jorne beugte sich über den Tisch. »Reden wir jetzt von dem Napfkuchen, der dich aufgehängt hat? Reden wir von dem?«

Er wartete, bis sie nickte, und lehnte sich dann lässig zurück.

»Das ist gut. Tipptopp.«

»Ist das so?«

»Ja, weil ich jetzt weiß, wer sich mein Eigentum unter den Nagel gerissen hat.«

»Jorne … Du verkennst die Situation.«

»Im Gegenteil. Und was die Polizei anbelangt«, die Querfalten auf seiner Stirn wurden tiefer, »die kannst du vergessen, denn wenn die den Knaben kaschen, kassieren die auch *mein* Eigentum ein.«

»Wahrscheinlich. Und alles andere … ist dir gleich?«

»Oh Gott, mir kommen die Tränen. Natürlich ist es mir gleich! Glaubst du, ich bin umsonst von dieser Mauer gesprungen, mitten in einen verschneiten Steilhang hinein – ein Krüppel mit einem steifen Knie und einer zusammengenagelten Hüfte?«

Er warf einen Zwanziger auf den Tisch. »Dein Möchtegernhenker fährt zum Basler Rheinhafen. Dort schnappen wir ihn.«

»Und wenn er das Kreuz nicht freiwillig rausrücken wird?« L. grinste gequält.

»Oh, ich kenne da Mittel und Wege …« Jorne schüttelte seinen Seesack, dass die Werkzeuge klirrten. »Gib mir fünf Minuten, und er wird mir selbst die Schamhaarfarbe seiner Mutter verraten!«

»Auch wenn du ihn kaltmachen musst?«

»Kleinigkeit … Haben nicht alle erfolgreichen Menschen Blut an den Händen?«

L. folgte Jorne wie eine unwillige Katze in die nasskalte Nacht. Jorne hatte den Kleinbus inmitten von Lastzügen nicht weit von der Auffahrt geparkt. Sie überlegte, ob sie nicht einfach losrennen sollte, doch sie rechnete sich keine Chancen aus, Jorne zu überlisten.

»Und du glaubst, du kannst es mit einem routinierten Mörder aufnehmen?«

L. hatte Jorne überholt und zottelte vor ihm her. »Wir sind nur kleine Diebe, Jorne, spezialisierte Alteisensammler. Außerdem hat er mich mit 'ner Knarre bedroht.«

»War vielleicht 'ne Schreckschusspistole.« Jorne schaltete auf stur. »Oder du hast das mit der Pistole erfunden? Wäre dir zuzutrauen, oder?«

Er hielt in diesem Moment inne, denn drei Streifenwagen rollten an ihnen vorbei. Merkwürdig, er hatte das Blaulicht gar nicht gesehen. Zwei hielten auf die Raststätte zu, der letzte stellte sich quer und sperrte die Ausfahrt.

»Warum geht neuerdings alles schief?« Jorne schubste L. hinter einen Altglascontainer.

Mehrere Beamte hatten den schwarzen Transit bereits umstellt. Sie schnüffelten an den Türen herum, warfen Blicke ins Fahrzeug. Walkie-Talkie-Stimmen schnarrten oder brabbelten unverständliches Zeug in die Nacht.

»Hör zu, ich wurde verfolgt«, sagte Jorne, was unter Paranoikern als Redensart gilt. Und bevor L. nachhaken konnte: »Wenn man verfolgt wird, kann man nicht immer auf die Verkehrsregeln achten.« Es klang, als müsse er noch überlegen, wie er ihr die Sache schonend beibringen sollte. »Mit anderen Worten …«

»Ja, ich höre?

»Auf dem Weg hierher musste ich … na ja, ich musste eine Straßensperre durchbrechen. Niemand wurde verletzt, aber die Tschugger haben das wahrscheinlich persönlich genommen. Du weißt ja, wie empfindlich die sind.«

»Ich fasse es nicht!« L. hatte plötzlich zittrige Knie. Sie fragte sich, ob es nur ein seelisches Nachbeben war oder ein neuer Schock, der ihr den Rest zu geben versprach. »Du machst mit meinen Wagen eine Polizeisperre platt? Hab ich dir nicht immer gesagt: Nichts riskieren, überlass es den andern, Fehler zu machen?«

»Tja, man hat's nicht leicht, aber leicht hat's einen«, erwiderte Jorne. »Kann jedem passieren, oder? Oh, keine Panik, ich habe den Wagen vorsichtshalber als gestohlen gemeldet.«

»Fabelhaft. Nun verstehe ich auch, warum du nicht zur Polizei fahren willst.« L. beobachtete, wie die Beamten die Tür ihres Wagens öffneten. »Bei dem Anruf hast du doch hoffentlich nicht dein tolles Natel benutzt?«

»Natürlich nicht. In der Beiz gibt es noch einen Münzsprecher gleich neben dem Klo.« Er hielt inne, denn der Zusammenhang mit der Razzia ging ihm auf. »Du meinst, die haben den Anruf zurückverfolgt?«

»Wahrscheinlich nicht, wo es unter den Tschuggern so viele Hellseher gibt!« Im Windschatten des Anhängers machte sich L. noch einmal Luft. »Wie kann man nur so bekloppt sein, eine Sperre zu crashen!«

»Warum holst du nicht gleich ein Megafon?« Auch Jorne war mit den Nerven am Ende. »Wolltest du nicht zur Polizei? Hier ist deine Chance!«

Der zweite Streifenwagen hielt gerade vor der Raststätte an. Sturzbetrunkene, wüst pöbelnde Gäste wurden nach kurzer Rangelei kontrolliert.

»Wir sind geliefert«, sagte L. Ein paar Beamte wieselten bereits zwischen den Trucks hin und her.

»Nein, wir sind erst geliefert, wenn wir abhaken.« Während sie geduckt von Truck zu Truck schlichen, rüttelte Jorne gelegentlich an einer Tür und erntete doch nie mehr als das Brummen eines halb wachen Schläfers.

»Sag mal …« Jorne blieb plötzlich stehen. »Kann es sein, dass wir reingelegt wurden? Ich meine, die Fahrer haben fest vorgeschriebene Routen und fahren nicht einfach so durch die Gegend.«

»Er meinte, er hätte sich im Nebel verfahren.« L. begann wieder zu schniefen. »Das Kreuz hat ihn zunächst nicht groß interessiert.« Sie brach ab, denn sie erinnerte sich, dass der Fahrer sie »Fräulein Friedhof« genannt hatte.

»He, ihr zwei … Was habt ihr an meiner Kutsche verloren?« Der grelle Schein einer Taschenlampe irrlichterte in die enge Gasse zwischen den Trucks.

»Püppie?« Tonis massige Gestalt torkelte auf sie zu. »Solltest du nicht längst im Krankenhaus sein?«

»Toni, mein Held, dich schickt der Himmel!« L. hatte sofort geschaltet. »Du, Süßer, wir haben ein kleines Problem.«

»Wir?« Der Trucker behandelte Jorne wie Luft. »Soll das heißen, du hast dem Aggrokobold noch nicht den Laufpass gegeben?« Er drückte sie an sich und fasste Jorne hämisch grinsend ins Auge. »Wenn sie mein Mädchen wäre, hätte ich sie längst in die Notaufnahme gefahren.«

»Sie ist aber nicht dein Mädchen«, sagte Jorne. »Und was die Notaufnahme anbelangt, du bist bereits auf dem Weg …«

»Droh mir nicht!«, bellte Toni. »Hätte ich keine Fuhre, könnten wir das wie Männer auskalfaktern!«

»Nicht so laut, Toni!« L. hielt unauffällig nach der Polizei Ausschau. »Sag, könntest du mich ins nächste Krankenhaus fahren? Wenn du mir nicht hilfst, dann werde ich vielleicht sterben …«

»Und er?« In Tonis Schädel begannen sich Hintergedanken zu regen. »Vorhin sagtest du noch, dein feiner Freund würde dich fahren.«

»Wie denn?« L. schaffte es, aus Leibeskräften zu seufzen. »Während Jorne auf mich wartete, haben sie seine Karre geklemmt.«

»Dem Sonntagsfahrer?« Trotz seiner Schadenfreude gelang es Toni, die Haltung des väterlichen Freundes zu wahren. »Tja, Püppie, ich hab dir ja gesagt, das *Filou* ist eine üble Kaschemme.«

»Bitte, Toni!« Die Stimmen der Streifenbeamten waren jetzt deutlich zu hören. »Du hast schon so viel für mich getan.«

»Genau, und jetzt ist Schluss!« Toni suchte in seiner Jackentasche nach dem Schlüssel. »Ich werde wegen dir nicht meinen Lappen riskieren. Ich meine, von meinem Promillegehalt könnte die Kantonsbullerei ein Jahresbesäufnis abhalten. Tut mir wirklich leid, Püppie, aber ich hau mich jetzt ein paar Stunden aufs Ohr.« Der Lichtschein seiner Lampe wanderte über die Leiter zum Fahrerhaus. »Morgen Früh ist die Welt wieder in Ordnung, wollen wir wetten?« Für einen Betrunkenen machte er eigentlich keine schlechte Figur, als er Stufe um Stufe zum Fahrerhaus stieg. Er öffnete die Tür, zog sich mit einem Ruck hoch – und knallte, beduselt wie er war, mit der Stirn an die Kante des Dachs. Wahrscheinlich war er bereits halb ohnmächtig, denn er stürzte rückwärts auf den Asphalt.

»Helft mir, bitte … Mein Arsch ist gebrochen!«

Während er sich noch die Matschbirne hielt, beugte sich Jorne langsam zu ihm herab, tätschelte Tonis Backe und sagte leise: »Gesundheit.« Er reichte dem Trucker die Hand, zog ihn hoch – und verpasste ihm in der Bewegung eine knallharte Rechte ans Kinn.

»Du fährst«, sagte er und warf L. Tonis Zündschlüssel zu. »Und ihn nehmen wir mit.«

13

Die Scheinwerfer bohrten zwei schummrige Lichtschneisen durch das Dunkel. Schlagkaputt, wie sie war, hatte L. ihre liebe Not, dem Verlauf der Kehren zu folgen. Sie hatte auch das Gefühl, dass der Wagen stets nach rechts ausbrechen wollte, was wahrscheinlich an einer schlechten Gewichtsverteilung in Tonis Laderaum lag. Wütend stampfte sie dann jedes Mal auf die Bremse.

»Liebes büsschen«, raunzte Toni von seinem Liegeplatz, »wo hast du denn fahren gelernt? So wie du den Anker reintrittst, würd ich sagen: *Fahrschule Halunke.*«

Da niemand lachte, lachte er doppelt so laut. Entweder war es der erhöhte Promillegehalt, oder er hoffte auf die große Eskalation. Sie waren jetzt schon anderthalb Stunden unterwegs, und wenn er so weiterstänkerte, würden sie vielleicht die Nerven verlieren und ihn rausschmeißen.

»Ihr seid wirklich ein sauberes Pärchen.« Fast genüsslich wiegte er sich in seinen Fesseln. »Möchte nicht in deiner Haut stecken, Püppie, nee, wirklich nicht … Die Bullen kaschen euch so oder so. Die sind nicht zimperlich, schon gar nicht mit einer aufsässigen Dorfmatratze wie dir. Die werden dich ausziehen, an deinem Nasenring anbinden und dir dann mit zwei Gummiknüppeln so richtig einheizen.«

»Soll ich ihm die Zähne einschlagen?«, fragte Jorne.

»Nein, ist doch ganz amüsant«, meinte L. Das Gefrotzel des Truckers half ihr, gegen die Müdigkeit anzukämpfen.

»Weißt du, was ich mich die ganze Zeit über frage?« Toni meldete sich wieder zu Wort. »Wie kommt es nur, dass ein so patentes Mädel wie du in so eine Scheiße gerät?« Er pausierte, als ob er ihr Bedenkzeit einräumen wollte. »Wenn du mich fragst, liegt es an deinem Freund. Ihr beide erinnert mich irgendwie an Britney Spears und diesen Loser, der Britney damals so runtergezogen hat …«

»Warum hältst du Schpatzehirni nicht mal die Schnauze?«, fragte Jorne.

»Ich geh dir wohl auf die Eier?« Toni begann hinterhältig zu kichern. »Wie kann ich einem auf die Eier gehen, der keine hat?« Er begann wieder verächtlich zu lachen. »Willst 'n Bier, Freund von Püppie? Meine Kühlbox ist voll. Ich geb einen aus!«

»Er trinkt nicht«, sagte L.

»Das will ich von ihm hören, nicht von dir.« Tonis glasige Augen schielten boshaft nach Jorne. »He, Freund von Püppie, lässt du dir wirklich von Pussy das Trinken verbieten?«

Jorne drehte langsam den Kopf. »Noch ein Wort …«

»Ja, das würde irgendwie zu euch passen«, raunzte Toni zurück.

»Zu wem?«

»Zu euch Schweizern. Ich meine, ihr macht doch diese komischen Uhren, aus denen so kleine Männchen rauskommen, Kuckuck brüllen und sich gegenseitig mit Hämmern auf den Kopf schlagen. Aber nur weil du impotent bist, musst du hier keinen auf Horrorshow machen. Oder bist – mal Hand aufs Herz – einer von diesen verkappten Homos? Ich meine, das sind die Schlimmsten. Führen sich immer so auf wie der olle Clint Eastwood, weil sie nicht auffliegen wollen. Kann natürlich sein, dass sie es selbst gar nicht wissen oder wissen wollen, weil sie ihr Coming-out auf die lange Bank geschoben haben. So Typen gibt's …«

Er verstummte erst, als Jornes Hand mitten in seinem Gesicht landete.

»Du hattest recht«, sagte Jorne, »du gehst mir wirklich auf die Gerösteten, Mann, und dabei haben wir noch eine lange Fahrt vor uns. Tu dir selbst einen Gefallen und halt einfach mal die nächste halbe Stunde die Schnauze!«

Er stieß Toni zurück in die Koje.

»Weißt du, was hilft?«, murmelte er an L.s Adresse gerichtet. »Der Gedanke an das Geld und was man damit später anstellen kann.«

L. nahm eine Hand vom Steuer und betrachtete den von Wundsekreten aufgeweichten Verband. »Oh, du meinst, so was wie ein neues Leben beginnen? Geht das überhaupt?« Ihre Nase begann aus unerfindlichen Gründen zu laufen. »Die Wahrheit ist, du schleppst immer deine ganze verkorkste Vergangenheit mit rum, ganz gleich, wohin du gehst. Schon komisch, dass ich jetzt daran denke, aber als Kind, da war ich mal mit meinen Eltern auf einer Alm im Lötschental. Die Hütte, in der wir schliefen, war ein alter Kuhstall. Nachts war es kalt, und jeden Tag gab es entweder Käsebrot oder Raclette, es war immer zu windig oder zu heiß, und das Klo stank zum Himmel. Ich erinnere mich, dass mein Vater rumnörgelte, weil es nirgends einen Tante-Emma-Laden oder Ähnliches gab. Also musste er immer zur Bergstation laufen, um sich volllaufen zu lassen.«

»Wie romantisch«, unkte Toni dazwischen, »aber Saufen macht frei! Dein Vater war ein prima Kerl, im Unterschied zu diesem Versager.« Diesmal erntete er doch eine Schelle. »Ja, schlag ruhig zu! Hau mir die Hucke voll, als überzeugter Pazifist werde ich nicht zurückschlagen …« Er reckte plötzlich den Hals.

»Hallöchen, wenn mich meine Augen nicht trügen, dann steht da Basel …« Er hängte seinen verschwitzten Schädel nach vorn. »Kann es sein, dass ihr zum Rheinhafen wollt?«

»Und wenn?«, frage L.

»Na ja, es gibt drei Rheinhäfen, ihr dämlichen Amateure!« Toni stieß mit dem Kopf vor wie ein störrischer Ochse. »Birsfelden, Muttenz und Kleinhüningen. Welcher darf's denn sein?«

Jorne erinnerte sich, bereits Hinweise auf Verkehrstafeln gelesen zu haben. »Zum Containerhafen«, sagte er knapp.

»Da habt ihr aber Massel, die Ausfahrt kommt jeden Moment. Ein paar Kilometer, Püppie, und du musst raus …«

Jorne langte nach hinten, erwischte Tonis Ohrläppchen und zog ihn von seinem Liegeplatz hoch. »Schlycher, du willst uns doch nicht verschaukeln?«

»Verschaukeln?« Toni zeigte seine verschnürten Hände und grinste. »Ich will euch loswerden, das ist alles!«

Es dauerte nicht lange, und das Hinweisschild tauchte auf.

»Sieht mir nicht wie ein Zubringer aus«, knurrte Jorne, doch L. hatte schon den Blinker betätigt.

Die Ausfahrt wurde plötzlich lebendig, was nicht nur an den Konvois südeuropäischer Lastzüge lag. Was sich da am Straßenrand im Licht der Scheinwerfer zeigte, ließ sich nur als wildes Busen- und Zähneblecken beschreiben. Einige der Gunstgewerblerinnen – so wirkte es jedenfalls auf den ersten Blick – hatten ihre Strings und Bikinis mit Wollhosen und Skijacken kombiniert, andere hoben einfach die Röcke. Unter manchen Perücken zeigten sich auch stoppelbärtige, wüst geschminkte Gesichter von freischaffenden Abgesandten des dritten Geschlechts. Eine wahre Zwillingsschwester der Eurovision-Transe warf ihnen immer wieder Kusshändchen zu.

»Na, Freund von Püppie, wäre der nicht was für dich?« Toni hatte es auf die Knie geschafft, sein Kinn stützte er auf die Rückenlehne von Jornes Sitz. »Schon traurig«, sabberte er vor sich hin. »Das war mal der beste Schnepfenstrich weit und breit, aber neuerdings wimmelt es hier nur so von serbokroatischen Transen ... Wo sind bloß all die welschen Landnutten hin, die Heißblütlerinnen mit den vollfetten Eutern? Weiß Gott, der olle Erwin C. Dietrich hätte sein letztes Hemd für eine von diesen Schmiernippeln gegeben.«

»Du armer Irrer.« Jorne hatte einiges auf seinen Touren mit L. erlebt, doch noch nie zuvor hatte er unter einer derartigen Nervensäge zu leiden gehabt. »Worauf wartest du, L.?«, ächzte er. »Sieh zu, dass du wieder auf die Autobahn kommst.«

»He, ich wollte dir nur einen Gefallen tun!« Toni gluckste beleidigt-amüsiert vor sich hin. Im Wimmelbild der vorbeisausenden Szenerie lenkte ihn ein senffarbener Volvo mit Heckschürze ab. »Warte mal, Püppie! Fahr nicht so schnell ... Ich glaub's ja nicht, da steht die Knochenschüttel von Fritzi ... Fritzi, dem rollenden Gockel! Dachte, der wäre längst pensioniert.« Toni schien seine Pappenheimer zu kennen. »Seht ihr die Aeromansarde da drüben, das Teil mit den versilberten Auspufftöpfen und der Dachschlafkabine? Das ist die Kutsche vom alten Monnezza – der fährt seit Ewigkeiten Sonderabfall quer durch Europa. Er entsorgt einfach alles – tja, so wird man reich.«

Er hängte den Kopf wieder nach vorn. »Na, was ist los, Freund von Püppie? Wo ich herkomme, da zieht man den Bogen über die Geige, solange man lebt. Schlappschwanz!« Er kicherte böse. »Sag bloß, dir fehlt die Patte. Das muss ja richtig wehtun, mein Freund.« Tonis Wissen um die handfesten Realitäten des Lebens schmerzte nicht nur, es war unerträglich. »Nun komm schon, für ein Spaziergäld[63] machen die hier sogar 'ne Nummer im Steh'n.«

»Das war's für dich, Kackfrosch!« Jorne wollte gerade ausholen, als L. heftig bremste. »Da vorne …« Ihre Augen wirkten unnatürlich geweitet. »Der … Frigo.«

Es war der Langhauber von LaRue, die Hebebühne am Heck hätte sie unter Tausenden wiedererkannt. Offenbar war der Fahrer dabei, mit einer Nutte zu kobern.

»Das ist er? Bist du ganz sicher?«

»Klar, was fragst du so blöd?« L. packte das Lenkrad so fest, dass ihre Knöchel weiß wurden. Zum ersten Mal konnte sie das Nummernschild sehen. »Siehst du das? – GR 6… 6… 6 … Er kommt aus Graubünden …«

»Du denkst an Davos? Das kann Zufall sein.«

»He, ich bin auch noch da«, mischte Toni sich ein. In Sekunden hatte er die Lage gepeilt. »Hinter dem seid ihr her?« Er versuchte erneut auf die Beine zu kommen. »Ich glaube, du irrst dich, Püppie, der Frosti ist ein stockschwuler Hecht.«

»Frosti?« Jorne zog Toni nach vorn. »Er heißt Frosti, dein Freund?«

»Scheiße, nein!« Abwehrend hob Toni die Hände. »Alle Frigo-

---

63 Schweizerisch: 100 Franken

Fahrer werden in der Szene Frosti genannt. Der Typ fährt zufällig dieselbe Strecke wie ich. Ich weiß nicht, wie er heißt, aber er trägt blonde Perücken, und wenn er dir dann auf dem Gotthard entgegenkommt, denkst du – so von Weitem –, da sitzt eine Tunte am Steuer! Außerdem …«, er versuchte sein Kinn einzuziehen, »… hat er immer diese UV-Funzel an, und alle Welt weiß doch, dass nur Analakrobaten auf rosa Kabinenlicht steh'n.«

»Muss das sein?«, fragte L. in diesem Moment in die Stille. »Muss es wirklich sein, Jorne?«

»Unter Bergsteigern gibt es eine Redensart …« Jornes Hand an Tonis Kehle entspannte sich, der Maulheld sackte in sich zusammen und gab endlich Ruhe.

»Über einen Entschluss, den man gefasst hat, nachzudenken, ist Zeitverschwendung. Glaubst du, ich mach das hier zum Spaß?«

»Aber es ist Stunden her! Er hat seine Ladung vielleicht schon gelöscht.«

»Es geht nicht um seine Ladung«, sagte Jorne. »Es geht um meine Altersversorgung, ich dachte, das hätte ich deutlich gesagt.«

»Hast du«, murmelte L. Und nachdem sie ihre verkrampften Hände endlich vom Lenkrad losreißen konnte: »Zur Not steigst du auch in diese fahrende Gruft. Was bist du nur für ein Tier …«

»Schlimmer«, erwiderte Jorne, äußerlich völlig gelassen, »ich bin ein Mann.« Eine Aussage, die bei Toni ein böses Kichern auslöste. »He, Püppie, du wirfst ihm doch nicht vor, ein Mann zu sein, oder?«

Vielleicht war es der Moment, auf den Toni gewartet hatte. Er war unter seinesgleichen, unter guten Bekannten und Freiern, und alles, was er tun musste, war, sich bemerkbar zu machen. Irgendwie schaffte er es hoch und langte L. über die Schulter. Seine gefesselten Hände krallten sich in den Hupenring und verursachten ein aberwitziges Geräusch.

Am Straßenrand drehten sich bereits einige gespenstisch geschminkte Gesichter.

»Hilfe!«, brüllte Toni in einer Lautstärke, dass die Scheiben vibrierten. »Überfall! ÜBERFALL!!!«

Jorne reagierte blitzschnell – er klappte seine Sitzlehne zurück, öffnete die Kabinentür und versetzte Toni einen herzhaften Stoß. Der kämpfte noch eine Sekunde um seine Balance und fiel dann kopfüber nach draußen. Jorne zog die Tür wieder ins Schloss. »Unkraut vergeht nicht. Auf was wartest du, Elle?«

Widerwillig stampfte L. aufs Pedal. Ein Blick in den Seitenspiegel gab Jorne recht, denn Toni stand bereits wieder auf seinen säbelförmigen Beinen.

»Langsam … Fahr vorbei und zieh dann einfach rechts rüber.« Jorne hatte schon seinen Hammer gezückt. »Ich springe kurz raus und knöpf ihn mir vor.«

Zu L.s Überraschung trat der nur in Reizwäsche gekleidete Mann just in diesem Moment von LaRues Kutsche zurück, der Frigo fuhr ruckartig an und scherte knapp vor ihnen ein. Seine Hintertür schien plötzlich an der Windschutzscheibe zu kleben.

»Bleib ihm auf den Fersen«, knurre Jorne. »Häng dich an ihn ran!«

»Spinnst du? Ich stecke in seinem Arsch, und du willst, dass ich noch dichter auffahre?« Entweder war es das Fieber, das oft verzögert einer schweren Unterkühlung folgt, oder die Angst regnete sich gerade in Form von eiskaltem Schweiß unter L.s Mantel ab.

Die Kupplung von Tonis Chausseewalze ließ sie eher unabsichtlich springen. Gleichzeitig landete sie einen Godzilla-Bleifuß auf dem Gas. Der Schub warf Jorne fast auf die Rückbank, aber das kleine Missgeschick entlockte ihm nur ein grimmiges Lächeln.

Es war nicht schwer, dem rollenden, hell beleuchteten Kühlschrank zu folgen. L. fiel manchmal ein paar hundert Meter zurück, aber das war kein Problem, denn die Verkleidung des Wagens blitzte immer wieder im Schein von anderen Lichtquellen auf.

»Dranbleiben«, sagte Jorne. »Wenn er abbiegt …«

»Abbiegt – auf gerader Strecke?« L. scherte zwischen einem Schwertransporter und einem Kleinwagen ein. »Ich bitte dich jetzt zum letzten Mal, lass uns die Sache vergessen.« Doch Jorne schüttelte nur manisch den Kopf.

Die Straße zog eine weit geschwungene Kurve, und als sie sich wieder begradigte, hatten sie sich dem Frigo bis auf Zuglänge genähert.

»Wer hätte das gedacht«, sagte L. mit einem Blick auf den Tacho, »er hält die Richtgeschwindigkeit ein. – Ich hab's!«, sagte sie dann, als wäre ihr gerade ein Licht aufgegangen. »Wir linken ihn ab – auf die feine englische Art.«

»Soll heißen?« Jorne hatte die letzten zehn Minuten den Stiel seines Zweispitzhammers mit Duck Tape umwickelt. Ob es ihm um bessere Griffsicherheit ging oder ob er es tat, um seine Nervosität zu verbergen, war schwer zu sagen.

»Bei seiner nächsten Pinkelpause knacken wir seinen Truck. Die Tür kriegst du doch auf, oder? Wir steigen ein, nehmen, was uns gehört, und verschwinden.«

»Ich lass ihn nicht laufen«, erwiderte Jorne, »nicht nach der Nummer, die er mit dir abziehen wollte.«

»Natürlich nicht!« L.s Fieberkurve war wahrscheinlich noch immer am Steigen, denn sie hatte sich selbst noch nie so laut brüllen gehört. »Du lässt ihn nicht laufen, weil du ja der Mountain King bist! Der letzte Hochgebirgstiger, der mit der Eisaxt Tatsachen schafft! Denk doch mal nach: Wenn du die Nummer durchziehst, nicht abgeknallt wirst und dem Typen den Schädel einschlägst, wanderst du in den Knast.«

Die Frage zauberte ein tückisches Lächeln auf Jornes Gesicht: »Wenn es die Sache wert ist, Prinzessin, warum eigentlich nicht? Ich werde Frosti den Arsch zunageln und jede Sekunde genießen. Und das mit dem Knast ist nicht so schlimm, wie du denkst. Es ist in etwa so wie im Zoo: Man bekommt sein Fressen, und die Wärter machen dir zuliebe ein bisschen Theater. Ansonsten lassen sie dich in Ruhe. Irgendwie habe ich da gerade ungemein Sehnsucht danach.«

3. Die Meineid-genossen

Gott stirbt im Schoß der christlichen Gesellschaft,
und er stirbt eben deshalb, weil die Gesellschaft
ihrem Wesen nach nicht christlich war.

OCTAVIO PAZ

1

Eisblau und klar wie ein Seidenbaldachin überspannte der neue Morgen die raureifbedeckten Äcker. Die weißen Berge waren in weite Ferne gerückt – eine Eiskruste am Horizont, mehr war von ihnen nicht mehr geblieben.

L.s Augen hingen auf Halbmast, ihre gebrochene Nase fühlte sich kalt und gummiartig an wie ein Fremdkörper mitten in ihrem Gesicht. Die Landschaft, die sie sah, hatte etwas Fremdartiges. Sie wirkte nicht real, sondern wie eine halluzinierte abstrakte Fläche, ein monotones Graubraun, das sich an der Stelle, wo die Sonne aufging, rötlich verfärbte. Während ihr Kopf im Rhythmus der uneben asphaltierten Ebene vor sich hin nickte, waren ihre Hände fest ins Steuer gekrallt. Seit Stunden folgte sie dieser Straße, deren Asphalt wie Streusel hin- und herrutschte. Die Bodenwellen schlugen immer wieder hart durch die Reifen. Gelegentlich sauste ein typischer Kleinbusfahrer – Typ früher Vogel, der doch nichts kriegt – an ihnen vorbei. Die Uhr des Armaturenbretts zeigte halb acht. In zwanzig, höchstens dreißig Minuten würden sie den Rheinhafen erreicht haben.

Das Heck des Frigos, an dem sie klebte, begnügte sich damit, weiterhin ein schwarzes Viereck in den hellblauen Himmel zu stanzen. LaRue fuhr offenbar Tempomat, es war die einzige Erklärung für die Beständigkeit, mit der er die Richtgeschwindigkeit einhielt. L. konnte es sich daher leisten, gemächlich im Windschatten eines Schwertransporters zu zotteln. Von anfänglichem Verhaspeln mit der Gangschaltung abgesehen, saß sie sicher in Tonis tigerplüschgepolstertem Sattel. Sie fragte sich dennoch, ob sie den Fuß nicht lieber vom Gaspedal nehmen sollte. Wenn die Tankuhr nicht defekt war, fuhr sie bereits auf Reserve.

»Keine Sorge, er läuft nicht trocken.« Jorne hatte das rote Lämpchen schon länger im Auge. »Ich hab draußen am Fahrgestell noch zwei Zwanzig-Liter-Reservekanister gesehen. Dein Gentleman-Trucker hat wirklich an alles gedacht.« Er reichte L. einen Becher mit Kaffee. »Voilà, eine Latte macchiato für Fräulein Friedhof«, sagte er dann. »Du hast zwar keinen bestellt, aber so bin ich nun mal.« Nach allerlei Fehlversuchen mit Tonis Kaffeemaschine hatte er immerhin eine Art milchgeschäumte Brühe zustande gebracht. »Wir sind gleich am Rhein. Weiter kann der Bastard nicht fahren, selbst wenn er der Leibhaftige wäre. Am Ende der Rumpelstrecke haben wir ihn.«

Es war inzwischen halb elf, die Sonne stand jetzt schön rund am Himmel. Jorne klappte die Blende zurück, seine Miene hellte sich schlagartig auf, als ob ihm das Licht in die Seele einsickern würde. »Hör mal«, sagte er, »ich hoffe, du bist nicht mehr verärgert, weil die Grenze zwischen Beruf und Freundschaft nicht da war, wo du vielleicht gedacht hast.

Wir sind schließlich nicht verheiratet, oder?«

»Nein, sind wir nicht.«

»Doch auch wenn wir verheiratet wären, hätte ich mich nicht anders verhalten. Ich meine, ich hätte dich an der Klostermauer beim besten Willen nicht auffangen können. Du bist nicht schwer, aber bei der Höhe … Masse mal Geschwindigkeit …«

»Vergiss es, du sagtest ja, dass du es an den Bandscheiben hast.«

»Sagte ich das?«

»Ja. Und ob ich hier noch bis Basel-Rheinhafen – oder die Kutsche in den nächsten Brückenpfeiler fahre, dürfte eh keinen Unterschied machen, denn wir sind so gut wie erledigt.«

»Wart's ab«, sagte Jorne, »die Party fängt gerade erst an.«

»Und sie wird mir mit Sicherheit nicht gefallen.« L. hatte sich gerade vorgestellt, wie sich die Türen des Frigos plötzlich öffneten, um eine Melange aus Blumen, zerzausten Haaren und nacktem Fleisch auf die Fahrbahn zu streuen. »Ich meine, soweit ich mich erinnern kann, habe ich immer für meine eigenen saudummen Fehler bezahlt, und dass ich hier sitze, schlägt dem Fass den Boden aus, so saudumm ist die ganze Situation.«

»He, sieh mal …« Jorne richtete sich plötzlich auf. »Hast du nicht gerade was von Brückenpfeilern gesagt?«

Eine Fußgängerbrücke – die erste seit Stunden – kam über der Fahrbahn in Sicht. Schon von Weitem wirkte sie auffällig, denn bunte Transparente hingen an ihrem Geländer herab.

»Ist das 'ne Staumeldung?«, fragte Jorne. Er kniff die Augen zusammen, über den Bannern waren Köpfe zu sehen. »Kannst du was lesen?«

»Hallo, lieber Gott …« Die konkrete Aussage dieser drei Worte drang L. erst nach und nach ins Bewusstsein.

»Was?«

»Ich lese nur, was da steht.« Die krakelige Schrift unter dem blauen Himmel hätte ihr früher bestenfalls ein müdes Lächeln entlockt. »Hallo, lieber Gott, auf welchen Planeten sollen wir ziehen, nachdem die Erde …«

L. konnte den Rest nicht mehr lesen, denn sie hatten die Unterführung passiert.

»Glück gehabt«, sagte L. »Diese Spinner hätten sich auch festkleben können.« Sie lachte auf, um dann fröhlich zu singen: *Hallo, lieber Gott, schau doch mal zum Himmel raus. Ich wohn' da vorn im dritten Haus …*

»Redest du mit mir?«, erkundigte sich Jorne.

»Wieso? Das war das Lieblingslied meiner Mutter. Sie hatte einen batteriebetriebenen Plattenkoffer, und wenn sie bügelte, dann spielte sie oft diese bescheuerte Platte.«

Dass ihr in diesem Moment glühend heiß wurde, hatte nichts mit ihrem Fieber zu tun. »Jorne … Es klingt vielleicht seltsam, aber könntest du meine Mutter anrufen?«

»Du weißt, dass ich das nicht kann«, erwiderte Jorne. »Es ist gegen die Regeln, und ich glaube, wir haben schon so genug Zores am Hals.«

Es war klar, dass Toni zur Polizei marschiert war, um seinen Truck als gestohlen zu melden. Das bedeutete, sie wurden von den Tschuggern gesucht und wahrscheinlich auch von Tonis Kollegen, die danach trachteten, ihren herzensguten Kumpel zu rächen.

»Entschuldige«, sagte L., »ich habe wohl nur etwas Mitgefühl gesucht und muss dich für jemand anderen gehalten haben …«

»Du kannst es einfach nicht lassen«, knurrte Jorne. »Ich will dir mal was sagen: Wenn ich deine Mutter früher anrief, hat sie mich übelst beschimpft.«

»Sie beschimpft jeden, das ist bei ihr völlig normal!«

»Wie tröstlich.«

»Du verstehst nicht.« L. begann am ganzen Körper zu zittern. »Am Abend vor der Tour haben wir uns mal wieder gestritten, und als ich ging, da hatte ich das Gefühl, es war das letzte Mal, dass sie …«

»Dass sie dich beschimpft hat?« Jorne zog eine Grimasse. »Na schön. Ganz wie du willst.«

Sie kannte die Nummer auswendig, und als es klingelte, hielt ihr Jorne das Natel ans Ohr. L. begann an ihrer Unterlippe zu kauen. »Das Telefon steht im Flur, und sie braucht ihre Zeit.«

»Sag mir einfach, wann du genug von dem Klingelton hast.«

»Pst!« Sie bedeckte ihr linkes Ohr mit der Hand, um besser verstehen zu können. »Hallo? – Wer ist da bitte? – Ja, ja, ich bin die Tochter …« Sie presste das Telefon an ihr Ohr. »Ich hätte gerne … meine Mutter gesprochen. Meine Mutter. – Wie bitte? Wann ist das passiert?«

Irgendwie ahnte Jorne bereits, worum es ging, denn er suchte nach den Bergen am Horizont.

»Verstehe«, sagte L. nach einiger Zeit. »Gestern Nacht. Da kann man nichts machen. – Ein Nachtzuschlag? – Hallo? Hm hm … Das höre ich jetzt zum ersten Mal. – Alles klar. – Ich werde mich nach meiner Rückkehr um ein Krematorium kümmern. Wie bitte?« Sie verzog den Mund, als hätte sie in etwas Saures gebissen. »Natürlich habe ich Geld … Eine Anzahlung? Tut mir leid, aber ich bin unterwegs. – Nein, ich habe keine Kreditkarte zur Hand. Wie, ist schon erledigt?« Das Gespräch schien beendet, denn sie schlug plötzlich mit der Faust in den Hupenring und löste dabei versehentlich das Luftdruckhorn aus.

Danach wirkte sie wie erstarrt.

»Was ist los?«, fragte Jorne. Behutsam nahm er ihr das Natel aus der Hand und schaltete den Flugmodus ein.

»Alles gut«, würgte L. unter Tränen hervor. »Mutters Leichnam befindet sich in diesem Moment auf der Europastraße 55, kurz vor der tschechischen Grenze.«

»Ist das … sinnbildlich gemeint?«

»Nein. Heutzutage stecken sie dich in den Ofen, wo es am billigsten ist, und in Teplice steht nun mal das billigste Krematorium Europas. Die Urne wird mir nächste Woche per Post zugestellt. Und die Rechnung selbstverständlich auch.«

Trotz ihres Schüttelfrosts begann sie am Seitenfenster zu kurbeln, bis der Fahrtwind die Kabine durchblies.

»Wieder eine Leerstelle mehr«, sagte sie dann. »Und irgendwann hast du alles verloren – deine Eltern, deine Arbeit, dein Aussehen. Alles geht flöten.« Sie starrte abwechselnd auf den Mittelstreifen und die Gegenfahrbahn. »Manchmal hätte ich Lust, da einfach rüberzuziehen …«

»Auf die leere Gegenfahrbahn? – Tu's doch, ich werd dich nicht daran hindern.«

»Genau das ist der Punkt: Jedes Mal, wenn ich so weit bin, kommt mir keiner entgegen.«

»Damit ist klar, dass du einen Schutzengel hast«, sagte Jorne. Er hatte ihr einen weiteren Kaffee gezapft und war froh, dass seine lädierte Partnerin ab und zu schlürfte. »Und – hast du dir eigentlich schon überlegt, was du mit der Kohle anfangen wirst? Du könntest eine Weltreise machen, mit einem Kreuzfahrtschiff.«

»Das ist Unsinn«, erwiderte sie. »Das Leben hat mich gebodigt[64]. Da wird nichts mehr draus. Wenn du wirklich wissen willst, was ich vorhabe, dann muss ich dir sagen, sollte ich diese Fahrt überleben, werde ich mich einfach verkriechen. In irgendeinem akademischen Schlupfwinkel von irgendeiner Provinzfakultät, wo mich keiner kennt und ich dieses Ding namens Leben einfach aussitzen kann.«

»Dann hatte deine Mutter also doch recht«, erwiderte Jorne. »Hat sie dich nicht immer ihre kleine ›Inmich‹ genannt?«

»Ja, hat sie, aber es soll Schlimmeres geben.«

»Das würde ich auch nicht bestreiten.« Die Hand, mit der Jorne ihren leeren Becher entgegennahm, schien unnatürlich zu zittern. »Nach Vrenis Tod … Da wusste ich nicht mehr weiter, trieb mich auf der Straße herum … Und eines Abends – ob du's glaubst oder nicht –, da regnete es Leichen vom Himmel.«

»Leichen? Jetzt muss ich mal fragen, ob das eben eine Metapher war?«

»Nein, ich schwör's dir. Es war ein Zeichen von Gott, und ich hab es mit eigenen Augen gesehen.«

»Damit solltest du mal zum Arzt gehen«, schnappte L. »Nicht mal die Bibel hat so einen Schwachsinn behauptet!«

»Aber so war es«, entgegnete Jorne, »es regnete Leichen vom Himmel.«

Und bevor ein neuer, handfester Streit zwischen ihnen ausbrechen konnte: »Ihr Heuchler … Über die Zeichen des Himmels könnt ihr urteilen; könntet ihr dann nicht auch die Zeichen dieser Zeit deuten? – Lukas 12«, fügte er lächelnd hinzu.

Inzwischen hatten sie fast den Rheinhafen erreicht. Von den steinernen Tempeln der Götter, mit ihren weißen vornehmen Dächern, war nichts mehr zu sehen, was vielleicht daran lag, dass sich der Himmel eingetrübt hatte. Zwischen wüst hingeplatschten Häuserhau-

---

64 Schweizerisch: besiegt

fen – auf einem von Planierraupen zerfurchten Gelände – schien nur noch jene Sorte Gesträuch zu gedeihen, die man in Nordamerika Steppenroller oder Tumbleweed nennt. Jorne spürte die Qual der verstörten Natur, die unter aufgeschütteten Trassen und halb fertigen Brücken erstickte.

LaRues Frigo fuhr jetzt keine fünfhundert Meter vor ihnen her. Ob der Fahrer nicht längst bemerkt hatte, dass sich ein ganz bestimmter Truck in seinem Kielwasser hielt? Andererseits, alle Lastzüge und Kolonnen, die hier unterwegs waren, fuhren zu einem der Häfen.

Das Schild CONTAINERHAFEN KLEINHÜNINGEN kam dann wie eine Erlösung.

»Siehst du das? Frosti hat den Blinker gesetzt.«

»Tipptopp.« Jorne kramte in seinem Seesack. »Das bedeutet, dass unser Frosti in absehbarer Zeit irgendwo anhalten wird – und dann ist er fällig.«

Wegen der einfallenden Sonne schienen seine Augen noch tiefer in ihren Höhlen zu liegen. »Klar, ich weiß, dass die Sache auch schiefgehen kann, aber vor dem Tod braucht sich keiner zu fürchten. Das Leben ist das Problem. Ich hatte es wahrscheinlich schon immer loswerden wollen, sonst hätte ich mich nicht auf die Bergsteigerei eingelassen. Eigentlich waren da alle so drauf: Fiel mal einer vom Berg, haben wir ihn unter einem Haufen Flaschen begraben. Ich meine, die meisten hatten immer was intus, allein schon wegen der Kälte. Andere hatten mit dem inneren Abgrund zu kämpfen.« Er schnappte nach Luft, als ob er Atemnot hätte. »Lassen wir das, aus meinem Abgrund komm ich sowieso nicht mehr raus.«

2

Die Hafenanlage entpuppte sich als ein industrieller Grand Canyon, dessen Schluchten aus bunten, hoch aufgestapelten ISO-Containern bestanden. Aufeinandergestapelt – im technischen wie im wirtschaftlichen Sinn, aber verbindungslos – symbolisierten sie ein neues Gesicht des Sozialstaats. Aus Betonkuben waren Stahlmodule geworden, aus schlecht belüfteten Zwei-Raum-Wohnungen fensterlose Zellen. Darüber zogen sich in luftiger Höhe komplexe Schienensysteme von Anlegestelle zu Anlegestelle hinweg. Soweit aus dem fahrenden Wagen erkennbar, bildete sich auch am Ufer des Rheins der schmutzig-sulzige Schnee der Plastikapokalypse. PET-Flaschen, Blechbüchsen, Einkaufstüten, Toilettenpapier und Reste von Europaletten vermengten sich hier seit einem halben Jahrhundert zum neuen »Erdreich« der westlichen Welt.

Als Folge von zweitausend Jahren Christentum, dachte sie noch, stehen wir heute vor einer entseelten Natur und einer geistig abgestorbenen Welt, die von den Menschen nur noch im Hinblick auf ihre Nutzbarkeit wahrgenommen wird. Das Christentum begründet bis heute seine Macht im menschlichen Unfrieden mit der Natur. Wo immer die Missionare seit dem 2. Jahrhundert auftauchten, da verdammten sie die Natur und verleiteten die Gläubigen, sich außerhalb der natürlichen Ordnung zu stellen – ein fataler Trugschluss, der die Welt in ein ökologisches Desaster gestürzt hat. Die Eindeutigkeit der Natur als Schöpfungskraft musste erst gründlich zerstört werden, um Fauna und Flora als verwertbares Material zu Markte zu tragen. Selbst die dem irren Mönch Bonifatius zum Opfer gefallene Donareiche[65] wurde noch als Brennholz verkauft. Subtiler gingen dagegen jene Aufschneider vor, die den Leuten Naturerscheinungen als Ausdrucksfor-

---

65 Eines der wichtigsten germanischen Heiligtümer

men des göttlichen Willens verkauften. Daher die Mühen der ersten Seelenfischer, ihre fadenscheinigen Versuche, den Israeliten in Sandstürmen, Überschwemmungen und Blitzeinschlägen Gottes omnipräsente Macht vorzugaukeln. Ist es nicht so? – Wenn die Bibel glaubhaft von Gott spricht, zeigt sie immer auf die Natur, es geht ja nicht anders.

Die Fahrt ging jetzt an einer riesigen, fast leeren Parkfläche mit nummerierten Stellplätzen vorbei. Bewegte sich etwas, dann waren es Gabelstapler, die im Schneckentempo von A nach B krochen. Ein Dutzend Hafenarbeiter, die aufgetaucht waren, drehten nicht mal die Köpfe, als der Frigo nur um Haaresbreite die schräg stehende Rampe eines Kippladers verfehlte. Offenbar waren sie eilige Trucker gewöhnt. Dass LaRue mit einigem Tempo durch die Fahrgassen fuhr, konnte man nur am Spritzwasser sehen.

An der letzten Lagerhalle, kurz vor dem Zollamt, bog der Frigo plötzlich scharf ab und fuhr in eine etwas niedrigere Schlucht aus bunten Stahlbauklötzen hinein. Zwei Kräne schienen hier an etwas zu bauen – vielleicht an einer dieser riesigen, dauerhaften Notunterkünfte. L. ging in diesem Moment so einiges durch den Kopf. Überall in Europa entstanden ja ähnliche, freilich nicht ganz so hohe Containerdörfer als Fundamente einer zukünftigen, sozial bewässerten Petrischalenkultur. Vielleicht verkörperten diese Behausungen auch auf grässliche Weise die Keimlinge eines neuen Europas, das sich irgendwann – einem sich bis zum Kaukasus hin erstreckenden Stelenfeld gleich – über den Ruinen der einstigen europäischen Kulturen auftürmen würde.

L. empfand in diesem Moment eine Panik wie in einem bösen Traum, wo man in das falsche Gebäude gerät und den Ausgang nicht findet. Ihr schauderte vor diesem gigantischen, unförmigen Anorganismus, und vielleicht wusste sie in diesem Moment – überhaupt zum ersten Mal in ihrem Leben –, dass der vermeintlich gute Schöpfer der Welt das genaue Gegenteil war.

Wie eine Hellsichtige – wahrscheinlich eine Folge des Fiebers – glaubte sie in diesem Moment die Zukunft zu sehen: ein arschoffenes, vermülltes Niemandsland, beherrscht von einem Maschinenunwesen – ein voll automatisiertes Gefängnis, bevölkert von Herden und Horden, die sich in allem uneinig waren und sich dementsprechend bekämpften. Was wollte sie noch in diesem Chaos, das eine politische Société anonyme zu verantworten hatte? Armut, Dummheit und Degeneration als kulturelle Endzeitfaktoren. Ein Leben inmitten grässlicher Ausdünstungen, nie verstummendem Lärm und jenen fernen Sirenen, die der Großstädter nur allzu gut kennt. Ein mechanisches Treibhaus, in dem das Leben etwas so Laues war, dass man es nur noch ausspucken wollte.

Aus tiefstem Herzen sehnte sie sich in diesem Moment nach den Bergen zurück. Das Leben dort oben war zwar nicht immer leicht, doch selbst die älteste Maiensäße[66], der ärmlichste Schafstall ohne Strom und fließend Wasser war besser als das, was sie hier sah.

»Wie?«, fragte Jorne ohne erkennbaren Grund. »Hast du was gesagt?«

»Hab ich das?« Sie schüttelte verlegen den Kopf. »Ich habe mich nur gefragt, wie kommen wir an diesen schrecklichen Ort? Wir kommen doch aus den Bergen … Oder hab ich das nur geträumt?«

Jorne spürte, was sich hinter diesen Worten verbarg, und obwohl es ihm fernlag, sie zu bemuttern, legte er ihr sanft eine Hand auf die Schulter.

»Ja, da kommen wir her, und dorthin fahren wir auch wieder zurück! Darauf gebe ich dir mein Wort.«

Eine Zeit lang waren nur die aufgestapelten, teils überhängenden Paletten aus Cargoboxen zu sehen, dann kam das Hafenbecken in Sicht. Trotz des klaren, sonnigen Wetters hing draußen über dem Wasser ein faseriger Nebel. Er mochte chemische Ursachen haben,

---

66 Sonderform der Alm

denn selbst die gegenüberliegenden Anlegeplätze waren nur verschwommen zu sehen.

»Endstation«, sagte L. Sie fuhr an der letzten Mole vorbei und hielt hinter einem zweistöckigen Wellblechverschlag, der wohl als Lagerstätte für Seemannszeug diente. Auch LaRue hatte gehalten. Er wendete und fuhr rückwärts zu einer Anlegestelle.

»Wenn du jetzt aussteigst, bist du allein«, sagte L.

»Das ist mir nicht so neu, wie du denkst«, erwiderte Jorne. »Hör mal, ich habe es mir überlegt. Ich lasse den Typen laufen und mache es auf die feine englische Art, genau wie du sagst. Es geht uns nur um das Kreuz. Das Ding hier nehme ich nur zur Sicherheit mit.« Er versenkte den Zweispitzhammer in seiner Manteltasche und wartete, bis sie nickte. Zuletzt zog er den Stichel aus seinem Stiefel, drehte ihn in der Hand und präsentierte L. den Griff.

»Hier, das ist nur für den Fall, dass was schiefgehen sollte.«

»Verstehe. Ich glaube aber nicht, dass ich das kann.«

»Du sollst ja auch keinen abstechen«, sagte Jorne. »Es ist einfach nur für den Fall, dass du dich verteidigen musst. Verriegle die Tür hinter mir und behalt die Seitenspiegel im Auge, dann bist du auf der sicheren Seite.« Er stieß die Tür auf und schwang sich hinaus in die feuchtkalte Luft. »Ach, und noch etwas …« Er sah ihr diesmal direkt in die Augen. »Bin ich in einer halben Stunde nicht zurück, dann mach dich so schnell du kannst aus dem Staub. Für diese Nummer gibt es keinen Plan B. Und versuch nicht, die Heldin zu spielen, dazu bist du ohnehin viel zu gescheit.«

Alle Hafenanlagen nehmen sich wie die Vorposten eines Niemandslands aus. Die Fremde scheint hier zu wohnen. LaRues schwarzer, chromstarrender Kühlkoffer wirkte, als sei er gerade vom Himmel gefallen. So wie er dastand, klotzig, hermetisch, kalt, schien er dieser verwüsteten Landschaft entsprungen. Verdreckt aussehende Lagerhallen duckten sich vor der turmhohen Monstrosität eines Krans, an dessen Arm gerade ein Container durch die Luft schwebte. Wer die

Maschine bediente, war nicht zu sehen. Aus den Lücken zwischen den Gebäuden drangen die Motorengeräusche von Gabelstaplern an Jornes Ohr, später auch ein Hämmern wie von Metall auf Metall.

Der Kai, dem er folgte, grenzte an zwei versandete Hellingbahnen, die wohl in grauer Vorzeit zu einer Werft gehört hatten. Jetzt erinnerte die Fläche an ein von dicken Kabeln durchwurmtes Brachland, über dem die Wintersonne wie ein Fetttupfen auf einem Zinnteller klebte.

Jorne nutzte die industriell entstandenen Halden als Deckung. Meter um Meter schlich er sich an den Frigo heran.

Vielleicht hält er ein Schläfchen. Schließlich ist er die Nacht durchgefahren.

Er wollte sich gerade hinter einem Ölfass auf die Lauer legen, als sich draußen – im Hafenbecken – etwas bewegte. Zunächst war es nur die Ahnung, dass da etwas Größeres war, doch schnell schälte sich der Bug eines Schiffs aus dem Dunst. Ein Nebelhorn ertönte, die Tür des Trucks öffnete sich, und LaRue kletterte die Leiter hinab. Er streckte die Arme, machte ein paar Kniebeugen und legte den Kopf in den Nacken – wobei ein weißer Verband unter seinem Kinn aufleuchtete. Nachdem er ein paarmal herzhaft ausgespuckt hatte, hängte er die Daumen beidseitig in die Hosentaschen und schlenderte lässig auf den Rand der Kaimauer zu.

Das Frachtschiff war jetzt deutlich zu sehen: Der keilförmige Bug erinnerte Jorne an den höckerbesetzten Kopf einer Wasserschlange, die in Ufernähe auftaucht, um Beute zu machen. Die Ankertaschen starrten wie tote Augen zu ihm herüber. Das Anlegemanöver spielte sich in einer geradezu unheimlichen Lautlosigkeit ab.

Jorne nutzte die Gelegenheit, um sich dem Frigo bis auf wenige Meter zu nähern. Merkwürdig, dass er das jetzt sah – die Windschutzscheibe des Cockpits reflektierte den Himmel, in dem sich die Sonne kaum mehr gegen die zunehmenden Grauwolken durchzusetzen vermochte.

Der Fahrer half beim Festmachen des Schiffs, das sich seitlich liegend eher als schwimmendes Wrack präsentierte. Der verwahrloste Zustand der Deckaufbauten und Rettungsboote war inzwischen deutlich zu sehen, ebenso die teils nur mit Tauen geflickte Reling. Der Name des Schiffs war noch stärker verblichen als das chilenische Hoheitszeichen am Heck. Bis auf einen vierschrötigen Typen im Ostfriesennerz, der ein armdickes Tau an einem Poller festmachte, war niemand zu sehen.

Über eine Gangway ging der Fahrer jetzt gemächlichen Schrittes an Bord und verschwand unter Deck. Während Jorne losrobbte, öffnete sich ein Lukendeckel. Schon bald lag er wie der Balg einer Ziehharmonika in stählernen Falten. Mehrere Köpfe tauchten auf. Die Matrosen schienen erst kurz zu beratschlagen, dann schlenderten sie über die Planke an Land. Jorne – der es bis in die Nähe der Hinterachse des Frigos geschafft hatte – konnte hören, wie sie die Tür öffneten, die Hebebühne betätigten und den Frachtraum betraten.

Den Zweispitzhammer schlagbereit in der Hand, lauschte er auf die undeutlichen Stimmen und undefinierbaren Geräusche. Er glaubte, spanische oder portugiesische Worte zu verstehen, und registrierte dumpfe Erschütterungen, die sich dank der Federung von der Ladefläche bis in die Achsen fortpflanzten. Die Hebebühne wurde wieder betätigt … Jorne legte den Kopf in den Nacken – tatsächlich stand die Welt aus dieser Perspektive Kopf, doch das war nicht der Grund, warum er erstarrte: Jeder der Männer trug einen Leichensack über dem Arm. Es waren nicht die üblichen Säcke, sondern weite Hauben aus synthetischem Material, auf denen sich keinerlei Umrisse abzeichneten.

Jetzt oder nie, dachte Jorne. Der Fahrer war noch immer an Bord, und die Matrosen bugsierten die Fracht gerade über die Gangway.

Mit einem Sprung stand Jorne am Fuß der Trittleiter, die zum Fahrerhaus führte. Er kletterte die Stufen hinauf, öffnete die Tür und stieg ein. Die kitschige Einrichtung, der Plüsch und die Plastikblumen, vor allem der rote Kabinenvorhang mit den Fransen, all das raubte Jorne für ein paar Sekunden den Atem. Umso entschlossener stürzte er sich in die Koje und begann in den Decken zu wühlen: Nichts. Seine Finger zwängten sich in den Spalt am Rand der Matratze – eine Minipulle Zwetschgenwasser, mehr war da nicht.

Das hast du jetzt von der feinen englischen Art, dachte er, du wirst dir den Typen doch vorknöpfen müssen. Ein Schlag mit dem Eisen aufs rechte Knie …

Er riss ein paar Schubladen auf, fingerte in etwas herum, das sich nach Wäsche anfühlte – und stieß versehentlich mit dem Fuß gegen den unteren Bettkasten. Der hohle Klang erweckte neue Hoffnung in ihm.

Irgendwo muss Frosti seine Wertsachen ja lassen, dachte er. Seine Kohle, das Fahrtenbuch, den Laufzettel, seine Wichsvorlagen – oder was sonst noch für einen Trucker Wert haben könnte.

Mit einem Ruck öffnete er die mit rosa Lackfolie ausgeschlagene Lade: Sie war leer. Nur ein zerrissenes Negligé, künstliche Fingernägel und mit Strass besetzte Pumps ließen ahnen, was hier aufbewahrt wurde.

Jorne schloss den Bettkasten, so leise es ging. Sein Herz schlug ihm bis zum Hals. Das verflixte Kreuz musste doch hier irgendwo sein … Wenn es nicht in der Koje war, dann war es eben in der Kabine. Die Armlehnen der Sitze, zwei Kühlboxen, Motorraumtunnel, Handschuhfach, mehrere Schränke – er hatte so ziemlich alles durchsucht, als sein Blick das Armaturenbrett streifte, über das Lenkrad glitt, noch weiter hinauf, zur Sonnenblende und in den Himmel des Wagens: Das thebäische Kreuz hing genau vor ihm, über dem Rückspiegel, inmitten von Plastikblumen. Die ganze Zeit hatte es dort vor seinen Augen gebaumelt, der Längsbalken, den er eigenhändig abgesägt hatte, stach ihm fast ins Gesicht.

Jornes Freude währte nicht lange: Als er nach dem Pektorale griff, musste er feststellen, dass es an einem Rosenkranz hing. Der Irre hat-

te es mit den Plastikblumen und einem »Korallenpaternoster« verknotet. Er überlegte, ob er alles nicht einfach abreißen sollte, doch er
entschied sich dagegen. Je später der Fahrer den Verlust des Kreuzes
bemerken würde, desto besser.

Jornes Fingerspitzen zitterten, als er die Glieder der Gebetskette
aufzudröseln begann. Mach schon, Kruzifix, im Namen des Herrn ...

Im nächsten Moment hörte er ein Geräusch. Anscheinend wurden die Türen des Frachtraums verriegelt. Noch immer fühlte sich
Jorne sicher – bis er den Fahrer im Außenspiegel erblickte. Er hatte
fast den Frigo erreicht, und Jorne hechtete Hals über Kopf durch den
Vorhang, der die Kabine von der Koje trennte.

3

Es dauerte keine zwei Sekunden, bis der Fahrer auftauchte. Durch einen Spalt beobachtete Jorne, wie er sich angurtete, den Motor startete und langsam loszottelte. Offenbar hatte er es nicht eilig. Eine Zeit lang pfiff er *Karamba, Karacho, ein Whisky* und genehmigte sich ein Dosenbier aus der Box.

Was jetzt?, dachte Jorne. Halb kauernd und um sein Gleichgewicht kämpfend, hatte er in jeder Kurve das Gefühl, aus der Koje zu fliegen. An einen Angriff war nicht zu denken.

Wenn er anhält, schlägst du ihn nieder und schnappst dir das Kreuz – ganz gleich, ob du den Rückspiegel samt Windschutzscheibe mit abreißen musst.

In diesem Moment bremste der Fahrer. Jorne duckte sich tiefer.

Warum hält er jetzt an?

»Na, Mädel, wo soll's denn hingehn? Was, du hast 'ne Panne gehabt?« Der Fahrer quatschte offenbar mit einer Anhalterin. Sie war schwer zu verstehen. Nur dass sie eine Quietschstimme hatte, war mehr als deutlich.

Auch das noch, dachte Jorne. Für das, was er vorhatte, konnte er keinen Zeugen gebrauchen. Während er noch überlegte, saß das Mädchen bereits auf dem Beifahrersitz.

»Mach dir keine Vorwürfe«, sagte LaRue. »Gegen 'nen Reifenplatzer ist niemand gefeit. He, weißt du was – laut einer ASC-Untersuchung sind nicht mal sechzig Prozent aller Fahrer in der Lage, einen Reifen zu wechseln!«

»Können Sie mich zur nächsten Tanke fahren?«, fragte das Mädchen.

»No problemo! Liegt eh auf dem Weg.« LaRue schaltete sofort einen Gang rauf. »Das Gesieze kannst du dir übrigens sparen, so alt bin ich nun auch wieder nicht. Käfi? Latte? Oder darf's gleich was Härteres sein?«

»Wenn es Ihnen – ich meine, wenn es dir nichts ausmacht, hätte ich gern eine Latte macchiato.«

»Nichts macht mir wirklich was aus. Bei mir ist alles voll automatisiert.« Das Schlürfen der Kaffeemaschine mischte sich bereits in das Gespräch.

»Nur einschenken muss ich noch mit der Hand. Gar nicht so leicht, denn normalerweise hab ich die Linke am Steuer und die Rechte auf dem Knie meiner Beifahrerin.« Er lachte hell auf. »Hier hast du deinen Käfi-Shake, pretty Baby!«

Eine Minute herrschte Sendepause. Jorne hörte, wie das Mädchen gelegentlich schlürfte.

»Kennst du mich von irgendwoher?«

»Bitte?«

»Na, komm ich dir bekannt vor? Hast du mich schon mal gesehen?«

»Nicht, dass ich wüsste … Sind Sie berühmt?«

»Das hast du gesagt, nicht ich. Äh, hast du vielleicht einen Namen?«

»Mimili.«

»Das ist tragisch«, kommentierte der Fahrer. »Ich meine, der Kreativwahn linksliberaler Eltern kann so was von gnadenlos sein.«

»Nun, eigentlich heiße ich Mirjana-Elisabeth.«

»Das ist ja noch schlimmer«, seufzte LaRue.

»Sind Sie immer so drauf?«, fragte das Mädchen.

»Wieso?«

»Weil man das, was Sie sagten, als Beleidigung auffassen kann.«

»Ach wirklich? Armes Schneeflöckchen …« Der Fahrer räusperte sich, als hätte er eine Kröte verschluckt. »War nicht böse gemeint«, sagte er dann, »ich bin nur ein fahrender Musikant, der seinen Schabernack treibt. Vielleicht fehlt mir auch nur der lyrische Fusel, um mein einsames Herz zu erwärmen. *In einer kleinen Bar in Mexiko, da saßen wir und war'n so froh …*« LaRue hatte die Stimmlage des großen Barden auf Anhieb getroffen.

»He, ich kenne deine Stimme von irgendwoher«, sagte das Mädchen.

»Echt jetzt?« LaRue begann wie eine Elster zu keckern. »Das liegt wohl an den 50 Millionen Tonträgern, die ich unter die Leute gebracht habe.«

»Ach, *der* bist du?« Sie klang animiert, als ob sie die Gegenwart eines vermeintlichen Prominenten elektrisiert hätte. »Tut mir leid, aber Volksmusik ist nicht so mein Ding.«

»Bin dir nicht böse«, seufzte LaRue. »Obwohl ich mich frage, was außer Schlagern überhaupt hörenswert ist.«

»Techno, Chill-Hop … was halt so läuft.«

Dumm wie Bohnenstroh, dachte Jorne. Er versuchte, die Risiken abzuwägen: sofort zuschlagen und dabei einen Unfall in Kauf nehmen oder abwarten, bis der Fahrer das Mädchen absetzen würde.

»Entschuldige mal, aber das verstehe ich nicht.« LaRue war wieder am Ball. »Techno ist seelenlose Maschinenmusik, und du hast doch ein Herz! Wie eines dieser Bimbomädchen ohne Zukunft siehst du nicht aus.« Den Geräuschen nach machte sich der Fahrer an seiner Anlage zu schaffen. »Jetzt pass mal auf … So haben wir früher das Lämmerhüpfen gestartet.« Aus den Deckenlautsprechern über Jorne dröhnte plötzlich und heftig *Jenseits des Tales.*

»Achte auf den Refrain!«, brüllte LaRue. »Achte auf den verfickten Refrain!« Ohne Vorwarnung ließ er seinen berühmten Kehlkopfbrecher ertönen.

Auch das noch, dachte Jorne. Hätte er sich die Ohren nicht zugehalten, der Schmelz wäre ihm glatt von den Zähnen gesprungen.

»S… s… super«, japste das Mädchen. »Echt supergeil!«

»Und ob es das ist! Aber weißt du, was noch geiler ist, Mimili? – Wenn man mit diesem Schwachsinn Millionen verdient!«

Ein Knopfdruck – anstelle der Musik herrschte jetzt eisige Stille. Die Antwort des Mädchens ließ einen Moment auf sich warten.

»Wenn du so reich bist, warum gurkst du dann in dieser Kiste in der Gegend herum?«

»Hallo, junge Frau! Erstens gurke ich nicht in der Gegend herum und zweitens hat mich Geld nie interessiert. Den Staub der Landstraße schlucken, das macht mich glücklich!«

»Äh, sag mal, war da eben nicht so ein Geräusch?« Stress und Angst schwangen in Mimilis Stimme. »Ich dachte, ich hätte da etwas gehört …«

»Ach, das«, sagte der Fahrer. »So hört es sich an, wenn einem die Knöpfe vom Hosenlatz springen. Pardon. Ein Platzregen war es jedenfalls nicht.«

»Hör'n Sie, Sie machen mir Angst«, sagte das Mädchen.

»Sag noch einmal Sie, und du kannst den Weg zur Tankstelle laufen!«

LaRue haute einen neuen Gang rein. »Als Künstler ist man ja an die Balance zwischen Frohsinn und Schwermut gewöhnt, aber wenn mich eine Freundin ohne Grund plötzlich siezt …« Wieder räusperte er sich. »Ich erinnere dich nicht zufällig an einen Seevogel oder so? Ein hilfloses Albatrosküken?«

»Nicht wirklich.« Es klang so, als ob sie sich Mut machen wollte. »Du bist einfach nur witzig.«

»Witzig? Schön, dann erzähl ich dir einen Witz.« Er betätigte kurz seine Hupe. »Also, geht ein Mann zu einer Nutte …«

»Wie bitte?«

»Es ist ein Truckerwitz«, meinte der Fahrer. »Oder bist du für solche Witze zu jung?« Er schien einen neuen Anlauf zu nehmen. »Geht ein Mann also zu einer Nutte. Wie viel kostet es, fragt der Mann, und die Nutte sagt, hundert Euro. Sagt der Mann, ich habe aber nur fünfunddreißig Euro dabei. Sagt die Nutte, pardon, mein Schöner, dann ist hier nichts für dich drin. Aber hör mal, ich kenne da eine Kollegin, die macht es für fünfunddreißig, und du bekommst noch einen Schnaps. Das klingt gut, sagt der Mann. Und er geht zu der anderen Nutte …« Den Geräuschen nach machte sich der Fahrer nebenbei an der Kühlbox zu schaffen. »Der Mann geht also zu der anderen Nutte, die es für fünfunddreißig macht, und die Nutte sagt, stimmt, ich mach es für fünfunddreißig, aber einen Kitzler hab ich nicht mehr. Sagt der Mann, macht doch nichts, ein Jägermeister ist mir eh lieber. – Hast du kapiert?«

»Ja, ja …« Das Mädchen lachte verkrampft. »Bist du sicher, dass du zur Tankstelle fährst?«

»Äh, nein … Wir fahren in ein Naturschutzgebiet – Altrhein Wyhlen, schon mal gehört? Ein zauberhafter Ort, sag ich dir. Ach, ich kann die grüne Au jetzt schon riechen …«

»Da wollte ich aber nicht hin«, sagte das Mädchen.

»Jetzt entspann dich mal«, klang es fröhlich zurück. »Sieh mal, was ich hier hab – die Tränen des fahrenden Mannes in Form von zwei hochprozentigen Obstlern. Auf unsere Freundschaft, okay?«

Es klirrte leise, als ob sie da draußen vor dem Vorhang anstoßen würden.

»Du hast ja gar nicht getrunken«, sagte der Fahrer. »Verstehe, verstehe. Aber wir werden es tun, oder nicht?«

»Was tun?«, fragte das Mädchen. »Was werden wir tun?«

Jorne stellte sich beim Klang ihrer Stimme eine Salzsäule vor – Lots Weib im Güternahverkehr, dachte er noch. LaRues letzte Anspielung war jedenfalls der Tropfen, der das Fass zum Überlaufen brachte. Das Mädchen rastete aus und rüttelte wie wild an der Tür.

»Anhalten! Halten Sie an!« Statt zu stoppen, begann der Fahrer zu singen.

Er muss es wissen, dachte Jorne bei sich. Er grölt diese Gassenhauer, um mich mürbe zu machen … Er griff nach dem Hammer und robbte dichter an den Vorhang heran. Der erste Schlag musste sitzen.

»Was willst du von mir?« Das Mädchen begann erbärmlich zu schluchzen.

»Eigentlich nichts … ein bisschen Kippen und Wippen und Bumsfallera. Mehr ist es eigentlich nicht …«

»Was?«

»Na ja, das alte lutsch, lutsch, lutsch, rein und raus, eine runterhauen, wieder in den Mund stecken und noch mal lutsch, lutsch, lutsch, und so weiter. Frag deinen Freund, wenn du mir nicht glaubst, aber der Mann produziert täglich dreißig Millionen Spermien, und wer dem Ruf der Natur nicht gehorcht, der geht am Samenkoller zugrunde! Schön, du denkst jetzt wahrscheinlich, der Mensch unterscheidet sich von den Bestien dadurch, dass er die Möglichkeit hat, sich seiner natürlichen Vorprogrammierung zu widersetzen. Die Frage ist nur, warum sollte er, wenn es so als Bestie doch viel spaßiger ist?«

Das Mädchen verlor in diesem Moment die Beherrschung und begann erneut, am Türgriff zu rütteln. Den schrillen Schreien nach war es gut möglich, dass sie vorhatte, aus dem fahrenden Wagen zu springen.

»He, nimmst du wohl deine Teenypfoten von meinem Lenker!«

Was sich hinter dem Vorhang abspielte, konnte Jorne nicht sehen, aber es führte dazu, dass der Frigo plötzlich Schlangenlinien fuhr. Offenbar hatte sich das Mädchen ins Steuer gekrallt und versuchte, den Truck in den Straßengraben zu lenken.

»Dirnennachwuchs!«, brüllte LaRue. »Du bringst uns noch in Lebensgefahr!«

Um die Schleuderfahrt zu beenden, stampfte er vehement in die Eisen. Die Vollbremsung beförderte das Mädchen auf das Armaturenbrett und dann über den Sitz, sie prallte gegen den Rand der Koje, suchte nach Halt, fand den Vorhang, schlimmer noch, sie hielt sich daran fest und riss ihn zur Hälfte herunter. Für eine Sekunde sah sie Jorne direkt in die Augen.

»Da ist einer hinter dem Vorhang!« Sie schrie wie am Spieß.

»Was?« LaRue langte wieselflink unter den Sitz.

Trotz der Schnelligkeit, mit der das geschah, hatte Jorne die Kanone aufblitzen sehen. Er hörte augenblicklich einen trockenen Knall und dann den Querschläger pfeifen.

»Ha, Lump, der Reserve-Jesus schießt immer zuerst!«

Das Mädchen begann, in den höchsten Tönen zu kreischen.

»Gott, hat das Biest ein Organ!« Der Fahrer feuerte zwei weitere Schüsse über die Schulter. »Bei so einem Geschrei gerinnt den Vampiren ja das Blut in der Suppe.«

Der Frigo war abrupt zum Stillstand gekommen. »Mimili, Kindchen, sieh bitte mal nach, ob er noch lebt.«

»Lieber … nicht …« Das Mädchen würgte an jedem Wort. »Lassen Sie mich … aussteigen … ich flehe Sie an!«

Sie schluchzte, bis LaRue ihr eine Schelle verpasste. »Du sollst mich nicht siezen, sondern tun, was ich dir sage. «

Ein paar Sekunden verstrichen, dann schob sich Mimilis Kopf durch den Vorhang. Jorne, der sich an die Kojenwand drückte, schüttelte langsam den Kopf.

»Ich glaube … er lebt nicht mehr.«

»Was heißt hier, du glaubst?« Ein Mündungslauf erschien plötzlich neben dem Kopf des Mädchens, und wieder begann der Irre zu feuern. Es war klar, dass er einfach drauflosballerte, doch lag es nun daran, dass er ein Günstling des Chaos war oder dass er doch eine vage Ahnung hatte, wo er hinzielen musste – eine Kugel sollte jedenfalls Jornes Ferse erwischen. Es war ein dumpfer Schmerz, der Stiefel hielt den zerschmetternden Knochen zusammen. Im Unterschied zu Jorne gelang es der Anhalterin nicht, ihren Schmerz zu verbeißen.

»Mein … Trommelfell ist geplatzt«, stammelte sie.

»Siehst du, das kommt von dieser verdammten Technomusik«, sagte LaRue. Dann, als hätte er es mit einer Robbe zu tun, verpasste er dem Mädchen einen Schlag ins Genick.

»Eigentlich sollte ich ihr jetzt das Robbenlied singen«, murmelte er.

Jorne konnte hören, wie ein Körper auf die Kühlbox neben dem Motortunnel plumpste, abrutschte und irgendwo aufschlug.

»So eine ausgebuffte Kreische, nicht wahr?« Der Satz war eindeutig an Jorne gerichtet. »Aber jetzt sind wir endlich allein und können Tacheles reden … Bist du bereit?«

»Und ob ich das bin«, erwiderte Jorne. »Aber bevor wir reden, solltest du eines wissen: Eine Menge Leute wissen über die Leichen in deiner Kutsche Bescheid.«

»Ach ja?« LaRue hatte den Vorhang beiseitegerissen, die Mündung der Walther PK bohrte sich in Jornes Gesicht. »Von wem – zur fickenden Hölle – redest du Clown?«

Reingefallen, dachte Jorne. Mit beiden Fingern drückte er die Wundränder seiner Ferse zusammen und verlor das Bewusstsein.

4

Das Leben kann man jederzeit hinter sich lassen, denn man hat die schwarze Tür immer im Rücken. Man muss sich nur umdrehen, die Hand auf die Klinke legen, sie öffnen – ein Schritt, und alles hört auf. Wer will, kann jederzeit gehen.

Mit diesem Gedanken schreckt Jorne Anfang Mai erstmals aus seinem unruhigen Schlaf.

Der Anlauf zur Sommersaison zieht sich hin. Nachdem die meisten Nordwände im Frühsommer keine guten Verhältnisse bieten – entweder gewittert es aus heiterem Himmel oder es schneit weit oben um die Gipfel herum –, geht Jorne erstmals Mitte Juni mit vier Bergsteigern auf eine größere Tour.

Matterhorn-Nordwand ... der Klassiker, erstmals erklettert von den Gebrüdern Franz und Toni Schmid. Jorne, Vreni und ihre Kunden sitzen in einer Beiz in Zermatt, die Karte vor sich auf dem Tisch, die Ecken mit Pizzakrusten und leeren Gläsern beschwert. »Den Itaker-Gipfel wollten wir schon immer mal machen!«

Die Gäste – ein Deutscher, der sich Hans Solo nennt, und sein nach Fusel riechender Kumpel, dann Wouter, ein holländischer Makler, und seine blonde Frau Antje – haben die Route studiert und scheinen bestens vorbereitet zu sein. Vor allem der Kumpel des Deutschen, ein Einheimischer und Chemiearbeiter bei der Lonza, scheint ein wahrer Kenner des Hörnlis zu sein. Das ist an und für sich nicht weiter schlimm, das Problem ist, dass es sich um Jornes Nachbar Mauro Galliker handelt, den Wüterich und Sohn der Frau, die Vreni nur noch verächtlich »die Ferkelmörderin« nennt. Auch er hat Jorne sofort erkannt, doch angesichts der von Hans Solo bezahlten Tarife macht er auf kumpelhaft-kooperativ, ja, er hat sich in einer ruhigen Minute sogar bei Jorne entschuldigt. Jetzt, nach ein paar Bier, ist er wieder am Schwadronieren: »Die Schwierigkeitsstufe bedingt zwar überall eine Standplatzsicherung, aber du kannst dich nicht ernsthaft verkraxeln und kommst immer oben auf dem Schmutzgrad heraus.«

»Zmuttgrat«, korrigiert Jorne.

»Sag ich doch …«

»Nein, du hast Schmutzgrad gesagt.« Lachend stößt Hans Solo seinen Nebenmann an. »Mal ehrlich, Mauro, warst du überhaupt schon mal oben?«

»Und wiä! Den Zipfelmützenberg hab ich schon als Pennäler bestiegen … Kinderleicht, eigentlich braucht man dazu gar keinen Führer. Ist nur Geldmacherei. Tschuldigung, nichts gegen Sie, Herr Serrano … Aber zur Not«, er rudert etwas zurück, »könnte ich führen.«

»Lieber nicht«, sagt Vreni gereizt, »mein Onkel – unser Bergführer – kennt die Route wie seinen eigenen Hosensack. Den Zmuttgrat hat er schon zigmal gemacht.«

Auch sie ist erstmals mit von der Partie, als Aspirantin, nicht als Bergführerin, dazu wird es noch ein paar Jahre brauchen. Obwohl sich der neue Beruf – wie sie meint – »ziemlich krass von der Tätigkeit einer Servicekraft oder Tourismusangestellten« unterscheidet, glaubt Jorne, dass sie es schaffen kann. Vreni ist hart im Nehmen und federleicht, was in der Praxis beste Voraussetzungen sind, um Hochtouren zu meistern. Die letzten Wochen haben sie gemeinsam das Verknoten geübt. Seitdem nennt sie Jorne den »Knotengott von Zermatt«.

Später, als die Gäste gegangen sind, legt er ihr einen Arm um die Schulter.

»Vreni, du wirst sehen, die Berge sind der größte Rausch, den es gibt, doch wesentlich gesünder als das Teufelszeug vom Platzspitz! Sag mal, bist du eigentlich clean?«

»Klar, und ob ich das bin …« Sie lächelt. Das neue Kastanienbraun steht ihr gut, der Friseur hat die Farbe so natürlich wie möglich gemacht. Für sie ist es ein Weg zurück in die Normalität.

Am nächsten Morgen um halb zwei geht es los, von der Hörnli-Hütte über den Matterborngletscher, was ohne Zwischenfälle verläuft. Sie scheinen der Spur einer anderen Seilschaft zu folgen, denn in weiter Ferne sind manchmal Blitzer von Stirnlampen zu sehen.

Hans Solo macht den Vorstieg im ersten Kamin, kein großer Schwierigkeitsgrad. Mehr als eine Stunde geht es dann wortlos voran. In pechschwarzer Nacht, bei Eiseskälte, einer Steigung von dreißig bis fünfzig Grad und nur begleitet vom Klackern losen Gesteins spricht man nur, wenn es nicht anders geht.

Erst am Eisfall melden sich die Holländer leise zu Wort.

»Sieht gefährlich aus«, meint Wouter.

»Deshalb sind Sie doch hier«, sagt Jorne. Es soll ein Scherz sein, doch Antje, eine ebenso zäh wie zerbrechlich wirkende Frau, starrt ihn unverwandt an.

»Eigentlich nicht. Der Hotelier, der uns die Tour buchte, nannte das Ganze eine leichte und erbauliche Bergwanderung.«

»You're kiddin' me?«, ruft Hans Solo, der meint, er müsse aus Höflichkeit eine deutschsprechende Holländerin auf Englisch beglücken. »Everybody knows the name of this thing: killer mountain.«

»Mörderberg?« Antjes Stimme klingt alarmiert. »Heb je dat gehoord, Wouter?«

Der bekreuzigt sich – eine Geste, die Jorne berührt.

»Das ist Unfug. Ich arbeite schon viele Jahre an diesem Berg. Manche nennen ihn einen Modeberg, aber Mörderberg hab ich noch nie in meinem Leben gehört.«

»Ich allerdings schon«, sagt Mauro, der »Profi«, der zwei nagelneue Eisäxte ausgepackt hat. Seine Stirnlampe flammt den Eisfall ein paar hundert Meter hinauf. »Nichts für ungut, B.F. ...« Er dreht den Kopf und leuchtet Jorne direkt ins Gesicht. »Sie sagen das doch nur, um sich nicht das Geschäft zu vermasseln. Soll kein Vorwurf sein, aber der Hanserl, der Schwab, hat scho recht.«

Jorne legt die Hand über die Augen, wartet, bis dieses tragbare Flut-

licht weitergewandert ist. »Schöne Äxte«, *sagt er.* »Sie wissen schon, dass Bergsteigen kein Schausport ist, oder?«

»Wie bitte?«

»Ach, nichts. Die Preisschilder sollten Sie trotzdem abmachen, sonst könnte man denken, dass Sie doch nur ein Grünschnabel sind.«

Mauro schiebt seine Hände in die Schlaufen der Äxte. »Sie denken, dass ich mit diesen Schätzchen nicht umgehen kann? Passen Sie auf ...«

Es ist nicht der richtige Moment, mit einem verhinderten Bergführer über Namen zu streiten. Selbst der Mount Everest hat verschiedene Namen, die Nepalesen nennen ihn Sagarmatha, Stirn des Himmels, die Tibetaner sogar Qomolangma, Mutter des Universums. Nicht schlecht für einen Steinhaufen, der vor 1848 bei der großen trigonometrischen Vermessung Indiens von den Briten noch schlichtweg Peak B genannt worden war.

»Wir nennen den Berg einfach das Horu«, *sagt Jorne, der das Geplänkel beenden will.* »Klingt auch nicht schlecht, oder?«

»Horror?« *Antje leuchtet erstmals die bläulich angeschwollenen Adern des Eisfalls hinauf.* »Ich weiß, man soll das Schicksal nicht herausfordern.«

»Das tun Sie nicht«, *sagt Jorne.* »Die Wetterlage ist ideal, und unter dem Gipfel sieht es wie in einer Turnhalle aus. Fixseile überall. In ein paar Stunden stehen wir auf dem Gipfel, glauben Sie mir.«

»So Gott will«, *sagt der Holländer.*

»Ja, so Gott will«, *bestätigt Jorne.* »Und in Ihrem Fall wird er wollen.«

»Was für ein Trissel[67] ...«

Auf dem Zmuttgrat hält sich Vreni dicht hinter Jorne. »Du hättest diesen Mauro nicht mitnehmen sollen.«

»Man kann sich seine Gäste nicht aussuchen«, *sagt Jorne. Es weht inzwischen ein eisiger Wind.*

---

67 Walliserdeutsch: Tölpel

»Was meinst du hat er jetzt vor?

»Mir die Tour vermasseln, was sonst?« Unauffällig wirft Jorne einen Blick über die Schulter. Die beiden Sologänger befinden sich hinter dem Paar. »Aber den Gefallen tu ich ihm nicht.«

»Onkel!« Vreni ist ganz bleich im Gesicht. »Warum kehren wir nicht einfach um? Lass uns die Tour einfach abbrechen.«

»Und das Geld geben wir denen zurück? Merk dir eins, Mädchen: Der Kunde hat für den Gipfel bezahlt, also bekommt er ihn auch. Selbst wenn ich auf den Berg hochkriechen muss. Im Übrigen …« Mit einem Fuß auf einer Rostgurke balancierend, ist er gerade dabei, eine 10er-Schraube zu setzen. Um ihn herum nichts als Absturzgelände. »Im Übrigen ist das nicht der Zeitpunkt, um nachbarschaftliche Probleme zu klären. Wenn du so empfindlich bist, dann solltest du es vielleicht in einem anderen Beruf versuchen.«

»Ich bin nicht empfindlich, ich bin nur keine Arschkriecherin … Ich hätte auch nicht gedacht, dass du dir von so einem auf der Nase herumtanzen lässt.«

»Vreni, es reicht …«

»Was reicht?«

»Schon gut, das ist nicht der richtige Zeitpunkt. Zieh einfach mal den Kürzeren, denn der Gast sitzt am längeren Hebel. Halt den Frust im Zaum, sonst reibst du dich auf.«

Das ist ihr größtes Problem, denkt er noch. Sie braucht ein dickeres Fell.

»He, B.F. …« Wenn Mauro aus der Ferne ruft, klingt er noch nerviger.

»Sie sind ja ein richtiger Treiber! Ich meine, ich kann verstehen, dass Sie es eilig haben, wieder von Ihrem Sicher-Brot-Berg herunterzukommen, aber ich will auch ab und zu mal die Aussicht genießen.«

»Momentan gibt es nicht viel zu sehen«, gibt Jorne zur Antwort. »Das ändert sich, sobald die Sonne aufgeht. Dann können wir auf dem Gipfel die Aussicht genießen.«

»Das finde ich auch.« Frau Antje wirkt erleichtert. »Ich hoffe, dass es da oben ein Gipfelkreuz gibt.«

»Und was für eins«, bestätigt Jorne. »Passend zu einer wahren Tour du Ciel ...«

»Und wieso stinkt es dann so?«, nervt Mauro. »Wo's stinkt, ist der Teufel nicht weit. – He, Leute, riecht ihr das auch?«

»Das muss diese Holzschachtel sein«, sagt Antjes Mann. »Wie heißt die noch mal?«

»Solvaybiwak«, ruft Jorne. »Je nachdem, wie der Wind weht, kann man das Plumpsklo des Biwaks auch auf der Nordseite riechen.«

»Verklappte Scheiße!«, ruft Mauro. »He, B.F., ich dachte erst, Ihnen geht so richtig die Muffe. Aber wenn es das Plumpsklo ist, was man riecht – alles Klärchen!«

Stunden später. Sie sitzen inzwischen am Turm, kurz unter dem Gipfel. Jorne hat gerade den »Standplatzkraken« – die obligatorische Sicherung aus Karabinern und Leinen – gesetzt, als Mauro sich wieder meldet.

»Haben Sie den Berg wirklich schon mal gemacht?« Er prostet Jorne mit einer Minibarflasche zu. »Ich meine, Sie wirken ziemlich unsicher ...«

Und zu Hans Solo, der auf dem nächsten Felshubbel sitzt und gerade eine Tafel Milka verdrückt: »Wenn ich unten bin, gehe ich zur Bergsteigerschule und werd mein Geld zurückverlangen.«

»Hast du sie noch alle?« Hans Solo hat von den Eskapaden seines Freundes allmählich genug. »Mach keinen Stunk!«

»Wer macht hier Stunk?« Mauro süffelt die Portionsflasche leer und schleudert sie wie einen Minibumerang weit hinaus in die Leere. »Du solltest einen ordentlichen Bergführer buchen und hast dir einen Amateur andrehen lassen!«

»Wie – Amateur?«, fragt Frau Antje. Sie sitzt unterhalb ihres Mannes. Seine Beine, in die sie sich krallt, geben ihr Halt. »Ist er denn kein qualifizierter Bergführer?« Und mit einem Blick auf die dunkelgraue

Wand, deren grässliche Schründe sich allmählich zeigen: »Klettern wir hier auf gut Glück?«

»Natürlich nicht«, beschwichtigt Vreni. »Mein Onkel ist einer der erfahrensten Bergführer von Zermatt.«

»Sagt die Zürcher Dröglerin!«, höhnt Mauro. »Du bist doch die mit der Pigmentstörung, oder? Meine Mutter hat sich so vor dir geekelt.«

»Allmählich reicht es!«, ruft Jorne. »Wir sind hier im Wallis! Wir haben die Sonne, Drogen brauchen wir nicht.«

»Ganz Ihrer Meinung. – Nur, was macht dann so eine wie die hier am Berg? Ich verstehe, sie ist Ihre Nichte, aber bergtauglich ist sie nicht.«

»Würden Sie mir einen Gefallen tun?« Jorne hat Mühe, sich zusammenzureißen. »Sie halten jetzt einfach mal für die nächsten dreißig Minuten die Klappe. Oben auf dem Gipfel überlegen Sie dann, ob Sie Ihr Geld zurückhaben wollen. Ist das – wie heißt es heute so schön – ein Deal?«

»Darum geht's doch nicht«, ruft Mauro. »Wenn ich einen Führer buche, dann will ich auch einen, der alle Scheine vorweisen kann. Keinen Hobbyalpinisten. Sie machen Ihre Sache nicht schlecht, aber ich bezweifle, dass Sie in der Lage sind, uns alpinistisch einwandfrei auf den Gipfel zu führen. Und ob Sie eine Berufshaftpflichtversicherung haben? Tja, weiß der Kuckuck ...«

»Hören Sie nicht auf den Schwatzkopf!«, ruft Vreni den Holländern zu. »Natürlich ist mein Onkel versichert. Und er war schon oft auf dem Gipfel!«

»Warst du dabei? Hast du es mit eigenen Augen gesehen?« Mauro bemerkt, dass Vreni ihren Gurt neu adjustiert. »He, pass auf, sonst gibt das Seilschlamperei!«

»Jorne, Sie sind doch versichert?«, fragt der Holländer. »Wenn man einen Führer bucht, dann geht man davon aus, dass alles seine Richtigkeit hat. Wir haben mal das Weissmies gemacht, und da haben die uns eine Art Katalog zugeschickt, den mussten wir unterschreiben. Rücktrittsbedingungen, Annullation, da war alles bis ins Kleinste geregelt.«

»Das sieht nur so aus.« Jorne macht sich abmarschbereit. »Die meisten überlesen vor lauter Kleingedrucktem den einzig wichtigen Satz: Durch seine Anmeldung verzichtet der Kunde auf jegliche Forderungen von Schadensersatz. Damit sind die Organisatoren raus aus dem Schneider. Ich dagegen gebe Ihnen mein Ehrenwort, dass ich Sie – so Gott will – wieder heil ins Tal bringen werde.«

»Tipptopp!«, ruft Mauro. Er zieht eine neue Portionsflasche aus seiner Jacke.

»Trinken wir auf den lieben Gott und dass es noch mal gut gehen wird! Und auf meinen Nachbarn, Jorne den Großen, den Größten unter den Zermatter Bergriesen!« Alle heben erleichtert ihre Becher, alle bis auf Vreni.

»Was?«, ätzt Mauro, »du trinkst nicht mit? Ach, stimmt ja, du bist härtere Sachen gewohnt.« Er hält kurz inne, als müsse er überlegen. »Versteh das bitte nicht falsch, aber stimmt es eigentlich, dass sich Dröglerinnen in den Büschen entlang der Langen Straße an Touristen verkaufen? Im Stehen, von hinten?«

Jorne dreht langsam den Kopf. Die Wut bringt seine Schläfen in der Eiseskälte zum Glühen.

»Jetzt verstehe ich endlich: Sie wollen gar nicht da rauf – Sie wollen eine Abreibung.«

»Ach, leck mich doch«, zischt Mauro. Auch die zweite Minipulle fliegt in das dunstige Nichts. »Wenn du mir noch mal drohst, geh ich nicht zur Bergsteigerschule, sondern zur Polizei!«

»Lass endlich gut sein, Mauro.« Hans Solo steht auf und zieht einmal kräftig am Seil. »Was ist denn los mir dir, Mann?«

»Ach, gar nichts!« Genervt zieht Mauro seinerseits – so fest, dass Hans fast das bisschen Boden unter den Füßen verliert. »Ich freu mich, dass ich an einen Amateurbergler und sein Drögelkind angeseilt bin! Wenn die abschmieren, segeln wir auch.« Er dreht sich nach den anderen um. »Wenn euch das recht ist, dann halt ich ab jetzt das Maul.«

»Bitte …« Der Holländer klingt so, als ob er sich nicht in den Streit einmischen wolle. »Gott hat uns in dieser Schicksalsgemeinschaft zusammengeführt. Wir sollten ihn nicht enttäuschen.«

»Ein wahres Wort. Hast du das gehört?« Jorne steht auf, er berührt Vrenis Schulter, doch sie zuckt nur heftig zusammen.

»Was reicht, reicht«, sagt sie leise. »Erst vergiftet seine Mutter mein Ferkel, und dann macht er uns zum Gespött vor de Liit …«

»Ach was«, beschwichtigt Jorne. »Er führt nur Selbstgespräche, merkst du das nicht? Und Max ist vielleicht eines natürlichen Todes gestorben.«

»Wer's glaubt, wird selig!« Vor Wut kommt sie mit den Seilen und Karabinern durcheinander. »Wenn sie es nicht war, dann war er's.«

»Pass bitte auf!«, ruft Mauro, diesmal nicht unfreundlich. Er steht dicht, sehr dicht hinter Vreni, dann folgt Hans, die Holländer bilden das Ende.

»Wobei soll ich aufpassen?«, schnauzt Vreni über die Schulter.

»Dass du nicht auf mein Seil trittst. Dein Gezappel macht mich nervös.«

»Auf geht's, Leute!«, ruft Jorne. »Wir haben's fast geschafft. Was jetzt kommt, ist Bruch, Permafrost und loses Gestein.« Er zieht seine Handschuhe an. »Jeder Brocken, den ihr seht, wurde von irgendjemandem runtergetreten. Tretet also vorsichtig auf.« Es erhebt sich ein Gemurmel hinter ihm, doch er klettert los.

»Was hast du eben gesagt?«

»Ich sagte, du Dreckskerl hast mein Schwinggi getötet. So ist es doch.«

»Und wenn dem so ist?«

»Dann mach ich dich kalt.«

»Gar nichts wirst du tun.« Mauro scheint sich seiner Sache ganz sicher. »Ja, ich habe die Krautstiele mit Strychnin garniert. Meine Mutter hat nichts davon gewusst. Was jetzt, Großmaul? Dann bring mich mal um.«

Jornes Blick fällt auf das Zifferblatt seiner Uhr. Der Sekundenzeiger hat noch achtzehn Sekunden bis zur vollen Stunde.

Warum fällt ihm das unter diesen Umständen auf?

Achtzehn Sekunden – ein Schrei! Dann eine wechselnde Skala von Tönen. Sehr ungünstig, beim Klettern den Kopf zu drehen, doch als Jorne es schafft, blickt er in Mauros blutüberströmtes Gesicht. Aus zwei, drei Schnitten auf seiner Nase quillt dunkles Blut.

»Habt ihr das eben gesehen? Dieses Miststück hat mir hinterrücks in die Fresse getreten. Mit ihren Eisen!«

Vreni lacht. »Oh, das tut mir leid.«

Fünfzehn Sekunden. »Wieso geht es nicht weiter?«, ruft Wouter.

Mauro beginnt, an der Seite seines Rucksacks zu zerren.

»Ich brauch Verbandszeug ... und dann zahl ich es deiner Dröglerin heim!«

»Hört auf!«, ruft Jorne nach unten. »Ihr bringt euch noch in Lebensgefahr!«

Elf Sekunden. Eine Eisaxt in der Hand, stemmt sich Mauro hoch. Der unerwartete Ruck am Seil reißt Hans Solo von seinem Standplatz.

Er schlittert, rutscht aus – trifft Antje – auch sie gleitet aus ... Steine werden losgetreten, schlagen irgendwo auf, zerkrachen im Nichts.

Neun – Vreni hat das Seil zwischen sich und Jorne bereits mit einem Messer gekappt. Was hat sie vor?

»Mach's gut, Onkel«, ruft sie in das Gepolter hinein. »Ich schaff das nicht, nicht mit dem Stoff und erst recht nicht, einen Berg für Geld raufzukriechen. Es wird sich doch nie was ändern für unsereins. Wenn Scheiße was wert wäre, würden die Armen ohne Hintern auf die Welt kommen, aber diesem Strolch – diesem Tiermörder, dem lern ich heute das Segeln! Ich schwör's, der segelt noch vor mir ins Tal!«

Es ist das Letzte, was er von ihr hört. Leichtfüßig springt sie von einem Felsvorsprung zum andern hinunter.

»Wo will sie hin?«, schreit Wouter. »Ist sie verrückt?«

Sechs – Wouter sieht sich nach einem Felsen um, an dem er sich halbwegs absichern kann, da sausen seine Frau und Hans Solo – fünf – an ihm in einer Wolke aus Eiskristallen vorbei. Mauro – vier – schlägt seine Axt fest ins Eis.

Drei – Runterklettern ist für Jorne nicht mehr drin. Also lässt er los, fällt fünf Meter rückwärts in das Sicherungsseil, das ihm quer übers Gesicht peitscht. Zu lang, viel zu lang, denkt er noch. Da kracht er schon auf die Felsen.

Zwei: Wouter, Antje und Hans Solo sind verschwunden. Das zischende Seil strafft sich nach Lassoart. Noch hält Mauros Axt. Der brüllt etwas, sieht nicht, was Jorne sieht: Vreni steht auf einem weit überhängenden Felsvorsprung, hinter ihr dunkelgraues Gewölk, dessen Saum von der gerade aufgehenden Sonne zum Glühen gebracht wird. Er kneift die Augen zusammen, ist für Sekunden von dem schwarzen Strahlenfächer geblendet, eine optische Täuschung natürlich, denn die Intensität dieses Lichts lässt das dunkle Blau des Himmels erstrahlen. Er hat es schon zigfach in den Bergen gesehen. Doch er sieht noch etwas anderes, etwas, das sich nicht so leicht für den Menschenverstand einordnen lässt, schon gar nicht erklären – die verflixte, schwarze Tür, die sich jetzt vor den gleißenden Radien der Sonne öffnet –, und Vreni macht einen Schritt in die Leere.

Eins – ein Ruck reißt Mauros Axt aus dem Eis, sein Körper fliegt mit einem tierischen Urschrei davon.

Null. Es ist wieder ganz still, totenstill. Zurück bleibt Jorne, mit gebrochenen Knochen und geschlossenen Augen. Doch in der Dunkelheit seines Schädels, da heult es, lauter, als jeder Sturm jemals heulte.

5

Jorne, wenn er es wirklich noch war, öffnete das Auge, das nur halb zugeschwollen war. Das Erste, was er sah, war der Frigo. Bei Tageslicht hatte die Maschine etwas von einem tiefgefrorenen Mammut.

Vorsichtig drehte er den Kopf. Durch den dicken, an der Pupille klebenden Flüssigkeitsfilm erkannte Jorne unscharf einen halb abgesoffenen Acker, darauf einen einzelnen blätterlosen Baum, vielleicht Hasel oder Speierling, dahinter – in weiter Ferne – Windschutzhecken aus dürrem Gehölz, eher typisch für Agroforstflächen. Jornes Rücken lehnte an einem gefrorenen Komposthaufen, zwischen abgestorbenen Gräsern und dickblättrigen Pflanzen. Über ihm zog ein Vogelschwarm, wahrscheinlich Krähen, in lockerer Formation Richtung Süden.

Wo bin ich, zum Teufel?

Am Rande der Agrarwüste, gleich neben dem Truck, stand das Holzskelett einer verwitterten, schon halb zerfallenen Scheune. Durch die breit klaffenden Lücken zwischen den Wandbrettern und den Dachschindeln war derselbe nichtssagende Bodennebel zu sehen.

Golgatha, Schädelstätte im Nichts, Bruder Jorne … Nur wird es in deinem Fall keine Auferstehung geben. Niemand wird dir deine Sünden vergeben. Was dich erlöst, wirklich erlöst, ist der Tod.

Seine Hose fühlte sich klamm an vom geronnenen Blut. Seine Arme waren mit Handschellen auf dem Rücken fixiert. Es kribbelte in seinen Fingerspitzen, als wären dort Ameisen. Das Absurdeste? Dass einer seiner Stiefel neben ihm stand.

»Ich muss schon sagen, die Grabesnymphe hat Nerven.« Eine kauernde Gestalt schob sich in Jornes Blickfeld. »Da hat sie mir tatsächlich einen Rächer geschickt. Du bist doch der Partner von Elle, der Typ aus dem *Filou*?« Abgesehen von der obligatorischen Blindenbrille trug LaRue das klassische Heino-Outfit – schwarzes Samtjackett, marineblaue Jeans und einen schneeweißen Rolli, wahrscheinlich um den Halsverband zu kaschieren.

»Sie hat dich Hombre genannt … Ist das wirklich dein Name? In der Tat hast du was von einem dreckigen Cowboy.« LaRue zupfte sich die Perücke zurecht. »Das arme Luder lebt also noch. Ich nehme an, sie ist richtig sauer auf mich – klar ist sie das, sonst wärst du nicht hier.« Er begutachtete Jornes bandagierten Fuß und schnalzte hart mit der Zunge. »Mach dir keine Sorge wegen dem Kratzer. Ich habe die Wunde desinfiziert und dich von deinem Stinkstiefel erlöst. Ist besser so wegen der Schwellung. – Äh, was zu trinken, du Held?« Er wies auf ein Sixpack, das in Reichweite stand. Obwohl sich sein Mund vom Inneren einer Tüte mit Trockensuppe kaum unterschied, schüttelte Jorne den Kopf.

»Hast du einen Knoten in der Zunge? Na, wie du willst …« LaRue rupfte eine Dose frei, genehmigte sich einen Schluck und machte dann eine etwas theatralisch wirkende Geste. »Sieh dich um, Hombre: ein wunderbares Fleckchen Erde und noch dazu ein geschichtsträchtiges. Im Mittelalter – als die Pest in Basel wütete – haben sie hier die Leichen verbuddelt. Schön gestapelt, immer hundertachtzig in einem Loch von drei mal drei Metern. Du würdest staunen, wessen Knochenreste sich unter deinem Allerwertesten mischen – um nicht zu sagen, sich physisch umarmen. Pestäcker wurden solche Orte genannt.«

»Schnupf die Asche von einem toten Hund«, knurrte Jorne. Er wollte sich aufrappeln, aber seine Ferse war ein pochender Schmerz am anderen Ende der Welt.

»War das nicht ein albanischer Fluch?« LaRue begann anerkennend zu nicken. »Bist du Albaner? Da zieh ich meinen Hut, Albanien war der erste atheistische Staat dieser Erde. Jammerschade halt, dass sich der Musel dort nach 1990 breitmachen konnte … Angesichts dessen ist es heute leicht zu erkennen, dass nur der politische Atheismus zur Staatskultur taugt. Atheisten sind in der Regel friedliche, besonnene Menschen. Mit anderen Worten, sie verzichten darauf, einander das Leben zur Hölle zu machen.« Er machte ein Gesicht, als hätte er auf etwas Saures gebissen. »Warum so schmallippig, Hombre? Ich bin eine Seele von einem Menschen. Wenn ich Freunde hätte – ich meine, je gehabt hätte –, würden die das bezeugen.«

Als Jorne nur vor sich hinstarrte, stand LaRue auf, um eine Werkzeugtasche zu holen. »Was willst du mit der Pike, sprich! – Kartoffel schälen, siehst du nicht?« Während er Jornes Zweispitzhammer einsortierte, zwinkerte er dem rechtmäßigen Besitzer aufmunternd zu. »Wolltest du mir damit den Schädel einschlagen? Das hätte deiner Freundin bestimmt imponiert.«

»Keine Ahnung, wen du meinst«, sagte Jorne. »Ich arbeite allein.«

»Verstehe.« LaRue schob die Tasche weg und genehmigte sich noch einen Schluck. »Ich hab gehört, ihr Albaner seid ganz harte Hunde …«

»Ich bin kein Albaner.«

»Aber Elle – oder wie immer sie heißt –, sie hat dich geschickt, um mich zu meucheln.« Trotz der dunklen Gläser schien sich LaRues Blick tief in Jornes Augen zu bohren. »Oder geht es hier nur um dieses alberne Kreuz? Ja, das könnte sein. Es ist ja angeblich auch einiges wert.« Der Fahrer stand auf und ging einmal kurz hin und her. »Hör mal, mir kannst du nichts vormachen, Hombre … Wir sind vom selben Stamm, du und ich. Ich weiß, warum einer wie du in die Welt gesetzt wurde – um Steuererklärungen abzugeben, über Beträge, die menschenunwürdig sind, um dir selbst dein Fresschen zu machen und dann den Müll wegzuschaffen. Sobald du laufen konntest, warst du eigentlich ein Erwachsener. Keine glückliche Kindheit, nicht für einen wie dich. Die Welt, in die sie dich gesetzt haben, hat dir seitdem nur Probleme gemacht. Nichts als Plackerei, hab ich recht? Du hast nehmen müssen, was das Leben dir hingeschmissen hat. Klar hast du versucht, da irgendwas draus zu machen, aber in deinem Fall waren die Anfangsvoraussetzungen einfach zu schlecht. Jeden Morgen bist du aufgewacht und hast dich gefragt, wieso du dich wie ein Blinder auf einem Minenfeld fühlst. Ärger, Probleme, Hindernislaufen – ich meine, wo ist der Spaß an der Sache?« Er hielt kurz inne. »Machen wir uns nichts vor, du hattest nie die Chance, dich an diesem einen Leben, das du hast, zu erfreuen. Vielleicht wäre alles anders gekommen, hättest du eingewilligt, nach ihren Regeln zu spielen – zu tun, als ob, und vor jedem reichen Strolch Männchen zu machen – aber dazu warst du zu stolz, hab ich recht?«

»Warum?«, flüsterte Jorne in diesem Moment. »Gott, mein Gott, warum hast du mich verlassen!«

»Warum?« LaRue hatte die Frage gehört. »Entschuldige, dass ich an Gottes Stelle antworte, aber verraten und verkauft warst du schon am Tag deiner Geburt. Erst ließ Gott dich im Stich und dann die Gesellschaft. Und jetzt sitzt du bis zum Hals in der Scheiße, und kein Schwanz wird dir helfen, hab ich recht?

In so einer Situation noch zu beten, ist Unsinn. Denn gäbe es Gott – ich sage gäbe –, dann wüsste er längst über dein Elend Bescheid.« Ein Ausdruck wie von Mitleid huschte über LaRues maskenhaftes Gesicht. »Ach, Schnulli – was hast du denn vom Leben erwartet? Wir sind Tiere, nichts weiter als Tiere … Organische Miseren, organische Verstrickungen … Wenn es fällt, auf den Boden knallt, unter der Kuh, und wenn es von da blind drauflosrobbt, auf die Grube zu, in die es wieder fällt, zwischen schwarze, nach Erde riechende Wände, bevor sie deinen Leichnam zuschaufeln, bevor es wieder so ist, als hättest du nie existiert – dann hast du gelebt, Halleluja! Und deshalb ist ein kahler, trostloser Acker auch der beste Ort, um mit Verachtung Abschied zu nehmen – Abschied von einer Welt, in der wir niemals sein wollten und die uns wie Stiefkinder behandelt hat. Alles, was du hier siehst, muss daher zerstört werden. Dieser Gedanke spendet mir schon lange Zeit Trost. Alles, was geschaffen wurde, muss entschöpft werden. Es ist an der Zeit.«

Er ließ Jorne Zeit, den furchtbaren Sinn seiner Worte zu verstehen. »Es liegen übrigens nicht nur Pestleichen hier. Als die Basler Erde bebte – lang ist es her –, da fanden in diesem Matsch auch die Opfer des Bebens ihr Grab. Darunter viele ehrbare Ritter wie du.« LaRue wählte eine handliche Rohrzange aus. Was man auf den ersten Blick für Rost halten konnte, war angetrocknetes Blut. »Bleibt nur die Frage, ob du willst, dass es schnell gehen wird.« Er begann mit der Zange vor Jornes Augen zu winken. »Siehst du das? Vor ein paar Wochen habe ich einem Schnüffler damit sämtliche Zähne gezogen …«

Er fixierte Jornes Knöchel und ließ ihn die Zange zum ersten Mal fühlen. Die Wunde atmete jetzt wie ein Mund und fühlte sich im Sitzen noch klaffender an.

»Ich habe eigentlich nur eine Frage an dich: Wo ist meine liebliche Elle? Sie wartet doch sicher auf dich.«

»Sag mir erst, ob die Kleine noch lebt«, sagte Jorne.

»Du meinst die Anhaltermaus?« LaRue begann schelmisch zu kichern. »Was geht dich das an? Ich hätte dem Kind wegen dir fast einen Kopfschuss verpasst.«

»Es geht mich was an, weil ich von Interpol bin!« Jorne war ein lausiger Lügner, doch wie alle Paranoiker glaubte er, im Notfall ein guter Pokerspieler zu sein. »Wir sind schon lange hinter dir her.«

»Jetzt veronkelst du mich aber gewaltig.« LaRue wirkte nicht im Geringsten beunruhigt »Noch kann ich Haie von Goldfischen unterscheiden, und du bist höchstens ein Guppy. Außerdem hab ich dich gründlich gefilzt und keine Hundemarke gefunden. Nur ein Bild von einem Schwein … Scheinst zoophil veranlagt zu sein.« Die Zangenbacken hatten mit dem Picken an Jornes Wunde begonnen. »Ich frage dich zum letzten Mal, wo ist Elle? Sie hat dir sicher das Ohr abgekaut und eine Menge erzählt … ungereimtes Zeugs von einem Haufen Leichen in meiner Kutsche, aber das ist nur so was wie ein kleiner Nebenverdienst. Trotzdem muss ich sichergehen, dass sie nicht zur Schmier' rennen wird. Wenn du mitmachst, lass ich dich vielleicht laufen.«

Die Nerven in Jornes Fleisch begannen, sich wirre Mitteilungen zuzuflüstern, aber noch war es nichts weiter als ein Anklang von echtem Schmerz.

»Hör auf damit.« Er versuchte lässig zu klingen. »Folter hat nie was gebracht.«

»Das Gegenteil ist der Fall«, sagte LaRue, »sonst würde nicht alle Welt foltern.« Er hielt für einen Moment inne und sah Jorne abschätzend an. »Was ist los mit dir, Hombre? Zierst dich wie 'ne Bergziege, die zwar Milch geben will, aber Angst hat vor den kalten Fingern des Melkers.« Und als Jorne nur anzüglich grinste: »Nein, ihr wart noch nicht bei der Schmiere, ganz sicher nicht, sonst hättest du nicht diese dämliche Den-schnapp-ich-mir-selber-Nummer gebracht. – Vielleicht geht es hier wirklich nur um dieses lächerliche Kruzifix aus der Krypta vom Monastère? Nun komm schon, könnte es sein, dass du Elle abserviert hast und auf eigene Faust losgezogen bist?« Als hätte er einen Anfall, ließ er die Rohrzange fallen und begann, sich die künstliche Haarpracht zu raufen. »Nein, die Möglichkeit scheidet aus. Wärst du auf eigene Rechnung hier, hättest du längst von dir aus einen Tausch angeboten. Im Grunde keine schlechte Idee. Das Kreuz gegen die einzige Braut, die mir je ausgebüchst ist – na, was sagst du, ist das nicht fair unter Bestien? Was willst du überhaupt mit der Schlange?« LaRue hob sein Kinn und verschob den Mullverband um ein paar Zentimeter. »Siehst du dieses kleine blutverkrustete Loch? Das hat sie mir mit 'ner Schaschlikpike verpasst. Die Gewitterziege hat meine Hauptschlagader wahrscheinlich nur um Millimeter verfehlt.«

»Dir ist schon klar«, flüsterte Jorne, der des Versteckspiels überdrüssig geworden war, »dass sie dich nur für mich aufgespart hat?«

»So was Dämliches hab ich selten gehört«, sagte LaRue. Wie geistesabwesend versetzte er Jornes Ferse mit der Zange einen herzhaften Stups. »Komm schon, Hombre, ist die Schwester wirklich so gut im Bett, dass du dafür deine Gesundheit riskierst? Denk mal nach: Wir haben alle Zeit der Welt füreinander. Was du mir heute nicht sagst, sagst du mir morgen. Weißt du überhaupt, wen du vor dir hast?« Er machte ein Gesicht, als hätte er es selbst fast vergessen. »Hast du je von Doktor Stones[68] Skala des Bösen gehört? Die Skala – auf der Hitler Platz 21 belegt – endet bei 22. Und weißt du, warum? Weil der Doktor, ein kluger Mann, wusste, dass irgendwann einmal etwas noch Böseres auf diesem Planeten auftauchen würde. Und jetzt pass mal auf …« Mit der Eleganz eines geübten Sadisten packte er Jornes verwundeten Fuß. Im nächsten Moment hatte er schon einen Zehennagel gezogen. Es ging so schnell, dass Jorne kaum Mühe hatte, sich den Schmerz zu verbeißen.

»Das ist mit Abstand der dreckigste Nagel, den ich je gesehen habe.« Wie Zahnärzte nur selten dem Drang widerstehen, einen frisch gezogenen, kariösen Zahn zu studieren, so beugte sich der Fahrer jetzt über die Beute der Zange. »Du hast noch neun weitere Nägel«, sagte er leise. »Nur – wenn du weiterhin Trotzköpfchen spielst, dann werden es immer weniger. Also, haben wir einen Deal?« Und als Jorne nicht antwortete: »Warte mal, ich glaube, was du jetzt brauchst, ist etwas Anschauungsunterricht.«

---

68 »The Gradations of Evil«, Dr. Michael Stone, Professor der Psychiatrie, Columbia-Universität. Die Skala reicht von 1 bis 22.

6

Mit ein paar Schritten war der Fahrer zu seinem Frigo geschlendert und riss die Wagentür auf. Das gefesselte Mädchen fiel ihm genau vor die Füße.

»Du hast mich vorhin nach der Kleinen gefragt«, sagte LaRue, »also, hier ist sie.« Er packte das Mädchen am Schopf und schleifte es hinter sich her. Gelbes Isolierband versiegelte ihren Mund, aber die stummen Schreie ihrer geweiteten Augen trafen Jorne ins Herz.

»Vreni … Niiicht! Tausend Tonnen Pech …« Er zuckte zusammen, als das Mädchen stolperte und in eine Schlammpfütze fiel.

»Sie heißt Mimili und nicht Vreni«, sagte der Fahrer, während er seine Hände in Golfhandschuhe zwängte. »Außerdem hatte sie nicht tausend Tonnen Pech, sondern nur ein kleines Malheur – Autopech sagen die niederländischen Trucker. Sie stieg also bei mir ein. Dachte, sie könnte mich ausnutzen, indem sie an meine Empathie appellierte.« Das Mädchen war ein Federgewicht, LaRue zog es mit einer Hand auf die Beine. Behutsam zupfte er ihr etwas Erdiges aus dem Haar. »Ach, kleine Mimi, *in der Welt, aus der du kamst, war die Liebe überall, nur das Glück wohnte unter deinem Dach. Aber dann, mit einem Schlag, war deine schöne Welt entzwei, und für dich war alles aus.*[69]« Er drehte sie einmal um ihre eigene Achse, bis er hinter ihr stand. »Was glaubst du, Hombre, können Schmetterlinge weinen?« Er strich ihr die Haare aus dem Gesicht. »Nein, Insekten können nicht weinen, dazu fehlen ihnen die Drüsen. Aber Mimili ist ja gar kein Insekt, sondern ein Schneeflöckchen, und das heißt, sie ist eine einzige gefrorene Träne … Ich weiß allerdings einen Weg, sie zum Schmelzen zu bringen.«

LaRues Hände versiegelten jetzt Mund und Nase des Mädchens.

---

69 Frei nach Jürgen Marcus, »Schmetterlinge können nicht weinen«, 1973

Nach ein paar anfänglichen Befreiungsversuchen ergab sie sich ihrem Schicksal. Während sie langsam erstickte, glaubte Jorne zu sehen, wie das Licht in ihren Augen erstarb.

»Tja, da staunst du, Hombre, mit dem Morden ist das so wie mit der Arbeit: Hat dich Gott einmal dabei erwischt, scheißt er dich mit Gelegenheiten regelrecht zu. Nur diese Art Arbeit macht mir nichts aus.« LaRue legte die Leiche seines Opfers vorsichtig auf die Erde.

»Ich weiß, was du denkst, Hombre … Die junge Mädchenblüte hat ihr Ableben sicher als Unrecht empfunden. Das tut mir natürlich leid. Sie hätte – das halten wir hier in aller Deutlichkeit fest – die Fackenstutzen[70] zur Gebärmaschine gehabt. Andererseits … noch hat die Dekomposition von Gottes Ebenbild nicht begonnen, schenken wir ihr noch etwas Aufmerksamkeit.«

Es war Jorne nicht anzusehen, aber er hatte die letzte halbe Minute mit aller Kraft versucht, die Handschellen auf seinem Rücken zu sprengen. Leider vergebens. Als er die Augen wieder öffnete, hatte LaRue die Tote bereits zur Hälfte entblättert.

»Siehst du das, Hombre – chair de poule oder Gänsehaut. Das vegetative Nervensystem ist noch intakt, obwohl ihr Herz nicht mehr schlägt.« Der Nekrophile deutete mit dem Finger auf einzelne Stellen an ihrem Körper. »Ich weiß, dir stellen sich in diesem Moment ganz andere Fragen. Doch was soll's – man muss das allgemeine Elend des Menschen auch mal kritiklos in Kauf nehmen können. Der große Zampano macht es vor, wenn er die Slums im Gangesdelta überschwemmt oder Flugzeuge einfach abstürzen lässt. Ich glaube, er geht zu Recht davon aus, dass es niemals auf der Erde einen Unschuldigen trifft. Früher oder später hätte es auch Mimili verdient, so zu verenden.« Während er sich einen Fuß des Leichnams an den Mund führte und die große Zehe zu lutschen begann, trat ein Ausdruck von Weh-

---

70 Mittelalterliches Deutsch: Schweineschenkel

mut auf sein Gesicht. »Natürlich ist mir auch die andere Seite bewusst: Mimilis Tod könnte sich als Tragödie erweisen – nein, nicht für die Menschheitsgeschichte, sondern für den Eurovision Song Contest. Vielleicht hätte sie einen neuen Schlagergott geboren, einen zweiten Roy Black, ja, ja, wer weiß ...«

Jorne knirschte in diesem Moment so laut mit den Zähnen, dass LaRue augenblicklich verstummte.

»Alle Achtung, hast du das im Zirkus gelernt?« Der Fahrer hob die Leiche des Mädchens auf und schleppte sie zu seinem Wagen. »Zum letzten Mal, Hombre, haben wir eine Abmachung?«

»Im Fittla isch finschter[71]«, erwiderte Jorne.

LaRue schüttelte bedauernd den Kopf. »Du hast vielleicht einen Ausdruck am Leib ... Damit Mimili nicht umsonst gelitten hat, werde ich sie jetzt in meinen Kühlkoffer packen. Und dann hol ich die Wahrheit aus dir heraus.«

Es dauerte ein paar Minuten, dann kam er mit seiner Werkzeugkiste zurück. Umständlich packte er etwas aus, das Jornes Bewusstsein nicht wahrnehmen wollte.

»Was du hier siehst«, sagte LaRue, »ist eine chirurgische Handbogensäge, im Mittelalter auch Knochenelse genannt. Wenn du mich fragst, ob ich damit umgehen kann, dann muss ich sagen: Kein Schimmer vom blassesten Dunst einer Ahnung, aber du weckst offenbar schlummernde Talente in mir. Ich weiß nur, dieses Sägeblatt schneidet Knochen wie Butter.«

»Ich kenne die Sorte«, murmelte Jorne, »die fressen selbst Eisen ...«

»Natürlich, ein Profi wie du kennt sich aus!« Der Fahrer begann, am Sägeblatt zu zupfen wie an einer Harfe. »Die Grabnymphe mit der Indianerfrisur hat dich ja immer die Drecksarbeit machen lassen. Gerecht ist das nicht. Auch dass du hier liegst und verblutest, hat sie dir eingebrockt, nicht ich. Also – wenn dich ein Tausch nicht interes-

---

71 Walliserdeutsch: bestimmt nicht

siert, dann entbindet dich das noch lange nicht von der Pflicht, mir zu sagen, wo sich die diebische Elster versteckt?«

»In der Hose, nicht weit vom Hemd«, sagte Jorne, die Worte wie Dolche zwischen den Lippen.

»Also, die Auskunft war schon mal falsch.« Der Fahrer packte Jorne an den Schultern, rollte ihn auf den Bauch und setzte sich rittlings auf seine Waden. »Weißt du was, Hombre? Aus dir was rauszuholen, das ist so, als würde man versuchen, eine Büchse Corned Beef aufzumachen, an der die Metalllasche fehlt. Da hilft dann nur noch der Dosenöffner …«

7

Schon als der Irre die Säge ansetzte, dämmerte Jorne, dass es Schmerzen gab, die sich in irren Jodlern äußerten und – Lavaströmen gleich – vor eisigen, metallisch glänzenden Himmeln aufleuchten würden.

»Der Groschen fällt immer zu spät … denn wenn es so weit ist, nützt es kaum was, dass man versteht – denn der Groschen fällt immer zu spät![72]«

Was LaRue grölte, konnte Jorne nicht wirklich verstehen – dazu waren die eigenen Schreie zu laut; aufgespannte, frische Tierfelle waren das, die sich dehnten und dann wie angestochene Blutblasen platzten. Ein Gefühl, wie im Regen von rot glühenden Pfeilen zu stehen, Pfeilen, die sich ins Rückenmark bohrten. Die Säge steckte jetzt einen guten Zentimeter im Knochen, und die Vorstellung davon, wie sich sein Fuß von Rest seines Körpers lösen würde, überflutete Jornes Gehirn mit einem Cocktail aus Endorphinen und Noradrenalin. Dennoch schaffte er es, an frisch aufgetaute Frostbeulen zu denken. Die hatte er sich mal auf einer Tour an den Füßen geholt. Die Schmerzen waren ähnlich gewesen.

»Ich wäre dir dankbar … wirklich dankbar …« An diesem Wort hing er lange, wie ein müder Affe an einem dünnen Zweig, von dem er ahnt, dass der jeden Moment abbrechen kann. »Ich wäre dir dankbar, wenn du damit aufhören würdest …«

»Womit?« LaRue ließ die Säge los, stand auf und wischte sich den Schweiß von der Stirn.

»Frag nicht so dumm«, sagte Jorne. »Mach Kleinholz aus mir, aber hör auf zu singen.«

»Was bist du doch für ein herzloser Wicht!« LaRue zog den Mund

---

72 Frei nach Freddy Quinn

zusammen wie ein Matrose, der vor dem aufziehenden Sturm das Großsegel refft. »Und ich dachte, es ginge um die alte Frage, die noch nie beantwortet wurde: Wenn man sich am Sack kratzt – wann kommt der Augenblick, wo es nicht mehr juckt, sondern anfängt, Spaß zu machen?« Er wirkte plötzlich bis auf die Knochen ernüchtert. »Hast du das eben ernst gemeint?«

»Das mit dem Singen? Ja, hab ich …«

»Na, da schlägt's dreizehn! Du bist der Erste, der sich beschwert!«

»Dann müssen die anderen taub gewesen sein.« Jorne rollte sich auf den Rücken und starrte auf die Säge in seinem Fuß. Etwas lenkte ihn ab – eine Bewegung in der Nähe jener halb verfallenen Scheune. Auf den zweiten Blick erkannte er eine Gestalt.

Vreni, bist du nur deshalb zurückgekommen? Hast du dich noch mal von den Felsen zusammengekratzt, um zu sehen, wie das Leben mich bodigt?

»Falsch«, sagte LaRue in diesem Moment, »sie waren nicht taub, sondern tot!« Obwohl er ein blechernes Gelächter nachsetzte, war auch dieser Witz auf seine Kosten gegangen. »Der einzige Taube bin ich, und weißt du, warum? – Bin Voyeur, der Voyeur braucht kein Gehör …«

Die Gestalt war jetzt deutlich zu sehen. Geduckt lief sie auf den Kühlwagen zu. Jorne konnte spüren, wie sich seine Nackenhaare aufrichteten – was merkwürdig war, denn bis jetzt hatte er nicht einmal gewusst, dass er welche hatte.

»Von mir aus kannst du zusehen«, murmelte er vor sich hin.

»Das tue ich doch«, sagte LaRue, der den Satz auf sich bezog. Zu diesem Zeitpunkt war die Erscheinung bereits hinter dem Fahrzeug verschwunden. »Ich wüsste trotzdem gerne, warum du versucht hast, mich auf diese schäbige Weise zu kränken.«

»Es könnte schmerzhaft werden«, sagte Jorne. Irgendwie fühlte er sich in diesem Moment wie der Totengräber, der, nachdem er die eigene Leiche beigesetzt hat, noch das Kunststück vollbringt, sich ein

Sträußchen Vergissmeinnicht auf den stillen Hügel zu pflanzen. »Im Grunde ist die Sache doch sonnenklar. Wenn du's wirklich draufgehabt hättest – als Sänger, meine ich –, dann hättest du dir Freddy oder Roy Black zum Vorbild genommen, aber nicht den blonden Bäckergesellen. Versteh mich bitte nicht falsch, als Kuscheltiergreifer bist du nicht schlecht – auch als Horrorclown –, aber das Singen … also, das solltest du Leuten mit Talent überlassen.«

LaRue begann allmählich zu zittern. Er umrundete Jorne, beugte sich zu ihm herab und schielte über den Rand seiner Brille. Es sah nicht nur so aus, als hätte er mit den Tränen zu kämpfen. »Das hat gesessen, Hombre – touché!«

Er machte ein verschnupftes Geräusch: »Stimmt, ich wollte immer so sein wie Roy Black. Der Flitterkönig, le roi noir! Schon der Name hätte besser zu mir gepasst, aber der Chef – dieser Busgangster, für den ich mich früher abrackern musste – hat mich bewusst in die entfremdete Form des Künstlerdaseins gedrängt. Die Ähnlichkeit mit dem Volksmusiker hat mir ungeheuer geschadet. Du kannst dir gar nicht vorstellen, was ich in manchen Kneipen mitgemacht habe! Ach, gottverdammt …« Seine Augen irrlichterten hin und her, als ob er von einem inneren Teleprompter ablesen würde. »Was soll man da nur machen? *Man ist zu groß oder zu klein, ja, ja, ja, schwer ist es, auf der Welt zu sein …*«

»Das ändert nichts daran, dass du nicht singen kannst.« Jorne versuchte, nicht an das Sägeblatt in seiner Ferse zu denken.

»Brutaler Schelm!« Der verkannte Meistersinger rang sichtlich um Fassung. »Vielleicht bin ich nur ein einfacher Vagabundenhänger, aber jetzt hast du mich wirklich in der Unterführung gesucht und gefunden!«

Schluchzend torkelte er davon und machte sich am Staukasten des Frigos zu schaffen.

Wenig später hatte er sich wieder beruhigt. Das Abschleppseil in seiner Hand war wohl der Auftakt einer neuen Tortur.

»Normalerweise würde ich dir jetzt den *Zug nach Nirgendwo* singen, aber nach der Art und Weise, wie du auf meiner Künstlerseele herumgetrampelt bist, hast du einen anderen Abgang verdient – deine Partnerin hat dir vielleicht schon von meinen Seiltricks erzählt.« LaRue beugte sich zu Jorne herab. Er formte aus dem Seil eine Schlinge und legte sie Jorne wie ein Ordensband um den Hals. »Ich kannte einige, die waren mit dem Kopf in der Schlinge geboren, aber die rannten nicht einfach drauflos, so wie du.« Erneut überprüfte er den Knoten der Schlinge, offenbar hatte er aus seiner missglückten Seilnacht gelernt. »Oh, eines muss ich noch klarstellen: L. hat sich nur mit einem Lammbock wie dir eingelassen, um an mich ranzukommen. Sie hat es genossen, als ich sie aufgeknüpft habe. Tja, manche Weibsen sind echt abartig drauf, ich meine, als sie hing, ist sie gekommen wie eine elektrische Eisenbahn, aber behalt das bitte für dich.«

Vielleicht hatte er gehofft, Jorne wäre endlich so weit, um sein Leben zu betteln, doch als nichts dergleichen geschah, wirkte LaRue deprimiert. »Weißt du, an wen du mich gerade erinnerst? An so einen sturen Heinz von der Sitte, der sich mit mir anlegen wollte. Hatte dieselbe geduckte Körperhaltung wie du. Nicht unbedingt ein ästhetischer Anblick. Als ich ihn hatte, hab ich ihn wochenlang amputiert. Salamitechnik. In alphabetischer Reihenfolge, also die Arme zuerst. Und so weiter. Irgendwann sah er aus wie ein Hokkaidokürbis mit Mund. Fragte, ob er zu Gott beten darf, dass der ihn von seinen Leiden erlöse. Und ich sagte, okay. Wenn Gott dich erhört, werde ich mich freiwillig stellen. Aber natürlich passierte nichts, und das hat den Typen dermaßen frustriert, dass er wieder seine dummen Sprüche raushauen musste … Manche Tschugger sind so was von irre. Ich hab ihm die Zunge rausschneiden müssen, damit er endlich begriff.«

Als ob er sich den Anblick seines schon halb hinübergedämmerten Opfers ein letztes Mal einprägen wollte, stakste er zwei Schritte zurück. »Du krepierst für nichts, Hombre!«, brüllte er jetzt, »nicht mal für eine Handvoll dreckige Dollar!«

Jorne hob den Kopf, mit dem einen noch nicht zugeschwollenen Auge sah er, wie LaRue die Leiter hoch ins Fahrerhaus turnte; doch er sah noch etwas – dieselbe nebulöse Gestalt, die er innerlich als Hirngespinst abgetan hatte; jetzt huschte sie am Kühler vorbei.

»Vreni!«, schrie Jorne. »Geh da weg! Er wird dich auch töten!«

»Vreni?« LaRue drehte den Kopf. »Oh nein, sag nur, es gibt ein zweites Sargvögelchen?« Er hüpfte von seinem rutschfesten Trittbrett und warf einen vorsichtigen Blick um die Ecke. »Überraschung – niemand da, Hombre!«

Verächtlich grinsend schlurfte er am Kühler vorbei, um einen Blick auf die Rückseite des Wagens zu werfen – und erstarrte mitten in der Bewegung. Zwei, drei Sekunden stand er so da mit dem Rücken zu Jorne und bewegte sich nicht.

»Du …?« Einen verspäteten Schmerzensschrei ausstoßend, wich er noch immer starr wie eine Marionette zurück. »Hallöchen, mein … mein süßer Engel des Drecks … Du fällst natürlich nicht mit der Tür, sondern gleich mit dem Messer ins Haus!«

»Ich hörte, du hast Sehnsucht nach mir«, sagte L. Es schien, als hielte sie LaRue am Schlafittchen, doch was sie in Wirklichkeit hielt, war Jornes Grabstichel, den sie ihrem ehemaligen Peiniger in den Bauch gerammt hatte. In Tonis Klamotten hatte sie etwas von einer Vogelscheuche, an die jemand – so zum Spaß – einen Stofftierrucksack gehängt hatte. Endlich ließ sie los.

»Elle, Ella, Ellchen – hat dir schon mal jemand gesagt, dass du wie eine lecke Gasleitung bist?« LaRues Hände flatterten um den Griff, der aus seinem Bauchnabel ragte. »Man sieht und hört dich nicht, und doch bringst du einen irgendwie um.«

»Wer hat jetzt recht?«, krächzte Jorne. »Du Hurensohn beißt noch vor mir ins Gras!«

»Wenn du dich da nicht täuschst, Hombre! Sie hat mir zwar eine

Freikarte zum Friedhof gesteckt, aber ein Reserve-Jesus lässt sich nicht kampflos kreuzigen – oh verdammt, tut das weh!« Sich am Stutzen des Waschwassertanks festklammernd, tastete er unter seinen Pullover, doch Pech, die Kimme der Walther verhedderte sich in dem wolligen Stoff.

»Jetzt!«, brüllte Jorne. »Gib ihm den Rest!«

Den Rest? L. sah nur die Waffe in LaRues Hand – eine Waffe, die gerade auf sie zielte. Instinktiv schleuderte sie dem Verhängnis ihren Rucksack entgegen … Ein Knall, sie fühlte einen glühenden Schmerz an der Schulter. Vorwärtstaumelnd drehte sie sich einmal um ihre eigene Achse und trat mit aller Kraft zu. Ihr Fuß trieb den Stichel noch tiefer, und irgendetwas in LaRues Körper knackte wie brechendes Glas. Wahrscheinlich hatte es die Wirbelsäule erwischt. Die Beine des Fahrers schlackerten, als wären sie plötzlich aus Gummi, dann sackte er – den Mund zu einem stummen Schrei geöffnet – in sich zusammen.

Jorne empfand kein Gefühl des Triumphs, nur eine eigenartige Leere in seinem Schädel. Nebenbei beobachtete er, wie L. den bewusstlosen Fahrer verschnürte. Als sie fertig war, sagte er immer noch nichts, sondern folgte mit dem Blick einem Schwarm Krähen – Rechtskurve, Linkskurve, Steilflug – vor einem abendlichen, wie mit Perlmutt ausgegossenen Himmelsgewölbe.

Endlich erschien L.s Gesicht. Vielleicht lag es an den Überresten der Porzellanschminke, dass ihre Augenringe wie Veilchen aussahen. Die Strähnen ihres Haares bildeten einen wild zerzausten Heiligenschein. Jorne war kurz davor, sie für ein ätherisches Wesen zu halten, herabgestiegen aus dem Elysium, um ihn mit sich zu nehmen.

»Wenn du mich fragst«, flüsterte er am Rande des Wahnsinns, »war es die Nonne! Wir haben Schmiermittel aus ihr gemacht, und sie hat sich an uns gerächt!« Seine Augen weiteten sich, als er sah, wie sie die noch immer steckende Knochensäge ergriff. »Hatte ich dir nicht ausdrücklich gesagt, dass du mir nicht nachfahren sollst …?«

»Bitte …« Sie presste ihre Hand auf seinen Mund, sah ihm tief in die Augen und zog ihm die Säge sanft aus der Ferse. »Hätte ich nicht zufällig in den Rückspiegel gesehen und bemerkt, wie der Frigo den Hafen verließ, dann wärst du jetzt tot. «

Während sie Jorne von den Handschellen befreite, wirkte sie, als würde sie jeden Moment kollabieren. Was sie vor sich hin stammelte, war nicht zu verstehen,

»Elle … es ist vorbei, Mädchen! Und dass du so mit der Pike umgehen kannst, ehrlich, das hat mich echt überrascht.« Jorne wollte sie an sich ziehen, doch sie stieß ihn zurück.

»Nein, ich bin noch nicht fertig mit ihm!« Und mit einem Blick, in dem sich Wahnsinn mit Rachsucht vermählte: »Er hat sich Gott genannt, und ich habe mich seinetwegen bepisst. Dafür wird mir das Schwein büßen!«

Jorne schwante bei diesen Worten nichts Gutes. »Wir leben, L.«, flüsterte er immer wieder. »Wir leben und wir haben das Kreuz! Das ist jetzt alles, was zählt.«

»Das Kreuz?« Sie sprang auf und fuchtelte mit den Armen in der Gegend herum. »Wo zum Henker ist dieses verdammte thebäische Kreuz?«

Das letzte Licht, das eben noch den Himmel erfüllt hatte, verblasste zu einem sich verdunkelnden Nichts.

»In seiner Kabine natürlich«, flüsterte Jorne. »Es hängt am Rückspiegel und wartet auf dich, du kannst es nicht übersehen.« Er glaubte, ein Aufleuchten in ihren Augen zu sehen, und diesmal war sie es, die Jorne umarmte.

Dann sprang sie fast die Treppe zur Fahrerkabine hinauf. Es dauerte ein paar Sekunden, bis er ihren Freudenschrei hörte.

Gut so, dachte er, und bemerkte die Walther PK neben LaRue. Er zog das halb volle Magazin aus dem Griff und ließ es wieder in den Schacht gleiten.

»Pech gehabt, Frosti«, murmelte er und schob die Waffe in seinen Gürtel.

Als er sich umsah, bemerkte er, dass L. auf der Treppe zum Führerhaus saß und mit ihrem Handy hantierte. »He, Moment mal. Was hast du vor?«

»Na, was wohl? Ich ruf die Tschugger an, wie sich's gehört.«

»Hatten wir das Thema nicht durch?« Er nahm ihr das Telefon aus der Hand und ließ es in seiner Manteltasche verschwinden. »Wie willst du den Polypen erklären, was sich hier abgespielt hat? Wir sind in Basel, Mädchen … im sogenannten Dreiländereck. Diese Ecke wird von Anarchisten regiert. Wenn du Pech hast, flicken sie unseren Freund wieder zusammen, stecken ihn in ein Fünf-Sterne-Pflegeheim, und wir beide wandern für lange Zeit hinter Gitter. Hast du vergessen, wir werden noch immer polizeilich gesucht?« Er nahm sie sanft in den Arm. »Was immer in seinem Frachtraum war, die Ladung wurde gelöscht. Das Alibi dieser Ratte ist so dicht wie ein Hummerarsch, so leid es mir tut!«

L. begann leise zu schluchzen. Obwohl sie die Blutung an ihrem Oberarm mit Desinfektionsspray gestoppt hatte, fühlte sie sich wie eine einzige brennende Wunde. »Ich glaube, ich kann nicht mehr. Könnte das sein?«

»Reine Nervensache«, sagte Jorne, der sich nicht oft als Tröster versuchte. »Denk an das Geld, das in Davos auf uns wartet.« Fast kam er sich wieder wie ein Bergführer vor, der sein Bestes tat, um einem schwierigen Gast die letzten Meter zum Gipfel schmackhaft zu machen. »Zweihundertfünfzigtausend Franken für jeden von uns … Dafür räume ich gern die Schweinerei eines anderen auf. Aber vorerst brauche ich ein paar Minuten für mich.«

Er hinkte los und verschwand hinter der nahe gelegenen Scheune.

8

L. hatte LaRue an einen Arm der Hebebühne gefesselt. Den Kleppermantel hatte sie ihm um die Schultern gehängt, wahrscheinlich weil sie verhindern wollte, dass er *vorher* an Unterkühlung krepierte. Der weiße Rollkragenpulli erinnerte sie an die japanische Flagge, obwohl der rote Punkt in der Mitte nicht rund, sondern trapezförmig war. Mit seiner verrutschten Perücke machte der Reserve-Jesus einen erbärmlichen Eindruck.

»Können wir drüber reden?«, fragte er leise.

»Nein, können wir nicht.«

»Verstehe.« Er suchte erstmals wieder Augenkontakt. »Rache verjährt nicht, sie verführt. Nur dieses T-Shirt ...« Er kniff die Augen zusammen, um den Aufdruck zu lesen: »Jage nicht, was du nicht ... töten kannst. Warum hast du mir das nicht früher gesagt?«

»Weil ich zu diesem Zeitpunkt das T-Shirt nicht hatte.« Sie zwinkerte ihm nachsichtig zu. »Du erinnerst dich vielleicht, irgendein Schwein hat mir meine Klamotten vom Körper gesäbelt.«

»Es hat dir also gefallen«, sagte LaRue. »Omnia per carnalem concupiscentiam, quae quia in eis est insatiabilis[73] ... Die Augenringe stehen dir übrigens gut. Deine Seelenqual hat deiner Schönheit nicht den geringsten Abbruch getan.« Sichtlich verlegen schielte er über den Rand seiner Brille. »Es stimmt nicht, dass wir die Wahl haben zwischen Gut und Böse. Wir beide wissen das, dein Freund, dieser Mensch, weiß das nicht ...«

»Da hast du was Wahres gesagt«, flüsterte L. Sie hatte fast Mitleid mit ihm. »Er hätte die Macht gehabt, aber er hat dich nicht an deinen Taten gehindert.«

---

73 Lat. Zitat aus »Malleus Maleficarum« des Jakob Sprenger, um 1486: Alle Hexerei entspringt der fleischlichen Lust, die bei Frauen unersättlich ist.

»Demnach bin ich unschuldig? Ja? Und trotzdem machst du mich hin …«

»Ich bitte dich: Alles, was zerstört werden kann, muss zerstört werden. Der Spruch ist von dir.«

LaRue begann anerkennend zu nicken. »Du bist bösartiger als ich, kann das sein? Na, was soll's, Leben und Tod – für mich ändert sich nichts.« Und als sie nichts erwiderte: »Ist es eigentlich schlimm, wenn man seine Beine nicht spürt?«

»Im Gegenteil, Schnucki, es heißt, dass du es fast hinter dir hast.« L. kramte zu diesem Zeitpunkt bereits im Staukasten des Wagens. »Ich verspreche dir, ich werd mich beeilen.«

»Und ich … ich begrüße es, dass du meine … meine Grabspenderin bist!« LaRue schien nach den passenden Worten zu suchen – wobei er zuletzt blutigen Speichel abhustete. »Wirklich, ich habe mir immer eine Tödin gewünscht, einen weiblichen Todesengel – diesen Wunsch wirst du mir also erfüllen!«

»Sieht so aus.« L. hatte das Nylonseil endlich gefunden. Sie hielt es ihm unter die Nase. »Das hier hättest du nehmen sollen, dann wäre ich nicht mehr hier.«

»Verstehe.« Der Fahrer verdrehte die Augen von links nach rechts und dann hinauf, so weit hinauf, dass die hochgestemmten Augäpfel ihre weiße Rückseite zeigten. »Die Starken überleben, die Stärkeren nehmen Rache. Ich hätte dich nicht anpissen sollen. War 'ne miese Vorstellung, das geb ich zu.«

»Nicht mieser als alles andere auch«, sagte L.

»Ach, du kleine Anstellerin. War es denn wirklich so schlimm?« LaRue schmollte ein bisschen zum Schein. »Selbst wenn es ein gravierender Fehler war – ich bin froh, dass du noch lebst.«

»Im Ernst?« L. legte ihm das Abschleppseil um den Hals und begann, eine Schlinge zu knüpfen. »Eine masochistische Ader hätte ich bei dir nicht vermutet.«

»Dein Stil gefällt mir.« LaRue versuchte, ihre Hände zu küssen.

»Du bist gemein. – Ach, meine kleine Leichenwagenmamsell, und doch habe ich dich durchschaut …« Wieder tropfte blutiger Speichel aus seinem Mund. »Man kann dich nicht töten, denn deine Seele starb schon vor langer Zeit.« Die sich enger um seinen Hals ziehende Schlinge raubte ihm für ein paar Sekunden den Atem. »Wie heißt eigentlich dein langhaariger Sklave?«

»Ist das so wichtig?« L. schob LaRues gefesselte Füße in eine zweite Schlinge. »Lassen wir es bei Hombre. Er weiß es nicht, aber im Grunde gibt es keinen besseren Namen für ihn.«

»Ich wusste es, er ist noch ein richtiger Mensch.« Der Fahrer fixierte L. mit verschwommenem Blick. »Wie lange kennt ihr euch schon?«

»Wer sagt denn, dass wir uns kennen? Es ist wie mit der Ehe: Man verguckt sich in ein nettes Gesicht und verbringt dann den Rest seines Lebens damit herauszufinden, was sich dahinter verbirgt.«

Das Drahtseil ließ sich nur schwer verknoten. LaRue sah L. interessiert dabei zu.

»Das ist aber ein saumiserabler Knoten.«

»Ist 'ne Achterschlinge«, sagte L.

»Ne was? Noch nie gehört.«

»Na, so was, der Typ, der mir 'ne rauschende Seilnacht beschert hat, hat noch nie 'nen Tiroler Achter gesehen. Hält was aus, 'nen Elefanten, wenn's sein muss.«

Sie ließ von ihm ab, lehnte sich an den Bullfänger und kramte in ihrer Jackentasche nach Zigaretten. »Willst du auch eine?«

»Klar – is doch die letzte.« Er grinste so schelmisch, als würde er selbst nicht dran glauben. Doch dann schien ihm zu dämmern, dass er aus dieser Situation nicht mehr lebend herauskommen würde.

»Hätte ich nur auf die Bibel gehört«, sagte er jetzt grimmig zu sich selbst, »steht da nicht: Und Mose wurde zornig über die Hauptleute des Heeres, die aus dem Feldzug kamen, und sprach zu ihnen: Warum habt ihr die Frauen leben lassen?[74]«

---

74 4. Mose 31,14–15

»Damit sie die Männer zum Beispiel mit Zigaretten versorgen …«
Sie hatte eine Kippe angeraucht und schob sie ihm zwischen die Lippen. Zufällig bemerkte sie den Zündschlüssel an seinem Gürtel und steckte ihn ein.

»Danke. Und viel Spaß mit meinem Wagen. War gerade bei der Fahrzeugkontrolle. Weil ich dich wirklich liebe, vermach ich ihn dir. Damit du noch ab und zu an mich denkst …« Er zwinkerte ihr zu, als wären sie seit Ewigkeiten befreundet. »Mein Leben war eine Irrfahrt«, sagte er zwischen zwei Zügen. »Ich habe gelebt wie ein Tier, mehr hat die Natur nicht von mir erwartet.« Er drehte den Kopf und blies ihr den Rauch ins Gesicht. »Nun guck nicht so – die Einsamkeit hat mich zu dem gemacht, was ich bin.«

»Dann habe ich eine gute Nachricht für dich«, flüsterte L. »Deine Einsamkeit geht heute zu Ende.« Sie versenkte ihren Blick in seine Augen, bis sie sicher war, er hatte verstanden. »Vergeltung ist übrigens keine Rache, sie ist das älteste kreatürliche Recht auf dieser Erde. Ich weiß, einer wie du hat dafür Verständnis.«

»Klar, ich habe für alles Verständnis.« Vielleicht war es der Blutverlust, aber der Fahrer begann leise zu summen. »Rosen ohne Dornen gibt es nicht, Mädchen, *Rosen ohne Dornen gibt es nicht, doch ein Herz spielt niemals falsch* … Meines schon gar nicht. Sag mir, Tödin, wie heißt du eigentlich wirklich? Ich meine, du heißt doch nicht Elle, das wissen wir beide.«

Vielleicht hatte er gehofft, dass ihr Blick anfangen würde zu zittern, dass er wegschweifen würde, weit weg zum Horizont, aber das Gegenteil war der Fall – sie beugte sich vor und flüsterte ihm dann etwas ins Ohr. Es war nur ein Wort, aber es bewirkte, dass LaRue seinerseits den Mund zu einem stummen Schrei öffnete.

»Wenn ich das früher gewusst hätte …«

»Jetzt weißt du's«, sagte L. »Mein Vater hatte sich sicherlich etwas bei dem Namen gedacht. Ich darf auf deine Diskretion zählen.« Sie nahm einen letzten Zug und ließ den Rest der Kippe einfach unter sich gehen. »Darf ich dich auch mal was fragen?« Und als er mit einem milden Gesichtsausdruck reagierte: »Was geschieht eigentlich mit deinen tiefgefrorenen Liebchen?«

»Dein Interesse an den Corpora Delicti[75] ist doch äußerst befremdend«, sagte LaRue. »Aber na gut ...« Und im nächsten röchelnden Atemzug: »Wenn ich es dir verrate, lässt du mich laufen, chérie?«

»Wie lässt man jemanden laufen, der seine Beine nicht spürt?«

»Der Punkt geht an dich.« LaRue blinzelte nervös vor sich hin. »Na schön. Es gibt in Hamburg einen Trauerfloristen ... ein Typ aus Neuguinea, stammt wohl aus einer ehemaligen Kopfjägerfamilie ...«

»Red keinen Scheiß.« Fast beiläufig zog sie seine Fußfesseln an.

»Ich rede keinen Scheiß! Der Typ ist auf das Einbalsamieren spezialisiert. Hat früher mal einen auf Wachsbossierer gemacht.«

»Auf was ...?«

»Wachsbildhauer. Das war mal ein angesehener Beruf. Es heißt, der Knabe habe sein Handwerk vom Chefpathologen des Lenin-Mausoleums gelernt. Weicht die Körper in irgendwas ein, und hinterher sind sie wie Gummi.«

»Und weiter?« L. nahm ihm die Kippe aus dem Mund, denn die Glut begann bereits am Filter zu schmoren.

»Na ja ... Er verkauft die Dinger an Leute, die dem Etruskerspiel frönen.«

»Nie von gehört.«

»Wie, du hast nie von den Etruskern gehört?« LaRue schien die Lage, in der er sich befand, vergessen zu haben. »Altes Kulturvolk ... Die obszönen Malereien ihrer Grabkammern sind geradezu legendär! Auch wenn das Vorurteil der alten Griechen, die Etrusker seien sittenlose Sodomiten gewesen, als ein Missverständnis anzusehen ist, so bleibt doch die Gewissheit, dass dieses rätselhafte Volk eine starke

---

75 Lat. Plural: Körper des Verbrechens

Neigung zum Totenkult hatte. Hinsichtlich des Umgangs mit Leichen kannte es keine Tabus.«

»Ja, jetzt fällt es mir wieder ein«, ergänzte L., die niemals in der Lage gewesen wäre, einer Fachsimpelei zu widerstehen. »Seit dem 18. Jahrhundert wurden die Spuren der Etrusker in der Toskana archäologisch erforscht. Von den Römern wurden sie schlichtweg Leichendiebe genannt.«

»Mag sein, aber Rosenberg galten sie als Urheber des Papsttums und des ...« – LaRue schien ein paar Sekunden zu zögern – »... Satanismus.«

Das Wort hatte eine ernüchternde Wirkung auf L. Ihr fiel ein, wem der Mann aus Davos das Kreuz aushändigen würde. Ob es da einen Zusammenhang gab?

»Eine Frage ...« Es war vielleicht nur eine dunkle Ahnung, aber L. konnte nicht widerstehen: »Deine Käufer nennen sich nicht zufällig die Meineidgenossen?«

»Keine Ahnung, wie die sich nennen«, sagte LaRue. »Für jeden Körper zahlt mir der Einbalsamierer fünf Riesen, 'ne nette Stange Geld für etwas, das du nur am Straßenrand auflesen musst!«

Damit war eigentlich alles gesagt, doch LaRue schien noch Hintergedanken zu haben.

»Du magst das alles abartig finden«, sinnierte er laut vor sich hin. »Aber wo ist der Unterschied zu dem, was sich hierzulande Organhandel nennt? Wo glaubst du kommen wohl all die frischen Nierchen und Leberchen her, die sich die Reichen in privaten Kliniken einpflanzen lassen? Niemand hat das je an die große Glocke gehängt.«

»Warum auch?«, erwiderte L. Früher, zu ihren besten Zeiten, hätte sie vielleicht nur zynisch gelacht, doch sie spürte plötzlich, dass es wirklich an der Zeit war, diesen bizarren Unterweltkreisen den Rücken zu kehren.

»Ach, Ellchen, was bist du doch für ein eiskaltes Stück ...« LaRue sah sein ehemaliges Opfer liebevoll an. »Hast du dir schon ein Lied ausgesucht? Zum Abschied soll ich dir doch sicher was singen?« Und als sie nur den Kopf schüttelte: »Ich bestehe aber darauf! Zur *Fiesta Infernale* gibt's eigentlich immer ein passendes Lied.«

»Ich glaube, ich habe ein viel bessere Idee …« L. hatte das Seil abgerollt und führte das offene Ende um den einsamen Haselbaum auf dem Acker. Sein Stamm wirkte jung, fest und biegsam. Ideal, um der Zugkraft einer Maschine ein Weilchen zu trotzen.

»Kennst die berühmte Fabel des Äsop, wo es um das Wettrennen zwischen dem Hasen und einer Schildkröte geht?«

»Du willst mir eine Fabel von Tieren erzählen?«, fiepte LaRue. »Von niedlichen kleinen Tierchen? Das könnte erbaulich sein, unter diesen doch eher bedrückenden Umständen. Aber lass knacken.«

»Na ja, die Geschichte lässt so einige Deutungen zu, jeder sieht darin wahrscheinlich seine eigene Wahrheit.« Sie machte einen ersten Knoten und führte das Seil ein zweites Mal um den Stamm. »In ihrer Essenz besagt die Fabel, dass es möglich ist, einen überlegenen, aber leichtsinnigen Gegner durch Zielstrebigkeit zu besiegen. Was einer Schildkröte aber nur selten gelingt, denn das Umfeld des Hasen weiß seinen Helden in der Regel vor Niederlagen zu schützen. Während sich die Schildkröte nicht den kleinsten Fehler erlauben kann, trödelt der Hase gerne mal ein bisschen herum, er kommt doch in 99 von 100 Fällen vor der Schildkröte ans Ziel.«

»Wie ungerecht«, sagte LaRue.

»Ja, das ist es«, sagte L., »aber es hat halt nicht jeder Pailletten am Stock. Sollte sich der Hase einmal selbst um den Sieg gebracht haben, lässt er es die Schildkröte büßen. Schließlich muss die natürliche Rangordnung gewahrt bleiben, und irgendwo kommt die Schildkrötensuppe ja her.«

»Ist das jetzt allegorisch gemeint?«, fragte LaRue.

»Das kannst du sehen, wie du willst«, erwiderte L. »In der Regel hängt der gedemütigte Hase der Schildkröte erst mal ein Gewicht um den Hals …«

»Ich weiß wirklich nicht, ob mir diese Fabel gefällt«, rief LaRue. »Um ehrlich zu sein, jeder Mann in meiner Situation würde deine Anspielung ziemlich beunruhigend finden. He, das sieht verdammt ernst aus, was du da machst!«

»Nun wart's doch mal ab.« L. hatte eine dritte Schlaufe gelegt und verknotet. »Natürlich handelt es sich um ein vergoldetes Gewicht, die Schildkröte hält es in ihrem Freudentaumel für den Ehrenpokal. Zu spät erkennt sie die Schlinge, an der sie langsam in die Höhe gezogen wird.« L. machte einen letzten Knoten und schlenderte zurück zu LaRue.

»Unter normalen Umständen würde sich die Schildkröte in ihren Panzer zurückziehen, doch das Gewicht um ihren Hals zwingt sie dazu, ihren Hals auszustrecken. Ungefähr so …« Sie demonstrierte LaRue, wie sich der Hals der Schildkröte streckte. »Mit anderen Worten, das Schildkrötchen bietet dem Hasen die Kehle …«

»Und dann?« LaRue wirkte sichtlich bestürzt. »Oder ist das schon das Ende?«

»Noch nicht ganz«, sagte L. »Der Hase hat noch eine Überraschung in petto. Er zieht der hilflosen Schildkröte mit einer kleinen, scharfen Sichel, wie man sie früher zum Mistelschneiden nutzte, die rote Gurgel und sieht ihr dann beim Ausbluten zu. Tja, das war's. «

Sie sah den Fahrer an, als erwarte sie ein Lob oder dergleichen.

»Und so was nennst du eine erbauliche Fabel?«, krächzte LaRue. Und als hätte ihn die kreatürliche Furcht vor dem Tod doch in diesem Moment übermannt:

»Komm schon, Elle, ist das alles nicht ein bisschen viel Aufwand? En la fiebre de la venganza … también un buen hombre … se vuelve bestia[76] …«

»Ich bin kein guter Mensch«, sagte L.

»Dem würde ich nicht widersprechen. Und von der Verhältnis-

---

76 Span.: Im Rausch der Rache wird auch ein guter Mensch zur Bestie.

mäßigkeit der Mittel hast du offenbar auch nichts gehört.« Er schielte unter herabgezogenen Brauen zu ihr hinüber. »Nur denk nicht, dass du den Reserve-Jesus auf diese rohe Weise kleinkriegen wirst.«

»Ich sicher nicht – aber wie viele PS, sagtest du, hat dein Truck unter der Haube? Fünfhundert? Mehr? Auf der Place de Grève in Paris, wo sie den Körper des Königsattentäters Damiens einer Zerreißprobe unterzogen, brauchte es nicht mehr als vier Pferde.«

»Du nennst es tatsächlich eine Hinrichtung?« LaRues mühsam aufrechterhaltene Fassung hing nur mehr an einem seidenen Fädchen.

»Hör mal, eines sollst du noch wissen: Letzte Nacht im Galgenwald, da bin ich vor lauter Gaudi gar nicht dazu gekommen, dir zu sagen, was ich eigentlich sagen wollte ...«

»Unsinn.« Sie legte ihren Finger auf seine Lippen. »Siehst du, so macht man schöne Erinnerungen kaputt. Was soll das jetzt? Sagen wir einfach, es war nicht dein Tag. Und heute ist auch nicht dein Tag. Das ist auf alle Fälle ehrlicher, als einen kleinen Spaß zu bereuen.«

9

Eigentlich hatte sie vorgehabt, Jorne zu rufen, doch dann glaubte sie, die Sache mit LaRue dulde sowieso keinen Ausschub. Jorne war nirgends zu sehen, und das war gut, denn er hätte wahrscheinlich wieder den Christen raushängen lassen und sie bekniet, sich nicht zu versündigen und dieselbe Schuld auf sich zu laden wie LaRue. Leichter gesagt als getan.

Zögerlich setzte sie sich in Bewegung, Schritt für Schritt – wobei ihre Finger über die Verschalung des Kühlkoffers streiften.

Auge um Auge, Zahn um Zahn, dachte sie, deine Pferdestärken warten auf meinen Befehl … Einmal das Gaspedal durchgedrückt, und die Rechnung ist in Sekunden beglichen. Die meisten der zu Unrecht Gequälten wünschen sich, sie hätten nur ein einziges Mal die Chance, Vergeltung zu üben. Natürlich kommt es niemals zur Tat, denn die Rache der kleinen Leute heißt bekanntlich Vergeben. In letzter Sekunde – wenn sie zurückschlagen könnten – klettern sie auf den moralischen Hochsitz und kneifen … Es fehlt einfach an der nötigen Entschlossenheit, den Feind zu vernichten, obwohl das Gesetz der Vergeltung der natürlichen Ordnung entspricht.

Sie fragte sich, ob es nicht einfacher wäre, LaRue den Stichel zu ziehen, als ihn mit dem Seil zu zerreißen. Aber nein, das wäre zu einfach gewesen – das Verbluten hatte schon den alten Römern als Königsweg des Selbstmords gegolten.

Gerade legte sie die Hand auf den Türgriff des Führerhauses, als sie ein breiiges Räuspern hinter sich hörte. Auf das Schlimmste gefasst, drehte sie sich wie in Zeitlupe um.

»Hallo Doppelschätzchen. Ja, so sieht man sich wieder.«

Vor ihr standen Toni, der Trucker-Gentleman, und Slobo Panofsky. Der Albaner hielt einen Schraubenschlüssel von der Größe eines Baseballschlägers in den schwieligen Händen. Sein einst prächtig gewachstes Barthaar wirkte zerzaust, das Sakko war an der rechten Schulter bis aufs Polster zerfetzt. Kein Basilisk hatte je feindseliger in die Gegend gestarrt.

»Jede Überraschung ist schön«, sagte L. »Was ich nicht gedacht hätte, dass ihr herzensguten Hampelmänner euch kennt.« Angesichts des Schreckens, den sie hinter sich hatte, war es ihr unmöglich, Angst zu empfinden. »Wie komme ich zu der Ehre?«

»Alle Trucker kennen sich«, begann Toni, »weil alle Trucker CB-Funker sind. Und wenn es einen von uns erwischt, dann sind alle zur Stelle. Slobo war eigentlich schon auf dem Rückweg, doch er drehte noch mal 'ne Ehrenrunde für mich und hat beim Suchen nach meiner Kutsche geholfen.« Er machte ein verschnupftes Geräusch. »Dass ihr mir den Truck geklaut habt, ist okay. Aber ihr hättet mich nicht mit gefesselten Händen auf diesem verdammten Tuckenstrich raus-schmeißen sollen! Vielleicht kannst du dir vorstellen, was das für einen Mann heißt, wenn sich Tunten an ihm vergehen … und die haben sich an mir vergangen, die halbe Nacht. Nach dem fünften Mal hab ich aufgehört, die Schwänze zu zählen. Meine Düse fühlt sich noch immer grob gewolft an, und meine Klamotten …« Sicht-lich angewidert sah er an sich herunter, und L., die seinem Blick ge-folgt war, erkannte auf Tonis gebügelten Dark Blue Wranglers einige milchig schimmernde Flecken und Lippenstiftspuren.

»Hast du dazu was zu sagen?«

»Das geht wieder raus«, sagte L., »selbst bei 30 Grad. – Herrje, Toni, das konnte doch niemand ahnen, dass die so auf dich stehen. Deine Karre hab ich übrigens da drüben hinter der Böschung ge-parkt, keine hundert Meter von hier.«

»Schon klar«, sagte Toni. »Nett von dir, dass du den Schlüssel ste-cken gelassen hast.«

»So bin ich nun mal«, sagte L. »Sonst noch was?«

»Von mir aus sind wir quitt«, seufzte Toni. »Ich habe halt 'ne Schwäche für Psycholadys wie dich. Schwamm drüber, awright, solange du das mit den Tunten nicht weitererzählst.« Das war großzügig, und vielleicht hatte er das nur gesagt, um seinen Ruf als Gentleman-Trucker zu rechtfertigen.

»Was hingegen den Kollegen Panofsky betrifft, tja, der hat ein anderes Hühnchen – fast würde ich sagen einen Truthahn – mit dir zu rupfen ...«

Der Blick des albanischen Schweinetruckers ließ ahnen, dass er das auch so sah.

»Für Erklärungen und Entschuldigungen ist es seiner Ansicht nach zu spät, dazu ist der irreparable Schaden an seiner Ehre einfach zu groß.«

»Ehre?« L. zuckte spöttisch die Schultern. »Klingt mir eher, als hätte Slobo zu viel Saft auf dem Sieder.«

»Das sowieso.« Toni versuchte dümmlich zu grinsen »Ach ja, was haben wir früher gerammelt, bis die Säcke lilablau waren. Hm. Was hast du eigentlich mit Frosti gemacht?« Er nickte in Richtung LaRue.

»Sah das nur so aus, oder hat der Kaltmilchschäumer 'ne Distel im Bauch? Na ja, auf einen mehr oder weniger kommt es bei dir wohl nicht an. Hauptsache, du hast den Bastard erwischt.« Und dann, als wolle er einen letzten Lowlife-Tribut an seine langen Nächte im Frankfurter Bahnhofskino entrichten: »Ja, Slobo, die Kleine hier ist *deadlier than the male*[77] ... Das mit der Probebohrung würd ich mir noch mal gut überlegen.« Eine Phrase, mit der weder Slobo noch L. etwas anfangen konnten. Wieder sah er sich argwöhnisch um. »Wo ist dein feiner Freund, Püppie? Sag nur, du hast dich von der Pfeife getrennt? Hab ja gleich gesagt, dass der zu nichts taugt.«

Vielleicht lag es daran, dass sich die Sonne in diesem Moment gegen die Wolken durchsetzen konnte, aber L. hatte plötzlich eine grandiose Idee. Statt um Hilfe zu schreien und Jorne auf die Bande zu

---

77 Spielfilm von 1967 mit Elke Sommer

hetzen, wollte sie das Ganze auf *ihre* Art lösen. Sie trat einen Schritt auf die beiden Männer zu und fasste Slobo ins Auge.

»Ich habe mich in der Tat noch nicht für deine Gastfreundschaft bedankt«, sagte sie. »Du warst gütig zu mir, gabst mir in jener kalten Nacht Speis und Trank, dein Mannenvolk hat meinen Scheibenwischer repariert, und auch sonst umsorgtest du mich wie eine leibliche Tochter. Weiß Gott, Slobo Panofsky, ich hätte mich von dir verabschieden sollen. Dass ich es nicht getan habe, war respektlos von mir, aber das Schicksal hat mich bereits für meine Verfehlung bestraft.«

Mit dem Finger zeigte sie der Reihe nach auf ihre gebrochene Nase, den notdürftig bandagierten Streifschuss an ihrer Schulter, die Würgemale am Hals und die Bandage an ihrem Puls. »Ohne mich aus der Sache herausreden zu wollen, würde ich sagen, ich habe doppelt und dreifach bezahlt. Es würde mich daher freuen, wenn du meine verspätete, aber von Herzen kommende Entschuldigung annehmen würdest, und dann …« – sie holte tief Luft – »… solltest du einfach verduften, bevor ich es mir anders überlege.«

Der Sakkomann schluckte zunächst, doch dann – vielleicht weil er auch sonst immer den harten Hund raushängen ließ – schüttelte er halsstarrig den Kopf.

»Tja«, meinte Toni, »Slobo steht wohl mehr auf handfeste Kompensation.«

»Verstehe.« L. senkte die Augen jetzt fast züchtig zu Boden. »Das ehrt mich, und, ja, zu einem anderen Zeitpunkt – würde ich vielleicht darüber nachdenken, doch da ich – wie ihr seht – dringend in ein Krankenhaus muss, werde ich jetzt einmal mit Slobo wie mit einem Erwachsenen sprechen.« Sie öffnete ihre Hand und ließ den perplexen Trucker LaRues Zündschlüssel sehen.

Es war ein perfider Plan, den sie hatte, doch sie wusste, dass er aufgehen würde. »Dieses auf Hochglanz polierte Kleinod gehört zu dem Wagen, den du genau hinter dir siehst. Ein wirklich prächtiger MAN TGL, Fünfzehntonner, mit Hebebühne und allen Schikanen.

Die Inneneinrichtung ist vielleicht nicht ganz dein Geschmack, aber dafür ist der Wagen scheckheftgepflegt. Tipptopp, wie man sagt. Ich würde dir diesen Wagen anbieten – als Kompensation. Die Zulassung dürfte sich über der Sonnenblende befinden, sieh einfach mal nach.«

Slobo schluckte erneut. Wenn er sich auch den weiten Weg gemacht hatte, um seine Ehre zu rächen, dieses Angebot ließ sich nicht einfach so von der Hand weisen.

»Jetzt hör mal, Slobo, Püppie hat recht«, sagte Toni in die Stille hinein. »Die Kutsche – so wie sie dasteht – ist einiges wert. Ich schätze mal, siebzig bis achtzig Riesen. Als Entschädigung nicht zu verachten.«

Der letzte Satz zeigte Wirkung, denn Slobo reichte Toni sein Werkzeug.

»Bei einer delikaten Pflanze wie dir«, sagte er nur, »muss sich sogar der Sturm beugen.« Dann – ohne L. noch eines Blickes zu würdigen – schnappte er sich den Schlüssel.

Mit einer Behändigkeit, die man einem Mann seines Kalibers nicht zugetraut hätte, schwang er sich in die Kabine und machte sich an den Armaturen zu schaffen. Keine Frage, er kannte sich aus und hatte auch schon die Papiere des Frigos entdeckt.

»Na, Großer – haben wir einen Deal?«

Slobo tat so, als ob er schwerhörig wäre. Mit einem Heben der Augenbrauen kommandierte er Toni zu sich auf den Bock.

»Kann er nicht lesen?«, fragte L. zum Scherz – und hatte damit offenbar ins Schwarze getroffen.

»Die Zulassung scheint in Ordnung zu sein«, lautete Tonis abschließendes Urteil. »Lass den Brummer mal an.«

Die Zündung erstarb zunächst immer wieder mit einem gurgelnden Geräusch, doch schließlich riss der Anlasser den Motor aus seinem Schlaf.

»Nur zu!«, rief L. zur Kabine hinauf. Slobo gab im Stand gerade Vollgas, als der vom Lärm geweckte LaRue gaumig verzerrt und in heller Panik zu schreien begann.

»Vergiss das Drucklufthorn nicht!«, rief L. in den dröhnenden Lärm des Motors hinein.

Den Freudentränen nahe, begann sie den Truckern zu winken – da stand Jorne plötzlich wie aus dem Nichts neben der baufälligen Scheune. Er begriff sofort, dass etwas nicht stimmte, und zog die Walther PK. Mit beiden Händen auf den Frigo zielend, hinkte er los. Es ging jetzt Knall auf Fall, denn Toni hatte seinen Widersacher erkannt.

»Oh nein!«, brüllte er und langte hastig nach dem Türgriff auf der Beifahrerseite. »Da kommt Püppies Freund, dieses sadistische Aas! Fahr schon los, Mann, der ist imstande und schießt uns über den Haufen!«

Als wäre es sein Stichwort gewesen, begann Jorne zu feuern.

»Bist du taub, Slobo?« In heilloser Panik versuchte Toni, sich unter dem Armaturenbrett zu verkriechen. »Gib Stoff, sag ich! Und dann nichts wie weg!«

Der Albaner – von Tonis Panik längst infiziert – ließ die Kupplung in diesem Augenblick springen und drückte im selben Moment das Gaspedal durch. Infolgedessen machte der Frigo einen Satz vorwärts. Das Seil, das LaRues Hals mit dem stämmigen Haselbäumchen verband, sprang in die Höhe und straffte sich zu einer wie mit der Wasserwaage gezogenen waagrechten Linie, was in der Fahrerkabine freilich unbemerkt blieb, denn die durchdrehenden Räder hatten die Seitenscheiben in ein Schlammbad getaucht. Nur L. konnte hören und sehen, was am Heck des Frigos geschah.

Wieder feuerte Jorne, und diesmal klang es, als habe eine Kugel die Verkleidung erwischt. Der Trucker, der nicht wusste, dass zwischen der Hebebühne des Wagens und dem Haselbaum eine Verbindung bestand, versuchte nur noch, Land zu gewinnen. Er gab weiter Vollgas – der Ruck, den er spürte, mochte von der Unebenheit des Ackers herrühren, vielleicht auch nicht.

L. begann in diesem Moment, vor Freude zu schluchzen, denn sie hatte für eine Sekunde die japanische Flagge hinter dem Heck des

Frigos aufsteigen sehen – einen roten Fleck auf weißem Grund, darunter zwei Beine, die sich wie in einem Zeichentrickfilm streckten und streckten. Der Haselbaum bekam plötzlich Schlagseite, zuletzt rutschte ihm das Stahlseil über die kahle Krone, wobei die Schlaufe sämtliche Zweige absäbelte. LaRues Kopf verabschiedete sich mit einem satten Schmatzer vom Rumpf und klatschte nicht weit von L. in eine matschige Pfütze, wo er – die Augen starr auf seine geliebte Tödin gerichtet – versank.

Zu diesem Zeitpunkt bretterte der Albaner bereits in einer weit geschwungenen Kurve über das Ödland davon. Ein langes Abschleppseil peitschte wie eine wütende Schlange hinter ihm her.

»Was zur Hölle war das?« L. sah es Jorne nach, dass er im ersten Moment nur Bahnhof verstand. »War das nicht Toni auf dem Beifahrersitz? Und der andere, der mit dem Schnauzer, kam mir auch so bekannt vor. Elle?«

Statt zu antworten, katapultierte sie sich ihm in die Arme und wartete, bis sie Gegendruck spürte. Erst dann schluchzte sie auf: »Ja, ja, es war dieser schlimme Albaner.« Sie hoffte, er würde ihr Ablenkungsmanöver nicht durchschauen, und begann mit zuckriger Stimme zu flüstern: »Oh Jorne … Ich hatte ja solche Angst! Diesmal hast du mich wirklich gerettet.«

»Schon gut!« Jorne hatte die Finte gewittert, wusste allerdings nicht, warum sie die Hilflose mimte. Er ließ sie los und machte ein paar Schritte auf den verbogenen Haselbaum zu. Der Frigo war längst in der Ferne verschwunden, nur die Reifenspuren waren noch deutlich auf dem Acker zu sehen.

»Du, lass uns lieber verschwinden!«, rief sie ihm zu. »Die Bande kommt bestimmt mit Verstärkung zurück.«

»Nicht zu glauben«, sagte Jorne plötzlich und bückte sich. Als er die Hand hob, hatte er LaRues Perücke an einem Finger. »Und hier ist alles voll Blut – oh Gott, sind das etwa Gedärme?«

Es würgte ihn plötzlich, doch er schaffte es, nicht vor ihr zu kotzen. Sichtlich angeschlagen, humpelte er auf den Haselbaum zu. Erneut bückte er sich, um etwas aufzuheben: Es war sein geliebtes Caela Sculptoris. Während er das Werkzeug sorgfältig an seinem Mantel abwischte, zuckte er die Achsel.

»Soll das heißen, du hast ihm den Stichel doch noch gezogen?«

L. schüttelte energisch den Kopf.

»Dann ist der Bastard getürmt?«

Sie schloss die Augen und faltete die Hände wie zum Gebet.

»Na ja, wie soll ich sagen, was weg ist, ist weg.«

»Warte mal …« Jorne ging endlich ein Kronleuchter auf. »Soll das heißen, unser Thermoking hängt noch an der Hebebühne, und die Bande fährt so mit ihm durch die Gegend? Das wird er nicht überleben.«

»Tja, requiescat in pace[78]«, flüsterte L. Sie versuchte, nicht nach der großen Pfütze zu schauen, in der sie noch immer – fast verdeckt von einer silbrigen Spiegelung des wolkenverhangenen Himmels – zwei Froschaugen sah.

Obwohl es nicht ihrem bewährten Modus Operandi entsprach, riefen sie sich in Olten ein Taxi. Am Ende einer endlos scheinenden Fahrt – während der sie sich gegenseitig daran hinderten zu kollabieren – klingelten sie am Haus eines praktischen Arztes, der gar nicht so weit von jenem Totenacker entfernt praktizierte, an dem ihre Reise begann. Der »gute Doc« – so nannten sie ihn – hatte ihnen schon mehrmals in den vergangenen Jahren wegen kleiner Arbeitsunfälle geholfen – Lappalien im Vergleich zu dem, was sie ihm jetzt präsentierten. Wenn er den Streifschuss an L.s Schulter noch mit einem respektvollen Nicken quittierte, so nötigten ihm ihre in schönsten Farben blühenden Würgemale und Jornes zerschmettertes Fersenbein doch das Bekenntnis ab, in dreißig Berufsjahren habe er Blessuren dieser Art noch nie gesehen.

---

78 Lat.: Ruhe in Frieden

»Das werd ich eingipsen müssen«, murmelte er, während er Jornes Wunde desinfizierte. »Sagen Sie, gab es nicht schon eine operative Stabilisierung der Knochenfragmente an Ihrem Fuß? Ich sehe da die Spur einer Säge ...«

»Nicht der Rede wert«, erwiderte Jorne. »Der Mann war ein Quacksalber. Völlig überfordert mit der Situation.«

»Stimmt«, pflichtete L. ihm bei. »Manche verlieren die Nerven, aber der verlor gleich den Kopf.«

Der »gute Doc« verzichtete auf weitere Fragen. Er wollte eigentlich nie so genau wissen, wie L. und Jorne ihre Brötchen verdienten.

Zwei Stunden später saßen sie bereits in der Rhätischen Bahn Richtung Davos. Zur Feier des Tages fuhren sie erster Klasse. Eine Bahnbegleiterin brachte ihnen frischen Kaffee und Sandwichs, der Zug fuhr beinahe geräuschlos dahin. Seine gleichmäßige und unaufgeregte Fahrweise hätte eher zu einer Fähre oder einem Schaufelraddampfer gepasst. Nicht die kleinste Unebenheit des Schienenstrangs war zu spüren. Eine euphorische Stimmung des zivilisatorischen Fortschritts lag in der Luft, wie sie im 18. Jahrhundert – so wird berichtet – noch der »natürlichen Würde der Schiene« entsprach.

»Ich fühle mich wie in Watte gepackt«, meinte L., was vielleicht an den Schmerzmitteln lag, die ihr der »gute Doc« eingeflößt hatte. Obwohl man sagen konnte, dass sie an LaRues grausigem Abgang nicht ganz unschuldig war, verspürte sie nicht die leiseste Form von Bedauern. Auch Jorne wirkte gelöst. Er redete sie andauernd mit ihrem Decknamen an und machte Witze über ihre schaumstoffgepolsterte Halskrause. »Tut mir leid, aber wenn die Leute in Davos dich so sehen, denken die, dass du zu einer SM-Party gehst.«

»Ohne mich«, frotzelte L. »Von Fesselspielen habe ich bis an mein Lebensende genug! Doch das da, das gehört mir.« Im nächsten Moment riss sie ihm das Kreuz aus der Hand, und so wie das danach zwischen ihnen hin- und herging, hätte man sie für zwei Glückspilze eines Flohmarktbummels halten können.

»Wir haben es geschafft, Jorne. Wir sind reich!«

»Das haben wir auch verdient«, sagte Jorne. »Wobei Sie, Fräulein Friedhof, diesmal mehr abbekommen als ich. – War nur Spaß«, fügte er vorsichtshalber hinzu.

»Dann bereust du also nicht, dass du mitgekommen bist?«

»Aber nein.« Jorne spürte seine dumpf pochende Ferse unter dem Gips, doch die Freude war stärker. »Mein Leben war langweilig, bevor ich dich traf. Diese Tour war wirklich der krönende Abschluss.«

»Da bin ich froh«, sagte L. »Ich hätte es traurig gefunden, wenn du mich in schlechter Erinnerung behältst.«

»In Erinnerung?« Zum ersten Mal ging ihm auf, dass es in Davos »Lebewohl« heißen würde. »Um ehrlich zu sein, du fehlst mir schon jetzt.«

»Das wundert mich«, sagte sie. »Sagtest du nicht mal, ich sei unzuverlässig, unglaubwürdig und schlampig?«

»Zeitweise«, bestätigte Jorne. »Aber auf dieser Tour ist es besser geworden. Hör mal, falls es doch noch mal einen Auftrag gibt, dann …«

»Den wird es nicht geben.« Und obwohl es nicht leicht war, den Kopf mit der Nackenbandage zu drehen, hauchte sie ihm einen Kuss auf die Wange.

»Ich werde dich auch nicht vergessen, aber jetzt lass mich schlafen.« Wenig später hatte sie sich wie eine Katze in der Fensterecke zusammengerollt.

Während Jorne das Kreuz »bewachte« – das heißt, er hatte es sich einfach wie ein Thermometer unter die Achsel geklemmt –, döste L. halb komatös vor sich hin und überließ sich einer kleinen Zugträumerei.

10

Das große Verhängnis sollte sich Mitte des 21. Jahrhunderts nach einem Ostersegen ereignen. Es wäre nicht so ganz aus dem Nichts gekommen, denn das ausgeklügelte System sadistischer Strafen, das dem gewohnheitsmäßigen Missbrauch von Kindern entsprach, die missglückten Vertuschungsversuche und fadenscheinigen Nachforschungen – all das hatte das über Jahrtausende aufgebaute Vertrauen zersetzt. Längst liefen die Schäfchen in Massen davon, jeden Monat hakten Hunderttausende ab. Auch die Erklärung des Papstes, man habe »die Pädophilie zu spät als Krankheit erkannt«, sollte die Vertrauenskrise nicht mehr abwenden können. Seinen Nächsten zu lieben – diese Formulierung wurde von den kinderliebenden Geistlichen nur noch mit einem müden Achselzucken quittiert. Die Einbußen an Steuern konnte die Kirche zunächst noch durch freiwilligen Verzicht auf Luxus ausgleichen: Handgemachte Spitzenwäsche für Priester würde es nun nicht mehr geben. Dasselbe Schicksal ereilte die Roben der Kardinäle. Die bei Gucci bestellten Streetstyle-Kutten für die Global-Ghetto-Tour 2050 – eine »Mischung aus steifer Würde und subversiver Grandezza« – wurden ersatzlos gestrichen. Auch der Hofstaat in Rom hatte unter dem Sparkurs zu leiden. Die 5-Sterne-Köche, die den Papst bis dato bekochten, wurden ersucht, Almas-Kaviar und rohe chinesische Enteneier von der Frühstückskarte zu streichen. »Zum ersten Mal seit sechshundert Jahren«, wie es in einem internen Protokoll hieß.

Trotz all dieser Anstrengungen würde sich die Kirchenflucht nicht mehr aufhalten lassen. Selbst in den südamerikanischen Hochburgen des Katholizismus schrumpften die Gemeinden auf ein Drittel ihrer alten Größe zusammen.

Erst mit der Wahl eines unbekannten Dominikaners zum Papst glaubten die Konzilsväter, einen Ausweg gefunden zu haben: Ein neues Gesicht würde sich vor die alten Schandtaten schieben – ein ehrliches, leidgeprüftes, ein unbeflecktes Antlitz. Als einfacher Missionar hatte dieser Mann viele Jahrzehnte in den Slums von São Paulo als Straßenseelsorger gelebt. Er hatte hier – in diesen irdischen Vorhöllen – Kriege zwischen Jugendbanden geschlichtet und aidskranken Campesinos[79] die Letzte Ölung erteilt. Die Vatikanpresse sprach von einem echten »Befreiungspriester«, von einem »Felsen der Wahrheit« wie Camillo Torres[80] oder einem zweiten Frère Roger, den man bekanntlich auch »Sprachrohr der Benachteiligten« nannte. Mit solchen Prädikaten geschmückt, wurde der Kandidat zur Heilsfigur und zum Retter des Christentums hochstilisiert. Natürlich wussten die Kardinäle auch von seinem früheren Drogenproblem, doch damit hatten sie ihn in der Hand. Er würde schon spuren – dachten sie.

Diese Annahme sollte sich bald als die drastischste aller Fehleinschätzungen des Klerus erweisen. Dass der Neue sich in Selbstkritik übte, dass er zu harten Frömmigkeitsübungen und Selbstkasteiung aufrufen würde, setzten die Hintermänner natürlich voraus. Da musste man durch. Und zunächst verlief alles nach Plan. Der Zweck heiligt bekanntlich die Mittel. Und tatsächlich, nach jedem Dekret des Papstes stieg die Beliebtheit der Kirche in den Umfragewerten. Rückenwind bekam der »Neue« auch von der neoliberalen Presse: »Schluss mit der weltenthobenen Unfehlbarkeit«, »endlich mal ein menschlicher Papst!« Hinter den Kulissen gratulierten die kirchenstaatlichen Trolle einander bereits und begannen wieder, größere vergoldete Analstöpsel zu bestellen.

Alles lief glatt bis zum österlichen Urbi et orbi. An diesem Tag war die Piazza Retta bei sommerlichen Temperaturen bis unter die barocken Säulengänge mit Menschen gefüllt. Der oberste Hirte auf dem Balkon der Benediktionsloggia wirkte gefasst und ernst. Nichts wies

---

79 Span. Slumbewohner
80 Legendärer kolumbianischer Guerillapriester

zu diesem Zeitpunkt auf die sich anbahnende Katastrophe hin. Dass er in seiner Ansprache von der liturgischen Praxis abwich, bemerkten vorerst nur bibelfeste Christen. Statt die vorgesehenen Passagen zu verlesen, zitierte er Hiob[81] und anschließend einen bösartigen, aus den Evangelien gestrichenen Satz: »Ihr wollt ein irdisches Jerusalem mit Tempeln und Marktschreiern aufbauen. Das ist aber nicht, was ich, Jesus Christus, euch gelehrt habe!« Er hoffe nun, Gott gäbe ihm die Kraft, »ein Loch in Satans Bildschirm zu brennen«. In seiner Predigt, die von zahllosen Fernsehsendern ausgestrahlt wurde, beschimpfte der Papst den Vatikan plötzlich als »Prämiensystem wohlfeiler Lügen«. Wörtlich: Der Menschen übersinnlicher Hort sei das Geld. Das Werk Gottes[82] auf Erden werde schon lange von Midas' Enkeln verrichtet, die ethischen Motive der menschlichen Zivilisation von Thermometerablesern bestimmt. Ihr Glaube an die Wissenschaft habe die europäischen Völker in die Irre geführt. Auch der Vatikan habe mit diesen »Seelenfängern« paktiert und Pharisäer in den eigenen Reihen geduldet. Wörtlich: »Zu lange haben wir vom Geruch der leeren Flasche gelebt, der Geist ist verdunstet.«

Die Sendestationen zeichneten immer noch auf. Manche der Kommentare lobten den Papst sogar für seinen Mut. Schonungslos nenne er die Dinge beim Namen. Und doch kam es noch schlimmer: »Die Hostien, die unsere Priester an eure Kinder verteilen, haben den Stellenwert benutzter Präservative!«

Noch immer kein Tumult auf dem Platz, nicht mal ein leises Raunen der Menge. Im Gegenteil, es wurde um einiges stiller. Viele Gesichter waren erstarrt. Erstaunlich, aber selbst erfahrene Hofberichterstatter glaubten noch an eine einstudierte Performance, an eine päpstliche Standpauke, die zuletzt auf »eine tolle Demonstration von Buntheit, Vielfalt und Mitmenschlichkeit« hinauslaufen würde. Nur

---

81 Hiob 8, 9
82 Anspielung auf den Ausspruch von Lloyd Blankfein am 8.11.2009 in der Sunday Times: »I'm doing God's work.«

ein umstrittener Kirchenhistoriker sah sofort eine bedenkliche Parallele zu Coelestin V. und griff nach dem Telefon.

Der Papst hatte sich inzwischen gebückt und sich seiner roten Schuhe entledigt. »Pfui! Kein Mann trägt solche Rotkäppchenschuhe!«

Als die Menge noch immer nicht reagierte, entledigte er sich der Mozetta.

»Weg damit! Welch Hohn angesichts der Dornenkrone, die Jesus trug!«

Erstmals war jetzt Wutgeschrei vor der Loggia zu hören. Schaulustige bemerkten ein Handgemenge zwischen geistlichen Würdenträgern und den Schweizergardisten, die die Purpurnen daran hinderten, den Papst abzuführen.

Unter diesen Umständen fuhr der Pontifex weiter fort: »Glaubt ihr wirklich, ein Schelm, der sich wie eine Diva herausputzt, könne den Schöpfer des Universums vertreten? Glaubt ihr ernsthaft, jemand, der sich unter so einer Wundertüte verschanzt und nachts mit den Chorknaben liegt, könne euch leiten? Nichts gegen Jesus. Seine Lehre war eine großartige, eine wahrlich erhabene Lebensphilosophie. Wir alle haben aus ihr einen Freibrief der Schamlosigkeit und Selbstbereicherung gemacht!«

Die Presse war zu diesem Zeitpunkt bereits um Schadensbegrenzung bemüht. Kommentatoren der KIPA[83] sprachen von einem »bedauerlichen Schwächeanfall des Papstes«. Nur der bereits erwähnte Kirchenhistoriker hatte es in der Zwischenzeit zu *RAI 1* geschafft und erinnerte live an eine Rede des Atheisten Michel Mourre, der 1950 von wütenden Pfaffen durch das Kirchenschiff von Notre-Dame gejagt worden war. Von einem derartigen Abgang sei der Papst aber noch Lichtjahre entfernt, ganz gleich, ob er verbal erneut zum Vernichtungsschlag ausholen sollte: »Heute, am Ostertag, unter dem

---

83 Katholische Internationale Presseagentur

Signum des Vatikans, klage ich die katholische Kirche der tödlichen Ablenkung unserer Lebenskraft durch leere Versprechungen an. Ich bezichtige sie, die Welt mit ihrer Grabesmoral vergiftet zu haben, und fordere kollektive Demission!«

»Blasphemie!« Ein rotgesichtiger Zelebrant begann laut zu fluchen: »Legt den Satan in Ketten!« Was den Nachfolger Petri allerdings nur dazu veranlasste, mit seinen roten Schuhen zu werfen: »Nur zu, fauler Fisch!« Und an die Menge gewandt: »Wahrlich, ich sage euch: Unter den bleiernen Sohlen der katholischen Tradition wurde die heilig-geistliche Taube zertreten. Ich speie die Lauheit eurer Gebete aus! Sie sind der Nebel, in dem ihr massenweise Kinder verführt habt. Mit euren gesalbten Händen, denen das Beten ebenso fremd ist wie ehrliche Arbeit, habt ihr Unschuld um Unschuld beschmutzt. Gefrömmelt habt ihr, fromm wart ihr nie! Ich frage, was die Menschheit eines Tages mit den Manifestationen eurer kulturellen Hinterlassenschaft anfangen wird – mit der Butzenglaslyrik und den gynäkologischen Instrumenten der Inquisition!«

Der Papst würde sich nun direkt an die Geistlichen in der Loggia wenden. »Wahrlich, besonders euch Obergaunern sage ich: Sind die kosmischen Zusammenhänge erst einmal von den Menschen begriffen, wird man eure Kirche als den wahren Aberglauben erkennen. Ich gebiete euch daher, geht fort, geht hinaus in die Wüste, die ihr aus seiner Welt gemacht habt, und opfert euch dort für euren Glauben auf. Werdet zu Dienern der göttlichen Unduldsamkeit gegen das schlechte Werk, für das ihr steht!«

Während des Handgemenges, das jetzt zwischen Geistlichen und Gardisten entbrannte, sprach er die Formel aus: »Heute, am Ostersonntag des heiligsten aller Jahre, verkünde ich die Auflösung jener Religion, die so viel Leid über die Menschheit gebracht hat. Ich entsage meinem Wahn, Statthalter der höchsten Kraft des Universums zu sein, und bete dafür, dass der Mensch – von seiner Blindheit befreit – endlich lebe!«

Es dauerte nicht lange, und er hatte alle Würdenträger exkommuniziert. Mit derselben Benediktion, die bekanntlich in der Lage ist, die neun Chöre der Engel zu beugen, entließ er auch die Rechnungskommissare der Vatikanbank. Da es zwecklos sei, »ein Regiment geschulter Lügner« zur Demission aufzurufen, bleibe ihm keine andere Wahl. Kraft seines Amtes annulliere er die Verbindung dieses »Hortes der Fäulnis« mit dem wahren Gott dieser Erde. Das böse Spiel mit dem guten Glauben der Menschen sei aus: »Requiem aeternam dona eis, Domine. Die ewige Ruhe gib ihnen, Herr! Und so wollen wir denn Sein Haus, das wir entehrt haben, schließen und all die, welche wir belogen und missbraucht haben, aus unserer schändlichen Obhut entlassen. Wir haben auf ganzer Linie versagt. Ich erkläre unsere Mission für gescheitert.«

Nach diesen schrecklichen Worten bat er den Kommandanten der Schweizergarde, den päpstlichen Siegelring zu zerschlagen. Dieser gute Soldat missachtete erstmals in seinem Leben einen Befehl seines Herrn. Stattdessen kniete er nieder, schloss die Augen und faltete die Hände zum Gebet.

»Herr, ich kann nicht … wirklich nicht …«

Er öffnete wieder die Augen – da war der Papst schon auf die Brüstung geklettert.

»Seht her! Schaut alle her! Es war alles nur ein armseliger Schwindel!«

Nach diesen Worten und wild mit den Armen flatternd, stürzte der Pontifex sich in die Tiefe. Zumindest in den Zeitlupenaufnahmen der Nachrichtensender dauerte es eine Ewigkeit, bis sein Leib das geweihte Petripflaster berührte. Dass sich seine Kutte wie ein Fallschirm aufgebläht hatte, konnte die Schwerkraft nicht daran hindern, ihn zu zerschmettern.

Die Umwidmung des Glaubens an den Menschen hatte begonnen.

Hier endete L.s Traum, denn Jorne rüttelte an ihrer Schulter. Als sie die Augen öffnete, glitt draußen die Stationstafel mit der Aufschrift »Davos Platz« vorbei.

»Alles gut?«

Sie nickte verhalten. »So gut, dass es nur besser werden kann. Komm, lass uns geh'n.«

11

Das Regenwasser tropfte von den kreuz und quer gespannten Leinen im Hinterhof des namenlosen Antiquitätengeschäfts, als »der Mann« das Fenster öffnete und ein messingfarbenes Glänzen am Himmel bemerkte, das an die Stelle des Tageslichts getreten war. Nach leichtem Schneetreiben am Vormittag hatte es plötzlich über Davos wie aus Kannen gegossen. Sehr merkwürdig für die Jahreszeit, fand er. Jetzt war das Prasseln in den Speigatten verstummt, doch die glucksenden Pfützen und Bäche waren seinem strapazierten Nervenkostüm ebenso abträglich. Besorgt warf er einen Blick über die Schulter. Das chaotische Gerümpel der antiken Möbel, Skulpturen und extravaganten Lampen, die hier nur zum Schein standen, wirkten im schwindenden Tageslicht gespenstisch eindimensional. Die eigentliche Ware lagerte in einem geräumigen Keller, dessen Eingang sich hinter einem mannshohen Gemälde verbarg.

Missmutig öffnete der Hehler die Tür zu seinem Kontor und plumpste in den Kunstleder-Fauteuil, der weder zum viktorianischen Schreibtisch noch zu den persischen Teppichen passte – auch zu sonst nichts im Raum. Ein pikanter Stahlstich nach Félicien Rops' *Sataniques* lag noch immer zuoberst auf einem Stapel Rechnungen, die dringend verschickt werden wollten. Der Mann hatte schon den ganzen Tag über dem Blatt meditiert, doch dessen tieferer Sinn hatte sich ihm nicht erschlossen: Ein gekreuzigter Satyr erwürgte eine ekstatisch verrenkte Nymphe mit ihrem eigenen Haar. Wobei er die Füße zum Würgen benutzte … Sein Bruder hatte ihm den Stich zum Geburtstag geschenkt, wahrscheinlich hatte er sich nichts dabei gedacht. Oder doch?

Immerhin boten die Sexarbeiterinnen aus Klosters jetzt auch »Würgesex« an. Das Menü war nach dem letzten Klimagipfel angepasst worden; viele Repräsentanten, die aus den hintersten Winkeln der arabischen Welt angereist waren, ließen es nach dem Weltwirtschaftsforum gern einmal krachen. Würgesex wurde ihnen selbst in ihren Harems nur selten geboten.

Die Ladenklingel schreckte den Mann aus seinen Gedanken. Kurz nach eins, für reguläre Kundschaft entschieden zu früh. Touris kamen schon gar nicht infrage, vielleicht ein Händler, der ihm irgendwelchen Plunder andrehen wollte.

Die entsprechende Miene aufsetzend, schlenderte er aus dem Hinterzimmer in den Ausstellungsraum und stutzte, als er die Umrisse von zwei Gestalten erkannte.

»Fräulein Friedhof … und mon ami! Was für eine Überraschung! Kommen Sie, legen Sie ab! Welch ein Hundewetter! Und das an einem Samstag.«

»Zahltag«, korrigierte Jorne.

»Wenn Sie meinen.« Ging es um Geldangelegenheiten, dann stellte sich bei dem Mann stets eine gewisse Ernüchterung ein. »Hatten Sie eine gute Reise?«

»Wie man's nimmt«, sagte L., »wir kommen gerade vom Doktor. Er hatte die Freundlichkeit, unsere Schusswunden zu behandeln.«

»Was sagen Sie da?« Der Mann drehte den Lichtschalter an. Erst jetzt bemerkte er L.s bandagierte Kehle, die farbenprächtigen Blutergüsse in ihrem Gesicht und die Schlinge um ihren Arm. »Bei Satanas!« Seine freundliche Miene verzog sich zu einer Grimasse, als er Jornes Gipsbein bemerkte. »Da sieht man mal wieder, es gibt doch Mitmenschen, die gewalttätig sind …«

Jorne nickte. »Ja, wir haben einige von ihnen getroffen.«

»Verstehe«, sagte der Mann. Er blieb in Habachtstellung neben dem Lichtschalter stehen. »Die Polizei ist nicht zufällig hinter Ihnen her? Sollte dem so sein, habe ich Sie beide nie im Leben gesehen.«

»Das nenne ich einen herzlichen Empfang«, sagte L. Sie zog das in ein Leinen gewickelte Kreuz aus ihrem Rucksack und entblätterte es.

»Das Pektorale!« Das Beben in der Stimme des Hehlers war kaum zu überhören. »Und ich dachte schon, Sie wären mit leeren Händen gekommen!« Er verriegelte die Tür und schubste seine Besucher durch den Perlenvorhang in sein Kontor.

»Haben Sie das Geld?«, fragte Jorne.

»Mon ami, für wen halten Sie mich?« Während der Hehler Watte, Pinzette und ein Schälchen aus einer Schublade kramte, blieb sein Blick starr auf Jorne gerichtet. »Sobald ich hier fertig bin, werde ich den Kunden benachrichtigen.« Er tauchte ein Wattestäbchen in eine hochprozentige Vitriollösung. »Sie gestatten mir, die Ware zu prüfen?«

»Da du der größte Tüpflischiisser[84] bist, den ich kenne, geht's wohl nicht anders.« Jorne legte das Kreuz auf den Tisch. »Aber mach nichts kaputt.«

»Selbstverständlich.« Mit übertriebener Vorsicht begann der Mann, das Kreuz zu betupfen. »Wie ich sehe, haben Sie es mitsamt der Sockelfassung geliefert. Eine Riesenplackerei mit der Säge, hab ich recht, mon ami? Klinisch gesehen wurde so ein irreparabler Schaden vermieden, alles in allem also hervorragende Arbeit.« Das Kompliment galt zweifellos seiner Lieblingssachverständigen, und während der Mann nun nach dem Hörer seines altmodischen Telefons griff, zwinkerte er ihr wohlwollend zu. »Herr Doktor Schwapp? Ja, ich bin's … Es liegt Schnee in den Karpaten. Wie bitte? Ich sagte gerade …« Der Mann wiederholte den eigenartigen Satz, indem er jedes Wort einzeln betonte. »Aber Herr Doktor, diese Losung haben Sie mir persönlich diktiert! Aber wenn ich es Ihnen doch sage … Nun raten Sie mal, was mir gerade ins Haus geschneit ist? Ja, ganz genau! Ist gut, wir warten.«

»Unglaublich«, murmelte er, nachdem er den Hörer aufgelegt hatte. »Der Kassenwart erscheint niemals persönlich, doch jetzt besteht er darauf, den Geldboten zu spielen … Na, mir soll's recht sein.« Er-

---

84 Schweizerisch: Pedant

neut nahm er das Kreuz in die Hand. »Ein gutes Gewicht, und was für eine wunderbare Patina! Übrigens …«, er ließ kurz von der Begutachtung ab und zog ein schulmeisterliches Gesicht, »… ich habe möglicherweise einen neuen Auftrag für Sie. Haben Sie jemals vom Schatz von San Jacopo gehört? Ein exquisiter Berner Hexenzirkel wäre bereit, dafür ein sechsstelliges Sümmchen zu zahlen.«

»Vergessen Sie's«, sagte Jorne.

»Aber es geht um die Sandalen des Legionärs, der dem gekreuzigten Jesus den essiggetränkten Schwamm …«

»Mann, hören Sie auf!« L. winkte mit ihrem heilen Arm ab. »Das hier ist unsere Abschiedsvorstellung. Ich möchte nicht als Pflegefall enden.«

»Bedauerlich … ich meine, dass Sie aufhören wollen«, sagte der Mann.

Er widmete sich wieder dem Kreuz und schob es näher ans Licht.

»Seltsam … da ist so etwas wie eine Inventarnummer. Winzig klein, aber es ist zweifellos eine Nummer.«

»Spielt das eine Rolle?«

»Nun, bei Tafelsilber sind Inventarnummern wohlbegründet, bei einem Einzelstück fragt man sich hingegen schon, was hier nummeriert worden ist.«

Der Mann zündete eine Kerze an. Er nahm das Pektorale mit einer Art Grillzange auf und hielt es eine gute Minute über die Flamme. Die Schmiere, die er gerade aufgetragen hatte, verflüssigte sich und tropfte auf den Stahlstich von Rops, was den Mann nicht zu stören schien.

»Riechen Sie das? Wie Frittier…«

»Schmiermittel«, sagte L. und reckte den Hals, um besser zu sehen. »Das Absägen machte viel Lärm. Wir entschieden uns – da wir nichts Besseres zur Hand hatten –, die Schnittstelle mit dem verflüssigten Leib einer Heiligen zu beträufeln.«

»Sie belieben zu scherzen?« Der Mann senkte das Kreuz erneut in die Flammen. »Andererseits – gesegnetes Nonnenfett auf dem Judaskreuz, das treibt den Wert in die Höhe … Sie sollten das nachher vor dem Kunden erwähnen – Autsch!« Das Pektorale landete unsanft auf dem Schreibtisch. Der Mann hatte sich die Finger verbrannt, als er es mit seinem speziellen Tuch abreiben wollte. Einen verstörten Ausdruck auf dem Gesicht, griff er zu einer Leuchtlupe, schaltete die LED-Lampe ein und untersuchte das noch dampfende Kruzifix.

»Ich würde sagen, es hat einen Silberkern, wahrscheinlich Silber 925, was – wie der Name schon sagt – 92,5 Prozent Silbergehalt gewährleistet. Letzte Gewissheit über die Beschaffenheit des Metalls dürfte allerdings nur die Röntgenfluoreszenzanalyse verschaffen. Wo war noch mal diese Nummer? … Ach, hier ist sie ja … nein, doch keine Nummer … eher Buchstaben … lateinische Schriftzeichen … mein Gott, das ist ja ein englisches Wort … und noch eins … Beim kahlen Venushügel der Lilith!« Verstört vor sich hin brabbelnd, gelang es ihm, das Kreuz auf dem Schreibtisch zu drehen, wobei seine Finger erneut Bekanntschaft mit dem heißen Metall machten. Er zuckte zurück und erstarrte, wie geschlagen von einer momentanen Sprachlosigkeit.

»Mann? Ist alles in Ordnung?«

»Nun, ich … Man soll nie zu schnell urteilen, besonders nicht bei Antiquitäten. Wenn man ein bisschen an der Oberfläche kratzt, kommt manchmal etwas Wertvolles zum Vorschein … oder auch nicht.« Er stieß einen kurzen, harten Lacher aus. »Entschuldigen Sie, ich habe in meinem Leben gelernt, nicht gleich loszulachen, wenn ich etwas Komisches sehe. Aber mit Ihrer gütigen Erlaubnis …«

»Geben Sie her!« L. entriss dem Mann das Vergrößerungsglas: Der Lichtkreis, den die Lupe auf das Kreuz warf, hatte etwas von einem Heiligenschein.

»Komm schon, was ist los?«, fragte Jorne.

Wortlos reichte L. Jorne die Lupe und ließ sich auf einen Stuhl fallen.

»Schnupf die Asche …« Jorne hatte nicht lange gebraucht, um den kleinen Stempel in den Knorpelornamenten des Pektorales zu entdecken: Made in Hongkong. Zum ersten Mal konnte sich Jorne die mandelförmigen Augen des gekreuzigten Jesus erklären.

»Jetzt hat es selbst dem Afrikaner die Sprache verschlagen!« Das Gelächter des Hehlers klang inzwischen, als sei er übergeschnappt. »Da haben Sie Kopf und Kragen riskiert, und siehe da – das Urchristenrelikt entpuppt sich als Täuschungswerk.« Der Mann hatte noch immer mit Spasmen zu kämpfen. »Nun können wir uns alle bis in alle Ewigkeit grämen, aber wollen Sie wissen, was es wirklich bedeutet? Oben wie unten. Meister Eckhart. Oben wie unten!«

12

»Das ist so ungefähr das Hirnrissigste, was ich je gehört habe«, meldete sich eine Stimme zu Wort. Der Alte, dessen hagere Gestalt aus dem Vorhang trat, trug einen altmodischen Borsalino und einen Mantel mit Astrachan-Pelzbesatz.

Sein Gesicht schien aus lauter erschlafften Hautpartien zu bestehen, die einen überdimensionalen, scharf geschnittenen Riechkolben rahmten. Unter Schlupflidern, bekrönt von einer buschigen Monobraue, saßen zwei bernsteinfarbene Augen, die wohl schon immer verächtlich in die Welt geblickt hatten.

»Ach, Herr Doktor Schwapp! Das ging aber schnell!« Der Mann wirkte wie ausgewechselt. »Sie müssen … geflogen sein?«

»Wahrscheinlich auf einem Hexenbesen, Sie Narr!« Der Alte pfefferte einen altmodischen Aktenkoffer und einen Nachschlüssel auf den Tisch. Sein eingefallener Mund schien andauernd zu zucken. »Und nennen Sie nie wieder meinen Namen. Ich bin der Kassenwart. Und das hier ist Bojan, mein treuer Chauffeur.« Durch den Glasperlenvorhang schob sich ein Wandschrank, den ein frivoles Schneiderlein in taubenblaue Schurwolle eingenäht hatte. Nach einer galanten Verbeugung versuchte er, so eisig zu gucken wie der junge Dolph Lundgren in Rocky soundsoviel, nur hätte der sich wohl kaum das Hemd vorne in die Hose gesteckt. Die Absicht, einen seriösen Eindruck zu machen, wurde durch die Beule unter seinem Jackett auf Anhieb zerstört.

»Darf ich Ihnen die Besorger vorstellen?«, sagte der Mann. »Fräulein Friedhof und Herr Sonnenschein.«

»Schluss!« Zitternd vor Wut angelte sich der Herr der Kegelkasse das Kreuz. »Ich sehe hier nur einen Versager!« Auch er warf einen Blick durch die Lupe. »Am Telefon versicherten Sie mir, die Operation sei ein voller Erfolg!«

»Nun, es sah auf den ersten Blick danach aus.« Der Mann lockerte seine Krawatte und machte einen ganz spitzen, fischmaulartigen Mund.

»Es ist eine Katastrophe.« Der Alte setzte sich hinter den Schreibtisch und stützte das Kinn in die Hand. »Der nächste Weltwirtschaftskongress steht vor der Tür … The Geist von Davos! Dank Ihnen werden wir eine Menge tüchtiger Brüder und Schwestern wieder ausladen müssen! Und das wird dem Klausewitz sicher nicht schmecken! Ach, LaRue, Sie haben mich bis auf die Knochen blamiert. Sie sind nicht länger meine Vertrauensperson.«

»Moment mal«, sagte L., »der Mann heißt … LaRue?«

Zum ersten Mal lächelte der Kassenwart aus seinen zerknitterten Falten.

»Wieso fragen Sie?«

»Nun, wir bekamen es kürzlich mit einem gestörten Typen zu tun, der sich so nannte.«

»Und dieser gestörte Typ – er hatte nicht rein zufällig eine gewisse Ähnlichkeit mit dem großen Albinobarden aus Düsseldorf-Oberbilk?«

»Zum Verwechseln ähnlich, würde ich sagen«, bestätigte L. »Wir haben ihn auf die Unsanfte aus dem Spiel nehmen müssen.«

Es dauerte einen Moment, doch der Mann, der bis dahin die Miene eines des Betrugs überführten Immobilienhais aufgesetzt hatte, wurde erst rot, dann kreidebleich. »Er ist … tot?«

»Tja, mein lieber LaRue …« Es bereitete dem Kassenwart sichtlich Vergnügen, seinen enttarnten Lieferanten schwitzen zu sehen. »Wissen Sie, was Ihnen fehlt? Menschenkenntnis. Offenbar haben Sie diese beiden hier krass unterschätzt, und Ihr Bruder hat Ihren Fehler mit seinem Leben bezahlt.« Er klopfte dem Mann mitfühlend auf die Schulter. »Kopf hoch! Nach jeder Besorgung besteht die Möglichkeit, dass ein Partner den anderen betrügt oder meuchelt. So ist nun mal Satans Gesetz.«

»Und ich bin der andere? Meinen Sie das?« Der Mann richtete das Wort jetzt an L. »Na schön, ich gab Thierry den Auftrag, Sie zu beschatten. Seien Sie ehrlich, es bestand die Gefahr, dass Sie sich ins Ausland absetzen würden. Die regierenden Satanisten Amerikas hätten Ihnen sicher das Doppelte, wenn nicht das Dreifache gezahlt.«

»Ausreden!«, warf der Kassenwart ein. »Sie wollten nicht teilen.«

»Das ist nicht wahr«, sagte der Mann. »Im Übrigen hatte Thierry das Kreuz vor Jahren auf einer seiner Pilgerfahrten entdeckt. Er hätte Anspruch auf einen Anteil gehabt!«

»Mitnichten«, sagte der Satanist. »Oh, nichts gegen Thierry, Ihr Bruder war einer von uns, ein Mitglied der Société anonyme …«

»Lüge«, ächzte der Mann, »das hätte ich gewusst!«

»Da ist sie wieder, Ihre fehlende Menschenkenntnis. Thierry hat nur mit Ihnen gespielt, Sie … Sie aufgeblasener Dämlack! Er war ein begeisterter Diener seiner satanischen Majestät, und ich bedaure wirklich, dass seine Bestialität in diesem Spiel unterlag. Er hatte noble Pläne, das muss ich sagen, sah sich als Erbe des Prieuré von Sion, einer französischen Geheimgesellschaft. Er war mehr als nur ein Reiseleiter zur Hölle, wie er sich oft spaßeshalber nannte. Die Pilger, die er bei Varen von ihren Leiden erlöste, würden das sicherlich unterschreiben.«

»Ein Erlöser also«, sagte L. »Interessant. Und ich dachte, das Etruskerhobby wäre sein Ding …«

Der Kassenwart winkte ab. »Ach was, das war doch nur eine Macke von ihm. Im Zwielicht des Junggesellendaseins kommen manche auf dumme Gedanken. Sie versteh'n?«

»Hören Sie«, Jorne deutete auf den Koffer, »wollen Sie, dass ich Männchen mache, oder wann geben Sie mir endlich das Geld?«

»Jetzt sofort.« Der Kassenwart verschränkte die Arme. »Was halten Sie von fünftausend Franken? Ich halte Sie für einen Mann, der etwas von seinem Handwerk versteht, aber Sie wussten auch, dass es in diesem Geschäft ein Downside Risk[85] gibt. Im Übrigen ist das immer noch viel Geld für ein Souvenir aus Hongkong.«

»Wir waren aber nicht in Hongkong.« Jorne starrte auf den Läufer am Boden, als wolle er dessen Fransensprache entziffern. »Waren Sie schon mal in der Hölle?«

Das Lächeln des Kassenwarts gefror. »Sie etwa?«

Jorne machte mit seinem Zeigefinger einen Strich in die Luft. »Wenn das die Mitte ist, dann waren wir ungefähr hier …«

»Der Vortrag hätte Dante bestimmt amüsiert, was meinst du, Bojan?« Der guckte nur verständnislos aus der Wäsche. »Aber du kennst doch den großen Dante Alighieri? Seine kartografierte Hölle zählt zur Weltliteratur.« Da noch immer keinerlei Reaktion folgte, richtete sich die Aufmerksamkeit des Kassenwarts wieder auf Jorne. »Nicht dass ich die derbe Vortrefflichkeit Ihrer Worte in Abrede stelle, aber wenn Sie in der Hölle waren, dann können Sie mir sicherlich sagen, wie heiß es dort ist? Bei einem Anstieg der Seelenzahl müssten Druck und Temperatur eigentlich steigen.«

»Wir reden von einer anderen Hölle«, sagte L., »der Frosthölle des Val d'Anniviers. Ich wäre da draußen beinahe krepiert.«

»Das tut mir leid.« Der Kassenwart hob vergebungsheischend die Hände. »Immerhin, man fährt dort auch hervorragend Ski …«

»Was Elle meint,« – Jorne räusperte sich – »wir haben in letzter Zeit einiges durchgemacht, ein verdammtes Ding nach dem andern. Diese Frau hier wurde gehenkt, und mir hat LaRues Bruder den Fuß angesägt.«

»Ohne Narkose?« Der Kassenwart verzog das Gesicht. »Na schön, ich sehe schon, worauf das hier hinauslaufen wird. Man bittet mich einmal mehr zum Tanz um das Goldene Kalb.« Der Kassenwart begann, mit einem Ausdruck von wölfischer Gutgelauntheit zu lächeln. »Mein Lieblingstanz, wohlgemerkt.«

---

85 Börsenbegriff: Kursrückgänge

»Es könnte Ihr letzter Tanz werden«, sagte L. »Wir sind keine Spielautomaten, mit denen jeder sein Spielchen machen kann, wenn es ihm passt.«

»Diese nett verpackte Drohung spricht für Ihren Humor!« Die Vorstellung schien dem Satanisten richtig Laune zu machen. »Natürlich kann ich Ihren Ansatz verstehen: Man bezahlt eine Nutte nicht für den Fick, sondern dafür, dass sie wieder verschwindet. Bei mir sind Sie allerdings an der verkehrten Adresse, Ihr Auftraggeber heißt Maurice LaRue, er schuldet Ihnen das Geld, schon wegen des Ungemachs, das er Ihnen eingebrockt hat.«

»Dafür möchte ich mich aufrichtig entschuldigen«, meldete sich der Mann leise zu Wort. »Liebe L., bitte glauben Sie mir, Thierry muss da draußen in dieser Bergwildnis durchgedreht sein.« Sein diffuser Blick schien sich allmählich zu klären. »Herr Doktor Schwapp, ich appelliere an Ihren gesunden Menschenverstand. Wie wäre es mit einer Schadensvergütung von – sagen wir mal – fünfundzwanzig Prozent?«

»Ein derartiger Abriss[86] kommt nicht infrage!« Der rechte Mundwinkel des Meineidgenossen schob sich langsam nach oben, so hoch, dass sein Auge die Braue berührte. »Wirklich, LaRue, ich habe Lust, Sie zu feuern.«

Das Wort »feuern« schien ein Stichwort zu sein, denn der Leibwächter zog seelenruhig seine Waffe: Es war eine HS 9, auch »kroatische Pistole« genannt. Der aufgeschraubte Schalldämpfer machte den Fünf-Zoll-Lauf noch länger.

»Machen Sie sich nicht lächerlich.« Der Hehler hatte sich hinter seinen imposanten Schreibtisch gesetzt. »Ich hätte noch einen Vorschlag zur Güte.« Seine Hände begannen sich um die geschnitzten Löwenköpfe der Armlehnen zu krampfen. »Wie wäre es, wenn ich die Besorger erneut losschicke? Es muss ja ein Judaskreuz geben.«

---

86 Schweizerisch: überteuerter Preis

»Warum muss es das eigentlich?«

»Warum?« Der Mann geriet für eine Sekunde ins Stocken. »Das klingt jetzt aber ziemlich spitzfindig.«

»Warum?«

»Nun ja, weil es Überlieferungen gibt … sogar Abbildungen …«

»Na und? Vielleicht hat ein echtes Judaskreuz nie existiert, und Ihre Überlieferungen waren nichts weiter als mittelalterliche Fake News – so wie die Verheißung von der Wiederauferstehung und weiß der Kuckuck.«

»Hören Sie …« Der Mann lehnte sich noch weiter vor. »Wir sitzen doch alle im selben Boot. Lassen Sie uns die Ostseeinsel Saaremaa einmal genauer beschauen. Die frühesten Hinweise auf das Kreuz haben immer auf diese Insel verwiesen.«

»Was glauben Sie Narr, wo wir hier sind?« Der Kassenwart gluckste vor milder Verachtung. »Beim Schrottwichteln nach einem Flohmarktbesuch? Glauben Sie nicht, nur weil ich mir meine Enttäuschung nicht anmerken lasse, dass ich zufrieden bin. Ich sage daher: Nichts geht mehr, das war's.« Er tippelte in kleinen Rückwärtsschritten zur Tür. »Ach, Bojan, mein Großer – es liegt Schnee in den Karpaten.«

»Sieh an«, rief der Mann vorwurfsvoll. »Vorhin sagten Sie noch, Sie hätten diese Losung nie in Ihrem Leben gehört!«

Der Kopfschuss kam wie das Amen in der Kirche, nur wesentlich leiser. Mit weit aufgerissenen Augen sackte der Mann in sich zusammen.

»Tja, der Schwanz der Beutelratte ist manchmal länger, als man denkt.« Der Kassenwart kam noch einmal zurück und warf einen neugierigen Blick hinter den Schreibtisch. »Da hat er mit Zitronen gehandelt und klammert sich jetzt im Tod an das Kreuz, als ob sich Gott je aus dem Dunstkreis halb eingelöster Versprechen gelöst hätte, um für ihn in die Bresche zu springen.«

Er drehte den Kopf und sah L.s schreckgeweiteten Blick. »Anzumerken wäre vielleicht, dass man sich eines Menschen kaum wegen seiner guten Taten erinnert, einmal abgesehen von Gandhi, Mutter Teresa und dem Dalai Lama, was einem schon ziemlich suspekt vorkommen muss. Der Verdacht liegt nahe, dass deren aufdringlich inszeniertes Zelebrieren in Wirklichkeit eben auch unseren Absichten dient.«

»Ja, Fräulein, in günstigem Licht betrachtet sind wir im Wirtshaus des Teufels gelandet und daher seine Leibeigenen. Man könnte auch sagen, seine ewigen Tellerwäscher, aber das klingt so nach brechtschem Theater – äh, Zigarette?«

Als L. den Kopf schüttelte, zündete er sich eine an. »Es liegt Schnee in den Karpaten – das bedeutet im engsten Kreis der Meineidgenossen, von hier bis nach dem Zwielichtenstein, dass reiner Tisch gemacht werden muss. Man muss heutzutage verdammt vorsichtig sein.«

Der Kassenwart blies einen windschiefen Ring in den Raum. »Ich denke, Sie wissen, worauf das Ganze jetzt hinauslaufen wird. Kein Risiko – nicht in meiner Position. Immerhin sitze ich im Plenum der Vereinten Nationen und im EU-Parlament, das heißt, ich treffe tagtäglich Entscheidungen, die Menschenleben vernichten.« Er machte eine bedauernde Miene zu seinem bösen Spiel. »Das soll nicht heißen, ich bin so einer wie Thierry LaRue, aber Sie würden an meiner Stelle nicht anders entscheiden. Bezahle nie, was du dir nehmen kannst, sagt man bei uns in Davos.«

»Bestimmt«, bestätigte Jorne. »Das Leben vor dem Tod ist eine Hühnerleiter – kurz und beschissen.«

»Dem pflichte ich bei.« Der Kassenwart schnippte Asche auf den staubgesättigten Teppich. »Es ist Satans Welt, er hat sie ausgeschmiert mit Narren und Gauklern. Der Kot schreibt vor, ob der Mensch gesund bleiben oder entleibt werden muss – fragen Sie Ihren Arzt. Unsere ganze erbärmliche Existenz wird erst sinnvoll, wenn wir die Vorstellung einer gütigen Schöpfung durch die von einer dämonischen Intelligenz ersetzen – eines gewissen- und gesichtslosen Wesens, das sich die Zeit mit blutigen Witzen verkürzt. Es ist keineswegs impotent wie der christliche Gott und weiß, dass es sich niemals rechtfertigen muss.« Er trat seine Zigarette aus und klopfte dann mit dem Knauf seines Stocks gegen den Koffer. »Wobei man sagen muss, wenn sich etwas auf diesem Planeten rechtfertigen lässt, dann ist es das Böse, weil es – wie soll ich sagen – die Dinge mit der Eleganz eines Algorithmus zu regeln versteht. Es erleichtert das Leben, nicht wahr? Etwas, das in böser Absicht eingefädelt wird, läuft wie am Schnürchen. Zumindest deckt sich das mit meiner Erfahrung. Und wie heißt es doch gleich bei diesem digitalen Cargo-Kult aus den Vereinigten Staaten: Drei, zwei, eins – meins! Nichts geht mehr. So einfach ist das.« Mit der Anmut eines Knochenmannes beim Totentanz stakste er eilig zur Tür. »Bojan, ich warte draußen im Wagen.«

»Was ist mit der Frau?« Der Wandschrank zielte auf L. »Wäre doch schade.«

»Bojan, Bojan …« Teils missbilligend, teils belustigt schüttelte der Alte den Kopf. »Das hier ist nicht der Kosovo, und du arbeitest nicht mehr für Arkan!«

»Ich versuche nur ökonomisch zu denken.« Der unterwürfige Tonfall des Chauffeurs passte nicht ganz zu seiner Absicht. »Meine Kontakte in Belgrad zahlen für so eine Frau gutes Geld. Sie wären an ihr … interessiert.«

»Du meinst, *du* bist an ihr interessiert.« Der Kassenwart hob die Hand mit dem Stock. »Diese Frau hat nicht das Format, das zur Abrichtung durch ein paar Zuhälter taugt. Und – wenn ich fragen darf – wie soll sie nach Serbien gelangen? Willst du sie vielleicht in meinen Kofferraum stecken?« Und als der Riese nur den Blick gesenkt hielt: »Verstehe … dann mach aber schnell.«

Die Messingglocke bimmelte fröhlich, als er den Laden verließ. Die Stille danach war kälter als arktisches Eis.

»Willst du leben, Mädchen?« Der Hüne hatte eine fast samtene Stimme.

»Fabelhaft«, sagte L. »Du gibst mir wirklich 'ne Chance?«

Zutiefst erleichtert setzte sich L. in Bewegung.

»He, wie wäre es, mit Anstand zu sterben?«, warf Jorne ein, doch L. hatte sich schon an Bojan geschmiegt.

»Ein kluges Mädchen …« Der Riese signalisierte Jorne, die Hände zu heben. Während er ihn verächtlich anstarrte, knöpfte er sein Hemd auf und entblößte ein Fell, das es mit dem Inneren einer Rosshaarmatratze aufnehmen konnte.

»Was dich anbelangt,« – der Reißverschluss an der Hose des Riesen öffnete sich mit einem schneidigen Ratschen – »wenn du nur einen Funken Ehrgefühl hättest, würdest du jetzt etwas tun.«

»Das ist ja nicht zum Aushalten.« Der Gong der Wanduhr erinnerte Jorne daran, dass sie nicht ewig Zeit hatten. »Beeilung, Elle, ich möchte nicht, dass Merkwürden kalte Füße bekommt und mit der Knete verduftet.«

»Hör auf zu drängeln!« L. schmiegte sich an ihren Möchtegernschänder.

»Wenn das ein Golfplatz wäre, würde ich sagen, wir sind beide beim achtzehnten Loch angelangt, und jeder Idiot weiß, dass Putten mehr oder weniger Glückssache ist.«

Der letzte Satz war dem Leibwächter anscheinend nicht ganz geheuer.

»Was soll das Geschwätz? Seid ihr auf Droge?«

Es folgte ein kurzer, trockener Knall – dann Stille. Einen Ausdruck von ungläubigem Entsetzen im Gesicht, taumelte der Riese zurück, den Blutfleck an seinem Revers hatte er noch gar nicht bemerkt.

»Aber … wie?« Die aus L.s Verband hervorlugende Mündung eines Pistolenlaufs sah er erst jetzt. Dann spürte er die Wirkung der Walther PK und krachte wie ein erlegter Grizzly zu Boden.

Natürlich lebte er noch und tastete gerade nach seiner Profikanone, als Jorne sich über ihn beugte. »Aber Bojan, du suchst doch nicht etwa den Löffel, den du gleich abgeben wirst?« Sichtlich angewidert griff er sich den Kerzenständer von LaRues Schreibtisch, drehte ihn so, dass der schwere Messingfuß zu einem Streithammer wurde, und schlug dann mit voller Wucht zu.

»Ich weiß, es ist nicht fein, einen Sterbenden zu schlagen, aber ich hatte gerade Lust drauf.«

»War's das jetzt?«, fragte L.

»Ja«, erwiderte Jorne. »Bojan hat die Asche von einer toten Töle geschnupft.«

»Was hasse ich diesen Spruch«, seufzte L. Sie ließ die Walther PK fallen. »Das Magazin ist übrigens leer. Du hättest da auf dem Feld nicht so rumballern müssen.«

»Nimm doch die.« Jorne überreichte ihr Bojans Pistole. »Dann fühlst du dich nicht ganz so nackt.«

»He, die liegt wirklich gut in der Hand«, stellte sie fest. »Wieso hatten wir nie so eine Profiknarre dabei?«

»Das ist wirklich eine berechtigte Frage.« Jorne schlurfte um den Schreibtisch herum, bückte sich und löste das Pektorale aus der Hand des toten Hehlers. »Aber egal – das Geschäft des Lebens geht weiter. Hoffen wir nur, unser Geldköfferchen hat noch nicht die Flatter gemacht.«

13

Vor LaRues Antiquitätengeschäft glucksten noch immer die Pfützen. Der oberste Meineidgenosse saß auf dem gepolsterten Rücksitz eines auf Hochglanz polierten, weinroten Jaguar XJ 12. Tiefenentspannt – bei offenem Fenster – lauschte er mit geschlossenen Augen Strawinskys Psalmensymphonie, einer im Kreis von Satanisten und Freimaurern angeblich ungeheuer beliebten Musik. Er öffnete schreckhaft die Augen, als Jorne sich neben ihn setzte.

»Das hast du vergessen …« Jorne drückte dem Kassenwart das Kreuz in die Hand. »Man kann uns einiges nachsagen, aber vertragsbrüchig sind wir nicht.«

Der Satanist brauchte einen Moment, um sich zu fangen. »Wird mein Martini geschüttelt, bevor ich es wünsche, bin ich mehr als gerührt.« Er zog ein Tränentaschentuch aus einer dezenten Brusttasche und wischte sich mit Schwung über die Stirn. »Wo ist Bojan?«

»In der Hölle, wo sonst.« Jorne sah sich beiläufig um. Der Koffer war nirgends zu sehen. »Da sitzt er jetzt und nummeriert die Eierbriketts.«

»Er ist … tot?« Der Kassenwart wollte aussteigen, doch L. trat von außen gegen die Tür.

»Ha, ich gutgläubiger Narr!« Allmählich schien der Kassenwart den Ernst der Lage zu peilen, die auf ihn gerichtete Waffe in L.s Hand war Bojans Terminator-Kanone. »Und ich dachte, Sie wären verletzt.« Er stieß einen Pfiff aus, als wäre er ein unter Druck stehender Kessel. »Liebe Elle, bitte glauben Sie mir, Bojan wollte Ihnen nur einen Schrecken einjagen. Alles große Jungs, diese Exmilitärs – Kindsköpfe mit viel zu viel Testosteron! Große Bugwelle machen und dann den Schwanz einziehen … Verzeihen Sie den Vergleich.« Er machte eine Handbewegung, als wäre ihm die Nähe des Schalldämpfers unangenehm. »Tja, jetzt muss ich irgendwo einen neuen Gorilla auftreiben.« Da der Druck der Waffe nicht nachließ, wandte er sich an Jorne: »Ich versichere Ihnen, Bojan hätte Ihrer Kollegin kein Härchen gekrümmt. Das hätte ich auch nicht zugelassen, glauben Sie mir.«

»Nun bin ich nicht nur geschüttelt, sondern gerührt«, sagte Jorne. »Weißt du was, Elle? Seine Unheiligkeit ist der erste Mensch auf der Welt, der es gut mit uns meint.«

Der sarkastische Unterton war dem Kassenwart nicht entgangen. Er parierte mit einem halbwegs verwegenen Grinsen. »Was soll das hier werden – die letzte Gipfelkonferenz, oder was? Tut mir leid, wie ich schon sagte, es ist mir unmöglich, Ihnen eine halbe Million Franken für eine Überraschungsparty ohne Kuchen zu zahlen. Die Société anonyme kann sich Fehlinvestitionen nicht leisten. Sie kennen vielleicht unser Credo: immer mehr nehmen als geben und dabei unerkannt bleiben. Abschöpfen, profitieren … Sie versteh'n?«

»Letzteres würde ich auch unterschreiben.« Jorne nickte gelassen. »Nur leider gehöre ich zu den Glücklichen, die sich ihre Rente selbst auszahlen müssen, und deshalb muss ich – so leid es mir tut – darauf bestehen, dass du mir das Köfferchen aushändigen wirst. Es wäre zu deinem eigenen Besten.«

Der Alte schüttelte erst trotzig den Kopf, dann lachte er auf. »Nein, wirklich, es tut mir leid, aber die Happy Hour fällt aus.«

»Wie bitte?«

»Na, Sie wissen schon … Happy Hour.«

»Happy Aua? Was soll das sein?«

Angesichts der Situation war die Frage absurd, aber der Kassenwart ging doch darauf ein, vielleicht weil er hoffte, dass eine Streife in der Gasse auftauchen würde.

»Tja, wie soll ich sagen, mein Bester, in vielen Hotelbars von Davos ist Happy Hour ein gängiger Begriff aus der Gastronomie.«

»Der Herr hier …«, erläuterte L., »der Herr hier meint gesenkte Getränkepreise bis hin zu einem symbolischen Franken. Der Naturalrabatt führt dazu, dass sich die Gäste sinnlos besaufen. Die Bars machen also ein gutes Geschäft.«

»Das haben Sie vorzüglich erklärt«, lobte der Meineidgenosse.

Jorne nickte mit ausdruckslosem Gesicht vor sich hin. »Ja, das hat sie. Aber jetzt zeige ich dir mal, was wir im Wallis unter Happy Aua verstehen.«

Die Ruhe selbst – doch mit gezücktem Grabstichel –, nahm er den Kassenwart in den Schwitzkasten.

»Um Satans Willen, was haben Sie mit mir vor?«

Jorne presste den Kassenwart mit seinem ganzen Gewicht in den mit Leder ausgepolsterten Fond. Behutsam schob er die Spitze des Caela Sculptoris in das rechte Nasenloch seines Opfers, und dann – nachdem er spürte, dass es nicht mehr weiterging – stieß er den Stichel durch den Knochen zur Stirnhöhle vor. Den Schrei des Alten erstickte er mit der anderen Hand. Fast eine halbe Minute verharrte er so, erst dann zog er den Stichel zurück.

Blut tropfte dem Kassenwart aus der Nase, während er verzweifelt nach seinem Taschentuch suchte. »Ja, sind Sie denn wahnsinnig?«

»Nein«, sagte Jorne, »nur schlecht gelaunt. Wahnsinnig wird es, wenn ich mir deine Achillesferse vornehme … dir das Schlüsselbein breche oder mit dem Stichel eine deiner Kniescheiben sachunkundig entferne. Wahnsinnig wird es, wenn ich dich hier mit Benzin übergieße und wie einen Wachsengel im Feuer hochgehen lasse. Bisher war es nur ein bisschen Happy Aua im kleinen Kreis der Familie.«

»Bevor Sie antworten«, meinte L., »bedenken Sie bitte, dass Sie noch ein zweites Nasenloch haben.«

»Das … das wagen Sie nicht!« Der Satanist hatte es halbwegs geschafft, die Blutung zu stillen. »Ist Ihnen überhaupt klar, wer ich bin?«

»Ich denke schon«, sagte Jorne, alle Müdigkeit der Welt in der Stimme. »In deinem globalen Knallfroschverein bist du so was wie der Oberknallfrosch. Das kann schon sein. Aber im Moment – wie soll ich sagen – sehe ich hier nur eine alte Kröte mit einem Strohhalm im Hintern, und wenn du hier weiter groß rumproben willst, dann lass ich dich einfach platzen. Denn ich hab es satt, richtig satt, hast du kapiert? – Also, zum letzten Mal, wo ist der Koffer?«

»Im Kofferraum, wo er hingehört!«, schrie der Kassenwart. Er schlug sich mit der Hand vor die Brust, als wäre unter seinem Mantel etwas zerrissen. »Die Zahlenkombination ist dreimal die Sechs!«

»Wer sagt's denn, war doch gar nicht so schwer.« Jorne stieg aus. »Elle, bitte, halt ein Auge auf unseren Gönner.«

»Sie begehen da einen großen Fehler, mein Kind.« Kaum war Jorne außer Hörweite, begann der Kassenwart schon, L. ins Gewissen zu reden. »Wenn Sie die Bibel Satanas kennen, dann wissen Sie, dass seine Shareholders mit aller Härte zurückschlagen werden. Die Société anonyme zählt zwar auch zu den NGOs, aber sie ist eben keine menschenfreundliche. Das Leidenlassen gehört zu unserem Geschäft. Und Sie werden leiden, Mädchen, sehr lange leiden.«

»Klingt verlockend«, flüsterte L. »Sie wissen, ich habe ein Faible für Schmerz.«

»Das wird sich noch zeigen.« Der Kassenwart musterte sie mit zusammengekniffenen Augen. Es sah fast so aus, als würde er einen auf Godfather machen. »Meine Genossen könnten Sie in Mexiko in ein Bordell stecken und Sie dort im Schlagschatten erigierter Schwänze vergessen. Andererseits – ich habe mal Ihre Akte studiert, daher kenne ich sogar Ihren richtigen Namen.«

»Und, gefällt er Ihnen?«

Trotz seiner Schmerzen schaffte es der Kassenwart, artig zu nicken. »Sehr sogar. Erst dachte ich, es gibt keine weibliche Form seines Namens. Man könnte auch sagen, es ist etwas anmaßend, doch jetzt – wo ich Sie kenne – würde ich es nicht ausschließen wollen, dass der Name sehr gut zu Ihnen passt, ja, Sie vielleicht erst zu dem gemacht hat, was Sie sind.«

»Sie meinen, ein Satansbraten«, sagte L. »Das hat mein Vater auch immer gesagt. Kleingekriegt hat er mich allerdings nicht.«

»Natürlich nicht, denn was Ihnen als Kind angetan wurde, schrie nach Rache und brachte Sie erst recht auf unseren Pfad. Seitdem leben Sie ohne Gott – und erlauben Sie mir, dass ich das so sage, Sie leben nicht schlecht.« Der Kassenwart setzte kurz sein blutgetränktes Taschentuch ab. »Sie sind doch längst eine von uns, meine Liebe, nur hat Satan Ihnen noch keinen Pass ausgestellt, damit das Ganze offiziell ist.« Er studiert ihr Gesicht, als hoffe er, seine Worte wirken zu sehen. »Oh, Sie fragen sich vielleicht, wie Sie Ihre Expertise bei uns einbringen können, aber das überlassen Sie mir, ich hatte schon immer den größten Respekt vor der Spatenwissenschaft.«

»Ach ja?«

»Ja, sicher. Denken Sie nur einmal an die Hunnenrede Wilhelms des II. Ein bisschen Kulturbuddelei in Abdülhamids Vorgarten, und schon hatte er einen Fuß in der Tür. Ich hätte auch schon ein gut dotiertes Pöstchen für Sie: Abteilung Rückgabe von Kulturgütern kolonialer Herkunft. Da werden Sie sich dumm und dämlich verdienen …«

»Erstaunlich.« Fast sah es so aus, als zöge L. ihre Waffe zurück. »Ich meine, dass Satan sich einmal so ins Zeug legen würde, mir eine Anstellung schmackhaft zu machen.«

Der Kassenwart warf ihr einen regelrechten Basset-Hound-Blick zu.

»Verwechseln Sie meine Freundlichkeit nicht mit Schwäche. Um die Welt ins Chaos zu stürzen und den großen Entschöpfungsplan umzusetzen, braucht es tüchtige Leute wie Sie. Mit Ihrem Namen könnten Sie vielleicht sogar unsere Anführerin sein, ja, wer weiß? Ihr Freund, dieser ausgemachte Sadist, braucht von unserem Gespräch nichts zu erfahren – oder ich stelle ihn ebenfalls ein! Na, wie finden Sie das?«

»Komme ich ungelegen?« Jorne legte den Koffer in diesem Moment auf das Dach der Limousine. »Ich habe mich ein paarmal mit der Zahlenkombi verhaspelt, aber unser Freund hat geliefert – alles frisch gebügelte Scheinchen mit Wasserzeichen, Sichtfenster und Hologramm! Wir können damit einkaufen gehen. Um ehrlich zu sein, nach all dem Ärger hatte ich eigentlich mit Blüten gerechnet.«

»Einfaltspinsel«, maulte der Kassenwart, »wir haben das Geld erfunden und geben es aus!« Er warf einen gehetzten Blick über die Schulter, doch die Straße war immer noch die Verlassenheit selbst. »Hören Sie, Jorne, ich habe Ihrer Kollegin gerade ein Angebot gemacht. Das gilt auch für Sie. Verzichten Sie auf dieses Handgeld, und ich verhelfe Ihnen zu einer Festanstellung in der Société anonyme.« Er deutete auf den Fahrersitz. »Sie haben Bojan eliminiert, sein Job gehört also Ihnen. Ja, so ist das bei uns, Satan liebt nun mal den Gewinner. Als mein Chauffeur bekommen Sie ein Rundum-sorglos-Paket, dreizehn Monatsgehälter, Bonizahlungen, einen Geschäftswagen und allerlei Nebengeräusche, die nicht ganz jugendfrei sind …«

»Klingt gut. Und Happy Aua …?«

»Oh, den Nasenstich nehme ich Ihnen nicht übel.« Er begann, behutsam zu schnupfen, die Blutung war offensichtlich gestillt. »Im Grunde hatte ich immer schon Probleme mit der Stirnhöhle gehabt. Vergeben, vergessen. Wir sind die mächtigste aller NGOs, das heißt, eine globale Organisation mit dem absoluten Willen zur Macht, und wir suchen Menschen wie Sie — freie, selbstbewusste Raubtiere, die die Gesetze der Herde verachten. Sie beide hätten bei uns eine goldene Zukunft. — Schön, wenn Sie nicht mein Chauffeur werden wollen, dann übernehmen Sie das Geschäft der Brüder LaRue.«

»Unmöglich«, sagte Jorne, »dann würden wir die Kohle verlieren.«

»… und unseren guten Ruf«, fügte L. trocken hinzu. »Oh, nur am Rande, ich habe meinen richtigen Namen nie wirklich gemocht. Es war trotzdem nett, Ihre Bekanntschaft zu machen.«

Der Kassenwart machte eine fahrig-verkrampfte Geste zur eigenen Gurgel, eine Gebärde, die in Mafiafilmen mindestens einmal vorkommen muss und in der Regel von einem vor Wut schäumenden Bösewicht ausgeführt wird, der fast immer als Nächster ins Gras beißen wird.

»Damit sind wir quitt«, sagte Jorne und beugte sich zum Seitenfenster hinab. »Geben Sie mir Ihre Hand – keine Angst, ich reiße sie Ihnen nicht ab.«

Zur Beruhigung ließ er den Kassenwart die Handschellen sehen. »Sagten Sie nicht, dass man Fehler an Ort und Stelle beseitigen soll? Ich folge nur Ihrem Rat.« Er verkettete die Rechte des Kassenwarts mit einem Haltegriff.

»Sie können das Geld nicht behalten«, murmelte der vor sich hin, »das ist gegen die Abmachung.«

»Dann haben Sie wohl nie ABBA gehört«, sagte L. »*The winner takes it all ...*«

»Nun seien Sie doch vernünftig!« Perlender Angstschweiß stand dem Kassenwart mit einem Mal auf der Stirn. »Wissen Sie nicht, was mit einem Genossen geschieht, der das höchste Gut der Erde verliert?«

Jorne schenkte L. einen fragenden Blick, aber die reagierte nur mit einem Augenaufschlag.

»Lassen Sie mich raten – er wird liquidiert?«

Im nächsten Moment schnappte irgendwo ein Pistolenhahn zu. Jorne fühlte im selben Moment einen Schlag vor die Brust. Wie Bojan sah er sich erst ungläubig um, denn die Stupsnase des Derringers, den der Kassenwart hielt, war kaum zu erkennen. Die Mündung wirkte wie ein kleines, schmauchendes Loch in dessen knöcherner Faust.

»Jetzt hab ich dich noch vor mir in die Hölle geschickt«, triumphierte der Alte.

Im nächsten Moment hatte ihm eine Kugel aus L.s Waffe die Schläfe zerfetzt.

Jorne hatte wohl für ein paar Sekunden das Bewusstsein verloren, denn als er wieder zu sich kam, kniete L. neben ihm auf dem Pflaster.

»Ist nicht gerade ein Happy End, was meinst du, Prinzessin?« Er wunderte sich über sein Röcheln, offenbar hatte es seine Lunge erwischt. »Tausend Tonnen Pech ... Es war immer so, oder nicht?«

»Kannst du aufstehen?« Sie zerrte an seinem Arm. »Hast du Schmerzen?«

»Keine Kreuzschmerzen, falls du das meinst …«

«Komm schon, mach dich nicht absichtlich schwer!«

»Lass gut sein. Ich schaff das nicht mehr.« Er schmeckte Blut und ahnte, es war vorbei. »Sag mal, glaubst du, dass manche im Jenseits noch 'ne Chance kriegen? Ich meine all jene, die so viel Hoffnung hatten und so wenig abbekommen haben … von Gottes … Herrlichkeit.«

»Hör auf mit dem Geschwätz!« L. klammerte sich noch immer an seinen Arm.

»Bitte, Elle, könntest du mir einmal nicht widersprechen?«

»Könnte ich, aber dann läge ich ebenfalls falsch!« Ihm war klar, dass sie ihm nur Mut machen wollte. »Hör zu, Jorne …«

»Nein, du wirst mir jetzt zuhören! Nur dieses eine Mal!«

Er versuchte, sich ihr Bild einzuprägen, ihre eisblauen Augen vor dem eingetrübten Alabaster des Himmels. »Genau so habe ich mir unseren Abschied vorgestellt, Mädchen. Ich habe immer gehofft, dass es mich zuerst erwischt, und nicht dich. Im Grunde habe ich nur mitgemacht, um bei dir zu sein. Aber jetzt ist es anders, hier ist unsere Reise zu Ende. Du musst jetzt ohne mich weiter.«

»Jorne!« Ihre Hände krallten sich in sein Haar, schüttelten seinen Kopf. »Versuch, bei Bewusstsein zu bleiben, hast du kapiert?« Sie sprang auf und griff ins Seitenfenster des Wagens. Er konnte hören, wie sie eine Nummer wählte, etwas Dreistelliges, 110 oder 112, es konnte nichts anderes sein.

»Ambulanz? Hier liegt ein verletzter Mann … ja, vor dem Antiquitätengeschäft LaRue … ja, LaRue, so wie die Straße.«

Den Rest konnte er nicht mehr verstehen, denn er driftete weg. Erst als er ihren zusammengerollten Mantel im Nacken spürte, wurde er wieder wach.

»Ich gehe jetzt«, sagte sie und legte eine Hand auf den Koffer. »Aber ich komme wieder.«

»Auf gar keinen Fall«, sagte Jorne. »Das Geld gehört dir. Aber versprich mir eines – geh zur Beerdigung deiner Mutter. Vielleicht war sie nicht die beste Mutter, die man sich vorstellen kann, aber ohne sie … ohne sie …« Er schüttelte wie benommen den Kopf. »Mach endlich deinen Frieden mit ihr. Begrab sie, bring sie unter die Erde – und dann fängst du ein neues Leben an, irgendwo.« Er hielt inne, denn er glaubte, ferne Sirenen zu hören. »Versprichst du mir das?«

»Du verstehst gar nichts«, sagte sie endlich. Der panische Unterton war aus ihrer Stimme gewichen. »Wenn ich jetzt gehe, dann nur, damit wir dieses Geld, unser Schmerzensgeld, nicht verlieren. Und dann sehen wir weiter.«

»Was soll das jetzt?«, röchelte Jorne. Er spürte eine dicke Sauce in seiner Kehle aufsteigen, etwas Heißes mit dem Geschmack von versalzener Tomatensuppe. »Wir beide wussten doch, dass es eines Tages so endet. Ich war nur dabei, weil du dabei warst, und jetzt … jetzt ist es gelaufen, und wir werden uns nie mehr wiedersehen, und wenn du mich fragst, wäre das immer noch viel zu früh. Hau endlich ab!«

Der Kuss kam ohne Vorwarnung und so innig, dass er glaubte, ersticken zu müssen. Der Schock über das, was gerade geschah, lähmte ihn mehr als die Tatsache, dass ihn ausgerechnet jetzt – in diesem schönsten aller Momente – ein Hustenreiz quälte.

Ihre Lippen lösten sich endlich von seinem Mund. Undeutlich glaubte er das Quietschen von Reifen und das Geräusch ihrer fliehenden Füße auf dem Pflaster der Gasse zu hören. Er lächelte – lächelte, bis das Rauschen, das anders klang als das Rauschen des Regens, alles verschluckte. Sein Leben zog an ihm vorbei, nicht linear, sondern im Kreis, und er klammerte sich an den heißen Schmerz und die fernen Schreie des Lebens, die wie ein brennender Adler seinen letzten Gipfel umkreisten.

14

Nach Vrenis Beerdigung geht Jorne nicht heim. Schon der Gedanke an die drei Kartons mit ihren Sachen draußen im Flur drückt ihn zu Boden.

Er fährt nach Grindelwald, besucht dort den Friedhof. An den Grabkreuzen liest er die Namen der Bergsteiger ab, die mehr Glück hatten als er.

Der Besuch eines anderen Friedhofs, vielleicht Orsières. Er verweilt vor den Gräbern der Männer, die 1949 bei der Patrouille des Glaciers ihr Leben verloren. Das Erhebende und Niederschmetternde der Berge, das seelisch gerade noch Fassbare und dann Unfassliche der Berge als einer Welt nach ihrem eigenen Untergang trifft ihn in diesem Moment. Und er verliert das Bewusstsein …

Als er wieder zu sich kommt und spürt, dass er atmet, steht er im Wachschlaf der Penner – Schlinkschlankschlorum – an einer Halte. Als der Postbus kommt, steigt er ein. Nur raus aus der Stadt. Einer ging ganz – diese drei Wörter werden zu seinem Programm.

Die Scheiben der Rüttelpritsche erblinden allmählich vom Staub – Staub, der kleben geblieben ist und jetzt mitfährt.

Es geht nirgendwohin, das ist alles, was zählt. Es ist die Straße, die noch keiner zurückgegangen ist.

Anstelle der ihm vertrauten Felspyramiden sieht Jorne plötzlich nur Bauland, Flurschäden mit matschigen Gruben, halb fertige Straßen und Betonkolosse, in denen noch keiner wohnt und sein fades Leben genießt. Jorne vermisst den Blick auf die vielfrontigen Zitadellen, die versteinten, kantigen Flammen, die sich nur dem Himmel ergeben. Dann hat er auch ihre Namen vergessen.

Jorne pendelt nicht nur mit Bussen, er bändelt regelrecht mit ihnen an, sein Überlebensinstinkt hat sich dagegen wie ein Regenschirm zusammengefaltet. Alte Frauen steigen auf schief gelaufenen Absätzen zu, rempeln ihn an. Dicke Brillengläser, mehrfach gebrauchte Einwegtüten, geflickte Wettermäntel, in sich verkrümmte Gestalten ... Jemand will wissen, ob »Hinkemann« einen Behindertenausweis vorzeigen kann: »Wenn nicht, musst du aufstehen, – hast du Penner das endlich kapiert?«

Wieso dauert es nur so lange, denkt Jorne – da geht es schon weiter – Schlinkschlankschlorum – dieselbe Straße ins Nichts, nur Richtung Norden. Im Sauseschritt ziehen Wolken über seinen leeren Schädel hinweg. Schlecht geteerte Straßen wiegen ihn nachts in den Schlaf. Sein Unglück scheint fahrtüchtig zu sein. Die Straße, auf der er jetzt fährt, hat die mystische Bergwelt vergessen.

Der Akku seines Handys ist leer, das Display so grau wie die Straße. Er wirft es von einer Brücke, sieht zu, wie es im Wasser versinkt.

Ortschaften fallen von ihm ab wie Blätter von einem Baum. Ihre Namen verrauchen. Krähenschwärme ziehen über einen abgeknickten Richtbaum hinweg. Seine Vergangenheit löst sich auf.

GEH DOCH ENDLICH!, schreit es in seinem Kopf. Doch wie ein Kreisel, der auslaufen will und trotz allem nie ganz den Antrieb verliert, trudelt er weiter. In der Morgendämmerung wird er langsamer. Nachts, wenn es sich abgekühlt hat, wird sein Irrlauf zur Raserei. Jorne, der Streuner – der Scharwanzer, wie die Österreicher sagen –, durchwanzt (SIC!) die Jahreszeiten, als wären es Katakomben einer Altkleidersammlung. Selten sieht er die Sonne. Nimmt er sie doch einmal wahr, dann wirkt sie wie das Auge einer pochierten Forelle.

Schlinkschlankschlorum ... Als wolle er es seinem lädierten Bein zeigen, geht er zwischen den Gleisen der Bahn. Nicht nur, weil das Gehen dort einfacher ist. Er mag auch die Vegetation – Kletten, Schafgarben und Disteln, alles harte Gewächse. Sie wachsen zwischen dem Schotter, auf dem sich stattliche Eidechsen sonnen. Jorne mag diese Fauna. Die Eidechsen lassen sich fangen, vorausgesetzt, man hat Zeit und Geduld, dann kriechen sie einem in die Hand, und man muss die Finger nur zuschnappen lassen. Und schon hat das Menschentier etwas zu fressen.

Etwas Vorsicht ist trotzdem geboten, denn unter den Hochspan-
nungsmasten, die wie verkohlte Lanzen gefallener Riesen in den Him-
mel ragen, schleichen sich immer wieder Züge heran, man hört sie erst
in letzter Sekunde. Einmal hätte es ihn fast erwischt.

Inzwischen hat er sich den Staub der Heimat von den Füßen ge-
schüttelt.

Er kann nicht sagen, woher er das weiß. Es fühlt sich so an. An
einem warmen Frühsommerabend – die Tage sind länger geworden –
sitzt er in einem Strandkorb an einer windstillen Seepromenade.

Wie zum Teufel war er hierhergekommen?

Die Lichter der Fähren – weit draußen auf dem See – ziehen ihn an.
Er folgt dem Ufer, dann einer Promenade, und ist plötzlich wieder in
der wirklichen Welt. Er sieht Ampeln, gartenzwerggemütliche Vorgärten
und Doppelhaushälften mit Rundumbalkon. Der Ort kommt ihm vor
wie eine schläfrige Zufallsbekanntschaft. Eine namenlose, aber herzli-
che Frau umarmt ihn und wünscht ihm viel Glück. Wie sonderbar.
Jorne setzt sich in ein gut besuchtes Straßencafé, er könnte ein Schwimm-
bad austrinken, doch der Kellner fordert ihn leise, aber bestimmt auf,
zu gehen. »Zieh Leine, du stinkst.«

»Können Sie mir wenigstens sagen, wo ich hier bin?«

»Owingen, am schönen Bodensee. Besuchen Sie uns nie wieder.«

»Gerne«, sagt Jorne und geht.

Einer geht ganz: am Ende einer Straße ein winziges Licht, zwischen
Altglas- und Papierentsorgungsbehältern, eine Getränkebude, offen …
von Schluckspechten belagert. Sie starren durch ihn hindurch, bis der
Pächter den Kopf aus dem Ausgabefenster schiebt: »Wie wär's mit 'ner
Zündkerze, Freund? Gluck-gluck?« Er lässt Jorne eine winzige Zwei-
Dezi-Flasche Underberg sehen.

»Nur Wasser«, sagt Jorne, was bei den Schnapsdrosseln für Kopf-
schütteln sorgt.

»Na, so was. Der redet nicht mit der Flasche …«

»Misch dich in seine Ehe nicht ein!«

»Wo ich geh und steh«, beginnt jetzt einer zu singen, »tun mir die Knochen weh. Steh ich hier und sauf, hör'n die Schmerzen auf!«

Ein Mopedrocker gesellt sich zu Jorne, sehr gesprächig, der Junge, er scheint Jorne für einen Versprengten der schwarzen Szene zu halten. Jedenfalls lässt er ihn abstruse Tätowierungen sehen, Totenköpfe auf seinen Waden und einen Patronengurt um den kalkweißen Bizeps. Jorne hört ihm kaum zu. Der ins Fleisch getuschte Ausschlag kranker Seelen hat ihn nie interessiert. Auch nicht der Nasenring, der schon den Israeliten als Zeichen von Leibeigenschaft galt.

»Brauchst du 'nen Knackplatz, mein Alter?« Der Junge zieht wirklich alle Register. Vielleicht ist er schwul. Jorne will ihn verscheuchen, aber ein Donnerknistern lässt ihn verstummen. Er hebt den Kopf, alle heben den Kopf – selbst die Asomutter, die er für taubstumm gehalten hat – sie alle haben das Flackern über den Wolken gesehen.

Das Knistern ist längst zum Rumpeln geworden. Es blitzt da oben, scheppert, knallt … Schwefelgelbe und orangerote Punkte trudeln zur Erde. Fast wie ein Kometenschwarm. Jorne muss an Glühwürmchen denken oder Schneidbrennerfunken.

»Sternschnuppen«, sagt die Frau. »Ich darf mir endlich was wünschen. Wie bei Wünsch-dir-was …«

»Ich kenn nur Wünsch-dir-nix«, raunzt ein schweigsamer Trinker aus dem Faltenkranz seiner Lippen. »Sind Leuchtgranaten. Der Ami macht wieder Manöver!«

Sein Nebenmann zuckt nur hilflos die Achseln. Er trägt Turnschuhe ohne Schnürsenkel, der Hosenboden seines ausgeleierten Trainingsanzugs ist Mottenfraß. »Nee, das ist was anderes, Macker …«

Jorne will gerade ein zweites Glas Wasser bestellen, als etwas dumpf aufschlägt. Dann rumst es überall, auf Autodächern und Mülltonnen, auf Dachpappe und Ziegeln, die unter dem Aufprall zerplatzen. Alarmanlagen jaulen auf, die Straßenbeleuchtung flackert, irgendwo in der Ferne tönt es wie zerbrechendes Glas.

»Da, seht mal!«, ruft die Mutter mit der Kurzhaarfrisur.

Im Licht der brennenden Trümmer liegen zwei qualmende Körper. Ihre seltsam verdrehten Glieder wirken so, als ob sie jeden Moment aufspringen würden. Schwarz bleckender Rauch weht zur Kioskinsel hinüber, es riecht nach Kerosin. Ein Vogelnetz auf einem gegenüberliegenden Balkon fängt plötzlich Feuer.

Ein böser Traum, denkt Jorne. Oder der Weltuntergang. Nicht mal in der Bibel hat es Leichen vom Himmel geregnet. Heuschrecken ja, aber keine Leichen.

Die Frau mit der pulverigen Stimme hat sich als Erste gefasst. »Der Koffer da«, sagt sie bestimmt und verwundert zugleich, »der ist vom Himmel gefallen, ich hab's geseh'n.«

Jetzt steht er hochkant auf der Straße, als ob ihn jemand dort abgestellt hätte. Nicht ein Kratzer ist von hier aus zu sehen.

»So einen hatte ich auch mal«, hickst der Mann im Trainingsanzug. »Das ist sicher meiner!« Während die Asomutter mit dem Pächter rangelt, der Rentner einfach nur dasteht und das verwitterte Standbild eines ausgedienten Menschen abgibt, marschiert ein anderer los, um sich den Koffer zu schnappen. »Hab was klirren gehört«, ruft er – fadenscheiniges Seelchen in zerknitterter Haut.

»Brauchst mein Apfelschälmesser?« Auch die Asomutter setzt sich ruckartig in Bewegung, doch der Pächter stürzt schon an ihr vorbei. »Das ist Manna vom Himmel, greift zu, greift zu, ihr Verdammten der Erde!« In Adiletten rennt er die Straße hinunter, beugt sich über einen der Körper. »Sehet die Vögel unter dem Himmel an: Sie säen nicht, sie ernten nicht, und euer himmlischer Vater nährt sie doch!« Irre lachend beginnt er an einer der Leichen zu zerren.

»Das gibt's doch nicht«, flüstert der Junge. »Was tun diese Leute?«

Na, was wohl?, denkt Jorne. Das, was alle tun, die von der Welt benachteiligt werden. Warum sollte es hier anders zugehen als in den thailändischen Bergen, wo vor zehn Jahren eine Maschine mit zweihundert Passagieren zerschellte? Die gütigen Bewohner eines buddhistischen Dorfes, die gekommen waren, um zu helfen, sie schreckten weder vor

Wertgegenständen noch vor Kinderspielzeug zurück. Dasselbe wurde auch von anderen Absturzstellen berichtet – aus Lagos, Sumatra, einer Absturzstelle im kolumbianischen Cali und zuletzt auch aus einem Wohngebiet bei New York.

Das Schloss gibt endlich nach, und der Mann zieht – einen Ausdruck auf dem Gesicht, als hätte er 6 Richtige im Lotto – eine Flasche Scotch aus dem Koffer.

»Und ich hab mir 'ne Rolex gepflückt!« Der Kioskpächter schwenkt seinen Arm hin und her. »Die bring ich gleich morgen ins Pfandhaus.«

Er winkt einer Frau, die – nur mit einem Frotteemantel bekleidet – über die Straße rennt. Die Nacht ist plötzlich von Schreien erfüllt. Jorne glaubt, auch Hubschrauber zu hören, und Sirenen. Vermummte Anwohner wetzen mit Taschenlampen vorbei. Jorne muss an Schauspieler denken, die verzweifelt versuchen, Rollen, die sie nicht kennen, für ein noch nicht inszeniertes Stück zu improvisieren – Bestürzung, Gier, Furcht, kindische Freude, nacktes Entsetzen … Passt doch immer auf Gottes schöner Welt. Was soll also schiefgehen?

»Schätze mal, dass heute keiner von uns leer ausgehen wird«, ruft der Kioskpächter. Er fasst Jorne behutsam am Arm: »Worauf wartest du, Freund? Greif zu, Gott hat auch dich mit einem Vogel verwechselt …«

Sechs Monate nach dem unerklärlichen Zusammenstoß einer von Bergamo nach Brüssel fliegenden Boeing 757 mit einem von Moskau nach Barcelona fliegenden Passagierflugzeug des Typs Tupolew Tu-154 über einer Ortschaft am Bodensee wird Jorne im Natursteinzentrum verhaftet. Sein Chef, der Ehrenhobel, bittet ihn aufrichtig um Verzeihung.

»Aber, Junge, ich dachte, du wüsstest …?«

»Nein«, gesteht Jorne, »aber mir war von Anfang an klar, dass es so oder so nicht gut ausgehen wird. Und, was meint ihr – hatte ich recht?«

Er sieht in die Runde, wartet auf eine Antwort, aber die Beamten, die ihm Handschellen anlegen, sehen ihn nur verständnislos an.

Epilog

*Wir sind der Ansicht, dass gute, haltbare Ehen in der Hölle
geschlossen werden und allmählich in den Himmel dringen.*

EMMY BALL-HENNINGS,
Mitbegründerin des Zürcher Cabaret Voltaire (1885–1948)

Gottesteilchen

Wo die Wolken wohnen, denkt Jorne. Und das Licht … Wo die
Bergwiesen summen. Wo es eigentlich Himmelsschlüsselwiesen heißen muss, weil es hier überall in der Sonne gleißt und hüpft,
weil Käfer in schillernden Panzern wie Götterfunken erscheinen.
Selbst eine durchschnittliche Sau wie der alte Max erschiene einem
hier oben wie ein himmlisches Wesen …

Die Blockhütte, vor der Jorne sitzt, liegt an einem spärlich bewaldeten Hang und ist doch ein paradiesisches Fleckchen Erde. In verschatteten Kuhlen und Bodenlöchern glitzert noch immer der harschige Schnee, ansonsten hat das Tauwetter die Natur bereits aus
ihrem Tiefschlaf erweckt. Das Blau über den Bergen wirkt wie »aufblasbares Wasser« – worunter sich nur Jorne und sonst niemand auf
der Welt etwas vorstellen kann. Doch was soll's, der Gedanke ist auch
nicht surrealer als jenes Borstentier, das bewegungslos auf einer wol-

kenbetupften Anhöhe steht. Dahinter erkennt Jorne das sternig glimmende Weisshorn, allerdings aus einer ungewöhnlichen Perspektive. Selbst ein Bergler wie Jorne – in eine warme Decke verpackt und L.s Dinorucksack auf dem Schoß – hat die steile, ewig verschneite Nordostwand noch nie so gesehen. Er überlegt, wo er sein könnte, überlegt hin und her, doch der alte Schädel, die Urne mit der verbrannten Asche des Lebens, bleibt leer – so leer, dass es Jorne fast unheimlich wird.

Vielleicht bist du doch in Davos auf der Straße krepiert, denkt er sich, schließt die Augen, zählt langsam bis drei. Augen auf – das Schwein ist immer noch da, doch seine im ersten Abendrot leuchtenden Hinterbacken erinnern Jorne nicht mehr an den Trauerfall namens Max, sondern an frisch aufgeschnittenen Rosmarinschinken. Etwas hat sich verändert.

»Ich bin froh, dass ich gegangen bin … «

Jornes Rollstuhl setzt sich in Bewegung, L. – gekleidet in einem schwarzen Kostüm – schiebt ihn an den Rand der überdachten Terrasse. Während sie die Decke aufschüttelt, glaubt er, etwas riechen zu können – eine Mischung aus frisch gemähtem Gras und feuchten Klamotten. Vielleicht liegt es auch an dem Blumengesteck, das sie vor ihm abgelegt hat.

»Ja, wo warst du denn?«

»Na, auf der Beisetzung meiner Mutter.« Sie legt ihm prüfend eine Hand auf die Stirn. »Niemand war da, außer mir und einem fundamentalistischen Laienprediger! Der meinte doch glatt, ich müsste für das Podest der Urne bezahlen.«

»Und? Hast du geblecht?«

»Natürlich nicht. Stattdessen habe ich dieses Bouquet mitgehen lassen. Um sein Honorar von hundertzehn Franken hab ich den Schwarzrock auch noch geprellt.«

»Schön und gut. Eigentlich habe ich auch nichts anderes von dir erwartet.«

Jorne betrachtet L. immer noch wie einen Wirklichkeit gewordenen Traum. Sie hat sich gut erholt. Hier oben hat sie wieder Farbe bekommen. Die sengenden Sonnenduschen tun ihr gut, nach jedem Ausflug kehrt sie eine Spur brauner zurück. Ich mag die leichten Pantinen, die sie draußen trägt, die zum Holz der Hütte so passen wie Beiboote zu einem Mutterschiff.

»Absurd«, sagt er endlich. »Ich dachte eigentlich, dass ich in einer Art Naturheilanstalt bin.«

»Besser eine Naturheilanstalt als das harte Pflaster von Davos …« L. schält sich aus ihrem schwarzen Kostüm. »Außerdem sind es keine Friedhofsgeschichten.«

Sie schabt sich die erste Riemchensandale vom Fuß, dann die zweite. Irgendwann hat sie nur noch einen Unterrock an.

»Wie wär's mit Musik?«

»Muss nicht sein.« Jorne zieht sich an den Armlehnen hoch, er hat mit Tränen zu kämpfen. »Das Risiko, dass Volksmusik kommt, ist mir zu groß. Ich glaube auch gerade, ferne Glocken zu hören. Kann es sein, dass wir angekommen sind? Im Himmel, meine ich?«

»Wenn du damit das unbestimmbare Gefühl meinst, in Sicherheit zu sein – das habe ich auch. Ich würde dann mal sagen, dass es die Schwelle zur Himmelstür ist.« L. verschwindet kurz in die Hütte und kommt mit einem Tablett und Teegeschirr zurück. »Was ist los? Du siehst so merkwürdig aus.«

»Na ja.« Er beobachtet, wie sie die Blumen vor ihm arrangiert. »Ich frage mich, wie geht es weiter?«

»Willst du zurück?« Sie sieht ihn nachdenklich an. »Zurück in die wirkliche Welt? Was meinst du, was uns da erwartet – ich meine, außer Vermassung, Normung und Monotonie? Wenn du die Wahl hast – und die haben wir –, in einem Containerhafen oder hier in den Bergen zu wohnen, dann ist doch klar, dass wir bleiben. Ich für meinen Teil lege keinen Wert auf ein vorfabriziertes Leben im Dreck. Glaub mir, du wirst nichts verpassen.«

»Hm.« Jorne beginnt an seiner Unterlippe zu nagen. »Na ja, irgendwo hast du recht, je mehr sich die Dinge ändern, umso gewisser ist es, dass alles so bleibt, wie es ist. Es gibt aber noch einen anderen Grund, ich meine, je jünger ich war, desto klarer war mir mein Platz in der Natur.«

»Und jetzt kannst du dich wieder erinnern.«

»Ja, ich kann mich erinnern … Und auch daran, dass Gott für mich damals eine Selbstverständlichkeit war. Was ist nur aus mir geworden?« Seine Augen suchen das Schwein auf der Kuppe. Es hat Gesellschaft von einem halben Dutzend Kühen bekommen.

»Sag mal, könnte es sein, dass Gott sich ebenfalls abgesetzt hat, weil ihm das, was die Menschen aus seiner Welt gemacht haben, nicht gefiel?«

»Keine Ahnung.« L. setzt sich auf den noch warmen Handlauf des Geländers. »Nehmen wir einmal an, es gäbe den großen, allmächtigen Unbekannten – hätte er kein Recht, sein Werk zu vergessen? Vielleicht wird er auch nicht länger gebraucht.«

»Das wage ich zu bezweifeln.« Jorne reckt den Kopf, schielt an den Blumen vorbei. »Sag mal …« Er wundert sich selbst, dass er nicht schon früher auf den Gedanken gekommen ist, sie zu fragen: »Damals, in Davos – warum bist du nicht einfach mit der Knete getürmt?«

»Was willst du hören?« Sie wirkt verlegen. »Hätten sie dich gekascht, wären sie auch auf mich gekommen. Außerdem kam uns der Zufall in Form dieses hilfsbereiten Fahrers zu Hilfe. Deine Verletzung hat ihn nicht groß interessiert …«

»Er hat keine Fragen gestellt?«

»Nein, aber der behandelnde Arzt.« Wie eine geduldige Lehrerin sieht sie ihn an, eine Lehrerin, die darauf wartet, dass ein zurückgebliebener Bengel endlich begreift. »Zehntausend Franken bar auf die Hand konnten ihn allerdings veranlassen, deine Akte verschwinden zu lassen und für eine vorzeitige Entlassung zu sorgen.«

»Auf Akademiker ist doch immer Verlass«, sagt Jorne. »Kriegen den Rachen nicht voll genug … Wie heißt sie noch mal – unsere kleine Oase des Glücks?«

»Sie hat keinen Namen«, sagt L. »Es gibt auch keine Postanschrift – was ich als sehr beruhigend empfinde.«

»Was du nicht alles beruhigend findest.« Jorne schluckt. »Gibt es sonst noch etwas, das ich wissen sollte?«

»Na ja, die Hütte ist drei Monate im Voraus bezahlt. Ich habe dem Vermieter etwas von einem alternden Rockstar erzählt, der einen Unfall – in aller Ruhe und fern der lasterhaften Großstadt – auskurieren will.«

»Tipptopp.« Jorne reckt den Hals, um einen Blick über das Geländer zu werfen. »Dieser abgelegene Ort hat noch einen Vorteil. Gilt es nicht als statistisch erwiesen, dass dort, wo die meisten Kühe pro Einwohner leben, die Kriminalitätsrate am niedrigsten ist? Eine bessere, vorläufige Tarnung kam man sich gar nicht wünschen.« Er versucht, den Fuß zu bewegen, doch die Schiene blockiert seine Bewegung. »Tja, die Welt ist klein. Man kann nicht in ihr leben und kein Teil von ihr sein.«

»Deckt sich nicht mit meiner Erfahrung«, erwidert L. »Wenn das so wäre, dann hätten die Meineidgenossen uns längst gefunden.« Und mit dem für sie typischen Lächeln: »Es hat eben seinen Vorteil, wenn man in einem Tausendeck lebt … Das Kreuz habe ich übrigens – anonym, versteht sich – zurückgeschickt, mit einem lieben Gruß an die sensenschwingende Nonne. So gesehen hat es den Einbruch ins Monastère de Moiry nie gegeben.«

»Verstehe. Nur was, wenn sie uns dennoch suchen und finden? Das Glück lässt sich bekanntlich nicht pachten …«

»Dann haben sie Pech. Et in Helvetia ego.[87] Du hast vielleicht die

---

87 Anspielung auf Et in Arcadia ego, Lat.: Mich gibt es auch in Arkadien. Gemeint ist der Tod.

größere Knarre auf meinem Nachttisch bemerkt. Ein Andenken an einen etwas aufdringlichen Verehrer, erinnerst du dich?«

»Aber ja. Du brichst das sechste Gebot, wie andere Leute Salzstängel brechen. Wie viele Kugeln hast du noch mal Merkwürden verpasst?«

»Das weiß nur mein nervöser Zeigefinger«, erwidert L. »Eines ist aber klar, wir Kompatrioten der Natur – wir wissen uns zu verteidigen.«

»Kein Zweifel …« Jorne sucht nach Worten, aber der Himmel heißt die Nacht plötzlich mit orangeroten Schleiern willkommen. Die Farben ändern sich nunmehr jede Sekunde, als käme das Licht aus einem buntglasigen Kaleidoskop, der Anblick verschlägt ihm immer die Sprache.

»Lass uns reingehen.« L. reckt sich katzengleich in dem unwirklich flimmernden Licht. »Es gibt Rösti – vorausgesetzt, du hilfst mit, Kartoffeln zu schälen.«

»Eine meiner leichtesten Übungen.« Jorne befördert den Dino mit einem Nasenstüber zu Boden. »Du, Elle?« Er zögert einen Moment, aufzustehen und ihr in die Küche zu folgen. »Ich will nicht meinerseits mit den alten Friedhofsgeschichten beginnen …« – Er hat plötzlich einen Frosch im Hals, doch irgendwie kriegt er die Kurve – »… aber es hatte schon was, mit dir auf einem Friedhof im Mondschein zu übernachten.«

Sie scheint die geheime Absicht seiner Worte erraten zu haben, denn sie dreht um und setzt sich auf seinen Schoß. »Komisch, dass du das sagst. Ist das Pferd nicht viel zu alt, um sich von einer jungen Jockette reiten zu lassen?«

»Was hat das damit zu tun?«

»Eine Menge«, erwidert sie. »Auf nächtlichen Friedhöfen ist es in der Regel kalt, windig und ungemütlich. Sollte es doch ein nächstes Mal geben, dann sollten wir uns besser vorbereiten.«

»Du sagst es, nur schade, dass es kein nächstes Mal gibt«, seufzt Jorne. Die Rundungen, die er spürt, setzen ihm zusätzlich zu.

»Ja, wirklich schade.« Sie sieht ihn unschuldig an. »Dir ist schon klar, dass es hier ganz in der Nähe einen kleinen Bergfriedhof gibt?«

»Im Ernst?« Jorne schielt an ihrer nackten Schulter vorbei zu der weißen Flanke des Berges. »Und – wäre das was?«

»Na ja, das Gelände ist etwas verwildert, aber es gibt dort ein gemütliches Baldachingrab mit Grablaternen und Einsteckvasen. Die Decken, Kerzen und Rosen werden wir natürlich mitbringen müssen ...«

»Und den Champagner«, sagt Jorne.

»Vorerst wird es der offene Petite Arvine aus dem Kühlschrank«, sagt L.

Sie rutscht sanft von seinem Schoß, dreht sich noch einmal in der Bewegung ... Vielleicht liegt es an der tief stehenden Sonne, aber ohne die Sommersprossen auf ihren Schulterblättern hätte er die Wölbungen in diesem Moment für die Schwingen eines Engels gehalten.

»Kommst du jetzt?«, fragt sie leise. »Wir haben später viel Zeit, deine Wiederauferstehung auf denkwürdige Weise zu feiern.«

»Nicht immer so übertreiben«, sagt Jorne und sieht an sich herunter.

Wenigstens einer, der es mit der Auferstehung ernst meint, denkt er noch und schlägt die Decke zurück. Er kostet diesen Moment aus, verliebt und am Leben zu sein. Fest entschlossen, das Beste aus seiner verbleibenden Zeit auf dieser Erde zu machen, steht er auf.

»Ach, eines noch ... und nicht, dass es einen großen Unterschied macht, aber wie heißt du wirklich?«

L. wirkt einen Moment überrascht. »Was für eine komische Frage«, erwidert sie und küsst ihn sanft auf die Stirn. »Das weißt du doch – ich heiße L.«

»Also Elle wie Ella, Emmanuelle oder Eleonore ...?«

»Ja, ganz genau so.«